Het snoephuis

Van Jennifer Egan verscheen eerder bij
Uitgeverij De Arbeiderspers:

Bezoek van de knokploeg
Black box
Kijk naar mij
Het onzichtbare circus
Manhattan Beach

Jennifer Egan

HET SNOEPHUIS

Roman

Vertaald door Arjaan &
Thijs van Nimwegen

Uitgeverij De Arbeiderspers
Amsterdam · Antwerpen

De vertalers ontvingen voor deze vertaling een projectsubsidie van het Nederlands Letterenfonds.

Nederlands letterenfonds
dutch foundation
for literature

Oorspronkelijke titel: *The Candy House*
Oorspronkelijke uitgave: Simon & Schuster, New York

Omslagontwerp: Jan van Zomeren
Omslagillustratie: iStock/Getty Images
Portret auteur: Pieter van Hattem
Typografie: Perfect Service

ISBN 978 90 295 4550 1/ NUR 302

jenniferegan.com
arbeiderspers.nl

Voor mijn schrijfgroep –
medewerkers en companen,

Ruth Danon
Lisa Fugard
Melissa Maxwell
David Rosenstock
Elizabeth Tippens

Het Brein – is ruimer dan het Zwerk –
Het een – zet ze maar zij aan zij –
Omvat het ander met gemak –
En Jou er ook nog bij –
Emily Dickinson

Want niets is ondraaglijker, als je het eenmaal hebt, dan vrijheid.
James Baldwin, *Giovanni's kamer*

BUILD

De Genegenheidsfactor

1

'Ik heb zo'n zin,' zei Bix. Hij stond naast het bed zijn schouders en ruggengraat te rekken, een avondritueel voor hij ging liggen. 'Om gewoon te praten.'

Lizzie ving zijn blik op boven de donkere krullen van Gregory, hun jongste, die ze aan de borst had. 'Ik luister,' fluisterde ze.

'Het is...' Hij haalde diep adem. 'Ik weet niet. Moeilijk.'

Lizzie ging rechtop zitten en Bix zag dat hij haar had laten schrikken. Gregory was zijn houvast kwijt en gilde 'Mama, ik kan er niet bij'. Hij was net drie geworden.

'Dat kind moet van de borst af,' mopperde Bix.

'Nee,' protesteerde Gregory scherp met een misprijzende blik op Bix. 'Ik wil niet.'

Lizzie gaf toe aan het geruk van Gregory en ging weer liggen. Bix vroeg zich af of dit kind, het laatste van de vier, met medeplichtigheid van zijn vrouw zijn kindertijd zou rekken tot in zijn volwassenheid. Hij ging languit naast hen liggen en keek haar bezorgd in de ogen.

'Wat is er, lieverd?' fluisterde Lizzie.

'Niks,' loog hij, want zijn zorgen waren te alomvattend, te vormeloos om uit te leggen. Hij verjoeg ze met een waarheid: 'Ik moet steeds denken aan East Seventh Street. Die gesprekken.'

'Alweer,' zei ze zacht.

'Alweer.'

'Maar waarom?'

Bix wist niet waarom, vooral omdat hij maar half geluisterd had, toen in East Seventh Street, waar Lizzie en haar vrienden tegen elkaar zaten te schreeuwen door stapelwolken van wietrook heen als verdwaalde trekkers in een mistig dal: *Is liefde dan iets anders dan lust? Bestaat het kwaad?* Bix was al halverwege zijn promotieonderzoek toen Lizzie bij hem introk, en zulke gesprekken had hij al gehad op de middelbare school en in zijn eerste jaren op Penn. Nu had hij heimwee naar wat voor hem leek op *afluisteren* van Lizzie en haar vrienden, vanaf zijn plek aan zijn SPARCstation-computer, met een modem aangesloten op het Viola World Wide Web: een verholen, opwindend besef dat de wereld die die jonge studenten in 1992 zo naarstig aan het ontdekken waren, binnenkort achterhaald zou zijn.

Gregory zoog. Lizzie dommelde. 'Kan dat?' drong Bix aan. 'Zo'n gesprek?'

'Nú?' Ze leek uitgeput; wérd uitgeput onder zijn ogen! Bix wist dat ze om zes uur op zou staan om voor de kinderen te zorgen terwijl hij mediteerde en dan aan zijn telefoontjes naar Azië begon. Hij voelde een golf van wanhoop. Met wie kon hij praten op die terloopse, open, studentikoze manier waarop ze vroeger op de universiteit met elkaar praatten? Iedereen die bij Mandala werkte zou hoe dan ook proberen het hem naar de zin te maken. Iedereen die niet bij Mandala werkte veronderstelde een bijbedoeling, misschien wel een test, een test die bij gunstige uitslag een betrekking bij Mandala betekende! Zijn ouders, zijn zussen? Nooit praatte hij zo met ze, hoeveel hij ook van ze hield.

Toen Lizzie en Gregory vast in slaap waren, droeg Bix zijn zoon de gang door naar zijn kleuterbedje. Hij besloot zich weer aan te kleden en naar buiten te gaan. Het was na elven. Dat was tegen de veiligheidsvoorschriften van de directie, die verboden om alleen door de straten van New York te lopen op welk uur dan ook, en zeker in het donker, en dus waagde hij zich niet aan zijn vaste postmoderne *zoot suit* (in navolging van de ska-groepen waar hij op school mee wegliep) dat hij net had uitgetrokken en de kleine leren panamahoed die hij al droeg sinds hij vijftien jaar geleden van de NYU kwam, omdat hij zich zo merkwaardig naakt voelde toen hij zijn dreadlocks had afgeknipt. Uit zijn klerenkast diepte hij een militair camouflagejack en een paar gehavende laarzen op, en hij stapte blootshoofds de nacht van Chelsea in, geteisterd door de kille wind tegen zijn schedel met zijn onmiskenbaar kalende kruin. Hij stond op het punt om naar de bewakingscamera te wuiven, zodat ze hem weer binnen zouden laten en hij zijn hoed kon pakken, toen hij op de hoek van Seventh Avenue een straatverkoper zag staan. Hij liep Twenty-first Street in naar het kraampje, probeerde een zwarte wollen muts en keek hoe die stond in het ronde spiegeltje aan de zijkant van het kraampje. Hij zag er volstrekt normaal uit met die muts, ook voor hemzelf. De verkoper nam zijn briefje van vijf aan zoals hij bij iedereen zou doen, en de transactie vervulde Bix' hart met schelms plezier. Hij verwachtte inmiddels overal waar hij kwam herkenning. Anoniem zijn leek iets nieuws.

Het was begin oktober, een messcherpe koude bries. Bix liep over Seventh Avenue richting centrum, met de bedoeling na een paar zijstraten weer terug te gaan. Maar het was prettig om in het donker te lopen. Het voerde hem terug naar de jaren in East Seventh Street, die paar avonden in het begin toen Lizzies ouders vanuit San Antonio op bezoek waren. Ze dachten dat ze een flat deelde met haar vriendin Sasha, ook tweedejaars aan de NYU, een list die Sasha ondersteunde door de was te doen in de badkamer op de dag dat Lizzies ouders de flat kwamen bekijken, aan het begin van het eerste semester. Lizzie was opgegroeid in een wereld waarin geen Zwarte mensen bestonden, behalve de obers en caddy's van de countryclub van haar ouders. Ze was zo bang voor hun veronderstelde afschuw van het feit dat ze met een Zwarte vriend samenwoonde, dat Bix uit haar bed werd verbannen tijdens die eerste bezoeken van haar ouders, ook al logeerden die in een hotel in het centrum! Dat maakte niet uit; ze zouden het gewoon wéten. Dus Bix liep dan rond, en ging soms pitten in het technisch lab, onder het mom van een nacht doorhalen. Hij had een lichamelijke herinnering aan die wandelingen, een koppige aandrang om te blijven lopen, ondanks zijn weerzin en uitputting. Hij werd misselijk als hij eraan dacht dat hij dat verdragen had, hoewel hij het op een soort kosmische schaal gerechtvaardigd vond: het feit dat Lizzie nu elk facet van hun huiselijk leven zo inrichtte dat hij kon werken en reizen zoals hij wilde. De overvloed aan goeds dat hem sindsdien overkomen was kon je beschouwen als een beloning voor die wandelingen. En toch, waaróm? Was de seks nou echt zo goed? (Eh, ja.) Had hij zo'n laag zelfbeeld dat hij het magische denken van zijn witte vriendin zonder protest accepteerde? Had hij het prettig gevonden om haar ongeoorloofde geheim te zijn?

Niets van dat alles. Brandstof van Bix' gelatenheid, zijn uithoudingsvermogen, was het betoverende Visioen dat hem met hypnotiserende helderheid voor ogen straalde in de nachten van ploeteren in ballingschap. Lizzie en haar vrienden wisten in 1992 nog nauwelijks wat het internet was, maar Bix voelde de vibraties van een onzichtbaar verbindingsnet, dat zich een weg baande door de vertrouwde wereld, als barsten in een voorruit. Het leven zoals ze het kenden zou weldra ineenstorten en weggevaagd worden, waarna iedereen gezamenlijk opgeheven zou worden naar een nieuwe metafysische hemelsfeer. Bix had zich er voorstellingen bij gemaakt als de reproducties van schilderijen van het Laatste Oordeel die hij had verzameld, maar dan zonder hel. Integendeel: eenmaal onstoffelijk, zo geloofde hij, zouden Zwarte mensen bevrijd zijn van de haat die hen in de fysieke wereld blokkeerde en verstikte. Eindelijk zouden ze zich vrijelijk kunnen bewegen en ongehinderd bijeenkomen, zonder de druk van lieden als Lizzies ouders, gezichtsloze Texanen die zich tegen Bix keerden zonder dat ze wisten dat hij bestond. Het zou nog bijna een decennium duren voordat de term 'social media' gebruikt zou worden voor wat Mandala deed, maar lang voordat hij die zou invoeren had Bix er al een voorstelling van.

Die utopistische fantasie had hij godzijdank voor zich gehouden – vanuit 2010 bekeken leek ze komisch naïef. Maar de grondstructuur van het Visioen, wereldwijd en persoonlijk, bleek te kloppen. Lizzies ouders woonden (stijfjes) in 1996 hun bruiloft in Tompkins Square Park bij, maar niet meer stijfjes dan Bix' eigen ouders, voor wie een echte bruiloft niet opgesierd hoefde te worden met een goochelaar, jongleurs of *countryfiddles*. Toen er kinderen kwamen, ontspande iedereen een beetje. Sinds Lizzies vader vorig jaar overleden was, was haar moeder hém 's avonds laat gaan bellen, als Lizzie al sliep, om over de familie te praten: zou Richard, de oudste, het leuk vinden om te leren paardrijden? Zouden de meisjes graag naar een Broadway-musical willen? In het echt knarste de Texaanse nasale stem van zijn schoonmoeder in Bix' oren, maar het viel niet te ontkennen dat het enthousiasme dat die stem 's avonds verklankte hem beviel. Elk woord dat ze door de ether wisselden bevestigde hem dat hij gelijk had gehad.

Op een zekere morgen was het afgelopen met de gesprekken in East Seventh Street. Na een avond feesten waren twee van Lizzies beste vrienden gaan zwemmen in de East River, één van hen werd door de stroom meegesleept en verdronk. Lizzies ouders logeerden toen net bij haar, waardoor Bix de tragedie toevallig van nabij meemaakte. In de kleine uurtjes was hij Rob en Drew tegengekomen in East Village, hij had ecstasy met ze gebruikt en bij zonsopgang waren ze samen naar de rivier gegaan. De impulsieve zwempartij vond verderop langs de rivier plaats, toen Bix al naar huis was. Hoewel hij voor het politieonderzoek elk detail van die ochtend was nagegaan, stond het hem nu nog maar vaag bij. Er waren zeventien jaar verstreken. Hij kon zich de jongens nauwelijks voor de geest halen.

Hij sloeg linksaf, Broadway op, en liep helemaal door tot 110th Street; voor het eerst sinds hij meer dan tien jaar geleden beroemd werd maakte hij zo'n uitstapje. Hij kwam niet vaak in de buurt rond Columbia University, en iets in de hellende straten en vooroorlogse gebouwen trok hem aan. Als Bix omhoogkeek naar een van die verlichte ramen, meende hij de krachtige ideeën erachter bijna te horen knetteren.

Op weg naar de metro (ook voor het eerst in een decennium) bleef hij even staan bij een lantaarnpaal gedecoreerd met flyers over weggelopen huisdieren en gebruikte meubels. Een gedrukte poster trof zijn blik: een aankondiging van een lezing op de campus door Miranda Kline, de antropologe. Bix was zeer vertrouwd met Miranda Kline en zij met hem. Hij was haar boek *Genegenheidspatronen* tegengekomen een jaar nadat hij Mandala had opgezet, en de ideeën erin waren in zijn hoofd geëxplodeerd als inkt van een inktvis, en hadden hem schatrijk gemaakt. Het feit dat MK (zoals Kline liefkozend werd aangeduid in zijn wereld) het gebruik dat types als Bix van haar theorie maakten betreurde, vergrootte zijn fascinatie voor haar alleen maar.

Naast de poster was een handgeschreven vel papier geniet: 'Kom praten! Grote interdisciplinaire vragen in klare taal.' Er was een oriëntatiebijeenkomst gepland na Klines lezing over drie weken. Bix leefde op bij de toevalligheid. Hij nam een foto van de poster en scheurde toen, voor de lol, een van de strookjes onder aan 'Kom praten' af en stopte het in zijn zak, terwijl hij zich erover verwonderde dat zelfs in de nieuwe wereld die hij mede had geschapen mensen nog steeds papiertjes op lantaarnpalen plakten.

2

Drie weken later bevond hij zich op de zevende verdieping van een van de statige, verflenste flatgebouwen rondom Columbia University, misschien wel hetzelfde gebouw dat hij van beneden af had bewonderd. De flat leek aangenaam op wat Bix zich had voorgesteld: versleten parketvloeren, smoezelige witte gipsbeelden, ingelijste gravures en beeldjes (de bewoners waren kunsthistorici) aan de muren en boven de deuren die tussen de boekenkasten scholen.

Afgezien van de gastheer en -vrouw en een ander echtpaar waren alle acht bezoekers van 'Kom praten' vreemden voor elkaar. Bix had besloten af te zien van Miranda Klines lezing (als hij er al op slinkse wijze binnen had kunnen komen). Gezien haar antipathie tegen hem leek het hem geen goed idee, zelfs als hij vermomd ging. Zijn vermomming was Walter Wade, student elektrotechniek – met andere woorden: Bix zelf, zeventien jaar geleden. Het lef om zich zoveel jaar later uit te geven voor een student kwam voort uit zijn overtuiging dat hij met zijn eenenveertig jaar er veel jonger uitzag dan de meeste witte mensen. Maar hij had zich vergist toen hij aannam dat de andere leden van de discussiegroep wit zouden zijn. Portia, gastvrouw en kunsthistorica, was Aziatisch en er was ook een latina, hoogleraar dierenstudies uit Brazilië. Rebecca Amari, de jongste, masterstudent sociologie (de enige andere student naast 'Walter Wade'), was etnisch niet te duiden, hij vermoedde dat ze Zwart was, hij voelde een tinteling van herkenning tussen hen. Rebecca was bovendien ontwapenend mooi, wat nog versterkt werd – niet verzwakt – door haar Dick Tracy-bril.

Gelukkig had Bix meer ingezet om zijn identiteit te verhullen. Online had hij een hoofdband met dreadlocks aan de achterkant aangeschaft. Hij was ontzettend duur maar de dreadlocks zagen er echt uit en voelden ook zo en het gewicht tussen zijn schouderbladen was als de aanraking van een geest. Dat gewicht had hij vele jaren gevoeld, en het deed hem goed het terug te hebben.

Toen iedereen op banken en stoelen was neergestreken en zich had voorgesteld kon Bix zijn nieuwsgierigheid niet onderdrukken en zei: 'En, hoe was Miranda Kline?'

'Verrassend grappig,' zei Ted Hollander, kunsthistorisch echtgenoot van Portia. Hij leek eind vijftig, een generatie ouder dan Portia. Hun peuterdochter was de woonkamer al binnengestormd, achtervolgd door een babysittende studente. 'Ik had verwacht dat ze zuur zou zijn, maar ze was bijna speels.'

'Dat mensen haar ideeën stelen, dat maakt haar zuur,' zei

Fern, hoofd van de faculteit vrouwenstudies, die naar Bix' idee zelf nogal zuur was.

'Mensen hebben haar ideeën anders gebruikt dan ze bedoeld had,' zei Ted. 'Maar ik denk dat ook Kline het geen diefstal zou noemen.'

'Ze noemt het toch "pervers"?' vroeg Rebecca voorzichtig.

'Ik was verbaasd dat ze zo knap is,' zei Tessa, een jonge dansdocente, wier man Cyril (wiskunde) er ook bij was. 'Op haar zestigste.'

'Hum,' zei Ted goedmoedig. 'Zo oud is zestig niet.'

'Dóét haar uiterlijk ertoe?' daagde Fern Tessa uit.

Cyril, die in alles Tessa's kant koos, huiverde. 'Miranda Kline zou zelf zeggen dat het ertoe doet,' zei hij. 'Meer dan de helft van de Genegenheidskenmerken heeft te maken met uiterlijke verschijning.'

'In *Genegenheidspatronen* worden al onze reacties op Miranda Kline vast wel verklaard,' zei Tessa. 'Zullen we eens kijken?'

Ondanks het instemmend gemompel was Bix ervan overtuigd dat behalve hijzelf (en hij telde niet mee) alleen Cyril en Tessa Klines meesterwerk hadden gelezen, een beknopte monografie vol algoritmen die vertrouwen en beïnvloeding tussen Braziliaanse stamleden verklaarde. 'Het Aantrekkingsgenoom' werd het in het boek vaak genoemd.

'Het is treurig,' zei Portia. 'Kline is bekender doordat haar werk wordt gepromoot door de socialmediabedrijven dan door het werk zelf.'

'Als het niet was gepromoot zouden er geen vijfhonderd mensen in die zaal hebben gezeten,' zei Eamon, een cultuurhistoricus aan de Universiteit van Edinburgh die op bezoek was en een boek schreef over productbeoordelingen. Zijn lange, uitgestreken gezicht leek een onderhuidse opwinding te verbergen, dacht Bix, als een methlab in een rijtjeshuis.

'Misschien is haar strijd voor de oorspronkelijke bedoeling van haar werk voor haar een manier om ermee verbonden te blijven – om het te bezitten,' zei Kacia, de Braziliaanse hoogleraar dierenstudies.

'Misschien zou ze onderhand wel nieuwe theorieën hebben als ze niet zo druk bezig was met de strijd over die oude,' kaatste Eamon terug.

'Hoeveel baanbrekende theorieën kan één wetenschapper in haar leven produceren?' vroeg Cyril.

'Inderdaad, ja,' mompelde Bix, en hij voelde een vertrouwde vrees opkomen.

'Vooral als ze laat begint?' voegde Fern eraan toe.

'Of kinderen heeft gekregen,' zei Portia, met een bezorgde blik op het speelgoedfornuisje van haar dochtertje in de hoek van de woonkamer.

'Daarom is Miranda Kline ook laat begonnen,' zei Fern. 'Ze kreeg achter elkaar twee dochters en haar man liep weg toen ze nog in de luiers zaten. Kline is zijn naam, niet de hare. Een platenbaas of zo.'

'Dat is klote,' zei Bix; hij gebruikte die grofheid als onderdeel van zijn vermomming. Hij stond bekend als iemand die nooit vloekte; zijn moeder, onderwijzeres, had zoveel giftige toorn uitgestort over de stompzinnige herhalingen en de kinderachtige inhoud van vloek- en scheldwoorden, dat ze hun grensoverschrijdende kracht hadden verloren. Later was Bix ingenomen met de waardigheid die het niet vloeken hem verleende in vergelijking met andere tech-kopstukken, die berucht waren om hun uitbarstingen van vuilbekkerij.

'Hoe dan ook, die echtgenoot is dood,' zei Fern. 'Naar de duivel met hem.'

'Ach, we hebben te maken met een retributiviste,' zei Eamon, suggestief wapperend met zijn wenkbrauwen. Ondanks de genoemde belofte van 'klare taal' waren de hoogleraren hulpeloos overgeleverd aan het Academiaans; Bix kon zich indenken dat de bedpraatjes van Cyril en Tessa termen als 'desideratum' en 'volstrekt fictioneel' bevatten.

Rebecca keek hem aan en Bix grinnikte; het was een heftige

gewaarwording, alsof hij zijn shirt uittrok. Op het feestje voor zijn veertigste verjaardag, vorig jaar, had hij een fraai pamfletje gekregen getiteld 'Bixpressies' waarin een lijstje stond, met foto's erbij, van de veronderstelde betekenissen van nauwelijks merkbare veranderingen in zijn blik, zijn handen, zijn houding. In de tijd dat hij de enige Zwarte student in het technologisch lab van de NYU was, merkte Bix dat hij hard lachte om andermans grappen, en anderen ook aan het lachen probeerde te maken, een inspanning die hem een leeg, gedeprimeerd gevoel gaf. Na zijn afstuderen hield hij op met lachen op zijn werk, stopte met glimlachen en cultiveerde een uiterst aandachtige en betrokken houding. Hij luisterde, registreerde, maar reageerde nauwelijks zichtbaar. Die zelfdiscipline had zijn concentratievermogen zo aangescherpt dat hij er achteraf van overtuigd was dat het hem geholpen had bij het bestrijden en uitschakelen van de krachten die zich bundelden om hem op te slokken, op te eisen, opzij te schuiven en te vervangen door de witte mannen die iedereen op zijn plek verwachtte. Ze zochten hem, natuurlijk, ze kwamen van boven, van beneden, van binnen en van waar dan ook. Soms waren het vrienden, soms had hij ze vertrouwd. Maar nooit volledig. Bix voorzag elke poging om hem te ondermijnen of weg te krijgen lang voordat het zover kwam, en zodra dat gebeurde had hij zijn antwoord klaar. Ze kregen hem niet te pakken. Sommigen bezorgde hij ten slotte baantjes, zodat hij hun sluwheid kon inzetten in het belang van zijn werk.

Zijn vader had Bix' opkomst oplettend in de gaten gehouden. Hij was manager geweest bij een bedrijf in klimaatbeheersing bij Philadelphia – hij droeg nog het zilveren horloge dat hij bij zijn pensionering kreeg – en hij verdédigde de beslissing in 1985 van burgemeester Goode om een bom te gooien op het pand van het 'tuig' van MOVE, dat (in de woorden van zijn vader) de burgemeester 'in een onmogelijke positie' had gebracht. Bix was zestien, en de ruzies die hij met zijn vader had gehad over die bomaanslag en de daaropvolgende sloop van twee huizenblokken, hadden een kloof tussen hen geslagen die nooit meer helemaal gedicht zou worden. Zelfs nu nog voelde hij de adem van zijn vaders afkeuring – omdat hij te hoog gegrepen had, of omdat hij een beroemdheid (en dus een doelwit) was geworden, of omdat hij zich niet gehouden had aan de wijze lessen van zijn vader (die hij gulhartig uitdeelde aan het roer van het motorbootje waarmee hij langs de kust van Florida viste) en die in Bix' oren altijd neerkwamen op: *Hou je in of je krijgt klappen.*

'Ik vraag me af,' mijmerde Rebecca schuwtjes, 'of Miranda Kline een tragische figuur is, door wat er met haar theorie gebeurd is. Ik bedoel in klassiek Griekse zin.'

'Interessant,' zei Tessa.

'We moeten de *Poetica* hebben,' zei Portia en Bix keek verbijsterd toe hoe Ted opstond om het boek zelf te gaan zoeken. Geen van die academici scheen ook maar een BlackBerry te hebben, laat staan een iPhone; en dat in 2010! Het leek wel een verzetsgroep tegen de stoommachine! Bix stond ook op, ogenschijnlijk om Ted te helpen zoeken, maar eigenlijk als een excuus om rond te kijken in de flat. Langs alle muren waren boekenkasten ingebouwd, tot in de gang, hij drentelde erlangs en bekeek de ruggen van kolossale kunstboeken en oude vergeelde paperbacks. Tussen de boeken stonden hier en daar verbleekte foto's in lijstjes: jongetjes die stonden te grijnzen voor een bungalow tussen bladerhopen, of in een sneeuwjacht, of onder zwaar zomers lover. Jongens met honkbalknuppels, met voetballen. Wie konden dat zijn? Het antwoord werd gegeven door een foto van een veel jongere Ted Hollander die een van die jongens optilde om een ster boven op een kerstboom te plaatsen. De professor had dus een vroeger leven gehad – in een buitenwijk of misschien buiten de stad, waar hij zoons had opgevoed voordat er digitale fotografie bestond. Was Portia een studente van hem geweest? Je zou het denken bij dat leeftijdsverschil. Maar waarom zou hij aannemen dat Ted zijn vroegere leven vaarwel had gezegd? Misschien had dat leven hem vaarwel gezegd.

Kon je opnieuw beginnen zónder alles vaarwel te zeggen?

Die vraag verhevigde de eerdere vrees van Bix, en hij ging naar het toilet om zich te vermannen. Een door de tijd gevlekte spiegel hing boven een bol porseleinen fonteintje en hij ging op het toiletdeksel zitten om zichzelf niet te zien. Hij sloot zijn ogen en concentreerde zich op zijn ademhaling. Zijn oorspronkelijke Visioen – die lichtende hemelsfeer van verbindingen die hij bedacht had in zijn jaren in East Seventh Street –, daar draaide Mandala om: de toepassing ervan, de uitbreiding, verfijning, het te gelde maken, verkopen, voortzetten, verbeteren, verversen, verbreiden, standaardiseren en globaliseren. Binnenkort zou dat werk afgerond zijn. En dan? Hij was zich al lang bewust van de veelbetekenende grens halverwege zijn geestelijke panorama, waarachter het volgende visioen op hem wachtte. Maar telkens als hij over die grens wilde kijken werd zijn geest blanco. Aanvankelijk benaderde hij die bleke verte nieuwsgierig: waren het ijsbergen? Een klimatologisch visioen? Het witte doek van een theaterbeeld of een leeg bioscoopscherm? Allengs kreeg hij het gevoel dat de witheid geen substantie was maar een afwezigheid. Het was niets. Bix had geen visioen voorbij het visioen dat hij nu bijna had uitgeput.

Dat besef drong definitief tot hem door op een zondagochtend, een paar maanden na zijn veertigste verjaardag, toen hij in bed doezelde met Lizzie en de kinderen, en de schok van afgrijzen die hij voelde deed hem naar de badkamer vluchten en stiekem overgeven. Het ontbreken van een nieuw visioen zette alles wat hij had gedaan op losse schroeven; wat had dat voor waarde als het tot niets leidde, als hij op z'n veertigste de rest van zijn ideeën alleen nog kon kopen of stelen? Hij voelde zich opgejaagd, achtervolgd door dat idee. Had hij zijn hand overspeeld? Het hele jaar na die vreselijke ochtend had het Anti-Visioen hem als een schaduw gevolgd, soms nauwelijks merkbaar maar nooit helemaal verdwijnend, of hij nu zijn kinderen naar school bracht of zat te dineren in het Witte Huis, wat hij vier keer had gedaan in de anderhalf jaar sinds Barack en Michelle daar waren ingetrokken. Hij kon het woord voeren voor een duizendkoppig publiek, of in bed Lizzie assisteren bij het bereiken van haar moeizame orgasme, en dan begon die noodlottige afwezigheid weer in hem te gonzen, de voorbode van een leegte die hem uitzoog en ontzette. Meer dan eens stond hij op het punt Lizzie te omklemmen en te jammeren 'Help me, het is afgelopen met me'. Maar zoiets zou Bix Bouton nooit kunnen zeggen, tegen wie dan ook. Hij moest zich handhaven, dat vooral, zijn rol vervullen als echtgenoot, vader, baas, tech-icoon, gehoorzame zoon, belangrijke politieke factor en onvermoeibare aandachtige seksuele partner. De man die terug wilde naar de universiteit in de hoop op nieuwe openbaringen om zijn verdere leven gestalte te geven, moest een andere man worden.

Terug in de woonkamer trof hij Cyril en Tessa over een boek gebogen aan, smikkelend als betrof het een bak roomijs. 'Je hebt het gevonden,' zei Bix; Tessa grijnsde en hield het Aristoteles-deel op uit dezelfde reeks 'Grote Boeken' die zijn ouders lang geleden hadden aangeschaft, tegelijk met hun gekoesterde *Encyclopaedia Britannica*. In zijn jeugd had Bix de *Britannica* eerbiedig geraadpleegd om eruit te kunnen citeren in opstellen over kannibalen en dollekervel en Pluto, de lemma's over dieren las hij puur voor zijn plezier. Vier jaar geleden verhuisden zijn ouders naar hun bescheiden appartement in Florida; ze hadden zijn hulp geweigerd om een grotere flat te kopen, uit trots (zijn vader) en bescheidenheid (zijn moeder). Toen had Bix al die delen in dozen gestopt en aan de straat gezet voor het huis in West Philadelphia waar hij was opgegroeid. In de nieuwe wereld die hij mede had geschapen zou niemand nog ooit een encyclopedie in boekvorm hoeven op te slaan.

'Zoals ik Aristoteles lees,' zei Tessa, 'en bedenk dat ik dansdocent ben – en er zijn vast wel miljoenen geleerde dingen over gezegd –, zie ik Miranda Kline níét als een tragische figuur. Ze zou in "tragische" zin tragisch zijn als de mensen die zich haar theorie hadden toegeëigend familie van haar waren. Dat zou het verraad en de dramatische ironie vergroten.'

'Dus ze heeft haar theorie niet verkócht? Of de algoritmen?' vroeg Kacia.

'Dat is geloof ik wat geheimzinnig,' zei Portia. 'Iemand heeft de theorie verkocht, maar niet Kline.'

'Die was haar intellectueel eigendom,' zei Fern. 'Hoe kan iemand anders dat verkopen?'

Bix, een van de kopers van Klines algoritmen, werd misselijk van zijn gehuichel. Hij was opgelucht toen Ted zei: 'Een andere vraag is: dankzij Miranda Klines algoritmen hebben socialmediabedrijven klantvertrouwen en invloed kunnen voorspellen en daarmee zijn ze schatrijk geworden. Is dat per se verkeerd?'

Iedereen wendde zich verrast tot hem. 'Ik zeg niet dat het níét verkeerd is,' zei Ted. 'Maar dat moeten we niet zomaar aannemen, dat moeten we onderzoeken. Neem nu honkbal: iedere actie is meetbaar, de soort worp, de snelheid ervan, wie bereikt een honk en hoe. Het is een dynamische interactie tussen mensen, maar je kunt het ook kwantitatief beschrijven met getallen en symbolen voor iemand die ze kan lezen.'

'Ben jij zo iemand?' vroeg Cyril ongelovig.

'Hij is zo iemand,' lachte Portia en ze legde een arm om haar man heen.

'Mijn drie zoons speelden in de jeugdcompetitie,' zei Ted. 'Je zou het het stockholmsyndroom kunnen noemen.'

'Drie?' zei Bix. 'Ik dacht dat het er twee waren. Op die foto's.'

'Het noodlot van de middelste zoon,' zei Ted. 'Iedereen vergeet die arme Ames. Hoe dan ook, wat ik wil zeggen is dat kwantificatie op zichzelf het honkbal niet schaadt. In feite verdiept het ons begrip ervan. Dus waarom staat het ons zo tegen om zelf gekwantificeerd te worden?'

Door zijn speurtochten online wist Bix dat Ted Hollanders academische succes in 1998 was begonnen, hetzelfde jaar waarin Bix Mandala had opgezet. Ted, die al midden in zijn loopbaan zat, publiceerde toen *Van Gogh, schilder van geluid*, waarin hij correlaties aantoonde tussen Van Goghs penseelvoering en de aanwezigheid van lawaaierige beestjes als cicaden, bijen, krekels en spechten, waarvan Ted microscopische sporen in de verf had ontdekt.

'Daarin ben ik het niet met Ted eens,' zei Portia. 'Ik vind het kwantificeren van menselijke wezens om winst te slaan uit hun daden mensonwaardig. Orwelliaans zelfs.'

'Maar wetenschap ís kwantificeren,' zei Kacia. 'Zo lossen we mysteries op en doen we ontdekkingen. En elke stap houdt altijd het risico in dat we "de grens overschrijden". Vroeger noemden ze dat godslastering, maar tegenwoordig is het iets vagers dat neerkomt op "te veel weten". In mijn lab zijn we bijvoorbeeld begonnen met het externaliseren van het dierlijk bewustzijn...'

'Sorry,' kwam Bix ertussen, hij dacht dat hij haar niet goed verstaan had. 'Waar zijn jullie mee bezig?'

'We kunnen gewaarwordingen van dieren uploaden,' zei Kacia. 'Met hersensensoren. Ik kan bijvoorbeeld een deel van het bewustzijn van een kat vastleggen en dat via een headset net zo ervaren alsof ik die kat ben. Uiteindelijk kunnen we zo leren hoe verschillende dieren dingen gewaarworden, en wat ze zich herinneren; in wezen dus hoe ze denken.'

Bix voelde een steek van waakzaamheid.

'De technologie is nog heel primitief,' zei Kacia. 'Maar er zijn al verschillen van mening: overschrijden we een grens als we inbreken in de geest van een ander levend wezen? Openen we de doos van Pandora?'

'En zo zijn we weer bij het probleem van de vrije wil,' zei Eamon. 'Als God almachtig is, betekent dat dan dat wij marionetten zijn? En als we dat zijn, is het dan beter dat we dat weten of juist niet?'

'God kan de pot op,' zei Fern. 'Ik maak me zorgen om het internet.'

'En daarmee doel je op een alziende, alwetende entiteit die jouw gedrag zou kunnen voorspellen en controleren, ook als je denkt dat je je eigen keuzen maakt?' vroeg Eamon met een sluikse blik op Rebecca. Hij zat al de hele avond met haar te flirten.

'Ah!' zei Tessa, en ze pakte Cyrils hand vast. 'Nu wordt het interessant.'

3

Vol vurige hoop vertrok Bix uit de flat van Ted en Portia. Zo nu en dan had hij tijdens de discussie iets in zich voelen verschuiven, een gedachteprikkeling die hem van lang geleden bekend voorkwam. Hij nam samen met Eamon, Cyril en Tessa de lift, terwijl de anderen nog bleven om wat gipsen reliëfs te bekijken die Ted tientallen jaren eerder op een reis naar Napels had gekocht. Eenmaal buiten bleef Bix hangen in een uitwisseling van praatjes en vroeg zich af hoe hij weg kon komen zonder onbeleefd te zijn. Hij had geen zin om te laten merken dat hij het centrum in ging; zou een student aan Columbia in het centrum kunnen wonen?

Eamon wandelde uiteindelijk westwaarts en Cyril en Tessa namen de lijn naar Inwood, aangezien de buurt rondom Columbia boven hun budget lag en ze als assistent-hoogleraar geen universiteitshuisvesting konden krijgen. Bix dacht schuldbewust aan zijn herenhuis van vijf bouwlagen. De docenten hadden verteld dat ze geen kinderen hadden en een poot van Cyrils metalen bril werd bij elkaar gehouden met een paperclip. Maar er knetterde elektriciteit tussen die twee; kennelijk hadden zij genoeg aan ideeën.

Gesteund door het gevoel dat hij als Walter Wade overal heen kon gaan, wandelde Bix in de richting van Central Park. Maar de silhouetten van half kale bomen tegen een vale hemel deprimeerden hem voor hij de ingang bereikt had. Hij wilde dat het sneeuwde, hij hield van sneeuwnachten in New York. Hij verlangde ernaar naast Lizzie te liggen met een van de kinderen, aangespoeld in de oceaan van hun bed door een nachtmerrie of om gezoogd te worden. Het was na elven. Hij keerde terug naar Broadway en nam metrolijn 1, zag toen op Ninety-sixth Street een expres staan en stapte over, in de hoop de lokale lijn in te halen. Uit zijn Walter-rugzak diepte hij nog een vermommingsonderdeel op: het exemplaar van *Ulysses* dat hij als jonge student had gelezen met het vaste doel literaire diepgang te verwerven. In de praktijk had het boek hem Lizzie opgeleverd, bij wie (volgens een berekening die Miranda Kline ongetwijfeld had kunnen uitleggen) de combinatie van James Joyce en dreadlocks tot zijn middel een onweerstaanbare seksuele begeerte opriep. Van de zijde van Bix had de berekening te maken met de bruinleren laarzen tot boven Lizzies knieën. Hij had *Ulysses* bewaard als een romantisch kleinood, hoewel de gehavende staat meer door de jaren dan door het lezen veroorzaakt was. Hij sloeg het op goed geluk open.

'Eureka!' riep Buck Mulligan uit. 'Eureka!'

Tijdens het lezen merkte Bix dat er naar hem gekeken werd. Dat gevoel kende hij zo goed uit zijn dagelijks leven dat hij maar langzaam reageerde, maar ten slotte keek hij op. Rebecca Amari zat aan het andere eind van de metrowagon naar hem te kijken. Hij glimlachte naar haar en stak een hand op. Zij deed hetzelfde, en hij was opgelucht dat het in orde leek om in wederzijds vriendelijk respect apart te zitten. Of was dat niet in orde? Misschien was het wel asociaal om na uren levendige groepsdiscussie elkaar alleen maar zwijgend van een afstand te groeten. Bix werd zo zelden geconfronteerd met kwesties over de normale sociale omgang dat hij de regels was vergeten. *Bij twijfel beleefd zijn*, die uitspraak van zijn angstvallig beleefde moeder had hij zich te zeer eigen gemaakt om hem af te kunnen leren. Met tegenzin stopte hij *Ulysses* weg, liep de wagon door naar Rebecca en ging op de lege plaats naast haar zitten. Meteen voelde hij dat dit niet goed was; van knie tot schouder raakten ze elkaar aan! Of was volledig lichaamscontact normaal bij mensen in de metro? Het bloed schoot zo hevig naar zijn gezicht dat hij duizelde. Hij wees zichzelf terecht: als banale sociale interacties hartaanvallen opleveren is er iets mis. De roem had hem zwak gemaakt.

'Woon je in het centrum?' kon hij uitbrengen.

'Ik ga naar vrienden,' zei ze. 'En jij?'
'Ik ook.'
Op dat moment zag Bix zijn halte – Twenty-third Street – langs het raam schieten; hij was vergeten dat hij op een expreslijn zat. Hij vroeg zich af of Rebecca zou uitstappen bij de volgende halte, Fourteenth Street, op weg naar de wijk die bekendstond als MALANDA, afgeleid van Mandalaland. Bix had daar in het jaar na 9/11 zijn nieuwe campus geopend, en in acht jaar waren er uitbreidingen gekomen met fabrieksgebouwen, opslagplaatsen en hele rijen woningen totdat het grapje ontstond dat als je ten zuiden van West Twentieth Street de kraan opendraaide, er Mandalawater uit kwam. Toen de metro Fourteenth Street naderde overwoog Bix uit te stappen en gewoon naar huis te lopen, maar het leek hem een pervers risico om in vermomming over zijn eigen campus te lopen. Er kwam een lokale metro richting centrum aan; hij besloot die nog een halte verder te nemen en dan terug te gaan met een metro de andere kant uit.
'Ga je tot hier?' vroeg Rebecca toen ze allebei uitstapten.
'Ik stap over.'
'O... ik ook.'
In lijn 1, naar het zuiden, bleven ze staan. Bix voelde een vleugje argwaan; zou het kunnen dat Rebecca wist wie hij was en volgde ze hem? Maar ze leek ontspannen, niet onder de indruk, en zijn argwaan maakte plaats voor het genoegen om met een mooie vrouw in de metro te rijden. Er kwam een idee in hem op: hij kon in het centrum uitstappen en naar de oude flat aan East Seventh Street lopen! Dan kon hij voor het eerst sinds meer dan tien jaar opkijken naar de ramen van hem en Lizzie.
Bix maakte zich op om uit te stappen in Christopher Street en merkte aan Rebecca's bewegingen dat ze ook ging uitstappen. Inderdaad, ze stapte uit. 'Ik vraag me af of we naar hetzelfde adres gaan,' zei ze lachend toen ze de trap naar de uitgang namen.
'Onwaarschijnlijk,' zei Bix.

Maar ook Rebecca sloeg af bij West Fourth Street. Bix' argwaan flakkerde weer op. 'Zijn het vrienden aan de NYU?' vroeg hij.

'Sommigen.'

'Niet spraakzaam?'

'Zo ben ik.'

'Paranoïde?'

'Voorzichtig.'

Hij was blij dat de stadsgeluiden de stilte opvulden. Rebecca keek recht vooruit tijdens het lopen, zodat Bix met zijdelingse blikken kon genieten van de fijne symmetrie van haar gezicht, waarvan de sproetige jukbeenderen aan vlindervleugels deden denken. Misschien was ze wel voorzichtig omdat ze zo mooi was. Misschien was de Dick Tracy-bril bedoeld om schoonheid te verbergen.

Ze keek zijn kant uit en zag zijn blik. 'Het is idioot,' zei ze, 'je lijkt zo sterk op Bix. Jullie zouden broers kunnen zijn.'

'We zijn allebei Zwart,' zei Bix grijnzend; een zin die hij van tevoren had bedacht voor als een blanke zoiets zei.

Rebecca lachte. 'Mijn moeder is Zwart,' zei ze. 'Half Zwart en half Indonesisch. Mijn vader is half Zweeds en half Syrisch-Joods. Ik ben Joods opgevoed.'

'Heb je daar een prijs mee gewonnen? In de rassencombinatiecompetitie?'

'Eigenlijk wel. Alle mensen denken dat ik er een van hen ben.'

Bix staarde haar aan. 'Jij hebt de Genegenheidsfactor,' fluisterde hij vol ontzag. Dat was een term uit *Genegenheidspatronen*. Volgens Miranda Kline was de Genegenheidsfactor een krachtige eigenschap die de zeldzame eigenaars ervan de vertrouwenwekkende, benijdenswaardige status van Universele Bondgenoot verschafte.

'Wacht eens even,' zei Rebecca. 'Jij bent niet eens bij haar lezing geweest.'

'Ik... heb erover gelezen.'

Ze hadden bij de Bowery voor het stoplicht staan wachten en liepen zwijgend tot de volgende zijstraat. Op de hoek van Second Avenue draaide Rebecca zich opeens naar hem toe. 'In mijn laatste jaar aan Smith,' zei ze, een beetje gejaagd, 'heeft de Binnenlandse Veiligheidsdienst met alle vooraanstaande academici "van onbestemd ras" gesproken. Vooral als we taalstudies deden.'

'Wauw.'

'Ze waren nogal vasthoudend,' zei ze. 'Ze wilden van geen nee weten.'

'Ik kan het me voorstellen. Met een Genegenheidsfactor kun je overal werken.'

Toen ze First Avenue naderden begon Bix zich zijn lievelingsplekken te herinneren: Benny's Burritos; Polonia met die fantastische soep; de kiosk bij Tompkins Square Park waar ze *egg cream* verkochten. Hij vroeg zich af welke er nog bestonden. Bij First Avenue bleef hij staan om afscheid te nemen voor hij links afsloeg, maar ook Rebecca ging noordwaarts. De verdenking roerde zich weer, het viel niet te negeren. Hij versnelde zijn pas en staarde de lange grijze boulevard af en overwoog hoe hij haar zou moeten aanpakken.

Rebecca draaide zich met een ruk naar hem om. 'Zeg eerlijk dat je niet voor ze werkt,' zei ze.

Hij was overrompeld. 'Ik? Dat is idioot. Werken voor wie?' Maar hij was zich er scherp van bewust dat hij in vermomming was.

Rebecca bleef staan. Ze waren bijna bij de hoek van Sixth Street. Ze speurde zijn gezicht af en zei: 'Zweer je dat je echt Walter Dinges bent, student elektrotechniek aan Columbia?'

Bix staarde haar aan, zijn hart steigerde in zijn borstkas.

'Jezus,' zei Rebecca.

Ze zwenkte naar rechts, East Sixth Street in, Bix wilde haar bijhouden. Hij moest dit rechtzetten. 'Luister,' zei hij zacht, 'je hebt gelijk. Ik ben... op wie ik lijk.'

'Bix Bouton?' schreeuwde ze woedend. 'Doe me een lol! Je

hebt goddomme dreadlocks.' Ze versnelde haar pas alsof ze aan hem wilde ontsnappen zonder te gaan hollen.

'Ik ben het wel,' drong Bix zachtjes aan, maar dat hij dat beweerde tijdens een halve achtervolging van een mooie vreemdelinge door East Village deed hem zelf twijfelen. Wás hij wel Bix Bouton? Was hij het ooit geweest?

'Ik heb je op het idee gebracht,' zei Rebecca. 'Weet je nog wel?'

'Jij zag de gelijkenis.'

'Dit is... nou ja, klassiek.' Ze glimlachte maar Bix voelde dat ze bang was. Dit was een problematische situatie. Tot zijn opluchting hield ze haar drafje in en bekeek hem scherp in het kille lantaarnlicht. Ze waren kennelijk afgedwaald, bijna tot aan Avenue C. 'Zoveel lijk je niet eens op hem,' besloot ze. 'Je gezicht is anders.'

'Omdat ik glimlach, en hij glimlacht nooit.'

'Je praat over hem in de derde persoon.'

'Fuck.'

Een minachtend lachje. 'Bix vloekt niet, dat is algemeen bekend.'

'Godverdomme,' hoorde Bix zichzelf uitroepen, maar zijn eigen verdenkingen drongen zich weer op. 'Ho even,' zei hij, en er was iets in zijn toon wat Rebecca deed stilstaan en luisteren. 'Jij bent degene die uit het niets opdook. Ik denk dat jij mij gevolgd bent vanaf Ted en Portia. Hoe kan ik weten dat jij niet voor de Binnenlandse Veiligheidsdienst werkt?'

Ze lachte uitbundig. 'Dat is krankzinnig,' zei ze, maar hij hoorde een onrustige trilling in die ontkenning die sterk leek op die van hemzelf. 'Mijn masterscriptie ging over Nella Larsen,' zei ze. 'Je kunt me alles over haar vragen.'

'Nooit van gehoord.'

Ze beloerden elkaar vol wantrouwen. Bix voelde een paniek die hem deed denken aan een slechte paddotrip in zijn puberteit toen hij en zijn vrienden na een concert van The Uptones korte tijd doodsangsten hadden uitgestaan. Hij haalde drie keer diep adem, de basis van zijn mindfulnessoefeningen, en de wereld kwam weer tot rust om hem heen. Wat Rebecca verder ook mocht zijn, ze was nog een kind. Hij was minstens vijftien jaar ouder.

'Hoor eens,' zei hij vanaf een fatsoenlijke afstand. 'Ik denk dat geen van ons tweeën gevaarlijk is.'

Ze slikte en keek hem aan. 'Mee eens.'

'Ik ga ervan uit dat jij Rebecca Amari bent, masterstudent sociologie aan Columbia.'

'Ik ga ervan uit dat jij Walter Dinges bent, masterstudent elektrotechniek aan Columbia.'

'Goed,' zei hij. 'We hebben een contract.'

4

Rebecca bleek haar bestemming te hebben omzeild, een café aan Avenue B, en daar ging ze heen nadat ze hun breekbare akkoord hadden gesloten. Bix sloeg haar uitnodiging om mee te gaan af. Hij moest nadenken over hun aanvaring en de schade opnemen. Kon hij nu nog wel terug naar de discussiegroep? En Rebecca?

Hij was een paar zijstraten verder uitgekomen dan de flat aan East Seventh Street, en was nu dicht bij de traverse in Sixth Street die naar East River Park liep. Hij klom de trap op, stak de FDR Drive over en zag dat het park veranderd was sinds hij het voor het laatst gezien had: er waren gesnoeide heesters en schilderachtige bruggetjes, en er liepen zelfs om deze tijd nog joggers rond.

Hij liep naar de reling, boog zich over de rivier en keek hoe de kleurige lichten van de stad wisselden in de waterspiegel. Vaak waren zijn nachtelijke wandelingen hier geëindigd, als de zonsopgang in zijn ogen weerkaatste vanaf de olieachtige rivier. Waarom zou iemand daarin gaan zwemmen? De vraag deed hem beseffen dat hij op de plek stond waar hij met Rob en Drew had gestaan op de ochtend dat Rob verdronken was. 'Heren, een goede morgen.' Hij wist opeens weer dat hij dat had gezegd met om allebei een arm geslagen. Er kwam een beeld van Rob bij hem boven: een stevige, sportieve witte jongen met een wereldwijze grijns en gekwelde, ontwijkende ogen. Waar had die herinnering gezeten? En waar was de rest: zijn stem en die van Drew en alles wat ze hadden gezegd en gedaan op de laatste ochtend van Robs leven? Had Bix een aanwijzing gemist van wat er stond te gebeuren toen hij afscheid nam? Het geheim van zijn eigen onbewuste leek als een walvis onder een kleine zwemmer te hangen. Als hij zijn eigen verleden niet kon doorzoeken of terughalen of overzien, dan was het niet echt zijn verleden. Dan was het verloren gegaan.

Hij ging rechtop staan, alsof hij zijn naam had horen roepen. In zijn hoofd werd trillend een verbinding gelegd. Hij keek de rivier langs, naar beide kanten. Twee witte vrouwen die in zijn richting holden leken uit te wijken toen hij zich omdraaide. Of verbeeldde hij zich dat? Hij spoelde het moment terug – een oud, verontrustend raadsel verduisterde elke nieuwe gedachte die hij probeerde te vormen. In één klap was hij uitgeput, alsof hij dagen had gelopen – alsof hij te ver was afgedwaald van zijn eigen leven om erin te kunnen terugkeren.

Hij drukte de sneltoets voor Lizzie in om de afstand tussen hen te overbruggen, maar drukte de oproep weg voor haar toestel overging. Ze zou wel slapen, waarschijnlijk met Gregory aan de borst, haar mobiel zou wel onbereikbaar aan de oplader liggen. Ze zou hem angstig proberen te bereiken. En hoe moest hij zijn bizarre omzwervingen op dit uur verklaren?

Zijn ouders? Die zouden denken dat er iemand dood was.

Hij belde zijn schoonmoeder. Bix belde haar bijna nooit en hij betwijfelde of ze zou opnemen. Hij merkte dat hij wilde dat ze dat niet zou doen.

'Beresford,' zei ze.

'Joan.'

Ze noemde iedereen 'lieverd' en iedereen noemde haar Joanie. Maar Bix en zijn schoonmoeder gebruikten elkaars echte naam.

'Alles goed met iedereen?' vroeg ze met haar slepende accent.

'Ja hoor. Alles goed.'

Stilte. 'En met jou?'

'Ik... ook prima.'

'Maak dat je moeder wijs,' zei Joan, en hij hoorde haar een sigaret opsteken, met op de achtergrond het geluid van grasmaaimachines. Kennelijk maaiden ze in San Antonio 's avonds het gazon. 'Waar zit je mee?' zei ze terwijl ze uitblies.

'Niks bijzonders,' zei hij. 'Ik vroeg me alleen af... hoe het verder zal gaan.'

'Dat doen we allemaal.'

'Ik word geacht dat te weten,' zei hij. 'Dat is mijn vak.'

'Dat is wel veel gevraagd.'

Hij staarde naar de bewegende en mengende kleuren op de rivier. Joans sigaret knetterde in zijn oor toen ze een diepe trek nam.

'Dat klinkt zorgelijk,' zei ze rokerig. 'Een zorgelijk zwijgen.'

'Ik vrees dat ik het niet nog eens kan.'

Het was voor het eerst dat Bix die woorden, of dergelijke woorden, uitsprak tegen iemand. In de stilte die volgde schrok hij terug van die bekentenis.

'Gelul,' zei Joan; hij kon de krachtig uitgeblazen hete wolk sigarettenrook bijna tegen zijn wang voelen. 'Je kunt het wel en je doet het ook. Je bent er vast een stuk dichterbij dan je denkt.'

Haar nonchalante woorden bezorgden hem een onverklaarbare golf van opluchting. Misschien doordat ze zijn naam gebruikte, die hij zelden hoorde, of omdat ze meestal niet zo van de peptalk was. Misschien leek het alleen maar waar, omdat hij op dat moment iemand hoorde zeggen *Je kunt het wel en je doet het ook*.

'Ik ga je nou eens een advies geven, Beresford,' zei Joan. 'En dat komt uit mijn liefhebbende hart. Zit je klaar?'

Hij sloot zijn ogen en voelde wind langs zijn oogleden. Kleine golfjes kabbelden tegen de borstwering onder zijn voeten.

Er hing de geur van de zee: vogels, zout, vissen, alles ongerijmd vermengd met Joans piepende ademhaling.

'Klaar,' zei hij.

'Ga naar bed. En geef die gekke dochter van me een kus.'

En dat deed hij.

Case study:

Niks aan de hand

1

Niemand, ook Alfred Hollander zelf niet, weet precies wanneer hij voor het eerst heftig – 'allergisch' is het woord dat hij gebruikt – begon te reageren op de kunstmatigheid van tv. Het begon met het nieuws: die nepglimlach. Dat haar. Waren dat robots? Waren het wiebelpoppetjes? Waren het tot leven gekomen poppen zoals hij op posters van horrorfilms gezien had? Het werd ondoenlijk om samen met Alfred naar het nieuws te kijken. Het werd moeilijk om met Alfred naar *Cheers* te kijken. Je keek maar liever naar niks met Alfred, die de neiging had om vanaf de bank, nog altijd licht slissend, te brullen: 'Wat krijgt ze betaald?' of 'Denkt hij dat we daar intrappen?' Het bedierf de stemming.

De tv uitzetten was niet voldoende; rond zijn negende had Alfreds weerzin tegen namaak de grens tussen kunst en leven overschreden en was die zijn alledaagse wereld binnengedrongen. Hij had achter de schermen gekeken en gezien hoe mensen zichzelf speelden of – nog verraderlijker – versies van zichzelf speelden die ze van de tv hadden afgekeken: Bedrijvige Moeder. Schaapachtige Vader. Strenge Leraar. Aanmoedigende Coach. Alfred wilde en kon die toe-eigeningen niet verdragen. 'Doe niet net alsof, anders geef ik geen antwoord,' zei hij tegen zijn geschrokken gesprekspartner, of gewoon botweg 'Dat is nep'. De kat en de hond des huizes, Vincent en Theo, sleten hun dagen zonder doen-alsof. Net als de eekhoorns, herten, goffers en vissen die de merenrijke streek in de staat New York bewoonden waar Alfred opgroeide, en waar zijn vader, Ted Hollander, kunstgeschiedenis doceerde aan een kleine universiteit. Waarom moesten mensen spelen wat ze al waren?

Er was duidelijk een probleem: Alfred was moeilijk – of, volgens diverse getuigen, 'een ramp'. En er was een nog dieper liggend probleem: hij vergiftigde zijn wereld. Velen van ons, die ten onrechte worden beschuldigd van, bijvoorbeeld, spionage voor de Binnenlandse Veiligheidsdienst, of van het stalken van een beroemdheid die ze niet eens kennen, zullen reageren met schuldgevoel, bezorgdheid en trachten hun onschuld aan te tonen. Met andere woorden: we zullen ons net zo gedragen als een spionerende veiligheidsagent of een stiekeme stalker zich zou gedragen. Op dezelfde manier deden volwassenen die door Alfred werden gemaand 'niet zo'n namaakstem op te zetten' hun best om zich natuurlijker te gedragen, met als gevolg dat hun gedrag minder natuurlijk werd. Ouders speelden oudertje, leraren speelden leraartje, honkbalcoaches speelden honkbalcoachje. En maakten zich zo snel mogelijk uit de voeten.

Het gezinsleven vormde het epicentrum van Alfreds ongenoegen. Bij het avondeten voelde hij zich 'verstikt' door de kalme superioriteit van Miles, zijn oudste broer, die beschaafd en weldenkend was, en door de bestudeerde afwezigheid van Ames, de middelste broer, die onzichtbaar kwam en ging en wiens werkelijke gedachten altijd onbereikbaar waren. Als antwoord op de onschuldige vragen van zijn ouders over zijn schooldag, brulde Alfred vaak 'ik weiger dit gesprek', tot ontzetting van Susan, zijn moeder, voor wie tijd met het gezin heilig was.

Op zijn elfde begon Alfred op feestdagen met de hele familie een bruine papieren zak met ooggaten over zijn hoofd te dragen. Tijdens de hele maaltijd hield hij die zak op en perste zijn vork met kalkoen of notentaart door een rechthoekige gleuf bij zijn mond. Zijn doel was om een zo hevige storing te veroorzaken dat die om echte reacties vroeg – zij het ook negatieve – van zijn disgenoten.

'Wat doet Alfred nou?' vroeg een grootouder dan.

'Ik heb een zak over mijn hoofd,' antwoordde Alfred vanonder de zak.

'Is hij niet tevreden over zijn uiterlijk?'

'Ik zit hier, oma, je kunt het me zelf vragen.'

'Maar ik zie hem niet...'

Sommige zeldzame individuen hadden de gave om natuurlijkheid op te roepen, en dat waren de enigen die Alfred kon waarderen. De voornaamste daarvan was Jack Stevens, de beste vriend van zijn broer Miles. 'Zet je zak op, Alf,' smeekte Jack dan, bij voorbaat gniffelend, maar de zak was niet nodig als Jack er was – hij zorgde voor ontspanning van het hele gezin. Jack overnachtte vaak in huize Hollander, zijn moeder was aan kanker overleden toen hij nog jong was. Alfred beschrijft Jack als stoer, spontaan, sensatiebelust, een jongen die biervaten naar 'het strand' zeulde, een reepje zand bij een voormalig zomerkamp dat in trek was als partyplek bij de plaatselijke tienerbevolking. Het was bekend dat Jack cheerleaders ontmaagdde in oude zomerhutjes, maar de gebroken harten werden (in Alfreds ogen) goedgemaakt door Jacks populariteit, enthousiasme en incidentele oprispingen van moederloos hartzeer, blijkens (alweer volgens Alfred) zijn neiging om uit te staren over het meer, dat diep en koud was, gevormd door gletsjers en in het najaar bevolkt door duizenden Canadese ganzen.

Miles en Jack Stevens bleven dikke vrienden in hun collegejaren maar kort daarna volgde een onaangename breuk. Nu hij niet meer sprak met zijn broer en zijn held, raakte Alfred het ijkpunt van zijn jeugd kwijt.

Als student aan de SUNY New Paltz verzamelde Alfred een groepje vrienden met dezelfde minachting voor het omringende 'gelul'. Maar na zijn afstuderen in 2004 raakte hij teleurgesteld in de 'pseudovolwassenheid' van die vrienden. Na hun rechtenstudie wilden die vrienden jurist worden, of werken voor marketingbedrijven of technische bedrijven of internetbedrijven die net weer opkrabbelden na de dotcomcrisis. Als een studievriend van hem ging lijnen, een neuscorrectie liet uitvoeren of gekleurde contactlenzen ging dragen, drukte Alfred zijn afkeuring van die 'vermommingen' uit door vragen te stellen als 'Zie jij jezelf als een iemand die dik is en nu toevallig mager is?' of 'Weet je wel zeker of je de góéde neus hebt gekozen?' of 'Is mijn huid nu groen door die lenzen?' Dat iemand zijn naam veranderde betekende niets voor hem; 'Anastasia' bleef voor hem de oude Amy, al dreigde ze hem niet te vragen op haar bruiloft als hij haar zo bleef noemen, wat ze na een paar waarschuwingen uiteindelijk ook deed.

De studievrienden verdwenen in hoog tempo en Alfred was opgelucht en miste ze. Hij had een kamer genomen in de flat van een ouder echtpaar in West Twenty-eight Street in ruil voor het regelen van hun wekelijkse pillendoses, het voorlezen van hun e-mail en het uittikken van de antwoorden die ze dicteerden. Hij werkte bij een fietsenmaker en besteedde al zijn inkomsten aan het maken van een drie uur durende documentaire over de migratiepatronen van Noord-Amerikaanse ganzen. De titel was *De migratiepatronen van Noord-Amerikaanse ganzen*, en de commentaarstem was volledig vrij van kunstmatigheid, dat wil zeggen, volstrekt expressieloos. Bij de privévertoning die Alfred op eigen kosten in Manhattan organiseerde verzonken alle toeschouwers in een coma. Miles, bekend lijder aan slapeloosheid, moest na afloop van de film wakker worden geschud. Miles vroeg Alfred of hij een dvd van de ganzenfilm mee kon krijgen naar Chicago om tegen bedtijd te gaan kijken. Alfred was razend en verpletterd en weigerde.

2

Ik hoorde voor het eerst over Alfred Hollander in 2010, een jaar na de voltooiing van *De migratiepatronen van Noord-Amerikaanse ganzen*. Alfreds vader Ted leidde een discussiegroep samen met zijn tweede vrouw Portia (Alfreds ouders waren gescheiden in het jaar dat hij ging studeren), waarvan ik deel uitmaakte tijdens mijn studie aan Columbia. Ik had Alfred een paar keer gemaild met het verzoek om een vraaggesprek voor mijn proefschrift, een onderzoek naar authenticiteit in het digitale tijdperk. Toen hij maar niet antwoordde zocht ik hem op bij de fietsenmaker waar hij werkte. Ik trof een vriendelijke jongen met peentjeshaar aan, wiens opgewektheid een vijandig randje had.

'Met alle respect, *Rebecca Amari*,' zei hij op een toon waardoor ik mezelf ging afvragen of ik die naam verzonnen had, 'waarom zou ik jou mijn ideeën laten overnemen voor een of ander academisch onzinstuk, alleen maar om jou een aanstelling te bezorgen?'

Ik legde hem uit dat ik niet uit was op een aanstelling, alleen maar op mijn promotie en hopelijk ergens een docentenbaan, en gaf hem de verzekering dat ik zijn verhaal als het zijne zou presenteren, ook al zou ik de fenomenen die hij beschreef codificeren en in context plaatsen.

'Niet om het een of ander, maar daar heb ik jou echt niet voor nodig,' zei hij.

'Met alle respect,' zei ik, 'ik denk van wel.'

'Waarom?'

'Omdat het enige wat je tot nu toe hebt geproduceerd een slaapverwekkende film over ganzen is,' zei ik. 'Niet om het een of ander.'

Hij legde het gereedschap waar hij mee bezig was neer en boog zijn hoofd naar me toe. 'Kennen wij elkaar?' vroeg hij. 'Je komt me bekend voor.'

'We hebben allebei sproeten,' zei ik, en voor het eerst leverde dat me een echte glimlach op. 'Ik denk dat ik jou aan jezelf doe denken. Bovendien ben ik de enige ter wereld die net zo geobsedeerd is door authenticiteit als jij.'

Het duurde een jaar voor ik iets van hem hoorde.

Van Alfreds vader wist ik al dat hij een project had opgezet dat nog wereldvreemder en uitzonderlijker was dan het papierenzakproject in zijn schooltijd. Het ontstond op een ochtend in de nazomer, toen Alfred met zijn hond, een geadopteerde teckel genaamd Maple Tree, naar een plaatselijke basisschool wandelde, op de dag van de inschrijving. Hij deelde twee dames die voor het ministerie van Onderwijs werkten mee dat hij Maple Tree wilde laten inschrijven voor de voorschoolse kleutercursus, en genoot op zijn gemak van hun ontsteltenis.

'Ze is heel intelligent,' zei hij. 'Ze leert alleen op een andere manier.'

'Praten kan ze niet, maar ze begrijpt alles.'

'Ze zal rustig blijven zitten luisteren als je haar om de paar minuten zo'n brokje geeft.'

De dames, wier sierlijke vingernagels waren gedecoreerd met het fijne schilderwerk dat normaal gereserveerd wordt voor surfborden van museumkwaliteit, luisterden toe met nauwelijks onderdrukte hilariteit. 'Je wilt je hond op school inschrijven,' begon de ene met vertrokken mond.

'En als de andere kinderen nu hun huisdier mee willen nemen naar school?' voegde de andere eraan toe.

'Is ze zindelijk? We kunnen geen geplas op de vloer hebben...'

'Kent ze letters en cijfers?'

Alfred merkte de sluwe blikken op die de dames wisselden en begon te vermoeden dat er iets werd opgevoerd. Nadat ze even haar lippenstift had bijgewerkt zei de ene: 'Hoor eens, schat, er staat hier nog een hele rij mensen te wachten. We moeten de voorstelling maar beëindigen.'

'Waar hebben jullie het over?' zei Alfred en hij drukte Maple Tree aan zijn borst.

'Zit hij op je kleren, op de schooltas of op de hond?'

'Ik hoop op de hond,' zei de eerste. 'Die had mijn beste kant in beeld.'

Toen ze ontdekten dat Alfred geen verborgen camera bij zich had om het absurde treffen te registreren, en dat ze twintig minuten hadden verspild met een sukkel zonder enige kans op YouTube-roem, schopten de dames hem eruit.

En aldus werd Alfred wakker in ons Zelfbewakingstijdperk.

Terug in zijn kamer aan West Twenty-eighth Street staarde hij wanhopig in Maple Trees amberkleurige ogen. In deze nieuwe wereld waren kwajongensstreken niet voldoende om authentieke reacties te veroorzaken; authenticiteit vereiste gewelddadige ontmaskering, zoals wormen gaan kronkelen als iemand de steen boven hen snel weghaalt. Hij moest mensen tot voorbij hun breekpunt drijven. Zelfs meneer Kalme Superioriteit had zijn breekpunt, zoals Alfred ontdekte toen zijn oudste broer hem in Alfreds laatste jaar dronken en ontsteld opbelde op SUNY New Paltz, de eerste keer dat hij kon horen dat Miles stomdronken was.

In die tijd zat Miles in zijn tweede jaar rechten aan de University of Chicago en woonde hij samen met Jack Stevens, die een baan bij een bank had. Hun moeder kwam vaak op bezoek; ze had een relatie met iemand in Chicago, had ze verteld aan Miles, die het prettig vond dat ze de koelkast vulde met vers fruit. Maar degene met wie ze het bed deelde bleek Jack Stevens te zijn.

'Weet je het zeker?' vroeg Alfred toen Miles deze bliksemschicht telefonisch op hem af slingerde vanuit een Holiday Inn waar hij zich meteen na de ontdekking van dat feit had verschanst.

'Ik kan nooit meer aan school denken,' jammerde Miles. 'Of aan thuis. Alles is kapotgemaakt. Het is... afgelopen. Omdat het allemaal hiertoe heeft geleid.'

'Luister,' zei Alfred, opgezadeld met de hem weinig passende rol van Kalmerende Agent, 'er is niemand dood, hoor.'

'Zo is het... He. Le. Maal. Of er iemand dood is,' zei Miles, en hij snoerde de woorden aan. 'Of we allemaal dood zijn. Jij. Ik. Ma. Pa.'

'En Ames?' vroeg Alfred in een poging tot luchtigheid. Ze hadden allemaal de neiging Ames te vergeten.

Bij Miles' woedende kreet hield hij de telefoon van zich af. 'Je snapt het niet, Alf! Jij ben gewoon te maf, net als ma. Niks betekent iets voor jou.' En Miles begon te snikken, het was in Alfreds herinnering de eerste keer dat hij zijn broer hoorde huilen. 'Ze hebben alles kapotgemaakt,' snikte Miles. 'Er is niets meer over.'

De volgende dag kreeg Alfred een e-mail van Miles: 'Hoi Alf, sorry voor dat emotionele gedoe aan de telefoon. Wie had ooit gedacht dat ik zo sentimenteel was? Het leven gaat door. Groet, Miles.'

Miles praatte langer dan een jaar niet met zijn moeder, tot het moment dat haar relatie met Jack afgelopen was. In de acht jaren daarna had Alfred de naam Jack Stevens niet horen noemen. Maar hij had Miles horen huilen van pijn, en die herinnering koesterde hij.

In een biologieles op school was het een keer gegaan over pijn. Wetenschappers die pijn bestudeerden moesten die toebrengen zonder lichamelijk letsel, en dat deden ze met koude; handen die in ijswater werden gedompeld deden ondraaglijk pijn maar bleven onbeschadigd. Dat onderdeel had Alfred zo gefascineerd dat hij in de kelder thuis een emmer vulde met water en ijsklontjes en zijn onderarmen erin dompelde tot de plotselinge pijn hem bijna deed kotsen. Toch was er geen spoor van achtergebleven.

Niet lang na Maple Trees schooldebacle hoorde Alfred een kreet door zijn raam aan West Twenty-eighth Street – geen schreeuw of gil maar een diepkelige krijs, die hem overspoelde met angsthuiver. Hij rende naar buiten en trof een vrouw aan met een bruine labradorpuppy in haar armen, die aan zijn lijn was ontsnapt, tussen de wielen van een vrachtwagen verzeild was geraakt en ongedeerd weer weg had weten te komen. Alfred staarde naar de puppy en zijn eigenaar. Het was kabaal geweest, alarm, angst. Maar zelfs de hond had niks.

3

Alfred begon zo nu en dan in het openbaar te schreeuwen: in de metro, op Times Square, bij Whole Foods, in het Whitney Museum. Hij kan zich nog opmerkelijk helder (voor iemand die schreeuwt) de chaotische taferelen die volgden herinneren, hoewel die beschrijvingen merkwaardig onbewogen klonken voor de luisteraar, net of je iemand een droom hoort navertellen. Uitzondering was de keer in de apotheek Duane Reade op Union Square, vanwege de afloop: nadat Alfred door twee beveiligers ruw de winkel uit gewerkt was, trof hij een meisje dat opvallend geamuseerd en nieuwsgierig had gekeken tussen de gealarmeerde klanten in de zaak. Ze stond nu tegen een muur geleund en wachtte kennelijk op hem.

'Wat deed je nou daarbinnen?' vroeg ze en die vraag boeide Alfred. De meesten zouden hebben gezegd dat hij had geschreeuwd, maar Kristen had verder gekeken.

Onder het genot van latkes en appelthee bij Veselka legde Alfred haar zijn gilproject uit. Kristen luisterde en haar enorme bleekblauwe ogen knipperden naar hem als de wijd open snaveltjes van vogeljongen. Ze was vierentwintig en zat nog in de avontuurlijke fase van haar verhuizing naar New York om bij een grafisch ontwerpbureau te gaan werken. Alfred was bijna negenentwintig.

'Hoe vaak gebeurt dat?' vroeg ze. 'Dat schreeuwen? Gemiddeld.'

'Ik zeg liever "gillen",' zei Alfred. 'Soms twee keer in een week. Soms een paar maanden lang niet. Alles bij elkaar... misschien twintig keer per jaar.'

'Doe je het ook bij vrienden?'

'De meeste mensen kunnen er niet tegen.'

'Bij familie?'

'Zero tolerance. Dat is een letterlijk citaat.'

'Je bedoelt dat iemand de term "zero tolerance" gebruikte om het gilprobleem te beschrijven?'

'Ik bedoel dat ze dat allemaal zeiden om het gilprobleem te beschrijven en tegen te gaan.'

'Wauw. En toen?'

'Ik zie ze niet zo vaak meer.'

'Omdat je niet mag gillen?'

'Omdat het me treurig stemt dat ze mijn project willen verklaren met termen als "snakt naar negatieve aandacht".'

'Tja, familie,' zei Kristen en ze rolde met haar mooie ogen. Toen vroeg ze: 'Is dat zo? Snak je naar negatieve aandacht?'

Het café was inmiddels bijna leeg en de appelthee was koud geworden. Alfred besefte dat zijn antwoord van belang was. Hij was zich vaag bewust dat hij het niet gehad had over de behóéfte om soms te gillen, als een aandrang om te geeuwen of te niezen. Hij hoopte dat dat vanzelf sprak.

'Het is eigenlijk net andersom,' zei hij. 'Ik accepteer de negatieve aandacht in ruil voor iets wat er meer toe doet.'

Kristen keek hem oplettend aan.

'Authenticiteit,' zei hij, en hij rolde het woord uit als een heilige antieke perkamentrol. Hij zei het maar zelden, de kracht ervan kon verzwakken als het te vaak gebruikt werd. 'Oprechte menselijke antwoorden en niet de verzonnen kletskoek die we elkaar de hele dag door opdissen. Daar heb ik alles voor opgeofferd. Ik denk dat het dat waard is.'

Kristens gefascineerde blik moedigde hem aan. 'Doe je het ook tijdens seks?' vroeg ze.

'Nooit,' zei hij, en onverschrokken roekeloos voegde hij eraan toe: 'Dat beloof ik je.'

Acht maanden later zaten Alfred en Kristen in een bus van Avis naar O'Hare Airport in Chicago om hun huurauto op te halen. De bus zat stampvol mensen die probeerden niet over elkaar heen te vallen in de bochten in de weg, en zwenkte naar alweer een volgende halte om nog meer passagiers in te laten stappen. Alfred en Kristen stonden achterin.

Alfred voelde een vertrouwde kriebel opkomen. Hij probeerde die te onderdrukken; hij ging tenslotte met zijn mogelijk (hopelijk) serieuze vriendin naar een bijeenkomst bij Miles thuis, om de doop van diens tweede kind te vieren. Hun moeder vloog ook over en de bedoeling was dat Alfred en Kristen het weekend bij Miles zouden logeren en Chicago zouden bekijken, inclusief de tentoonstelling van Japanse anime in het Art Institute die Kristen dolgraag wilde zien. Maar zodra hij aan Miles dacht werd het onmogelijk de kriebel te onderdrukken.

Alfred slaakte een kort, onduidelijk geluid, iets tussen een kreun en een blaf. Zelfs Kristen, die onderhand gewend was aan zijn gegil en het allang niet meer leuk vond, wist niet helemaal zeker of hij de bron ervan was. Pas toen ze zijn gezicht zag – het enige gezicht dat geen nieuwsgierigheid vertoonde – vernauwden haar ogen zich dreigend. Maar Alfred genoot al van de beide tegengestelde krachten die inwerkten op zijn medereizigers: de collectieve behoefte om dat onverklaarbare geluid te negeren en tegelijk de aankondiging van iets vreeswekkends. Dit was de Uitstelfase, waarin iedereen gezamenlijk dreef op de vloedgolf van een mysterie dat alleen door Alfred op te lossen was. Daar had hij het bij kunnen laten – hij had dat ook wel gedaan, de zeldzame keren dat het mysterie en de kracht alleen hem genoeg hadden geleken. Maar vandaag niet. Toen het mysterie overvloeide in nieuwe ergernis over de ongemakkelijke busrit, uitte Alfred een tweede blaf-kreun: langer, harder en niet te negeren.

Nu kwam de Onderzoeksfase, waarin iedereen om hem heen (behalve Kristen, die strak voor zich uit keek) onopvallend probeerde de aard van zijn klacht vast te stellen. Was het geluid onopzettelijk en kon men er beter uit beleefdheid geen acht op slaan? Of was het een noodkreet? Dat hield de medepassagiers zo bezig dat ze vervielen in een kinderlijke staat van ontvankelijkheid, adembenemend om te zien. Ze *vergaten dat ze gezien konden worden.* Alfred koesterde zich in hun onbewuste verbazing en ademde tegelijk zo diep in dat hij op het punt van ontploffen stond; daarop ontlaadde hij zijn longinhoud in een oorverdovende uitbarsting, een gil, een brul, die hij als een spies in de weerloze gezichten om hem heen dreef. Hij huilde als een wolf naar de maan, alleen keek hij niet omhoog, hij keek *voor zich uit*, naar zijn medereizigers, wier paniek, verschrikking en ontsnappingspogingen de hysterie opriepen van passagiers van een vliegtuig dat recht in zee dook.

Het observeren van zulke uitersten zonder dat er een werkelijke dreiging bestond was geen genoegen. Geen genot. Het was een *openbaring*. En als iemand die openbaring had gekregen, keerde hij terug naar het dagelijks leven in het besef dat er onder het luie oppervlak ervan een verborgen tumult woelde. En dat besef was nog maar nauwelijks aan het vervagen, of degene die het zocht begon er, steeds intenser, naar te verlangen die maalstroom nogmaals gade te slaan. Waarom schilderden renaissanceschilders anders steeds maar Christus aan het kruis (om een voorbeeld van Alfred zelf te gebruiken) en voegden ze alleen op de verre achtergrond petieterige figuurtjes toe, gebogen onder vrachten hooi of stenen? Omdat mensen een buitengewone dood willen zien – niet het sjouwen met zware lasten! En Alfred had een methode gevonden om die openbaring op elk moment tot stand te kunnen brengen zonder dat hij ervoor hoefde te sterven of iemand hoefde te doden!

Niets was te vergelijken met die eerste gil, zei Alfred, en hij vergeleek die met de eerste slok wijn die een kenner langs zijn gehemelte laat spoelen. Maar ook de afloop was belangrijk, en daarvoor moest hij blijven schreeuwen. Hij had maar één regel: *Niet ingrijpen*. Zijn taak was uitsluitend het gillen en wachten op de Er-gebeurt-iets-fase – en dat 'iets' kwam meestal in de vorm van lichamelijke actie. Alfred was geslagen, gestompt, op straat gegooid, hij had een tapijt over zijn hoofd gekregen, er was een sinaasappel in zijn mond gepropt en er was hem een verdovende injectie toegediend zonder zijn toestemming. Hij had met tasers en wapenstokken te maken gehad en was gearresteerd wegens ordeverstoring. Hij had acht keer een nacht in de cel doorgebracht.

Ongeveer dertig seconden na Alfreds eerste gil zwenkte de Avis-bus naar de stoeprand en de chauffeur, een lange Afro-Amerikaan, spleet de verontruste menigte en beende naar achteren. Alfred zette zich schrap voor een lichamelijke confrontatie, omdat hij behept was met vooroordelen over Zwarte mannen en geweld, hoezeer hij er ook van overtuigd was dat hij daar vrij van was. Maar de chauffeur, die een naamkaartje met 'Kinghorn' droeg, richtte op Alfred de laparoscopische blik van een chirurg die in spieren en botten prikt als voorspel tot het verwijderen van een tumor. Zijn doordringende onderzoek maakte Alfred iets duidelijk: onderzocht worden tijdens het gillen was in feite onaangenamer dan eruit gegooid te worden, of geschopt of geslagen. En die ontdekking riep een tweede op: lijfelijk geweld, hoe pijnlijk ook, gaf hem de mogelijkheid een eind te maken aan het ononderbroken gillen. Hetgeen tot een derde ontdekking leidde: gillen is níét ononderbroken. Om te gillen moet je ademhalen, om adem te halen moet je inademen en om in te ademen moet je het gillen onderbreken.

'Heeft iemand die man iets gedaan?' vroeg Mr Kinghorn scherp tijdens de eerste onderbreking. Na de gezamenlijke ontkenning viel hem een bleek, gekweld gezicht vlakbij op – dat van Kristen – en hij sprak haar zachtjes aan. 'Reist u samen met deze meneer?'

'Tot nu toe,' mompelde ze.

'Heeft hij psychische problemen?'

'Ik weet het niet,' zei Kristen vermoeid. 'Ik denk dat hij gewoon graag gilt.'

Mr Kinghorn prikte in de volgende adempauzes van Alfred: 'Meneer, u bent nu al twee minuten kabaal aan het schoppen... ik geef u nog dertig seconden... en dan moet u ofwel stoppen met brullen of uitstappen... ben ik duidelijk?'

Alfred merkte dat hij instemmend knikte, een gruwelijke inbreuk op de niet-ingrijpen-regel. Mr Kinghorn keek op zijn polshorloge – een knoert van een duikershorloge of een parachutistenhorloge, een horloge waarop je een omelet kon bakken of jezelf teleporteren naar een ander millennium. En hij wachtte. Maar Alfred kon niet meer blijven gillen als daarvoor; Mr Kinghorns gezag had de ontstelde passagiers gekalmeerd, en neutraliseerde het effect van het gillen. Alfred had het gevoel of er een tent in elkaar zakte; bedolven onder tentdoek viel hij stil.

Mr Kinghorn knikte afgemeten. 'Dank u wel,' zei hij. 'Dank u voor uw bereidheid om een toontje lager te zingen. Laten we maar verdergaan.'

Bij die laatste woorden ging zijn stem omhoog, een sonore bariton vulde de bus en kennelijk ook het hart van de mensen, want er ging een applausje op. De bus trok op van de stoeprand en snelde alweer voort naar de Avis-locatie onder algemene vrolijkheid, met slechts drie uitzonderingen: Alfred, die dodelijk vermoeid aan zijn stang hing, Kristen, die verwoed naar het troosteloze luchthavenlandschap staarde, en Mr Kinghorn, wiens deskundige aanpak van hinderlijke passagiers aantoonde dat er met deze niet zoveel bijzonders aan de hand was.

'Ik vraag me af hoe Mr Kinghorn in het echt is,' peinsde Kristen dromerig toen ze in hun Avis-huurauto zaten, verstrikt in het verkeer rond O'Hare.

'Bel dan naar Avis en vraag naar hem,' zei Alfred zuur.

'Je bent niet erg vrolijk,' zei Kristen. 'Je hebt je net uitgeleefd in je obsessie, dan hoor je toch opgetogen en een beetje high te zijn?'

'Laten we het maar vergeten.'

'Kon ik dat maar!'

Alfred zuchtte. 'Vroeger vond je dat gillen leuk.'

'Léúk zal ik niet beweren.'

'Maar je geloofde erin.'

'Klopt.'

'Wat is er dan veranderd?'

Kristen dacht even na. Ten slotte zei ze: 'Het werd saai.',

4

De treurnis van de rit naar Miles' huis in Winnetka werd alleen overtroffen door de treurnis aldaar: sandwiches eten op de veranda van zijn broer die uitkeek over Lake Michigan, bladeren dwarrelend uit de bomen en landend op het water als gele lelieblaadjes. Zijn moeder had hem omzwachteld met een jasmijngeurige omhelzing. Kristen was voorgesteld (gevolgd door scherpe onderzoekende blikken die vertaald konden worden als: 'Leuke meid, het is een wonder; ze kent hem vast niet goed, of misschien is er iets mis met haar wat niet opvalt...'). Vragen over de reis uit New York werden beantwoord (vaagjes), en dan was er de nieuwe baby, natuurlijk, en die was piepklein, natuurlijk, en iedereen moest hem even vasthouden, natuurlijk, en hoewel Kristen zenuwachtig geweest was voor de ontmoeting met Alfreds familie, nu leek ze alleen maar blij dat er geen gillende mensen waren. Alfred was vergeten dat Ames er zou zijn. Maar Ames was er, en met hem de gebruikelijke vormeloze spanning die om het duistere geheim van zijn carrière hing. Dat geheim was recht evenredig met Ames' spiermassa gegroeid vanaf het moment dat hij, een paar jaar na 9/11, opklom van gewoon soldaat tot een functie bij Special Operations. Hij was nu eenendertig, kennelijk niet meer in dienst maar hij was nog gespierder; de meeste tijd bracht hij door in het buitenland en toen de liquidatie van Bin Laden ter sprake kwam leek hij even niet meer te weten wie dat was.

Miles' Kalme Superioriteit had zich in de loop der jaren verhard tot een uitwendig skelet, bij elk eerbetoon werd het stijver tot hij nauwelijks nog in staat leek tot beweging, laat staan tot spontaneïteit. Elk gebaar van hem leek Alfred geveinsd, of zelfs achterbaks – waarom leek Miles anders alleen maar oprecht te glimlachen als Trudy foto's nam met haar iPhone? Trudy was een verwoed Facebookgebruiker, nijver in de weer met gezinsvakanties en kleuterkunstwerkjes, uitvinder van sullige hashtags als #motherdaughterlove en #thankgoodnessforgrandparents, waarvoor Alfred speciaal op Facebook keek om zich kwaad te maken. Zijn tegengif voor die flauwekul was gewoonlijk de herinnering aan een recente gilpartij, maar dat had hem vandaag een openbare nederlaag opgeleverd in de Avis-bus. Hij kon zich niet voorstellen dat hij ooit nog zou gillen. Het project was onverhoeds een stille dood gestorven, en nu – wat nu? Wat kon Alfred in godsnaam doen of zeggen of zelfs denken dat hem in staat stelde nog maar één minuut langer op Miles' veranda te zitten?

En toen viel het hem in. Hij kon een vraag stellen.

'Hé, Miles,' zei hij. 'Heb jij nog wel contact met Jack Stevens?'

Miles stopte een fractie van een seconde met eten, als een haperingetje in een video. 'Nee,' zei hij bedachtzaam. 'Niet meer.'

Er volgde een zware stilte, die Kristen trachtte te verlichten door opgewekt te vragen: 'Wie is Jack Stevens?'

Miles' mond werd een grimmige streep. Trudy keek naar de verandavloer, Alfred voelde Kristens paniek omdat ze iets verkeerds gezegd had.

'Toe nou, Miles,' zei hun moeder. 'Alsjeblieft geen drama.'

Susan (Miles en Alfred noemden hun moeder nu zo) zag er jonger uit dan zevenenvijftig, soepel, asblond, een blauwe wikkelrok en een zachte witte trui; in zekere zin jonger dan ze leek toen ze nog klein waren. Toen was ze Bedrijvige Moeder geweest, zo een die tussen de innings het honkbalveld op rende om zonnebrandcrème op je neus te smeren. Zulke moeders waren altijd een beetje komiek als ze met hun bonte kleren en hun al te grote heuptasjes parten watermeloen sneden voor het team. Na de scheiding werd ze stil, waakzaam, alsof ze haar rol niet meer wist. Maar allengs werd ze wat wereldwijzer en ging ze doen wat ze wilde. Ze had niets komieks meer.

'Jack Stevens was een jeugdvriend van Miles,' legde ze Kristen uit. 'Tot op de middelbare school en later nog waren ze onafscheidelijk.'

'O,' zei Kristen ernstig. 'Is hem iets... overkomen?'

'Dat kun je wel zeggen,' zei Miles met een vreugdeloze lach.

Hun moeder zette haar glas hard neer op de picknicktafel. 'Het spijt me, maar het is belachelijk wat je daar zegt.'

'O. Spijt dat je?' vroeg Miles zogenaamd verbaasd.

'Je zou haast denken dat we iemand hebben vermoord, Jack en ik!'

'Ik begreep je verkeerd. Het spijt je níét.'

'Zo praat je niet tegen moeder,' zei Ames kalm. Hij hield de baby in zijn potige dooraderde armen als een muis die verslonden wordt door een python.

'O. Nou heb ik het gedaan,' zei Miles.

Alfred voelde de pijn plotseling wegvallen, als het ophouden van kiespijn. 'Woont hij nog in Chicago? Jack?'

Miles keek op zijn horloge. 'Hoe lang ben je nu hier? Veertig minuten? Drie kwartier?'

'Zevenendertig,' zei Trudy.

'Je hebt onze aankomst geklokt?' vroeg Alfred.

Miles en Trudy wisselden een blik. 'We vroegen ons af hoe lang het zou duren voor je begon te provoceren,' zei Miles.

'Zevenendertig minuten, je gaat vooruit,' zei Ames en iedereen lachte, behalve Miles.

'Ik vind hem niet grappig,' zei Miles.

'Íк was grappig,' zei Ames.

'Portia is bijna dertig jaar jonger dan je vader,' zei hun moeder tegen Miles. 'Je halfzus Beatrice is even oud als jouw dochter. Maar dat is dus geen probleem. Tjee, ik vraag me af wat het verschil is.'

'Wij kenden Portia niet voordat vader met haar trouwde,' zei Miles.

'Je boft dat ik niet met Jack getrouwd ben.'

'Jíj boft dat je niet met Jack getrouwd bent. Dan zou je je kleinkinderen niet kennen.'

Ames schoot krijgshaftig overeind. 'Zo. Praat. Je. Niet. Tegen. Moeder,' zei hij, haast onhoorbaar mompelend. Trudy plukte de baby uit zijn armen.

'Pas op.' Miles hield Ames in de gaten. 'Straks gaat hij nog vragen wat jij voor de kost doet.'

'Wie provoceert hier nou?' vroeg hun moeder.

'Ik ben met pensioen,' glimlachte Ames. 'Wil ik met alle plezier over praten.' Miles gooide zijn sandwich over de balustrade van de veranda. 'Zevenendertig minuten,' zei hij. Hij zag er uitgeput uit, donkere zakken onder zijn ogen, alsof de waanzin van anderen zijn levenskracht opzoog.

'Je hebt mijn vraag niet beantwoord,' zei Alfred. 'Over Jack.'

'Ja. Voor zover ik weet woont hij nog in Chicago,' zei Miles bitter. 'Hoezo, wou je hem gaan opzoeken?'

'Ik denk dat ik dat maar eens doe,' zei Alfred en hij stond op. 'Ik denk dat ik nu bij hem op bezoek ga.'

En daar had je het: oprechte verrassing op de gezichten om hem heen, weerloos en zuiver, alsof je een deur opentrapt en erachter gouden licht aantreft.

Alfred raapte zijn tas op en keek even naar Kristen, half verwachtend dat ze niet mee zou gaan. Maar ze liep ook naar de deur.

'Wauw,' zei ze, toen ze het huis uit gingen. 'Gaat het altijd zo?'

5

Terug in de huurauto probeerde Alfred de hooggeprezen intelligentie van zijn nieuwe mobiel te baat te nemen, maar die bleek alleen in staat hem te vertellen dat er in en om Chicago honderden, misschien wel duizenden Jack Stevensen woonden. Zijn daadkracht stuitte op de feiten.

Kristen werd somber. 'En nu?' vroeg ze. 'Onze bagage staat nog bij je broer in huis. Gaan we eigenlijk nog terug?'

'Natuurlijk gaan we terug,' zei Alfred. 'Als we bij Jack Stevens zijn geweest.' Hij scrolde langs de Jack Stevensen, dik en dun, jong en bejaard, grijnzend op makelaarswebsites en dreigend op politiefoto's. Er smeulde een vermoeden in hem dat Jack een bijnaam van John was.

Even later boog Kristen zich samen met hem over de telefoon en haar nieuwsgierigheid gaf Alfred moed. 'Hier!' zei hij opeens na nog een paar minuten. Samen keken ze naar een gezicht: zwierig, brede grijns, onscherp alsof hij bewoog of onzeker was. 'Dat is Jack.'

Kristen elimineerde een voor een adressen die mogelijk verbonden waren met deze merkwaardig obscure en vage Jack Stevens, tot het meest waarschijnlijke adres opdook: een westelijke buitenwijk die wel eens helemaal geen buitenwijk zou kunnen zijn, dacht Alfred toen ze er drie kwartier later binnenreden, het leek meer een langgerekte tentakel van Chicago. Bescheiden vrijstaande huizen langs de straten, in alle details identiek, tot aan de drie verspringende rechthoekige ruitjes in elke voordeur. Het huis stond halverwege twee zijstraten. Op het vierkante gazon stonden een rode speelgoedgrasmaaier en een roze stepje.

Ze stapten uit in de geur van gemaaid gras en motorolie. De stilte voelde abrupt, alsof er vlak daarvoor kinderen hadden gespeeld. Alfred kreeg een oud, kriebelig gevoel van verwachting. Jack Stevens. Waarom had hij zo lang gewacht met hem op te sporen?

'Ik ben zenuwachtig,' zei Kristen toen ze naar de deur liepen. 'Stel dat hij kwaad is.'

'Waarom zou hij kwaad zijn?'

'Sommige mensen vinden het niet leuk als je onaangekondigd voor de deur staat.'

'Zo is Jack niet.'

'Jij weet niet echt hoe Jack is,' corrigeerde ze. 'Je hebt hem na school nooit meer gezien.'

De deurbel was drietonig, een echt klokkengeluid. Ze wachtten en Alfred drukte nog eens. 'Hij is niet thuis,' zei Kristen hoorbaar opgelucht.

'Hij is vast niet ver weg. Er liggen spullen op zijn gazon.'

Ze gingen op het trapje voor de deur zitten wachten. De uniformiteit van de buurt verbaasde Alfred; van de volwassen Jack had hij dat niet verwacht. Alsof ze zijn gedachten las zei Kristen: 'Wat is er eigenlijk zo bijzonder aan die man? Behalve dan, nou ja. Dat met je moeder.'

'Jack was, tja... legendarisch,' zei Alfred, maar het woord was ontoereikend voor de legende die hij wilde schetsen. 'Iedereen... was dol op hem. Hij bracht in iedereen het beste naar boven en hij... wist van elke situatie iets volmaakts te maken.' Hij zweeg, verward omdat hij Jacks magische uitwerking moeilijk duidelijk kon maken.

Maar Kristen knikte, ze herkende het. 'Ik denk dat er op elke school wel zo'n jongen zit.'

Alfred wilde zeggen dat ze ongelijk had; op geen énkele school zat een jongen als Jack Stevens, alleen op die van hen en alleen hij, maar hij aarzelde om haar tegen te spreken nu het weer goed liep tussen hen. Ze moest het zelf maar ontdekken.

Na een halfuur reed een gehavende grijze Buick de oprit op; de chauffeur was moeilijk te zien, door de achterruiten gluurden kleine gezichtjes. De auto reed dicht langs Alfred en Kristen naar de garage achter het huis. Ze hoorden een elektrische deur omhoog roffelen, toen kwebbelende kinderstemmen en het geluid van een hordeur. Ze waren via de achterdeur naar binnen gegaan.

'Lullig is dit,' zei Kristen. 'Waarom stopte hij niet?'

'Hij moest zijn auto kwijt,' zei Alfred, maar hij had een koude rilling gekregen toen de auto langs hen reed. Hij pakte Kristens hand vast en voelde dat ze zweette. 'Blijf je liever in de auto wachten?'

'Niks ervan.'

Een wat oudere, wat zwaardere, wat kalere en wat meer verweerde variant van Jack Stevens deed de deur open, zijn ogen samengeknepen als iemand die gelazer verwacht. Hij had een fluorescerend roze met blauwe zwemband in zijn handen. 'Wat kan ik voor jullie doen?' zei hij schor door de hordeur, die hij dichthield.

'Hoi Jack. Ik ben het, Alfred.'

Jacks gezicht doorliep een evolutie van uitdrukkingen, alsof hij een runeninscriptie ontcijferde. 'Godskolere,' zei hij ten slotte, hij duwde de hordeur open en tuurde naar hun gezichten. 'Hollander?'

'Dezelfde,' zei Alfred; hij stak zijn hand uit maar Jack lette er niet op, omhelsde hem en klopte op zijn rug. Dat kon omdat Kristen de zwemband had aangepakt. 'Alfred Hollander?' zei Jack, en hij stapte even achteruit om hem nog eens te bekijken. 'Wat doe jij in jezusnaam hier?'

'Dit is Kristen,' zei Alfred. 'We zijn bij Miles op bezoek en waren benieuwd hoe het met je was.'

Jack nam de zwemband weer over van Kristen en gaf haar een hand. 'Kom binnen,' zei hij. 'Mi casa tu casa, als je het niet erg vindt dat mijn ex zo de kinderen komt ophalen.'

Ze liepen met hem mee een woonkamer met donkere vloerbedekking in. Een jongen en een meisje in zwemkleding zaten op een bank te friemelen met een afstandsbediening.

'Geen tv,' zei Jack. 'Zei ik toch?'

'Maar we hebben gezwommen,' zeurde het meisje.

'Fantastisch gezwommen. Maar geen tv.'

'Een tweeling?' vroeg Kristen.

'Jazeker. Sally en Ricky. Jongens, zeg eens hallo tegen mijn oude vrienden – nou ja, oud en nieuw,' zei hij met een knipoog naar Kristen.

'Aangenaam,' psalmodieerden de kinderen bedeesd.

'Ze balen omdat ze zo weg moeten. Niet, jongens?'

'We balen omdat we tv willen kijken,' zei de jongen.

'Altijd hetzelfde,' lachte Jack.

Hij haalde voor Alfred en Kristen elk een blikje Old Style en ze gingen op ligstoelen zitten in de betegelde ruimte tussen de achterdeur en de garage. Alfred deed beknopt verslag van zijn vaders tweede huwelijk met Portia, collega-kunsthistoricus, nauwelijks ouder dan Miles, en zijn vaderschap van een kleuter. Jack wist al van Miles' succes in de juridische wereld in Chicago. Toen het gesprek op hun moeder kwam, knikte hij stijfjes en zei: 'Prima mens.'

'En hoe is het met Ames?' vroeg Jack, want Alfred was vergeten hem te noemen. 'Nog in het leger?' Hij gniffelde toen Alfred verhaalde van zijn 'pensioen' van Special Operations en zijn geheimzinnige activiteiten in het buitenland. 'Goed zo, Ames,' zei Jack.

Wat hemzelf betreft mocht hij niet klagen, vertelde hij. Een jaar na het begin van de crisis was hij ontslagen en nu werkte hij parttime om de rekeningen te betalen, incassobureaus zaten hem voortdurend achter zijn reet, maar hij hield wel van een rustiger leven, was beter geworden in bowlen en speelde nu drie avonden per week in een competitie, maar hij was vooral dol op zijn kinderen, al moest hij vechten om wat tijd met hen door te brengen; zijn ex was inhalig, het ging altijd alleen om haar, ontrouw was ze ook, maar dat was een ander verhaal, en kijk eens wat een prachtige kids, dat lag deels aan haar, dacht hij, maar dan moest je wel goed kijken. Hij wou dat hij weer met ze buiten de stad kon wonen; jezus, hij miste de meren, Lake Michigan was eerder een zee, daar lagen op de bodem scheepswrakken, maar hij kon absoluut niet weg uit Chicago; hij zou in het portiek van zijn ex gaan kamperen als hij maar bij zijn kinderen in de buurt kon zijn... en toen ging de drietonige bel en de kinderen gilden 'Mammie!' en er klonken stampende voeten in het huis. Jack zette zijn blikje Old Style in de cilinder in de stoelleuning, stond moeizaam op en liep naar binnen.

Alfred en Kristen zaten te zwijgen terwijl er een stemmengolf van voor naar achter door het huis spoelde. Hij merkte dat Kristen naar hem keek. Ten slotte zei ze: 'Alfred, die man is er beroerd aan toe.'

De stemmen werden scheller. *Dan en ik willen volgende maand weg*, ving Alfred op en hij voelde een bijna pijnlijke klem op zijn borst.

'Zie je dat niet?' vroeg Kristen.

'Natuurlijk zie ik dat ook.'

'En? Waarom gil je dan niet? Of waarom eis je niet dat hij

stopt met die onzin en toegeeft dat hij een mislukkeling is?'

Het idee schokte hem. 'Waarom zou ik?' zei hij. 'Het is toch duidelijk genoeg?'

'Zoals altijd toch?'

Het geredetwist zwol aan en brak toen af. De voordeur sloot met een klap en het verdwijnen van de kinderstemmen naar buiten liet een vacuüm achter in het huis. Autoportieren gingen open en dicht. Alfred stelde zich voor hoe Jack door de rechthoekige ruitjes in zijn voordeur het vertrek gadesloeg.

Even later dook Jack weer op met drie nieuwe Old Styles. Er flitste een grijns over zijn gezicht, hij zakte weer in de stoel en nam een grote slok. De zon was gezakt en de lucht was vaalroze. Er stond al een maan, zacht en doorschijnend als het ei van een zeeschildpad.

'Rare zonsondergangen heb je hier,' zei Jack vaagjes. 'Heel anders dan bij de meren.'

'Niks is vergelijkbaar met de meren,' zei Alfred krachtig.

'Hoe zijn ze dan? Zoals de meren in de staat New York?' vroeg Kristen, en ze richtte haar hongerige vogeltjesblik op Jack.

Hij nam nog een flinke slok, alsof hij moed verzamelende voor het antwoord. 'Nou, de lucht is er helder,' zei hij ten slotte, 'maar om elk meer staat een rand van donkere bomen. Dus zelfs 's nachts kijk je vanuit die donkere ring op naar een lichtere hemel.'

'En de ganzen,' zei Alfred.

'Ja, de ganzen!' zei Jack. 'Jezus, die ganzen.'

'Ik heb een film over ganzen gemaakt,' zei Alfred.

Jack keek hem aan om te zien of hij niet bluftte. 'Het is niet waar.'

'*De migratiepatronen van Noord-Amerikaanse ganzen* heet hij.'

Jack begon te lachen. 'Kom nou.'

'Ik heb er vijf jaar aan besteed,' zei Alfred. 'Maar hij is niet echt goed geworden. Dat zie ik nu ook.'

De onthulling had Jack weer alert gemaakt. Hij leunde voorover in zijn ligstoel. 'Oké. Eerste akte, eerste scène,' zei hij. 'Neem hem eens met me door.'

'"Het mag mensen vreemd voorkomen,"' citeerde Alfred uit zijn geheugen, '"omdat voor hen presteren onderdeel is van het dagelijks leven, maar dieren zijn volledig gericht op overleven."'

'Je hebt niet de goede toon,' zei Kristen. 'Te veel expressie.'

'Ze heeft gelijk,' zei Alfred. Robotachtig monotoon ging hij door: '"Voor een mens lijkt de wens van een gans om terug te keren naar zijn thuis in Canada misschien sentimenteel, maar voor een gans betekenen 'wens' en 'thuis' iets anders dan voor een mens."'

Jack barstte in lachen uit. 'Gaat die hele film zo?'

'Drie uur en zeven minuten,' zei Kristen.

Alfred vertelde toonloos door totdat Jack zijn ogen afveegde en smeekte of hij even wilde stoppen. 'Ik moet even – je weet wel,' zei hij en hij liep naar binnen.

Alfred had impulsief geprobeerd Jack op te vrolijken. Maar toen Jack terugkwam met een hele koelbox Old Styles en Alfred zijn parodie weer opvatte, was het anders. Hij praatte door met het gevoel dat hij dat met een gevaarlijke intentie deed, alsof hij *De migratiepatronen van Noord-Amerikaanse ganzen* afbrak en voor Jacks ogen in brand stak om zichzelf eraan te warmen.

Op dat moment, zo vertelde Alfred me later, toen hij zijn levenswerk aan het parodiëren was, besloot hij contact met mij op te nemen. Misschien had hij dat al geweten; hij had sinds onze ontmoeting een jaar lang mijn kaartje in zijn portefeuille bewaard. Nu hij zijn mislukte ondernemingen sloopte voor hergebruik, kon hij toch net zo goed zijn gilproject inwisselen voor 'academische onzin'? En daar had hij mij voor nodig.

Maar ik had hem ook nodig. Waarom zou je authenticiteit bestuderen als je dat niet doet om haar na te streven – om te proberen een laatste restje waarheid uit dat woord te persen voor het zozeer ontdaan is van betekenis dat het een leeg omhulsel is geworden, een patroon zonder kogel; een woord dat je alleen tussen aanhalingstekens kunt gebruiken? Ik had Alfreds hulp nodig om te voorkómen dat ik een academisch onzinstuk zou schrijven. Dit hoofdstuk, in samenwerking ontstaan, lijkt in een academische context misschien tweeslachtig en onorthodox, maar het is wel een poging daartoe.

Achteraf gezien zaten we met z'n drieën daar bij Jack Stevens achter zijn huis in die vooravond in het Midden-Westen. De duisternis daalde neer, de maan steeg, verhardde en werd wit. Het sissen van de snelweg klonk als de wind of de zee. Alfred wilde hier voorgoed blijven zitten. Zo lang hij kon voerde hij de hilariteit op, om het moment uit te stellen waarop Jack zou zeggen dat hij naar bed moest, en het feest afgelopen zou zijn.

Een reis

Er komt een vreemdeling in de stad

MILES

Mijn nicht Sasha woonde al twintig jaar in de woestijn voor ik ontdekte dat ze kunstenaar was geworden. Ik volgde haar kinderen op social media, zoals ik dat vaak deed bij mensen die ik had gekend, om te zien hoe ze ouder waren geworden en om te peilen of ze gelukkig waren, toen ik een bericht van haar zoon aantrof: 'Trots op mijn moeder', met een link naar een artikel over Sasha in *Artnews*. Op de foto waren tientallen heteluchtballons te zien, opgehangen boven allerlei bonte beeldhouwwerken verspreid over de Californische woestijn. Volgens het artikel maakte Sasha die sculpturen van plasticafval. Later smolt ze de beelden om en maakte er bouwstenen van die in galerieën werden tentoongesteld en verkocht, samen met luchtfoto's van hetzelfde plastic maar dan als beeldhouwwerken.

Sasha! Wel verdomme!

Mocht iemand een bewijs verlangen dat iemands levensloop onvoorspelbaar is, dan zou deze ontwikkeling dat leveren. Sasha was tot diep in de dertig een mislukkeling geweest; een kleptomane die talloze jaren lang talloze spullen van talloze mensen had weten te jatten. En hoe wist ik dat? Omdat ze vlak voor ze in 2008 met Drew trouwde dingen begon terug te geven. Iedereen in de familie kreeg een of twee dingen, soms van zo weinig waarde dat je versteld stond dat Sasha nog wist wat van wie was. Mijn vader kreeg een Bic-balpen, zo een als ze bij Staples in pakken van twintig verkopen. Ik kreeg ook een pen, maar dat was een Montblanc van een paar honderd dollar. Ik had bijna een hersenbloeding gekregen toen die verdwenen bleek na een familie-etentje in een Koreaans restaurant, toen ik in New York was. Ik had het restaurant gebeld, het taxibedrijf, het vervoersbedrijf, ik ben mijn hele tocht door Koreatown nagelopen, diep gebogen speurend in de goten. Diezelfde pen lag een paar jaar later in mijn brievenbus met een handgeschreven briefje dat begon met: 'Sinds mijn tienerjaren heb ik geworsteld met de aandrang om te stelen, wat me veel angsten heeft opgeleverd en anderen veel frustratie en verlies.' Toen belde ik mijn vader.

'Ik weet het,' zei hij. 'Ik kreeg een Bic. Ik weet niet eens zeker of hij van mij is, misschien was hij wel van het restaurant.'

'Kunnen we haar nu niet eens dumpen, pa?' vroeg ik. 'Voorgoed? Ze is onverbeterlijk.'

'Ze is absoluut niet onverbeterlijk. Ze biedt haar excuses aan.'

'Ik hoef haar excuses niet. Ik wil dat ze verdwijnt.'

'Waarom zeg je nou zulke dingen, Miles?'

Ik weet nog precies waar ik stond tijdens dat gesprek: op de veranda van het huis aan het meer in Winnetka, waarvoor Trudy en ik ons diep in de schulden hadden gestoken (ze was zwanger van Polly, onze eerste) en dat we samen zorgvuldig hadden ingericht; dit moest de huiselijke idylle worden met kinderen, feestdagen en familiebijeenkomsten die ons zo vervoerend voor ogen had gestaan sinds we elkaar hadden leren kennen tijdens onze rechtenstudie aan de University of Chicago. Toen ik daar met mijn mobiel stond uit te kijken over het schitterende Lake Michigan, zag ik plotseling helder in dat goed handelen – goed zíjn – je niets oplevert in de wereld. Zondaars, daar houden mensen van: de fladderaars, de scharrelaars, de sukkelaars. Iets meteen goed doen had niets aantrekkelijks.

Sasha kan doodvallen, dacht ik.

Ik besef maar al te goed dat Sasha uit deze beschrijving sympathiek overkomt, en ik als een stijve moralist. Ik wás ook een stijve moralist, en niet alleen tegenover mijn nicht. Mijn vader, die Sasha als een dochter behandelde en haar in mijn ogen steunde, mijn moeder, wier amoureuze avonturen sinds hun scheiding me misselijk maakten, mijn jongere broers Ames en Alfred, die ik al voor hun vijfentwintigste als afgeschreven had beschouwd – niemand ontkwam aan de spiedende, verwoestende laserstraal van mijn oordeel. Die straal kan ik nu nog steeds inzetten, een bron van ongeduldige woede tegenover andermans zwakheden. Hoe had het menselijk ras al die duizenden jaren kunnen overleven? Hoe hadden we beschavingen kunnen stichten en antibiotica kunnen uitvinden als bijna niemand, behalve Trudy en ik, in staat leek om zich te vermannen en gewoon te doen wat je doen moet?

Als er iets kan worden aangevoerd ter verdediging van degene die ik was in 2008, het jaar waarin Sasha haar excuses aanbood en Polly werd geboren, het jaar waarin ik dertig werd, dan is het alleen dat ik mezelf het minste vergaf. Alles wat ik ondernam was erop gericht mezelf aan te zetten tot grotere prestaties. Maar bepaalde dingen, zoals slapen, zijn niet streng te beheersen. Op de middelbare school had mijn slapeloosheid het me mogelijk gemaakt uitstekende studieresultaten te behalen terwijl ik ook nog drie takken van sport beoefende, werkte voor een bedrijf in bomenonderhoud, en een kieskeurig vriendinnetje ter wille was. De lacunes vulde ik op met pindakaas, die ik met potten tegelijk at, en puberenergie. Maar Polly had buikkrampen en in die tijd was ik de jongste partner in de geschiedenis van mijn advocatenkantoor, en de werkdruk was verpletterend. Ik ging 's avonds slaappillen slikken en 's morgens Adderall om op gang te komen, en uiteindelijk de hele dag door om scherp te blijven. Als ik onrustig werd van de Adderall nam ik 's middags ter kalmering Xanax of Percocet, en tegen bedtijd slikte ik mezelf bewusteloos met nog meer slaappillen. Ik beschouwde dat gerommel met mijn stofwisseling als puur onderhoud, en het gemak waarmee ik mijn tekortkomingen chemisch de baas kon, plus de lichte medicijnenmisselijkheid die ik vaak voelde, maakte me dubbel zo ongeduldig tegenover iedereen. Ik werd, zoals ze dat noemen, 'prikkelbaar', moeilijker om mee samen te werken en samen te leven. Mijn hoge maatstaven verhoogden nog de druk die ik persoonlijk voelde, wat erop neerkwam dat ik niet vaak genoeg thuis was voor de kinderen (drie in vijf jaar, zoals we gepland hadden) en seksueel en anderszins geen goede partner was voor Trudy, die haar juridische loopbaan had uitgesteld om de kinderen op te voeden. Dat alles maakte me nóg prikkelbaarder, omdat ik voelde dat ik faalde, terwijl ik mijn leven lang alleen maar had proberen te slagen.

Van buitenaf zag het er allemaal prima uit. Ik bezorgde de zaak werk en hield dat in de gaten, al ging het ten koste van mijn populariteit op kantoor. Thuis leek iedereen tevreden, zoals ik dagelijks controleerde op Trudy's Facebookpagina, en later op haar Instagram. Ze was hoogbegaafd in het vastleggen van toevallige momenten op een manier die ze veelzeggend maakte. Als ik erdoorheen scrolde, uitjes naar het strand, het park, de dierentuin (vaak met onze buurvrouw Janna met haar vier kinderen) – ijsbedropen kinnetjes, een filmpje van papieren molentjes wentelend in de wind –, kon ik echt merken dat mijn hartslag vertraagde en mijn bloed tot rust kwam. Elk ogenblik dat ik wist los te wrikken uit mijn werk om met hen door te brengen kwam op de eerste plaats, en ik zwolg in Trudy's kiekjes van Polly die me knuffelde, Michael, onze oudste zoon die een bal naar me gooide en van mezelf als ik geprakte banaan in de mond van Timothy, de baby, lepelde. Alles was goed, hield ik mezelf voor, en ik haalde diep adem aan mijn kersenhouten bureau in mijn hooggelegen glazen kantoor. Ze waren er nog, ze waren gelukkig, wíj waren gelukkig, alle vijf, in ons mooie huis aan het meer, precies zoals Trudy en ik hadden gefantaseerd na het vrijen tussen de rechtscolleges – ze wachtten alleen nog tot ik terugkwam.

In 2013, op het hoogtepunt van de opiatencrisis, zette mijn arts, die tot dan toe alles wat ik vroeg braaf had voorgeschreven, opeens de rem erop. Het vooruitzicht geen toegang meer te hebben tot mijn medicatie wekte een dodelijke angst in me op: zonder die pillen kon ik evenmin functioneren als zonder zuurstof. Slapen, me concentreren, werken en ontspannen, het zou allemaal voorbij zijn; met míj zou het voorbij zijn. Ik had het gevoel alsof ik een staaf dynamiet met brandende lont had ingeslikt en stortte me in acties die me ook op het moment zelf vreemd voorkwamen: ik smeekte mijn arts om nieuwe medicijnen, hief mijn vuist tegen hem op en werd uitgeschreven als patiënt, ik werd met een sceptische blik bekeken door mogelijke nieuwe artsen als ik mijn behoeften opsomde (ze stuurden me weg met folders van behandelingsprogramma's), bezocht bedenkelijke klinieken in plaatsen in de omgeving, waar artsen die er nog opgefokter uitzagen dan ikzelf met bevende hand recepten uitschreven, en ten slotte, toen ik hoorde dat Illinois een receptenregister wilde gaan bijhouden om te voorkomen dat mensen als ik recepten verzamelden bij meerdere artsen, betaalde ik honderden dollars aan een arts in een verdachte kliniek om me in contact te brengen met een bonafide drugsdealer.

Damon en ik troffen elkaar in onze auto's op een afgesproken straathoek, en reden dan tot we naast elkaar konden stoppen voor een rood licht onder een van de verhoogde metrosporen, waar schaduwvlekken aan het oog onttrokken wat eronder gebeurde. We draaiden onze zijramen omlaag en ik gooide een envelop met geld in zijn auto. Damon, die had kunnen doorgaan voor een junior-jurist op mijn kantoor, gooide een zakje met middelen door mijn raam, trok een grijns en dan gingen we weer. Het was pure efficiëntie. Waarom had ik zoveel tijd verspild aan ruzies met artsen? Damon verkocht dezelfde merkpillen die ik altijd had gebruikt, en ik verdiende genoeg om niet zuinig aan te hoeven doen door ze fijn te hakken en op te snuiven, laat staan om mijn toevlucht te moeten nemen tot akelige goedkopere alternatieven als crack en heroïne.

Ik had zo eindeloos door kunnen gaan als zich niet die onvoorziene verandering had voorgedaan: het verholen leven dat ik noodgedwongen leidde leek een nieuwe, heimelijke bedding binnen in mij te openen. Ik ging uitkijken naar de ontmoetingen met Damon in de rottende onderbuik van Chicago, de roestige spoorrails en de vermoeide gele baksteen kwamen me voor als een authentiekere onderlaag van de torens van glas en staal waar ik mijn juridisch werk deed. Met Damon was er geen sprake van doen-alsof of oordelen. Ik had drugs nodig, hij verkocht ze. Het was wat het was – hoe vaak maak je dat mee? Damon had een gave huid, blauwe ogen, een goed gebit. Hij reed in een gloednieuwe Nissan Rogue. Hij had iets vertrouwds, en ik vroeg me af of we elkaar eerder hadden ontmoet, in een andere situatie. Ik stelde mezelf vragen over de rest van Damons leven, stelde me zelfs soms voor dat ik een gesprek met hem zou beginnen in de paar seconden waarin we allebei ons zijraam omlaag hadden. Ik had geen goede vriend meer gehad sinds de breuk met Jack Stevens, en ik merkte dat ik hunkerde naar mannelijk gezelschap.

Op zoek naar een minder zakelijke relatie met Damon, stuurde ik hem op een vrijdagmiddag een tekstbericht: 'Plannen dit wknd?'

Hij antwoordde meteen: 'Je zegt t maar bro.'

'Ik bedoel jij.'

'Meiden? Prty? Zeg t maar & ik rgl t.'

'Thnx,' tikte ik. 'Goed te weten.'

Kennelijk was een zakelijke relatie met je drugsdealer moeilijk te omzeilen.

Die avond gaven onze buren een cocktailparty. Toen ik op een gegeven moment op zoek was naar het toilet, deed ik per ongeluk de deur van een van de kinderkamers open. Janna, de gastvrouw, Trudy's vriendin, zat in een stoel genesteld met drie van haar vier kinderen *Puff, the Magic Dragon* te lezen. Ze grijnsde verlegen naar me en zei zacht: 'Zo slapen ze beter.' Ik deed de deur dicht, bleef met mijn voorhoofd ertegenaan gedrukt op de gang staan, mijn ogen dicht, en luisterde naar haar hese stem.

...en voeren samen weg op een schip met bolle zeilen...

Ik besef dat het verhaal van mijn liefdesaffaire met Janna hopeloos clichématig klinkt, de details zijn zulke vaste onderdelen van het leven of de soapzenders dat je het schematisch zou kunnen noteren. Hoe is de betovering ervan te verklaren? Mijn gezin en mijn werk, die zo lang het centrum waren van alles wat ik deed, werden een dun laagje aarde over een diep, bitter wortelstelsel waar mijn echte leven plaatsvond. Zodra ik dat stelsel was binnengegaan was dat het enige waar ik om gaf. Net als bij Damon (van wie ik een steeds betere klant werd), was er bij Janna geen doen-alsof, geen terughoudendheid. Het was wat het was. Zeven kinderen en twee partners konden niet op tegen ons wederzijdse verlangen, en we neukten in toiletten, op het koude zand bij het meer als het donker was, en in de recreatieruimte in Janna's kelder in de kleine uurtjes als we geen van beiden konden slapen. Ik aanbad haar vanzelfsprekender dan die arme Trudy ooit van mij had meegemaakt, en ikzelf evenmin. Ik zei tegen Janna dat ik voor haar zou willen sterven, en ik nam aan dat dat zou gebeuren, want hoe hevig onze passie ook was, vanaf het begin was ze doordesemd met de dood.

Toen we al vier maanden een verhouding hadden zette Trudy me toen de kinderen naar bed waren voor het blok, op de veranda. Met droge ogen verklaarde ze dat ze mijn verstrooidheid en afwezigheid jarenlang had verdragen, omdat ze dacht dat ze dat deed omwille van ons gezamenlijke huiselijke visioen, maar ze had zich in me vergist. Er was geen onderhandelingsruimte meer, ze had de scheiding al aangevraagd en ze wilde me tegen het eind van de week het huis uit hebben. Ik luisterde en het alarmlichtje van mijn angst flakkerde op, en ik werd overspoeld door een apocalyptisch gevoel. Mijn handen trilden te hevig om een glas te kunnen vasthouden, en dus stak ik mijn hoofd onder de kraan in de badkamer en slikte een paar Xanax-pillen om te kalmeren. Ik sms'te Janna en wachtte in mijn auto voor haar huis. Het was 16 oktober 2014. Ik racete naar Chicago met Janna naast me en probeerde uit te leggen dat dit het moment was waarop we er met z'n tweeën vandoor moesten gaan, maar ik praatte onsamenhangend en ik reed slordig en veel te hard, waarop Janna smekend zei en later schreeuwde dat ik haar moest laten uitstappen, wat ik weigerde, en dat alles leidde tot een ongeval bij honderdvijftig kilometer per uur op Lake Shore Drive. Mijn auto sloeg over de kop en belandde in de ondiepe lagune net ten zuiden van Diversey Harbor. Goddank steeg het water maar tot onze borst en voorkwam het ook dat mijn bijna lege benzinetank ontplofte. Maar Janna's been was ten dele afgescheurd en onherstelbaar verpletterd en moest ter hoogte van het dijbeen worden afgezet.

Een metalen plaat heeft een deel van mijn schedel vervangen. Voor een zware regenbui krijg ik hoofdpijn en een metaalsmaak in mijn mond die me kippenvel bezorgt.

Nooit heb ik geprobeerd mijn oude leven weer op te pakken. Eigenlijk geloofde ik ieder jaar – vijftien totdat Timothy ging studeren – minder dat ik dat leven ooit had geleid. Soms keek ik in verbijstering op naar de glazen kantoorgebouwen aan de Loop. Was ik daar echt elke dag naar binnen gegaan? Had ik daar mijn auto in de ondergrondse parkeergarage gezet? Met Kerstmis cheques uitgedeeld aan beveiligers? Als ik op straat mijn ex-partners tegenkwam of medewerkers die ik had geterroriseerd, dook ik weg en kromp ineen om niet herkend te worden. Maar allengs merkte ik dat ik voor mijn oud-collega's onzichtbaar was, met mijn langere haar, alledaagse kleren en de honkbalpet die ik altijd droeg om mijn metalen plaat te bedekken. Niemand keek me onderzoekend aan, alsof ik door een luik een parallelle wereld was binnengevallen. Het leek onmogelijk om terug te keren. Trudy reed nu elke dag naar haar werk aan de Loop en werd vennoot van een van de grootste belastingfirma's in Chicago. Trudy hertrouwde snel en ik nam de zorg voor onze kinderen over. Ze steunde me financieel ruimhartig en langzaam betaalde ik mijn schulden af; hoewel Janna geen aanklacht tegen me had ingediend verzoenden zij en haar man zich en dienden ze een schadeclaim in. Na onderhandelingen en een schikking gaf ik ze meer dan ze eisten.

Ik werkte als verslavingscoach bij een methadonkliniek niet

ver van waar ik mijn drugs had gekocht van Damon. Mijn kleine flat was daar vlakbij, en als ik naar mijn werk liep onder dezelfde beschaduwende spoorviaducten waar Damon en ik onze ramen omlaag hadden gedraaid, vroeg ik me vaak af wat er van hem geworden was. Dat hoefde ik me natuurlijk niet af te vragen – dankzij Greep op uw onbewuste™ kunnen we iemand die we maar één keer hebben gezien natrekken. Mijn vader was een groot voorstander van Greep op uw onbewuste toen het in 2016 uitkwam; hij had Bix Bouton, de uitvinder, leren kennen. Ik had geen belangstelling voor het externaliseren van mijn bewustzijn in een Mandalakubus of om mijn herinneringen nog eens te bezoeken, of, nog erger, in te vullen wat me gelukt was te vergeten. Toch overwon mijn nieuwsgierigheid naar Damon allengs mijn weerstand. Gaat het niet altijd zo? Als ik iets geleerd heb in mijn leven dan is het dat nieuwsgierigheid en opportunisme een duistere, onontkoombare kracht bezitten. Je kunt je er makkelijk een minuut of honderd minuten tegen verzetten, of zelfs een jaar. Maar niet eeuwig.

In de dertien jaar van het bestaan van Greep op uw onbewuste was een van de onderdelen ervan, het Collectief Bewustzijn, langzaam maar zeker het middelpunt geworden. Door het uploaden van het geëxternaliseerde geheugen of een deel ervan naar een online 'collectief', kreeg je tot op zekere hoogte toegang tot de anonieme gedachten en herinneringen van iedereen ter wereld, dood of levend, die hetzelfde had gedaan. Ten slotte vond ik *Hé, hoe zit het toch met...?*™ van Mandala en kocht het. De procedure was vlekkeloos, zoals beloofd: dertig minuten met elektroden op mijn hoofd, ogen dicht en me voorstellingen maken van mijn contacten met Damon (waarbij die speciale herinneringen naar het collectief werden geüpload), dan twintig minuten wachten terwijl mijn 'content' in de collectieve ketel pruttelde op zoek naar gezichtsherkenning. Ik keek naar de ronddraaiende cirkel op mijn computerscherm in mijn flat en merkte dat ik knarsetandde; ik wilde dat Damon iets groots bereikt had! Wat precies wist ik niet. Beursmakelaar? Manager van mijn vroegere advocatenkantoor? Gouverneur? (Typisch Illinois-grapje.)

Ik kreeg het verhaal al snel binnen in de vorm van verspreide 'grijze grabbels' uit het Collectief Bewustzijn: anonieme herinneringen van mensen waarin Damon voorkwam. Ik zag Damon als tiener in schooluniform de onderkant van een bureautje bekrassen, een iets oudere Damon hyperventilerend tijdens een tiener-groepstherapiesessie diep in het bos, met de weerschijn van een kampvuur over zijn gekwelde gezicht, een jongvolwassen Damon, starend uit het raam van een collegezaal naar een krullerige witte torenspits en, uit dezelfde tijd (zelfde kapsel, trui), Damon die gestolen stereoapparatuur verkocht uit de kofferbak van een Toyota; Damon zoals ik hem gekend had, een jongeman die zwoegde om een drugsdealer een of andere schuld af te betalen. De laatste grijze grabbel, van het jaar ervoor, toonde Damon die in oranje kleren push-ups deed op een gevangenisbinnenplaats. De grijns die hij de anonieme toeschouwer toewierp was dezelfde die ik had gezien door onze open autoramen. Ik besefte dat Damon me deed denken aan iemand anders: mijzelf. Ook een witte man die erin geslaagd was de talloze kansen en privileges die hij had gekregen rampzalig te vergooien. De wetenschap dat het hem slechter vergaan was dan mij was deprimerend, letterlijk. Ik werd depressief. Ik had me niet gerealiseerd hoezeer ik had gewild dat het Damon goed gegaan was.

In de verslavingstherapie hebben we het vaak over resultaten: een geslaagde behandeling, een terugval, verdwijning of sterfgeval. Dat ik in staat was afgekickt te blijven was duidelijk verklaarbaar aan de hand van mijn ACE-score, de standaardmaat voor ongunstige jeugdervaringen, die in mijn geval nul was, wat bijna nooit voorkwam. Liefdevol gezin, niemand had vastgezeten, geen verslavingen of huiselijk geweld, en dat alles wierp de vraag op waarom ik eigenlijk aan de drugs was gegaan. Onderdrukte ik een of ander trauma? Dat was heel goed mogelijk; Greep op uw onbewuste had allerlei soorten onderdrukte wreedheden opgeduikeld, en duizenden misbruikers zijn veroordeeld op grond van bewijzen uit de geëxternaliseerde herinneringen van hun slachtoffers die op film vertoond werden in rechtszalen.

Maar ik kwam steeds terug op mijn nicht Sasha. Haar ACE-score zou hoog geweest zijn: haar vader, een vermogensdelinquent, verdween toen ze zes was. In haar tienerjaren vluchtte ze het land uit en doolde een paar jaar door Azië en Europa tot mijn vader haar wist op te sporen in Napels en haar ertoe overhaalde om terug te komen. Ik zag nu in dat Sasha's dievengedrag net zo'n verslaving was als de mijne. Toch waren zij en Drew nog getrouwd en met hun kinderen ging het naar verluidt goed, zelfs met Lincoln, de jongen, die ik me herinner als onmogelijk. Hoe had Sasha dat geflikt? Nieuwsgierigheid: ik moest het weten. Dus vroeg ik mijn vader me met haar in contact te brengen en schreef ik haar zonder aanleiding om te vragen of ik naar San Bernardino County kon komen om haar sculpturen te zien. En ze schreef me terug, hoffelijker dan ik verdiende, en nodigde me uit.

DREW

Onderweg naar het vliegveld om Miles op te halen proberen Sasha en ik uit te rekenen hoe lang het geleden is dat we haar oudste neef gezien hebben. We weten allebei nog waar dat was: een bijeenkomst bij Sasha's moeder in L.A., misschien een jaar voor Miles dat ongeluk kreeg. Ik heb hem nooit gemogen. Hij was de tegenpool van zijn vader, Sasha's oom Ted, op wie we allebei dol zijn. Moest ik een enkel woord kiezen om Miles' houding tegenover de wereld te beschrijven, dan zou het huiver zijn. Hij huiverde van Sasha's pijnlijke voorgeschiedenis. Hij huiverde van onze zoon Lincoln, een moeilijke jongen. Het was door iets met Lincoln dat ik mijn ultieme uitspraak deed: wij hebben het gehad met Miles Hollander. Achteraf gezien zie ik wel dat dat mijn eigen ziektebeeld weergaf: ik vond het verschrikkelijk dat ik een 'abnormale' zoon had, een zoon die mensen deed huiveren, omdat ik dacht dat het iets verkeerds in mijzelf onthulde. En niets kan erger zijn dan de verantwoordelijkheid te dragen voor de dood van een ander. Ik was een uitstekend zwemmer, ik was badmeester, maar ik had net ruzie gehad met een vriend die in ons tweede studiejaar aan de NYU samen met mij in de East River ging zwemmen. Ik lette niet op hem. En toen ik besefte dat hij door een stroming was meegevoerd, was hij voor mij te ver weg om te bereiken.

Het zal de meeste mensen verbazen hoe onlosmakelijk ik die feiten nog steeds met me meedraag. Je zou denken dat het schuldgevoel na zesendertig jaar wel zou afnemen en een tijdlang heb ik dat ook gedacht. Maar ik had geen rekening gehouden met de cirkelgang van het leven, hoe het ons naarmate we ouder worden terugvoert naar het begin. Ik droom over de verdrinking van Rob, ik huil erom, ik zou alles willen doen om het uit te drijven. Maar hoe? Mandala's GeheugenShop™ werkt alleen echt bij recente trauma's: je externaliseert dat deel van je herinnering dat de 'gebeurtenis' bevat, vlakt die uit en internaliseert het weer, zodat het origineel wordt overschreven. Maar hoe kan ik een besef uitvlakken dat iedere minuut van mijn leven heeft doordrongen sinds de gebeurtenis zelf plaatsvond? Dan zou ik het leven dat ik heb opgebouwd moeten uitvlakken en dat kan ik niet. Daarvoor is het me te dierbaar.

Robs ouders overleden tijdens de pandemie, een paar weken na elkaar. Voor die tijd gingen Sasha en ik om de paar jaar bij hen in Tampa op bezoek. Rob was hun enige zoon (er woont een oudere dochter in Michigan) en het leek voor zijn vader en moeder veel te betekenen om te weten hoe het leven van zijn studievrienden verliep. Ze geloofden dat Rob en Sasha een stel waren geweest, en we hebben ze nooit uit de droom geholpen – wij wilden ze alleen troost bieden en dat leek onze aanwezigheid in hun woonkamer te doen. Die kamer veranderde nooit: witte ruige vloerbedekking, geslepen kristallen asbak, porseleinen poezen die met porseleinen ballen speelden. Ingelijste foto's van Rob, achttien jaar oud, net van school en met een academische baret op, op het eindbal met een meisje in roze tule, in footballuitmonstering met donkere strepen vet onder zijn ogen. Alleen zijn ouders veranderden met de jaren, hun haar werd zilver, Robert senior, footballcoach op school, lag uiteindelijk aan de zuurstof wegens emfyseem, en allebei leken ze te krimpen op de sofakussens, waardoor de kristallen en porseleinen snuisterijen elk jaar groter leken. Het duurde dagen voor ik was bekomen van die bezoeken en mezelf en Sasha niet meer de vraag stelde hoe anders het leven van de Freemans geweest zou zijn als hun zoon nog leefde.

'Jij neemt aan dat het dan beter geweest zou zijn,' zei Sasha een keer. 'Maar Rob z'n vader was echt homofoob.'

'Het is altijd beter als je iemand hebt die nog leeft,' zei ik.

Bix Bouton was de laatste die Rob en mij gezien heeft voor we in de East River gingen zwemmen. Hij nam vanuit het niets contact met me op in 2016, toen Greep op uw onbewuste groot werd. Bix schreef dat hij door zijn herinnering aan Rob, aan die ochtend en die jaren, en de moeite die hij had zich dat te herinneren, werd aangezet tot de massaproductie van een programma om het geheugen te externaliseren. Ik was opgelucht te horen dat Bix, die ik sinds de NYU niet meer gezien had en die intussen een wereldwijd bij zijn voornaam genoemde tech-halfgod was geworden, nog steeds geraakt was door Robs dood.

Niet lang na het herstelde contact met Bix gingen Sasha en ik hem en Lizzy in New York bezoeken. Alle vier keken we op afzonderlijke headsets naar Bix' herinnering van 6 april 1993. Het begon met onze aankomst bij de East River rond zonsopgang. 'Goedemorgen, heren,' klonk Bix' stem, en daar waren Rob en ik door de ogen van Bix: twee jongens van negentien met warrig haar. *Jochies*, was het eerste wat ik dacht. Als een ouder zag ik Rob pijnlijk helder, door het waas van zijn rossige baardstoppels: zijn vermoeidheid en zorgelijkheid, een gespannen gretigheid om in de smaak te vallen, die zijn ironie niet kon verbergen. Op zeker moment tilde hij zijn armen op en strekte ze en ik zag zijn gespierde footballerslijf en de strepen roze littekenweefsel aan de binnenkant van zijn polsen. En toen zag ik wat ik indertijd niet gezien had – of niet had willen zien: de tederheid waarmee Rob naar mij keek, een toegewijde bewondering die duidelijk liefde was. Even wenste ik dat Bix het gedachte- en gevoelensdeel van zijn herinnering niet had uitgeschakeld; ik wilde weten of hij het gezien had. Zou Bix de poging tot betasten die Rob twintig minuten later bij mij had gedaan als onvermijdelijk hebben beschouwd?

Maar de werkelijke kwelling was de aanblik van mijzelf, negentien en een half jaar oud: verwaand, vol zelfvertrouwen en niet wetend dat *binnen een uur* mijn leven 'erna' zou beginnen, waarin ik eindeloos en tevergeefs zou trachten boete te doen. *Goedemorgen, heren.* Telkens opnieuw keken we naar de herinnering. Ik hield Sasha's hand omklemd en merkte dat ze huilde. Maar haar reactie verzwakte door de herhalingen, en op een gegeven moment zetten zij en Lizzy hun headsets af en gingen met een fles wijn naar het dakterras. Ik moest blijven kijken. Er was iets waar ik mijn vinger op wilde leggen in die laatste zwijgende momenten toen Rob en ik afscheid namen en zuidwaarts langs de rivier gingen lopen in het verblindende, metalige ochtendzonlicht. En toen waren we uit het zicht; Bix had zich omgekeerd en liep naar de loopbrug over Sixth Street op weg naar zijn flat aan East Seventh Street.

'Wacht. Stop.' Ik kon me niet inhouden. 'Keer om! Roep ons terug – hou het tegen! Hou het tegen!'

Ik merkte pas dat ik schreeuwde toen Bix mijn headset uitschakelde en voorzichtig van mijn hoofd tilde.

We wachten voor een metalen hek tot Miles uit het toestel komt. Het zat erin dat hij veranderd zou zijn na meer dan vijftien jaar, maar we krijgen een schok als we hem zien, gebogen, een Cubs-honkbalpet op zijn hoofd. Als hij nerveus glimlachend op ons afloopt, zie ik dat hij een lichte rugafwijking heeft en dat zijn ogen gelig zijn. Nu Sasha en ik in de vijftig zijn probeer ik mijn neiging om te diagnosticeren af te leren. Vrienden en bekenden gingen er ongelukkig bij kijken, en ik heb door schade en schande geleerd dat ik in de problemen kom als ik kwalen in een vroeg stadium herken. 'Dus jij vindt dat ik er beroerd uitzie, dokter?' heeft iemand me, maar half als grapje, gevraagd. En dan was er mijn goede vriend en tennispartner Chester, die met succes is behandeld voor lymfeklierkanker die ik eerder dan wie dan ook vermoedde. Maar om voor mij onbegrijpelijke redenen heeft onze vriendschap daaronder geleden. Chester ontloopt me tegenwoordig en tennist met anderen.

Het gesprek in de auto verloopt soepel; Miles neemt de hele familie door. Het verrast me dat hij met de meesten weinig contact heeft. Als hij uit het raam achterin kijkt vraag ik me af of hij ooit weleens een Amerikaanse woestijn heeft gezien. Dat had ik nog nooit.

Eenmaal thuis kletsen we over de verbouwingen die we hebben laten doen in de twintig jaar dat we hier wonen. Miles stelt zijn vragen aan mij, en als ik me tot Sasha wend – ze is tenslotte zijn nicht – antwoordt ze mij, niet Miles. Ik voel me een diplomatieke tolk. Deze waakzame, voorzichtige versie van Miles lijkt zo weinig op de huiverende gek die ik me herinner, dat het lijkt of er een vreemde bij ons logeert. Wat leidt tot de vraag: wat doet hij hier?

Ik zit te popelen om naar mijn kliniek te gaan, er is altijd wat te doen en het is altijd belangrijk. Maar ik heb geleerd die impuls te onderdrukken. Jaren geleden, toen Sasha en ik worstelden met Lincoln, heeft mijn neiging om naar mijn kliniek te vluchten me bijna mijn huwelijk gekost. Sindsdien onderwerp ik mijn impulsen om naar mijn werk te gaan aan een drievoudig protocol: 1) Is het noodzakelijk dat ik op dít moment ga? 2) Is er thuis iets wat ik wil ontlopen? 3) Laat ik iemand barsten als ik op dit moment wegga?

Een snelle blik op mijn protocol maakt duidelijk dat ik pas morgen naar de kliniek zal gaan.

Ik breng Miles' koffertje – het formaat wijst hopelijk op een kortstondig verblijf – naar de logeerkamer en speur in de hoeken en onder het bed naar schorpioenen. Ik tref Miles aan op onze achterveranda, alleen, in de verte starend. 'Ze zijn zo geruisloos,' zegt hij, en ik begrijp dat hij de heteluchtballonnen bedoelt, die een paar kilometer westelijker zweven. 'Zijn die allemaal opgelaten om naar Sasha's kunstwerken te kijken?'

'Niet speciaal,' zeg ik. 'Die zien er mooi uit van bovenaf, maar de woestijn ook.'

'Kun je ze ook bekijken zonder ballon?'

'O ja hoor,' zeg ik, snakkend naar iets om de tijd te doden. 'We kunnen nu voor het eten gaan kijken, als je geen bezwaar hebt tegen een wandeling.'

MILES

Sasha stond groente te snijden in de keuken toen we vertrokken. Ze zag er nog hetzelfde uit: rank figuur, ogen half dichtgeknepen tegen de zon, haar rode haar verbleekt met grijs erdoor. Maar ik voelde me niet op mijn gemak bij haar en ik had het gevoel dat zij hetzelfde had. Mijn tocht naar Sasha, om Sasha te begríjpen, was wekenlang het middelpunt van mijn verwachting geweest, maar de logica achter mijn bezoek leek te verdampen vanaf het moment dat ik uit het toestel stapte. Waarom ging ik helemaal hierheen om een nicht te bezoeken die ik nooit echt had gekend of gemogen?

Sasha bedoelde het duidelijk als een leuke verrassing toen ze vertelde dat Beatrice, mijn halfzus uit het tweede huwelijk van mijn vader, die avond zou komen eten. Beatrice was het jaar daarvoor afgestudeerd aan de UCLA en in de tijd dat ze daar woonde was ze erg gehecht geraakt aan de familie van Sasha. Maar ik schaamde me bij het vooruitzicht dat ik Beatrice zou ontmoeten. Ik kende mijn halfzus nauwelijks. En wat zou zij van mij kunnen weten behalve dat ik spectaculair mislukt was?

Zodra Drew en ik het huis uit waren begon ik me op mijn gemak te voelen. De zon stond laag, het licht was rooskleurig, de borstelige begroeiing droog, iriserend zilver. De leegte van de woestijn deed Bijbels aan, alsof er daar nooit iets gebeurd was, alsof de hele geschiedenis nog moest beginnen. Tot mijn opluchting liep Drew kennelijk het liefst in stilte. Misschien konden we allebei slecht tegen oppervlakkige praat, als hartchirurg en verslavingscoach. Het lichaam en zijn behoeften: het is wat het is. Behalve de tragedie in Drews studietijd wist ik weinig van hem af, maar die onwetendheid was prettig. Ik merkte dat ik hem wilde leren kennen.

Toen we tegen een uitgespreide constructie van kleurige tuinstoelen aanliepen was mijn eerste gedachte dat iemand een hoop afval in de woestijn had gedumpt. Tot ik het doorkreeg. 'Is dat een... sculptuur?'

Drew lachte. 'Het is een deel ervan. Ze zijn onderling verbonden over een groot gebied.'

'En allemaal... van plastic?'

'Yep. Afval uit de hele streek.'

'En Sasha... assembleert het?

'Zij ontwerpt veel ervan,' zei Drew, duidelijk trots. 'Maar ze werkt samen met de andere makers; als een verzamelaar of museum de stenen en foto's aanschaft, verdelen ze de opbrengst.'

We volgden een stroom van lichtblauwe buizen, die als een lugubere smet door het landschap liep. Ik wilde mijn reactie maar al te graag verborgen houden en vroeg: 'Hoe is ze begonnen?'

'Nou ja, ze verzamelde altijd graag dingen,' zei Drew en toen, alsof hij mijn onuitgesproken sarcastische reactie had gehoord (*ja hoor, ze heeft ook het een en ander van mij verzameld*), zei hij: 'Je weet vast wel wat ik bedoel.' Ik knikte, afgestraft.

'Toen de kinderen klein waren, maakte ze sculpturen van hun oude speelgoed,' zei hij. 'En ook collages van gebruikt papier: recepten, treinkaartjes, lijstjes. En van daaruit heeft het zich min of meer ontwikkeld.'

Er borrelde een zuur commentaar in me op terwijl we het afvalspoor volgden.

Recycling: god, wat origineel!

Het enige wat mooier zou zijn dan deze 'sculpturen' is een woestijn zónder.

We kwamen bij een gedeelte dat vol lag met plastic zakken: zakken in zakken in zakken, tienduizenden gekreukelde plastic vliezen in enorme gebarsten plexiglazen dozen die op kolossale ijsblokken leken.

'Wordt het allemaal omgesmolten?' vroeg ik.

'Alles. Het verval van het plastic wordt gecontroleerd aan de hand van bodemmonsters, om te voorkomen dat het weglekt.'

Hela, ideetje: als we al die rotzooi nu eens gingen recyclen ZONDER *het eerst over de hele woestijn te verspreiden.*

Kunnen we een richting uit lopen waar ik NIET *naar deze troep hoef te kijken?*

De ballonnen dreven als zwijgende wachters boven ons. Ik vreesde dat ze mijn gedachten konden lezen en voelde me schuldig.

Weet je zeker dat ze daar boven niet proberen aan de kunst te ONTSNAPPEN*?*

Maar ik hield mijn mond.

DREW

Als we weer terug naar huis lopen heb ik een onprettig gevoel wat Miles betreft. Ik moet steeds mijn pas inhouden zodat hij niet achteropraakt, en hij ademt voortdurend zwaar: verontrustend voor iemand die eens een sporter was. Ik weet niet of hij de kunstwerken verafschuwt of niet weet wat hij moet zeggen, en het zit me dwars dat ik me dat moet afvragen. Dat wekt in mij als een pavlovreactie het verlangen op om naar mijn kliniek te gaan, gevolgd door het besef dat dat niet kan – dat mijn patiënt hier naast me loopt te hijgen na een wandelingetje van drie kilometer.

Tijdens het eten hangt hij onderuit, toekijkend hoe wij zitten te lachen rondom de vuurplaats. Ik had ernaar uitgekeken om te pronken met Lincoln, die jong is afgestudeerd aan Stanford en hier in de buurt in de tech werkt, en Alison, bachelorstudent aan de UCLA, op wie iedereen dol is. Maar door Miles' ongemakkelijke eenzelvigheid lijkt het kleinzielig dat ik zo graag zulke triomfen wilde behalen. Hij praat nauwelijks met zijn halfzus Beatrice en ik vraag me af of het verlegenheid is, of Sasha en ik hem meer moeten vragen naar wat hij doet. Maar door Miles' voorgeschiedenis lijken zulke vragen beladen of neerbuigend, en bovendien: we zijn allemaal in de vijftig, dan vraag je mensen toch niet meer 'wat ze doen'? Dat is dan toch al beslist?

Het jonge volkje trekt zich terug in huis en het onderwerp verschuift naar de groep kunstverzamelaars uit Virginia die morgen op bezoek komt. Het betreft wat ik 'winterharde rijken' noem, lui die de Kilimanjaro beklimmen en soms zelfs de Mount Everest. Ze zullen ongetwijfeld mee willen als de ballonnen voor zonsopkomst gaan opstijgen. Daarna gaan ze met Sasha de sculpturen langs en beslissen hoeveel ze er willen aankopen.

'Ik zou weleens willen meevliegen in een ballon,' zegt Miles. 'Denk je dat er een plaats over is?'

'Ik betwijfel het,' zeg ik. 'Ze reserveren maanden vooruit.'

Ik voel Sasha's verbijstering. 'Er komen er meestal een stuk of twee niet opdagen,' zegt ze.

'Ik zou het niet weten,' zeg ik. 'Ik ben er nooit bij geweest als ze voor dag en dauw werden opgelaten.'

'Waarom gaan jullie niet allebei?' stelt Sasha voor, en het is weer net als vroeger: Sasha die me onze moeilijke zoon probeert op te dringen en ik die alleen maar wil ontsnappen. Ik voel een hevige frustratie tegenover Miles, die dat allemaal weer bovenhaalt.

'Voor mij hoeft het niet, Drew,' zegt hij snel en ik vermoed dat mijn tegenzin voelbaar moet zijn.

'Niks ervan! We gaan samen,' zeg ik zo hartelijk dat alleen Sasha snapt dat het geforceerd is.

Later in bed strijkt ze met haar koele hand over mijn voorhoofd. 'Hij heeft een zware tijd achter de rug, Drew,' zegt ze. 'Is het te veel gevraagd om een beetje geduld met hem te hebben?'

'Hij is onze zoon niet. Ik ken hem niet en jij ook niet.'

'Hij is familie,' zegt ze. 'Is dat niet genoeg?'

Twee uur voor zonsopgang treffen Miles en ik elkaar in onze donkere woonkamer en lopen naar de auto voor de rit van een uur naar de plek waar de ballonnen verzameld zijn. Ik hoef geen smoes te verzinnen om naar mijn kliniek te gaan, tekstberichten in de nacht hebben me ervan overtuigd dat ik vanmorgen geen tijd kan besteden aan een ballonvlucht. Ik zal Miles wegwijs maken en rij dan door naar mijn werk.

Miles' opwinding galmt door de auto. 'Ik heb nog nooit in een ballon gevlogen,' zegt hij. 'Is het eng?'

'Niet zo eng als parachutespringen.'

Opeens wendt hij zich naar mij. 'Ik heb in geen tijden iets nieuws gedaan,' zegt hij. 'Geloof het of niet, ik ben nog nooit in Frankrijk geweest.'

'Eén ding tegelijk.'

We parkeren bij een groot terrein met grind waar een stuk of twintig half gevulde 'hoezen' tegen de grond hangen, nauwelijks verlicht door kleine fluorescerende lampen. Het clubhuis is tegelijk spartaans en luxueus, het wankele evenwicht dat de winterharde rijken eisen. Ik besef heus wel dat mijn argwaan tegen rijk en beroemd een vooroordeel is. Maar mijn patiënten hebben zo weinig; als er iets van gerechtigheid bestaat zouden ze nog heden de aarde beërven. Het is een godsgeschenk dat Sasha graag met verzamelaars omgaat. Ze dost zich uit en brengt eyeliner aan als in de tijd dat ze in de muziekindustrie werkte, en de Sasha op wie ik in mijn studietijd verliefd werd is herrezen. Niemand kan haar weerstaan.

Miles heeft gehoord dat hij de eerste kandidaat is voor een lege plek, en hij geeft me een hand. 'Bedankt voor de lift, Drew. Hopelijk heb ik je niet van te veel slaap beroofd.'

'Nee hoor,' zeg ik. Maar als ik het clubhuis uit loop naar mijn auto overweeg ik wat er gebeurt als Miles die plek níét krijgt. Thuis ligt iedereen nog te slapen; wie moet hem komen ophalen?

Dus blijf ik met hem wachten en we drinken uitstekende Colombiaanse koffie terwijl de fraai gekapte winterharde rijken samenscholen in hun dure koudebestendige kledinglagen. Als ze zich gaan verspreiden over de toegewezen ballonnen ontdekt Miles dat iedereen is komen opdagen; er is geen plek voor hem over. Hij kan het nog eens proberen om één uur vanmiddag. Zichtbaar aangeslagen schudt hij me de hand en dringt erop aan dat ik aan het werk ga, hij wacht wel. Ik sta voor de keuze: met hem terug naar huis rijden, niet mijn richting uit, of hem hier urenlang laten niksen.

De ballonnen beginnen op te zwellen, de kleurige patronen vlakken door de vage weerschijn af tot grijstinten. Ik loop naar de balie. 'Ik ben Drew Blake,' zeg ik tegen het beeldschone meisje dat daar zit. 'De man van Sasha Blake. Ik ben hier met haar neef uit Chicago. Valt er iets te regelen zodat hij mee kan?'

Haar aanvankelijk gesloten gezicht bloeit verwelkomend open en ze belooft haar best te doen. Ik vraag me af wat erger is: mensen kennen of niemand kennen.

'Goed nieuws, dr. Blake,' zegt mijn nieuwe vriendin een paar minuten later. 'We laten er een extra op. Er is plaats voor u allebei!'

'Ik kan niet mee,' zeg ik kortaf. 'Ik moet naar mijn kliniek.'

Ik zie een vlaag van teleurstelling en heb spijt van mijn norsheid. 'Nou, het is ballon vijf,' zegt ze. 'Dan heeft hij hem helemaal voor zichzelf.'

Miles is zo opgetogen dat ik het zelf ook voel: een uitbarsting van lijfelijke opluchting nu teleurstelling wijkt voor avontuur. 'Nummer vijf,' zeg ik tegen hem. 'Veel plezier.'

Voor de derde keer schudt hij me de hand en hij holt naar buiten. Langs de heuvelrand vibreert het eerste blauwe schijnsel. Ik ga achter Miles aan om er zeker van te zijn dat hij zijn ballon vindt. In de meeste gondels zitten meerdere passagiers, maar nummer vijf is leeg op de piloot na, die Miles erin helpt.

De piloot wendt zich tot mij. 'Ik ga niet mee,' zeg ik en de kortstondige verrassing van de man plus de eenzelvige kromming van Miles' schouders (ik zie hem op de rug) steken als een speer in mijn hart. Ook al wijs ik mezelf er verwoed op dat ik mijn verplichtingen ruimschoots nagekomen ben, toch blijk ik opeens de bewegingen uit te voeren van iemand die overvallen wordt door een onweerstaanbare verleiding: ik grijp twee van de kabels en hijs me op en over de rand van de ballongondel, waarbij ik de piloot bijna tegen zijn hoofd schop. 'Kan mij het ook schelen,' brul ik. 'Je leeft maar één keer!'

Miles draait zich met een ruk om, geschrokken en zichtbaar verbijsterd. De onverschillige piloot klopt met zijn gehandschoende hand het stof van zijn jack. Geen van beiden kan het een zak schelen wat ik doe, dat hele drama heb ik maar verzonnen. En nu gaan we.

MILES

Vanaf de grond lijken heteluchtballonnen volkomen stil. Dus de eerste verrassing, nadat Drew zich de gondel in had gestort, was het schudden en zwaaien bij de opstijging. Ik werd misselijk toen we de wind vingen, en bedacht dat ik die ochtend alleen koffie had gedronken. Ik opende de ontbijtbox die ik uit het clubhuis had meegenomen en propte een mueslireep in mijn mond. Terwijl we omhoog zwenkten kregen we een andere verhouding tot het licht en ik besefte dat aanzwellend licht in films en toneelstukken altijd een poging is om het eerste licht te vangen: de dag breekt aan op aarde. Het is wat het is. De woestijn sloop ons gezichtsveld binnen als nog kleurloze vlekken. Ik at een burrito met ei en tuurde omlaag, nauwelijks lettend op Drew en de ballonvaarder, die achter me stonden te kletsen. Ik besloot dat het toch maar goed was dat Drew was meegegaan: zij konden samen praten en ik kon in alle rust rondkijken.

Tegen de tijd dat de zon op de bergtop stuitte hingen we hoog boven de woestijn. Het was een vreemd gevoel, in de openlucht zijn op deze hoogte; het regelmatig zoemen van de ballonbrander leek niet op een motorgeluid en ik kon beneden vogels horen zingen. Ik dronk uit mijn flesje water, de bovenrand van de zon steeg boven de berg en goot zijn licht over de wereld eronder. Op dat moment sprong er een hel gekleurde kluwen in het zicht: Sasha's sculptuur. Op de grond leek het een ratjetoe, maar vanaf deze nieuwe hoogte kreeg het structuur en logica, als willekeurig gekrabbel dat zich ontpopt tot proza. Kleurige lijnen huppelden door de woestijn, hinkelden, draaiden, keerden om, werden dikker en vervaagden dan bijna: een darteling van jubelende vreugde die opsteeg vanaf de aarde en die me omhulde. Waar de sculptuur hiaten vertoonde leek de woestijn leeg.

Tranen sprongen in mijn ogen en ik trok de klep van mijn pet omlaag. 'Kijk,' zei ik tegen Drew. 'Kijk nou wat ze gemaakt heeft.'

Ook Drew leek betoverd. 'Ongelooflijk dat ik dit nooit bij zonsopgang heb gezien,' zei hij.

Starend naar beneden las ik Sasha's zwevende getuigenis en mijn geest maakte zich los, en steeg als onze ballon op van de aarde. Vanaf mijn nieuwe hoogte zag ik mijn leven in alle ruwe eenvoud: mijn overdreven trots en schamperheid en mijn falen, al dat falen, waar ik ook keek: falen. Ik had het geprobeerd, God, wat had ik het geprobeerd. Maar het was niet genoeg geweest; het was niets. Mijn kinderen waren volwassen en gezond en hadden mij niet nodig, vaak had ik het gevoel dat ze zich voor me schaamden. Ik was alleen, jarenlang was ik weggekwijnd in een vagevuur dat vanaf deze hoogte gruwelijker dan de dood leek. Er was niets om naar terug te keren.

Tranen vertroebelden mijn zicht, Sasha's sculptuur vervaagde. Telkens als ik met mijn ogen knipperde, knipoogde die naar me terug in code: *Hier. Nu. Genoeg.* DOE HET!

Ik greep een van de gevlochten staalkabels en hees mezelf

over de rand van de gondel, een mengsel van koude en hete lucht spoelde om mijn bungelende benen. Een fractie van een seconde lang balanceerde ik daar, mijn geest leeg, gehypnotiseerd doelgericht. Toen liet ik los. Een korte, angstaanjagende val, mijn lichaam kwam in een versnelling en toen ving iets – een gebogen arm leek het – me onder mijn kin en klampte mijn hoofd tegen de zijkant van de gondel. Ik schreeuwde het uit, half stikkend, zwaaiend aan mijn nek. De zwaartekracht zoog aan mijn benen en leek mijn lijf van mijn hoofd los te scheuren, toen ik voelde dat hij die me vasthield uit de gondel begon te kantelen. Toen greep een metalen haak of klem me onder mijn linkeroksel en sleurde me omhoog en opzij, ruggelings in de gondel, waar ik met mijn hoofd tegen de bodem sloeg. Mijn schedelplaat trilde en een metaalsmaak schroeide in mijn mond en neus en ogen. Ik knipperde tussen veelkleurige sterren en zag Drew over me gebogen staan, hijgend als een gek. Hij sloeg me in mijn gezicht en ging zwaar op mijn borstkas zitten.

'Je doet het niet, klootzak,' hijgde hij en hij sloeg nog eens. 'Je doet het niet.'

'Ga van hem af,' schreeuwde de piloot, en hij rukte aan Drew. 'Hij valt flauw.'

'Laat hem maar.'

'Je hebt zijn leven gered, en nou vermoord je hem?'

Door de ramen van de psychiatrische afdeling waar ik per ambulance heen vervoerd was leken de begroeide woestijnbergen op een geschilderd decor. Ik staarde naar de bergen om niet te hoeven kijken naar mijn geschokte kinderen en angstige ouders (allebei al in de zeventig); mijn broers Ames en Alfred, Trudy die mijn hand vasthield en vroeg of ik meer geld nodig had. Allemaal wilden ze me helpen en hun genegenheid vervulde me met wanhoop omdat ik ze nog meer zorgen en teleurstelling had bezorgd. Mislukking op mislukking. Ik huilde onstuitbaar en de artsen haastten zich om me beter te kunnen stabiliseren. Het kostte bijna drie weken.

Behalve mijzelf was er maar één persoon die ik iets verweet: de man die mijn leven gered had. Ik haatte Drew, die mijn roekeloze impuls had gedwarsboomd, de impuls die me nu verlaten had. Drew haatte me omdat ik, zoals hij zei, hem binnen vierentwintig uur na mijn aankomst had proberen te vermoorden. Nu deelden we samen de poedelprijs voor zijn heldendaad: iemand die niemand wilde, zelfs ik niet.

Onze botte vijandelijkheden begonnen toen ik nog opgenomen was, maar toen ik na mijn ontslag weer bivakkeerde in de logeerkamer van Drew en Sasha (op de vensterbank had ze bloeiende cactussen neergezet om me op te vrolijken) gaven we onze wederzijdse afkeer de volle vrijheid. Ik schreeuwde tegen Drew door de stilte van de woestijn en hij schreeuwde tegen mij. Sasha smeekte ons om op te houden, eiste dat we op zouden houden en stormde het huis uit als we haar negeerden. We konden niet ophouden. Op een avond toen we elkaar uitkafferden op de veranda, richtte Sasha de tuinslang op ons, net zoals Trudy indertijd in Winnetka vechtende katten natspoot. Ontsteld probeerden we weg te duiken tot we, doornat en hulpeloos, allebei begonnen te lachen. Dat was een keerpunt. 'Moet ik de tuinslang pakken?' zei Sasha voortaan als ze voelde dat het conflict ging escaleren. Drew had me in het ziekenhuis vitaminen opgedrongen, en thuis verordonneerde hij een dieet van vers, eiwitrijk voedsel en dwong me tot een straf regime van fysiotherapie. Ik kreeg weer kleur op mijn wangen en ik werkte aan mijn rug en zo nu en dan zag ik Drew me bekijken met een blik die ik moeilijk kon duiden. Tot ik zag dat het nieuwsgierigheid was. Ik was eenenvijftig. Wat ik van de rest van mijn leven ook zou maken, Drew zou er net zozeer onderdeel van zijn als ik. Mijn daden deden ertoe, onmiddellijk. Die ontdekking prikkelde mijn eerzucht; die kwam langzaam weer tot leven, als een been dat zo lang geslapen had dat ik het vergeten was.

Negen weken na mijn vertrek uit Chicago kwam ik er terug. Rijdend van O'Hare naar mijn flat keek ik naar de fonkelende gebouwen in de stad en ik voelde mijn falen en verbanning zich weer bij me voegen. Er was niets veranderd. Mijn binnentreden van mijn studio leek op een politieonderzoek, alsof ik de plaats van een misdrijf bezocht. De bedorven lucht had iets zoetigs, vagelijk giftigs. Ik was bang dat ik nooit meer wakker zou worden als ik daar zou gaan slapen. Dus bleef ik wakker, zocht meteen mijn spullen bij elkaar en regelde de verhuizing ervan naar het huis van Drew en Sasha. Voor de huisbewaarder liet ik de sleutels, instructies en geld achter in een envelop en ik hoopte er het beste van.

Het was nog nauwelijks licht toen ik weer in de Blue Line naar de luchthaven zat. Ik zag de hemel boven Chicago lichter worden en droomde van de woestijn. Ik wilde die leegte gaan vullen met een ander verhaal dan datgene waarin ik tot dan toe geleefd had. Zoals Sasha had gedaan.

Ik huurde een kamer in San Bernardino en ging rechten studeren om toe te treden tot de Californische balie, en mijn knagende honger naar argumenteren en verordenen keerde terug. Binnen een paar maanden werkte ik als jurist voor minder draagkrachtige patiënten van Drew. Na mijn eerste jaar werd ik verkozen tot burgemeester van San Bernardino. Zulke successen mogen onwaarschijnlijk lijken, maar bedenk wel dat bekeringsverhalen een grote kracht bezitten. Tot mijn geluk houdt Amerika van zondaars.

Drew en ik praten nooit over onze vreemde geschiedenis, maar ik denk dat mijn 'succes' en alle goede dingen die ik heb kunnen doen hem verheugd hebben. Sasha vertelt me tijdens haar uitgebreide omhelzingen, waarvan ik afhankelijk ben geworden, dat ik hem geholpen heb zich te ontspannen. Na onze tennispartijtjes, twee keer per week, komt Drew meestal bij me langs voor een biertje en rent niet meteen terug naar zijn kliniek. Als de ballonnen, zoals vaak, boven de woestijn hangen, heffen we het glas naar de hemel voor we een slok nemen.

Rijmschema

M heeft vier hoofdsproeten op haar neus en ongeveer vierentwintig bijsproeten. 'Ongeveer' zeg ik niet omdat je haar bijsproeten niet kunt tellen – er zijn maar weinig dingen die niet geteld kunnen worden – maar omdat ik niet lang genoeg naar M's neus kan staren om haar bijsproeten te tellen zonder dat ze zich ongemakkelijk gaat voelen. Haar haar is dikker dan dat van 40 procent van de vrouwen die bij ons werken, langer dan dat van 57 procent, en 24 procent van de tijd draagt ze een haarband, 28 procent van de tijd elastiekjes en 48 procent van de tijd draagt ze het los. Ze is precies een week ouder dan ik – 25,56, ik 25,54 – wat ik gehoord heb tijdens de introductie die O'Brien, onze teamleider, organiseerde op het tacofeestje dat hij bij hem thuis gaf voor het hele team, toen dat net gevormd was. We noemden allemaal datum, tijd en plaats van onze geboorte en O'Brien voerde de gegevens in op een dynamisch 3D-Earth-model, dat langzaam ronddraaide, zodat we alle drieenveertig teamleden konden zien opflitsen gedurende onze gezamenlijke levenstijd. In dat model leken M en ik op hetzelfde moment tot leven te komen.

Ik heb M's aantrekkelijkheid in de groep gegooid bij de leden van de afdeling waaronder ons team valt, onder het voorwendsel dat ik, als alleenstaand heteroseksueel, probeerde uit te vinden of ze nu wel of niet knap is, maar in feite om de omvang en kracht van de concurrentie te peilen. Van de 81 procent die M knap vonden, is 64 procent geen concurrent, daar het mannen of non-binaire personen zijn met interesse voor of banden met ándere personen, ofwel vrouwen – van wie de 15 procent die als lesbisch of bi wordt aangemerkt geen bedreiging vormt, want M is 'straight'. Natuurlijk besef ik dat er een aantrekkingsgradatieschaal bestaat tussen homo en hetero, maar om M ergens op die schaal te kunnen plaatsen, heb ik ofwel een betrouwbaar verslag van haar seksuele geschiedenis nodig, waartoe ik onmogelijk toegang kan verwerven, ofwel grijze grabbels van M's seksuele herinneringen en fantasieën vanuit het collectief – en dat zou zo'n inbreuk op haar persoon betekenen dat ze me met alle recht achteraf zou verafschuwen, waardoor de kwestie er niet meer toe zou doen.

Van de resterende 36 procent mannelijke of non-binaire respondenten die mogelijk met mij zouden kunnen concurreren bij het streven naar een relatie met M, bezit ruim de helft ten minste één mogelijk-tot-vermoedelijk-diskwalificerende persoonlijke eigenschap: 14 procent = merkbare lijflucht of andere hygiënische tekortkomingen (neus- of oorpulken etc.); 11 procent = online stoerdoenerij; 9 procent = oud (boven de vijfendertig); 7 procent = volledig egocentrisch; 6 procent = geobsedeerd door Bix Bouton; 3 procent = geneigd tot diverse tekortkomingen, waaronder het meedoen aan het naspelen van episodes uit de Irakoorlog, seksistische moppen vertellen, sigaretten roken of bandana's dragen. Goed, dat laatste is een van mijn lievelingsergernissen, maar waarschijnlijk niet van M. Ik heb de pest aan bandana's.

Over tot de resterende 18 procent van de respondenten die mogelijk rivalen kunnen zijn bij het verwerven van M's affectie. En hier nu beginnen de data tekort te schieten, want hoe zou ik kunnen berekenen wie de beste kansen heeft? De sleutel tot het hart van M zou kunnen liggen in iets uitzonderlijks, onvoorspelbaar zonder intieme kennis van haar achtergrond, herinneringen en psychologische toestand; en die kan ik, nogmaals, alleen door een ruwe inbreuk verwerven. Misschien wordt degene die M een blauwe nijlpaardknuffel verschaft degene op wie ze verliefd wordt, maar wie van ons gaat dat doen? Ík ga het doen. Ik zie een blauwe nijlpaardknuffel bij de Walmart en denk: *misschien is dit wel* x, *de onbekende factor vereist voor M's liefde*. En diezelfde gedachte heb ik dan bij een speeldoosje met een danseresje. En diezelfde gedachte heb ik bij een paar heel lange tulpen die eigenlijk van zijde zijn. En dan bij een pakje elastiekjes in allerlei kleuren, en dan bij dingen die ik van de grond of zelfs uit het afval opraap, altijd met de gedachte: *Een van deze dingen kan* x *zijn* – dat onnoembare, onvoorspelbare detail waardoor iemand verliefd wordt op iemand anders.

Gezien het feit nu dat ik een teller ben – of professioneel gezegd, senior empiricus en statisticus – kan men redelijkerwijs vragen of het bepalen van de waarde van *x* aan de hand van willekeurige gegevens de kans dat M door mijn toedoen op mij verliefd zal worden statistisch zal verhogen. Het antwoord is 'ja' en 'nee'. Ja, omdat je een volkomen overeenkomst in beenmerg tussen twee totale vreemden kunt vinden als je maar genoeg willekeurige donorendata hebt. Nee, omdat ik de rest van mijn leven (bij de gemiddelde levensduur van de Amerikaanse man), plus nog eens vijfentachtig jaar, uitsluitend zou moeten besteden aan het vergaren van willekeurige voorwerpen voordat ik statistisch de kans op het vinden van het 'juiste voorwerp' zou verhogen, en op dat moment zijn M en ik allebei dood. En dat veronderstelt dan ook nog dat *x* een voorwerp is, wat het misschien helemaal niet is!

Bovendien brengt het verwerven van een grote doos vol willekeurige voorwerpen, zoals ik heb gedaan, zijn eigen risico's met zich mee. Stel dat M een minimalist is, die het verzamelen van vele voorwerpen beschouwt als een verwerpelijke persoonlijke eigenschap, zoals het dragen van een bandana dat voor mij is? Wie weet reageert ze wel net als mijn zus Alison, die die doos met het nijlpaard enz. in mijn woonkamer ziet staan en zegt: 'Verdomme, Lincoln, je begint precies op moeder te lijken.' En we zijn dan wel dol op onze moeder, maar Alison bedoelt het niet als een compliment. Ze bedoelt dat ik willekeurig zinloze voorwerpen opsla en ze heeft gelijk, maar ook ongelijk, omdat ieder voorwerp een geschiedenis heeft en een relatie tot andere voorwerpen en dat het daarom alleen maar zinloos is totdat je er zelf een zin aan hebt gegeven.

Om mijn stapel voorwerpen zinvol te maken zou ik ze stuk voor stuk aan M moeten overhandigen en vragen of het haar verliefd op mij zou kunnen maken. Maar een eerlijke uitspraak daarover is zonder anonimiteit moeilijk te verkrijgen, en iemand die spontaan verliefd wordt op de slungelige (maar kerngezonde) baardige empiricus en statisticus die haar voorwerpen uit een doos in zijn woonkamer overhandigt, zal dat mogelijk niet rechtuit tegen hem willen zeggen – en misschien zelfs niet de woorden kunnen vinden voor de stormwind van gevoelens die in haar opsteekt als hij haar een blauwe nijlpaardknuffel (bijvoorbeeld) aanreikt.

Teneinde M's gêne te neutraliseren zou ik mijn project moeten vermommen als een studie. Dan zou ik zeggen: 'M, ik hoop dat je wilt meedoen aan een experiment waarbij jouw lichamelijke reacties op een ogenschijnlijk willekeurige verzameling voorwerpen in kaart worden gebracht, waarbij gebruik wordt gemaakt van diverse sensoren die je zelf kunt aanbrengen in de beslotenheid van mijn bijzonder hygiënische badkamer, die aantoont dat ik statistisch afwijk van de algemeen heersende opvatting dat vrijgezellen van in de twintig slonzig zijn: een sensor op je halsslagader, drie rondom je hart, een midden op de romp en een binnen in je vagina. Oké?'

Nee, dat gaat te ver. We stoppen bij het middel.

'Ja hoor, Lincoln, geen probleem,' antwoordt M (in mijn koortsachtige verbeelding). En dus beginnen we. En wat blijkt *x* te zijn? De elastiekjes? Het nijlpaard? Het porseleinen poesje dat ik tweedehands kocht omdat uit gecrowdsourcete data bleek dat vrouwen van katten houden? Misschien is er niets wat werkt, misschien zit ik te kijken naar een stel lijnen waarvan de fluctuaties allemaal binnen het normale spectrum vallen, en dan zeg ik ten slotte: 'Oké, we zijn er klaar mee, heb je zin in melk met koekjes?' En de koekjes heb ik zelf gebakken omdat ik van bakken hou – ook daarin zijn de data betreffende vrijgezellen van in de twintig wat mij aangaat incorrect – en ik schenk een glas melk in voor M en leg twee koekjes op een bord, havermout met chocoladevlokken, want als je de rozijnen weglaat kun je die twee ingrediënten uitstekend mengen, ik bied M de koekjes en melk aan, ze neemt een hap en een slok en ze zegt: 'Dank je wel, Lincoln, ze zijn echt verrukkelijk', maar ik hoor haar stem nauwelijks boven de alarmbel van mijn seismograaf; het is wel geen seismograaf en die hebben geen alarmbellen, maar voor de fantasie werkt dat beter, en de lijnen lopen de grafiek uit want *op datzelfde moment* is M verliefd op mij geworden en het kwam door de koekjes en de melk! En nu heeft *x* een waarde, en de vergelijking kan worden voltooid en M is de mijne en de rest van die 18 procent kan doodvallen, in het bijzonder dat ene lid van de 18 procent dat werkelijk, onmiskenbaar bedreigend is, namelijk M's vriendje Marc.

Waarom lijkt het van betekenis dat hun namen allebei met een M beginnen?

M gaat vijf maanden, zes dagen en 2,5 uur om met Marc, als we het begin van de relatie dateren op het moment dat Marc haar in haar werkhokje vroeg om mee te gaan lunchen, waarop ze ja zei. Zodra ze de zes maanden bereiken bestaat er 32 procent kans dat ze een meer permanente stap zullen doen, zoals een huwelijk, dus houd ik de dagen zorgvuldig bij – ten dele omdat een permanente stap binnen de relatie tussen M en Marc mijn onmiddellijke dood zal betekenen. Ik heb geen data om dat te staven, maar ik ben ervan overtuigd.

Kennis is macht, zegt men, en toch kan elke teller je zeggen dat het beschikken over data alleen op zichzelf nuttig noch voorspellend is. Kan het mij helpen te weten dat M en Marc, in de ruwweg 5,224 maanden dat hun relatie duurt, ongeveer één op de drie nachten, ofwel 53,07 nachten, samen hebben doorgebracht? Aangenomen dat ze al die nachten seks hebben bedreven, en de helft van die nachten twee keer, is het waarschijnlijk dat ze iets als 79,6 keer geslachtsverkeer hebben gehad. Ik wijs erop dat ik van observaties ben overgestapt op schattingen, ondanks het feit dat mijn werkhokje en dat van M een gemeenschappelijke scheidingswand hebben. Die overstap heb ik gemaakt om mezelf te ontlasten van het noteren of M en Marc tegelijkertijd op het werk komen. Ik heb er (met hulp van Alison) voor gekozen juist deze data niet meer te verzamelen, om twee redenen: 1) Het leidde me af van het verzamelen van data voor mijn eigenlijke werk, zodat mijn prestaties dusdanig werden geschaad dat mijn teamleider en vriend O'Brien me daar al tweemaal op heeft aangesproken. 2) Omdat het verzamelen van deze data me in de rol van enge voyeur dwong.

Afgelopen Halloween verscheen M op het werk verkleed als theekopje. Het zegt heel veel over iemand als ze op haar werk komt als theekopje. Ik vroeg me af of Marc op het werk zou verschijnen in een bijpassend kostuum, zoals een theepot. De hele ochtend bracht ik in zenuwachtige vrees door, benieuwd naar wat Marc zou dragen, en tegelijkertijd bang om het te zien. *Als hij als theepot verkleed is*, dacht ik, *dan geef ik mijn queeste naar M's liefde op*. Maar Marc bleek zich helemaal niet verkleed te hebben. Ik was verrukt toen ik dat zag. *Het is afgelopen*, dacht ik, *deze relatie heeft geen toekomst. Marc begrijpt deze theekopjesvrouw niet.*

Als ik een verhouding met M had, zou ik als theepot op mijn werk komen.

Ik wil geen enge voyeur zijn. Ik wil acteur in mijn eigen drama zijn. En er zijn redenen om te geloven dat ik dat kan zijn, al zou een opsomming ervan gevaarlijk onbescheiden zijn, want hoewel ik altijd een voorkeur heb gehad voor wiskunde boven taal, weet ik wat hybris is en waartoe die kan leiden. Daarom schrijf ik nu het lijstje van mijn goede eigenschappen over dat mijn zus Alison heeft opgesteld, om mij hoop te verschaffen op slechte dagen, vergezeld van mijn eigen commentaar tussen haakjes:

- Knap (voor wie de voorkeur geeft aan deze punten: 183 centimeter, donkerblond haar en baard, slungelig maar gespierd)
- Sportief (honkbal, voetbal, basketbal)
- Populair (een omstreden bewering, gezien de vaagheid van de term. In dit geval betreft het twee vrienden, van wie de ene mijn chef en teamleider O'Brien is, plus de gebruikelijke duizenden 'vrienden' die ik niet ken en nooit zie.)
- Vriendelijk (hou van ouders en zus en zij van mij)
- Sexy (hoe kan een zus zoiets zeggen, kun je je afvragen! Wel, zij baseert haar verklaring op negen demonstraties van belangstelling en genegenheid door collega's die ik gemeld heb tijdens de twee jaar dat ik bij Harvest heb gewerkt, waaronder een uitnodiging voor een borrel, een boeketje margrieten op mijn verjaardag, een zakje wortelen rond lunchtijd [ik ben dol op wortelen] en, het meest intrigerend, een anoniem briefje op mijn bureau met de tekst 'een fantastische vent met een fantastisch kontje'.)
- Geweldig in je werk (dat is niet iets wat Alison kan beoordelen. Ze is een impressionist, een typical die geneigd is tot romantiek. Met andere woorden: ze is het tegenovergestelde van een empiricus, wat mijn ouders ertoe gebracht heeft om voor de grap te veronderstellen dat Alison en ik samen één gespleten persoonlijkheid vormen. Maar terwijl Alison op zichzelf een compleet menselijk wezen is, heb ik het gevoel dat mijn menselijkheid meer compleet zou zijn in combinatie met Alison. Ze baseert 'geweldig in je werk' op twee data: promotie en beloning, die bij mij sneller zijn verlopen dan bij mijn collega's. Er bestaan zelfs plannen bij mijn unit en teamleiders Avery en O'Brien om mij een privékantoor te geven. Ik heb me tegen die ontwikkeling verzet, omdat het de fysieke afstand tussen M en mij vergroot en een verschil in rang zou betekenen. Alison beweert dat het goed zou zijn, of in ieder geval niet slecht, maar ze heeft, zoals altijd, geen data om haar bewering te steunen, behalve dan de vage opmerking dat 'mensen altijd verliefd worden op hun meerderen',

en maar één datapunt om dát te staven: zijzelf. En toch hebben Alisons voorspellingen, ondanks haar impressionisme, een verbijsterend hoog accuratessepercentage.)

Als laatste Alisons meest ergerniswekkende bewering:
– Je bent grappig.

Humor is het schrikbeeld van iedereen in mijn vak en daarom obsedeert dat ons. Humor is niet te kwantificeren. Om die reden is het een van onze belangrijkste instrumenten bij het opsporen van proxy's: lege online-identiteiten die door een derde worden beheerd om te verhullen dat de persoon die erachter zat verdwenen is. Winstmakende 'merkidentiteiten' worden vaak verkocht (het eerste bekende geval is dat van een fotomodel dat Charlotte Swenson heette), en zo nu en dan neemt een kraker een verlaten identiteitskarkas in beslag. Maar de meeste proxy's worden bestuurd door 'heremietkreeftprogramma's', die vasthouden aan het patroon van de oorspronkelijke onlineactiviteiten – communicatie, commercie en social media – om zo te kunnen verhullen dat de eigenaar van die identiteit inmiddels verdwenen is. Het meeste proxywerk wordt gedaan door Mondrian, een non-profitorganisatie in San Francisco. De meest geraffineerde proxy's van Mondrian zijn levende professionals – gewoonlijk fictieauteurs, heb ik gehoord – die meerdere identiteiten vormgeven. Humor is het beste instrument om ze te identificeren; het is erg moeilijk voor een menselijke proxy, laat staan een heremietkreeftprogramma, om het gevoel voor humor van een ontduiker te imiteren. Helaas is het voor ons, de tellers, even moeilijk om mislukte imitatiehumor te ontdekken, waardoor proxy-identificatie even tijdrovend als arbeidsintensief is. Het is mogelijk, maar het is werk voor typicals. In feite is het opsporen van proxy's en het verwijderen ervan uit onze telling ons enige werkterrein waar typicals voordelen hebben.

Maar hoe is het mogelijk dat humor *niet te kwantificeren* is?

Eenvoudig: omdat we niet beschikken over de basisdefinities van wat grappig is. Toch zijn sommige mensen grappig en andere niet. Sommige mensen zijn grappig op een manier die ze niet zo bedoelden. Ik hoor daar zeker toe, zoals velen van de tellers. Wij zijn kwantificeerders. Als kind vond men ons onaangenaam. Tot op de dag van vandaag kan ik nog precies vertellen hoe lang de pauze duurt in elk popnummer dat je maar kunt bedenken sinds Elvis. Die fixatie heeft mij bij niemand buiten mijn familie sympathie opgeleverd, en daarbinnen alleen omdat ze me toch al mochten. Mijn fixatie was een sociaal vergif, net als de gewoonten van mijn medetellers – zo zeiden ze – om schuttingen van buren op te meten, overzichten op te stellen van wapenrustingen uit de dagen van koning Arthur, zonnestormen in kaart te brengen of (in het geval van M) 268 planten te verzorgen in haar meisjeskamer, nog afgezien van het gras dat ze had ingezaaid in haar kamerbrede vloerbedekking en dat zijn wortels in de rottende (zo bleek) vloerdelen onder die vloerbedekking boorde tot het moment dat, na overvloedige besproeiing, een groot stuk van het plafond van de ruimte onder M's kamer (toevallig een keuken) loskwam en midden op de eettafel belandde.

Dat is natuurlijk grappig, althans dat was het toen M het verhaal vertelde op het tacofeestje van O'Brien, waar ieder teamlid een jeugdanekdote vertelde. Toch omvat de komedie zowel treurigheid als triomf; treurigheid omdat M al geïsoleerd was, geen vrienden had en op gespannen voet met haar gezin stond, en omdat de plafondtragedie leidde tot de ontmanteling van haar plantencollectie en, toen ze vervolgens weigerde te eten, tot ziekenhuisopname en sondevoeding. Triomf omdat ze nu M! is, beeldschoon, sexy en goed betaald, en de wereld aan haar voeten ligt. De meeste verhalen die mijn medetellers en ik vertellen hebben die twee componenten, treurigheid en triomf, omdat de wereld zich naar ons gevoegd heeft. Het is ongelooflijk. Ik kan het nog steeds niet geloven. En nu onze rangen worden versterkt door typicals wier populariteit en statistische deskundigheid in hun jonge jaren wellicht beperkt is gebleven tot zaken als honkbaluitslagen, blijft het een feit dat wij gewoon beter kunnen tellen – wij spreken die taal van huis uit, kun je zeggen, velen van ons begrepen cijfers eerder dan taal.

Vanmorgen is onze hele unit – in totaal zes teams – opgeroepen voor een niet geagendeerde bijeenkomst in de Sand Garden. Op grond van ervaringen met ongeagendeerde bijeenkomsten is er 86 procent kans dat het om een probleem gaat, 9 procent kans dat er sprake is van een onverwachte beloning en 5 procent kans op de melding van een persoonlijk drama in onze gelederen. Allemaal, 273 personen, stromen we de Sand Garden in en wachten daar ontspannen tot Avery komt. Als de waterval die normaal gesproken over de hoop scherpe zwarte stenen klatert wordt uitgezet, wisselen onze teamleden bezorgde blikken. Er staat iets groots te gebeuren. O'Brien kijkt al net zo ongerust als de anderen.

Onze unitleider, Avery, is een non-binair persoon die ik in het openbaar nooit tekenen van wat voor emotie ook heb zien vertonen. Nu geeft hun uiterlijk in alles blijk van spanning: het lange haar sluik en ongewassen, donkere wallen onder hun ogen, trui met eiervlekken op de mouw, en een gezicht zonder mascara en lipgloss – de enige make-up die hen draagt.

'We hebben een diepteanalyse afgesloten van de recente bedotting door proxy's,' vertelt Avery, 'en we hebben geconcludeerd dat er een nieuwe generatie heremietkreeftprogramma's is, speciaal ontworpen om onze proxyfilters te ontlopen. Dat wijst op directe betrokkenheid van een of meer van onze unitleden, die actief ontduikers helpen buiten onze telling te blijven.'

Die 'bedotting' slaat op de manieren waarop proxy's opsporing proberen te ontlopen. Het ontlopen is evenmin illegaal als de proxy's zelf, maar als iemand bij Harvest ontduikers helpt via bedotting en daarmee onze data vervuilt met een statistisch significant aantal lege identiteiten, zodat de kwaliteit en zorgvuldigheid van ons werk worden geschaad, dan valt dat onder de industriële vergrijpen. Dat verklaart waarom Phil en Patrice, onze ombudsmannen, naast Avery staan opgesteld en er meer dan ooit uitzien als politieagenten.

'We zullen een onderzoek starten,' zegt Avery. 'Jullie zullen stuk voor stuk worden ondervraagd, en we stellen alle vertrouwelijke informatie die je wilt delen op elk moment op prijs. Ik wil weliswaar geen argwaan zaaien, maar ik moet jullie vragen een zekere waakzaamheid te betrachten. Mocht je reden hebben om te twijfelen aan de betrokkenheid of loyaliteit van iemand binnen je team, deel die informatie dan alsjeblieft met ons.'

Avery gebruikt een code die alleen ik en andere geboren tellers zullen doorgronden: de overloper is een typical, vermoedelijk een impressionist – verleid door fantasieën van vrijheid en ontsnapping. Dat is een geesteshouding die ik alleen in theorie kan bevatten. Menselijk gedrag heeft niets origineels. Elke gedachte die ik heb komt ook op bij honderden anderen in mijn demografische categorie. Wij leven vergelijkbare levens en hebben vergelijkbare gedachten. Wat de ontduikers willen herstellen is het idee uniek te zijn, dat ze hadden voordat onze tellingen aantoonden dat ze bijzonder sterk op ieder ander leken. Maar de ontduikers hebben in zoverre ongelijk dat kwantificeerbaarheid het menselijk leven niet minder opmerkelijk maakt of zelfs (ik weet dat dit indruist tegen de intuïtie) niet minder mysterieus – net zomin als het vaststellen van het rijmschema van een gedicht dat gedicht zelf minder waardevol maakt. Integendeel!

Mysteries die door meting vernietigd worden zijn nooit echte mysteries geweest, dat leek alleen zo door onze onwetendheid. Ze lijken op een misdaadverhaal waarvan je te weten bent gekomen wie de dader is. Wie herleest een misdaadverhaal? Terwijl het universum zo lang een mysterie is geweest voordat we iets over astronomie en de ruimte wisten – en nu we dat wel weten, is het alleen maar mysterieuzer.

Gedecodeerd komt Avery's boodschap hierop neer: een impressionist verpest onze data vanuit het romantische denkbeeld dat hij daarmee een revolutie ontketent, terwijl hij alleen maar onze tellingen dwarsboomt en onze baan op de tocht zet. Dus wees gespitst op typicals die kwaad in de zin lijken te hebben en gooi de klootzak eruit.

6,28 maanden geleden, ongeveer drie weken voor het begin van de relatie van M met Marc, zat ik in mijn werkhokje te werken toen zij langzaam boven onze afscheiding opdook, eerst haar ogen, toen de rest van haar gezicht. Toen ik alleen nog haar ogen zag, leken het de ogen van een goudkat. Ik zat gebiologeerd te staren, en toen kwam haar hele hoofd tevoorschijn en ze zei: 'Kiekeboe', en begon te lachen, en ik lachte ook, en doordat ik lachte ging ze nog harder lachen en doordat zij lachte ging ik harder lachen en ik spande me in om het exponentiële effect van dat wederzijdse lachen te berekenen omdat ik het gevoel had dat ik aan het verdrinken was en door een wiskundige verklaring weer vaste grond onder de voeten kon krijgen. Maar het lachen was te overweldigend om te verklaren. Daar begon het mee.

M's vriend Marc is een typical, de term is misleidend want onder tellers zijn typicals atypisch en vormen ze altijd een minderheid. Soms verheugt de gedachte me dat M onmogelijk net zoveel met Marc gemeen kan hebben als met mij. Anderzijds zijn mijn ouders en mijn zus ook typicals, en niet alleen houd ik van hen maar vooral van het feit *dat ze typicals zijn*! Toen ik vorige maand met mijn zus een tocht maakte naar een waterval en we samen ergens op de rotsen zaten was ik ingenomen met het idee dat Alison iets eenvoudigs zat te denken als 'wat mooi', in plaats van de dichtheid, snelheid, afstand tot de rotsen en het volume van het vallende water te berekenen. Maar de gloed van genegenheid die ik voor mijn zus voelde gleed weg in een kwelling door de gedachte dat M diezelfde gloed van genegenheid voor Marc moest voelen! Ze zou denken: *met Marc is het zo ontspannen en makkelijk*. Ze zou denken: *als ik met Marc ben, weet ik dat je de wereld ook anders kunt zien*. Ze zou denken: *als Marc naar me kijkt, weet ik dat hij denkt 'wat is ze mooi', in plaats van dat hij probeert de bijsproeten op mijn neus te tellen.*

Die gedachtereeks maakte me zo triest dat ik naast de waterval moest gaan liggen en me opkrullen.

En toen stelde Alison het lijstje van mijn goede eigenschappen op.

Later op de dag die begonnen is met onze ongeagendeerde unitvergadering met Avery, zie ik M in haar eentje zitten lunchen in de rotstuin. Normaal gesproken luncht ze met Marc – hun relatie is eigenlijk begonnen met gezamenlijk lunchen –, dus M alleen in de rotstuin treffen is voor mij een zeldzame kans.

Door het raam tuur ik naar M, in hevige opwinding over hoe ik dit moet aanpakken. Als ik haar benader is de kans 100 procent dat ik een gesprek zal moeten beginnen, en er is natuurlijk een significante mogelijkheid dat dat geen spontaan of interessant gesprek zal zijn, vooral omdat nervositeit, een absolute zekerheid in de nabijheid van M, mijn capaciteit om op natuurlijke wijze te spreken met minstens 50 procent zal verminderen. Maar zoals mijn vader altijd zei: 'Wie iets werkelijk interessants wil doen moet een sprong wagen', waarmee hij bedoelde dat durf per definitie elke voorafgaande berekening bespot. En omdat mijn vader een typical met wiskundige neigingen is, en als 'politieke junkie' diep betrokken bij de berekeningen van Miles Hollanders gooi naar het senatorschap, neem ik zijn analyse serieus.

De kiezels waar ik overheen loop op weg naar M bestaan ruwweg voor 35 procent uit scherp gerande leisteen met witte strepen en voor 25 procent uit afgeronde kleiachtige stenen. De overige 40 procent bevalt me het beste: gladde, zwarte kiezels met een grote dichtheid, die de zonnewarmte opzuigen. De grote rotsblokken die op meubels lijken zouden een paar ogenblikken geleden vanuit een vloeibare staat gestold kunnen zijn, en men beweert dat het meteorieten zijn. M leunt tegen het grootste blok en kijkt naar de lucht, die voor rond een derde uit snel bewegende wolken bestaat en voor twee derde blauw is.

'Hoi,' zeg ik.

'Hoi,' zegt M.

Doordat ik op een groot deel van mijn contacten in het verleden berekeningen met terugwerkende kracht heb uitgevoerd, heb ik een voorspellende formule kunnen opstellen die tot nu toe onfeilbaar is gebleken: als een tweegesprek acht gesproken zinnen lang – vier zinnen per persoon, begroetingen tellen niet mee – ongemakkelijk is, bestaat er 80 procent kans dat dat zo blijft, terwijl een gesprek dat bínnen die eerste acht gesproken zinnen natuurlijk wordt, dat waarschijnlijk ook blijft, en, verrassend genoeg, vermoedelijk een natuurlijke indruk zal achterlaten, ook al volgen er daarna nog wel tien ongemakkelijke zinnen! Het probleem met zulke voorspellende berekeningen is dat het gesprek lastiger op gang te brengen is als je gespannen en nerveus bent, en de dreiging van een onherroepelijke ongemakkelijke conversatie met een vrouw op wie je verliefd bent, levert spanning op, vooral omdat je, om je aan het gesprek te onttrekken, een afstand van vijftien meter over stenen zult moeten overbruggen, waarbij zij ruimschoots de gelegenheid heeft (kijkend naar jouw verdwijnende rug) om te overwegen hoe idioot het was dat jij die hele rotstuin bent overgestoken om met haar te praten terwijl je niks te melden had, dat je duidelijk op haar valt, dat dat jammer is omdat zij, ook al werkt ze graag met je samen, niet díe gevoelens voor jou koestert; dat dat mogelijk zo had kunnen zijn toen ze zich 6,28 maanden geleden over de afscheiding boog en 'Kiekeboe' zei en jullie allebei ongelooflijk moesten lachen maar dat je je daarna vreemd en afstandelijk gedroeg en dat Marc daarna kwam en dat ze nu van hem houdt en dat zelfs als naar schatting 13 procent van haar gedachten, terwijl ze staart naar jouw verdwijnende rug, betrekking heeft op je uitstekende lichamelijke conditie, binnen het alles-of-nietssysteem waarop de keuze van een monogame liefdespartner is gebaseerd, die 13 procent uiteindelijk statistisch irrelevant zal blijken.

Gevolg: spanning.

En als bij een ongemakkelijke dialoog van meer dan acht zinnen onomkeerbaar ongemak dreigt, vormen stiltes zoals die nu tussen mij en M voortduurt een nog groter gevaar. En dan ben ik iemand die weet hoe hij stiltes moet meten. Maar terwijl in muziek een langere pauze bijdraagt aan de kracht en levendigheid van de volgende frase, hebben pauzes in een gesprek het tegenovergestelde effect: ze verzwakken alles wat erna komt zozeer dat een gevatte reactie teruggebracht wordt tot het verbale equivalent van een gekrompen hoofd als er een te lange pauze aan voorafgaat.

Hetgeen leidt tot de vraag: hoe lang is het geleden dat M en ik een 'hoi' uitwisselden?

3,36 seconden.

Wat? Hoe kunnen er zoveel gedachten en bespiegelingen in zo'n korte periode zijn langsgekomen? Een impressionist zou iets antwoorden in de trant van 'de verstoringen die inherent zijn aan onze tijdservaring', maar voor ons, tellers, is tijd iets stomvervelends, en niet alleen omdat er al te veel over gezegd en geschreven is. Voor wiskunde is tijd irrelevant. Let op: ik zeg niet dat wiskunde irrelevant is voor tijd; we pakken tijd aan met wiskunde in de ijdele hoop die te kunnen begrijpen. Het feit dat er in 3,36 seconden zoveel gedachten door mijn hoofd zijn gegaan, getuigt van de oneindigheid van een individueel bewustzijn. Het kent geen einde, het is onmeetbaar. Bewustzijn is het universum vermenigvuldigd met het aantal mensen dat op aarde leeft (aangenomen dat het bewustzijn met ons sterft, en misschien is dat niet zo), omdat elke geest een universum op zichzelf is, onkenbaar, ook voor onszelf. Vandaar de onmiddellijke aantrekkingskracht van Greep op uw onbewuste van Mandala. Wie kan de mogelijkheid weerstaan om zijn eigen herinneringen opnieuw te bezoeken, waarvan we de meeste zo volledig vergeten zijn dat ze die van iemand anders lijken? En kan wie dat gedaan heeft de mogelijkheid weerstaan toegang te krijgen tot het Collectief Bewustzijn, tegen de kleine prijs dat je je eigen bewustzijn anoniem doorzoekbaar maakt? Allemaal hebben we dat gedaan toen we eenentwintig werden, de minimumleeftijd voor gebruik van Mandala, net zoals vorige generaties akkoord gingen met het delen van muziek en DNA-analyses, waarbij ze zich, in hun enthousiasme over die nieuwe onthullingsmogelijkheden, nooit volledig realiseerden wat ze prijsgaven door al hun ervaringen op het internet te delen – en daardoor met tellers als ik. Het gebruik van grijze grabbels door dataverzamelaars is aan strenge regels gebonden, maar er zijn situaties waarin ik, vanuit mijn professionaliteit, verplicht ben de psyche van vreemden te doorzoeken. Dat is een griezelige sensatie, of je in een onbekend huis rondloopt, omringd door voorwerpen die betekenissen seinen die je niet kunt ontcijferen, Ik grijp wat ik nodig heb en ga zo snel mogelijk weg.

Dat er 3,36 (inmiddels 3,76) seconden verstreken zijn is niet rampzalig, zoals blijkt uit berekeningen met terugwerkende kracht: een pauze in een gesprek kan tot vier volle seconden duren voordat ze haar gif begint te verspreiden. Tot die grens van vier seconden is een pauze niet meer dan een opzwellende, steeds meer gespannen ballon vol mogelijke rampspoed.

'Nou,' zeg ik. 'wat vond jij van Avery's praatje?'

'Waarom vraag je dat?'

M's enigszins agressieve toon slaat me wat uit het lood, maar ik besef ook dat er nog zes zinnen aan het gesprek moeten worden toegevoegd voor we de veilige acht bereiken, dus ik duik erop: 'Nou, omdat jij en ik samenwerken en dit was een belangrijke mededeling. Ik wilde er met iemand over praten.'

'Jij denkt dat het Marc is.'

'Dat is niet bij me opgekomen,' zeg ik, 'tot dit moment.'

'Marc is het niet.'

'Oké,' zeg ik. 'Marc is het niet. Onze unit telt tweehonderddrieënzeventig mensen – waarom zou ik aannemen dat hij het was?'

Onze gedachtewisseling is wel niet helemaal vriendschappelijk, maar bemoedigend is dat we zonder ongemak zin zeven hebben bereikt, als je ongemak definieert als een gesprek bestaande uit ijdele pogingen om het probleem op te lossen van wat je hierna moet zeggen.

'Wie helpt de ontduikers, denk je?' vraag ik.

'Een impressionist,' zegt ze.

'Mijn zus is een impressionist,' zeg ik.

'De mijne ook. Maar broers en zussen kun je niet veranderen.'

'Ik hou van mijn zus,' zeg ik.

'Misschien niet als ze je zus niet was.'

'Misschien kende ik haar dan niet.'

'Precies,' zegt ze.

Ik ga naast M op de stenen zitten. 'Is het goed dat ik bij je kom zitten?' vraag ik.

'Doe je al.'

'Ik kan wel weer opstaan.'

'Doe geen moeite.'

'Dat is geen moeite,' zeg ik. 'Ik heb sterke benen.'

'Je doet alleen maar stoer.'

'Opstaan vanuit zitstand is niet bijzonder,' zeg ik, en ik sta op als bewijs. 'Hoezo is dit stoer doen?'

'Ik zie je spieren.'

Ik bekijk mijn broek en T-shirt, maar ik zie geen spieren. 'Zit je daarmee?'

'Nee,' zegt ze. 'Ga maar weer zitten.'

Ik ga weer zitten met een roerig hart. Dit is duidelijk flirten. De opwinding die ik voel bij het flirten met M is nu net wat ik altijd mis bij het versieren van typicals: ik weet nooit wat er gebeurt, en omdat mijn pogingen om daarachter te komen niet de geoliede tact kennen waarmee typicals al hun daden en woorden insmeren om hun ware bedoeling te verhullen, maak ik een schutterige, treuzelende indruk.

'Ik vind je leuk,' zeg ik tegen M. 'Altijd al gevonden.'

'Dank je wel. Dat wist ik niet.'

'En Marc?'

'Ik ben verliefd op hem,' zegt ze.

'Zou hij het erg vinden dat we hier samen zitten?'

'Nee. Hij vertrouwt me.'

'Vertrouw jij hem?'

Ze aarzelt. 'Ja en nee.'

'Nee dus. Vertrouwen is alles of niks.'

'Nee,' zegt ze. 'Het is een alles-of-niets-boekhoudsysteem waarin diverse gradaties meespelen.'

'Zoals?'

'Ik vertrouw zijn gevoelens voor mij,' zegt ze. 'Maar het kan zijn dat hij de ontduikers helpt.'

'Waarom zeg je dat?'

'Soms lijkt hij ver weg met zijn gedachten.'

'Het feit dat iemand ver weg is met zijn gedachten zegt nog niet dat hij is overgelopen naar een geheim netwerk dat ons werk wil vernietigen.'

'Maar het kan wel,' zegt ze.

'"Het kan" en "het is zo" zijn tegenovergestelden.'

'Nee,' zegt ze. '"Het is zo" en "het is niet zo" zijn tegenovergestelden.'

'Ik heb een idee,' zeg ik. 'Aangezien jij je aangetrokken voelt tot mij en ik tot jou, kunnen we dan niet bij mij thuis met elkaar naar bed gaan en zien wat er gebeurt, zonder verplichtingen?'

'Dan zou ik Marc bedriegen.'

'Zo kun je het noemen, of je kunt het een volgende gradatie binnen het veld van jouw betrouwbaarheid noemen.'

'Als ik met jou naar bed ga, word ik van betrouwbaar onbetrouwbaar.'

'Niet noodzakelijk,' zeg ik. 'Als wij met elkaar naar bed gaan en het is niet fantastisch, ben je daarna méér betrouwbaar en toegewijd aan Marc, want als je dan mijn spieren door mijn T-shirt heen ziet en tot mij wordt aangetrokken, dan zul je denken: *Ik ben al eens met Lincoln naar bed geweest en geweldig was het niet, dus wat kunnen mij die spieren schelen?*

'Jij verpakt je geilheid in logica.'
'Mijn geilheid is logisch.'
'Geilheid is nooit logisch,' zegt ze. 'Die is biologisch.'
'Mijn geilheid op jou is volkomen logisch,' zeg ik. 'De combinatie van jouw aantrekkelijkheden maakt jou voor mij onweerstaanbaar. In feite kost het me voortdurende inspanning om me ervan te weerhouden op dit moment je haar aan te raken.'
'Niet doen,' zegt ze scherp.
'Doe ik niet. Ik blijf me inspannen om die impuls te onderdrukken. Maar makkelijk is het niet.'
'Loop dan weg. Dan is het makkelijker.'
'Klopt. Maar wij werken vlak naast elkaar, dus ik zal blijven beseffen hoe graag ik je haar wil aanraken.'
'Je krijgt binnenkort een eigen kantoor,' zegt ze. 'Dat zal het makkelijker maken.'
Ik ben verbijsterd dat wat goed begon zo snel een slechte wending heeft genomen; dat M, ondanks dat ik haar aantrek en ondanks dat ze Marc verdenkt, toch bij hem blijft en trouw aan hem is. Ik snap nu dat er niets zal gebeuren tussen M en mij, juist omdat het zo dichtbij is gekomen en toch niet gebeurde. Daar zijn duidelijke wiskundige redenen voor, maar om die uit te leggen heb ik een driedimensionaal model nodig en ik ben te moe om dat te schetsen, zelfs voor mezelf.
'Ik kan niet weglopen,' zeg ik, 'omdat er door de energie die ik besteed aan het weerstaan van de aandrang om jouw haar aan te raken te weinig energie overblijft om te lopen en zelfs om overeind te komen. Misschien moet jij maar weglopen.'
'Ja,' zegt ze. 'Ik denk dat ik dat maar doe.'
Ze staat op en loopt naar het gebouw. Ik kijk haar na. Dan ga ik liggen op de warme, scherpe kiezels onderbroken door hete, gladde zwarte stenen. Ik kijk naar de wolken die ronddraaien in trage spiralen en vraag me af of het feit dat M nooit van me zal houden het gevolg is van het gesprek dat we net gehad hebben, of dat ons gesprek alleen het al bestaande feit dat M

nooit van mij zal houden heeft onthuld. Was er wiskundig gezien een causaal verband met het gesprek of was het alleen illustratief? Onzekerheden behoren tot het terrein van de impressionisten en starend naar de wolken voel ik mijn moeder en zus in me. Ik vraag me af of ik ooit van iemand zal houden zoals van Alison, maar dan met dat andere gedoe erbij. Ik vraag me af of ik overleef zonder die liefde. Ik vraag me af of de ellende van mijn kindertijd en latere jeugd zal terugkomen en me weer in die wanhoop zal storten waar geen wiskundige ladder me uit zal kunnen halen. Ik zie het parelende van de wolkenspiralen boven me en het blauw erachter en ik besef dat waar ik naar kijk een wiskundige ladder ís. Maar die kan ik blijkbaar niet beklimmen.

De week daarna kondigen M en Marc tijdens de ochtendvergadering van ons team aan dat ze verloofd zijn. M kijkt verlegen en opgetogen en aan haar vinger zit een diamantje als een vlammende speldenprik.

Na het werk ga ik meteen naar Alisons flat om haar het nieuws te melden en aanvullende data te verstrekken die een zeer grote waarschijnlijkheid bieden – 85 procent! – dat M en Marc gaan trouwen.

'Dus je bedoelt... dat verloven de kans op trouwen vergroot,' zegt Alison.

'Drastisch,' jammer ik. 'Verpletterend.' En dan ga ik op de vloer liggen huilen.

De volgende paar dagen breng ik met ziekteverlof door in het huis van mijn ouders, het huis waar ik ben opgegroeid. Ik lig met mijn ogen dicht in mijn oude bed en vader neemt twee dagen vrij van zijn kliniek en zit naast me te lezen. Het huis heeft geen verdieping en buiten het raam hoor ik moeder dingen aan elkaar spijkeren en lijmen om haar sculpturen te maken. Ik hou me geestelijk bezig met het opstellen van een lijst van de 273 werknemers in mijn unit in volgorde van waarschijnlijkheid dat ze de overloper zijn – in werkelijkheid 272 aangezien ik weet dat ík niet de overloper ben, de reden dat ik mezelf op de laatste plaats zet. Dan wis ik de lijst en begin ik opnieuw, alsof ik een spel kaarten schud. In een ander deel van mijn geest overweeg ik de schadelijke invloed van grote aantallen heremietkreeftprogramma's die we niet kunnen uitfilteren. Als teller wil ik bovenal dat mijn data accuraat zijn. Ik word duizelig en misselijk bij het idee dat mijn analyses worden aangetast door valse data, leidend tot grote aantallen onontdekte proxy's die zich voordoen als menselijke wezens. Maar ik zit niet in over de hele kwestie van de ontduikers. Als ze zozeer in aantal toenemen dat hun alternatieve netwerk gaat concurreren met de dominantie van het netwerk waaruit wij onze data betrekken – als ze zich dus ongemerkt afscheiden van onze maatschappij en een nieuwe gaan vormen met een afzonderlijke economie, valuta en zelfs een eigen taal (en intussen online nog steeds zichzelf lijken te zijn) – dan zullen er algauw nieuwe tellers binnen hun gelederen opstaan om hun data te tellen. Aanvankelijk zal die telling niet meer zijn dan de neerslag van de verbinding, communicatie en onderlinge toegang. Zelfs als ze herkend worden zullen ontduiker-tellers zich goedaardig opstellen tegenover neutrale entiteiten. Maar langzaamaan zal blijken dat de tellers zélf misschien niets hebben aan de data die ze passief verwerven, maar dat ze die uitlenen, leasen en verkopen aan andere entiteiten die ze zullen gebruiken met enorme winsten voor henzelf. En dan zullen de ontduikers opnieuw in het systeem opduiken, kortom: ze zijn niets opgeschoten. De oudere ontduikers zullen dan te moe zijn om nog eens een revolutie te beginnen en te cynisch om te geloven dat die iets zal bereiken. Maar de jongere zullen dan – je raadt het al – proberen de tellers te ontduiken. Ze zullen hun identiteit ontruimen en een nieuw geheim netwerk opzetten om zich zo nogmaals af te scheiden en weer een onzichtbare parallelle maatschappij te vormen waar ze menen eindelijk vrij te kunnen zijn. En dan gebeurt er weer hetzelfde. En dan gebeurt er weer hetzelfde. En dan gebeurt er weer hetzelfde.

Ik ben net een paar dagen weer aan het werk als onthuld wordt dat de ontduikerstrawant O'Brien is, mijn directe chef, teamleider en een van mijn twee mannelijke vrienden. Het nieuws borrelt door Harvest als griezelige muziek bij een film. Tot nu toe hing er een prikkelende opwinding rond het mysterie wie de saboteur kon zijn, maar de oplossing van het speurdersraadsel is zo schokkend dat het mysterie plaatsmaakt, niet voor kennis, maar voor een nog groter mysterie.

Waaróm?

O'Brien is een geboren teller, en toch heeft hij een onbekend aantal ontduikers geholpen onze telling te ontduiken.

O'Brien is in zijn jeugd gepest vanwege zijn kennis van windstromen – de snelheid, richting en seizoensfluctuaties ervan – en toch heeft hij de ontduikers geholpen ons te ontduiken.

O'Brien ging werken in de windindustrie, klom op tot executive en liet dat succes achter zich om toe te treden tot onze tellersgelederen, waar zijn ster snel rees, en hij erg geliefd was – hij was een ontzettend aardige vent –, en toch heeft hij het mogelijk gemaakt dat een nieuwe generatie heremietkreeftprogramma's onze opsporing wist te bedotten.

O'Brien heeft zich duidelijk bij ons aangesloten met het doel ons te ondermijnen. Vanaf het begin speelde O'Brien onder één hoedje met Mondrian.

En door zijn diepgaande kennis van onze systemen zal O'Briens loyaliteit aan de ontduikers rampzalig blijken te zijn en onze data dusdanig in de war schoppen dat driekwart van onze klanten zal opstappen.

Maar dat is allemaal nog niet het zorgwekkendste. Echt zorgwekkend is dat O'Brien, die niet eens een typical is en nog minder een impressionist, zo sterk gelooft in hulp aan de ontduikers dat hij Harvest heeft weten te infiltreren en ons kapot heeft gemaakt.

Wat betekent dat ontduiken níét een idee is dat alleen impressionistische typicals aanspreekt, die de gedachte om iemand anders te worden romantiseren. Als O'Brien erachter staat, dan moet het ook wiskúndige betekenis hebben.

Op de dag dat hij ontmaskerd is wordt O'Brien door een verbijsterde menigte gevolgd naar de Shinto torii-poort, die de ingang van onze campus vormt. Avery is in tranen, wat niemand van ons zich had kunnen indenken. Voor hij door de torii loopt, blijft O'Brien staan en richt zich tot ons allen:

'Hoor eens, sorry dat ik jullie belazerd heb. Jullie zijn mijn vrienden en mijn familie omdat ik verder geen vrienden of familie heb. Als je bedenkt hoeveel ik heb gewonnen door zoveel proxy's in staat te stellen onder de radar te blijven, en daarmee zoveel ontduikers met succes te laten ontduiken – namelijk: niets – en wat ik daartegenover heb verloren – alles – dan zul je begrijpen dat er maar één ding is dat die ontstellende kosten-batenanalyse kan rechtvaardigen. En dat is geloof. Ik geloof in wat de ontduikers doen, ik geloof in hun recht om het te doen, en de kracht van mijn geloof weegt ruimschoots op tegen het feit dat ik ernaar gehandeld heb en daardoor alles en iedereen waarvan ik hou verlies. Zelfs nu heb ik geen spijt,' besluit O'Brien, 'hoezeer ik jullie ook zal missen.'

Waarop hij door de torii-poort naar buiten loopt.

De chaos die op de onthulling volgt kent vele vormen en varianten. Er wordt een onderzoek gestart om uit te zoeken of de man die de toespraak hield echt O'Brien was, of dat de echte O'Brien ontvoerd is door ontduikers en holografisch is geanimeerd naast de torii-poort met behulp van grijze grabbels uit het collectief om zijn toon, gebaren en woordkeus te reproduceren. Er is een andere hypothese dat de ontduikers op een of andere manier in O'Briens schedel een *snuitkever* hebben geplaatst – een elektronische sonde die het denken kan verstoren – en vanaf een afstand zijn gedrag en woorden stuurden. Beide veronderstellingen zijn moeilijk te bewijzen, en betrouwbare typicals hebben me kunnen overtuigen dat ze onwaarschijnlijk zijn, op grond van twee argumenten: 1) dergelijke acties vereisen het gebruik van een bijzonder ingrijpende technologie die de ontduikers verafschuwen en proberen te ontduiken; 2) dergelijke ingrepen liggen boven de technologische capaciteiten van de ontduikers: ze zouden het gewoon niet kunnen.

Bij de inkrimping en herstructurering na het overlopen van O'Brien wordt 78 procent van de werknemers van Harvest ontslagen, onder wie M en Marc. Ik ontsnap op het nippertje, ik denk omdat Avery me mag.

Acht maanden later word ik benoemd tot leider van een nieuw team, kleiner en wendbaarder dan dat van O'Brien, maar niettemin een team. En ook al is O'Brien duidelijk geen leider wiens voorbeeld ik wil volgen, onwillekeurig denk ik toch met warme gevoelens terug aan het tacofeestje dat hij voor ons gaf toen ons team net gevormd was. Dus dwing ik mezelf bij mij thuis een barbecue te organiseren voor mijn nieuwe team, een onderneming die eenvoudig zou zijn als ik niet tobbend wakker lag van vragen als: zullen ze het naar hun zin hebben? Is het mijn schuld als ze het niet naar hun zin hebben? Zullen ze het me eeuwig kwalijk nemen als ze het niet naar hun zin hebben? Zullen ze anderen die er niet bij waren vertellen dat ze het niet naar hun zin hadden, en zal die wetenschap de mening van die anderen over mij voorgoed ten ongunste beïnvloeden? Enz. Vader heeft me met Kerstmis een nieuwe barbecue gegeven als aansporing om mijn vrees voor feestjes geven te overwinnen, en moeder gaat in het weekend met me naar de supermarkt om vlees en groenten te kopen. Op de avond zelf komt Alison bij me thuis om morele steun te geven. Ik stel haar aan iedereen voor als 'Alison', niet als 'mijn zus Alison', want als teamleider wil ik niet dat het bekend wordt dat ik geen feestje kan geven zonder hulp van familie.

Als Alison er is ontspan ik, alsof er een beschermende toverspreuk is uitgesproken en er niks meer echt mis kan gaan. De spreuk wordt meteen zwaar op de proef gesteld als Tom verschijnt als begeleider van M. Ik heb al een paar maanden geleden gehoord dat M en Marc niet getrouwd zijn, maar tegen de tijd dat dat nieuws me bereikte, had zich al een welkome afstand gevormd tussen mij en alles wat met M te maken had, zelfs zodanig dat mijn eerste gedachte was, na het nieuws dat het uit was tussen haar en Marc, dat hun gedrag als stel van statistisch gezien normaal was veranderd in statistisch gezien afwijkend. Zoiets is verrassend, zelfs voor een teller als ik.

Tot mijn opluchting houdt mijn afstand tot M zelfs nu ze fysiek aanwezig is stand – of is dat de toverspreuk van mijn zus? Alison pakt me bij mijn arm en ik voel haar warmte, kracht en rust in me overstromen. Ze heeft in de auto een fust bier meegenomen, en we drinken allemaal stevig. Ik leg een vuur aan in de vuurplaats, we gaan eromheen zitten en Tom houdt M's hand vast en kust haar op haar wang, maar ik voel niets; de herinneringen aan mijn hartzeer over M lijken grijze grabbels uit het leven van een vreemde. Mijn zus heeft haar arm om me heen geslagen en schenkt intussen in voor de gasten en houdt ze tevreden – een van haar impressionistengaven is dat ze weet of mensen gelukkig zijn of niet, uitsluitend door naar ze te kijken, terwijl ik eerder geneigd ben te speculeren over het aantal haren in hun wenkbrauwen. Ik zie steeds dat M niet glimlacht als we naast de vuurplaats zitten, maar betekent dat dat ze ongelukkig is? Mensen hoeven niet te glimlachen om gelukkig te zijn; soms glimlachen ze om te verbergen dat ze ongelukkig zijn. Maar ik weet niet hoe hoog het percentage gelukkig glimlachen is tegenover dat van glimlachen-om-te-verbergen, en ernaar informeren zou vanzelfsprekend nutteloos zijn, aangezien iemand die glimlacht om te verbergen dat hij ongelukkig is waarschijnlijk niet zal toegeven dat hij dat is, als hij ernaar gevraagd wordt.

Als het later donker is en ik een stel biertjes opheb en een beetje duizelig ben omdat niet te ontkennen valt dat het feestje goed verloopt – de mensen hebben het zichtbaar naar hun zin, het is al een succes terwijl het nog niet afgelopen is, dus er is niets meer om me zorgen over te maken en ik kan me rustig ook vermaken – loop ik M tegen het lijf als ik uit het toilet kom. Ik bedoel dat niet letterlijk, maar het is een ogenblik bevreemdend als we in mijn gang elkaar aan staan te kijken.

'Je hebt een leuke vriendin,' zegt ze.

'Dat is mijn zus.'

'O,' zegt ze. 'Tom is ook niet mijn vriendje.'

'Misschien heeft hij dat niet door.'

Zelfs vanaf mijn nieuwe afstand tot M besef ik hoe vreemd het is om haar in mijn huis te zien, een situatie die ik me zo lang en met zoveel verlangen heb voorgesteld. Diep in mijn kleerkast staat nog een doos vol mogelijke *x*-voorwerpen die ik in het afgelopen jaar heb aangeschaft in de hoop dat M erdoor verliefd op me zou worden.

'Hé,' zeg ik. 'Zal ik je eens iets laten zien? Zomaar, nergens om?'

'Ja hoor.'

Ze staat midden in mijn slaapkamer terwijl ik de doos tevoorschijn haal. 'Hier,' zeg ik. 'Dit is een doos met ogenschijnlijk willekeurige spullen. Ik zat me af te vragen of er iets bijzonders gebeurt als jij ze bekijkt.'

Mijn bedoeling was dat M de voorwerpen een voor een zou oppakken en ze zou aansluiten op de berekeningsformule die zij is, om hypothetisch gezien te bepalen of een ervan misschien *x* is. Niet omdat dat iets uitmaakt, maar omdat ik er niet tegen kan als berekeningen niet worden opgelost. Omdat ik M niet heb geïnstrueerd dat ze de voorwerpen er een voor een uit moest halen, buigt ze zich over de doos en staart naar het allegaartje: de vaatdoek met het roosvormige haakje, het porseleinen poesje, het regenboogkleurige draadsculptuurtje op een kruis van lollystokjes, de grote knikker met de turquoise druppel.

'Wat is dat allemaal?' lacht ze.

'Willekeurige dingen.'

'En wat zou er moeten gebeuren als ik ernaar kijk?'

'Als het gebeurt, dan merk je het,' zeg ik, en ik lach ook.

'Hoe kom je aan die dingen?'

'De meeste heb ik gekocht. Bij de Walmart.'

‘Dan zijn ze niet willekeurig,’ zegt ze. ‘Ze staan voor een reeks keuzes die een zeker persoon op een zekere plaats heeft gemaakt. Je zou er een wiskundig schema van kunnen opstellen.’

‘Dat kan ook met willekeurigheid,’ zeg ik. ‘Achteraf.’

‘Dat is berekening met terugwerkende kracht.’

‘Geschiedenis is berekening met terugwerkende kracht,’ zeg ik.

Om een of andere reden kijken we allebei naar het raam, pal naast mijn bed. Het zou accurater zijn als ik zeg dat het bed pal naast het raam staat, omdat ik dit huis juist heb gehuurd om mijn bed naast dat raam te kunnen zetten en naar de sterrenhemel boven de woestijn te kijken. In de berekening van mijn liefde voor dit huis is het raam *x*.

Het geluid van het feestje klinkt van ver. Ik ben alleen in mijn kamer met M en mijn zus onderhoudt buiten iedereen. Ik pak M’s hand en loop met haar naar het bed. ‘Zullen we naar de sterren kijken?’ zeg ik en we gaan naast elkaar liggen en kijken ernaar. Louter wiskundeformules schitteren en twinkelen op ons neer.

‘Ik ben jaloers op O’Brien,’ zegt M. ‘Ik wil zo’n geloof hebben als hij had.’

‘Ik ook,’ zeg ik.

‘Was hij echt de O’Brien die wij kenden, of iemand anders?’

‘Ik denk allebei,’ zeg ik.

Uit M’s polsslag maak ik op dat haar hart in de eerste minuut dat we daar liggen vijfenzeventig slagen per minuut maakt, vijfentachtig in de tweede minuut, en de derde minuut, de minuut die nu verstrijkt, belooft op honderd slagen of meer uit te komen. M’s lichaam schakelt in een hogere versnelling, en het mijne ook. Mijn hartslag suist in mijn oren alsof iemand krachtig over mijn trommelvliezen veegt. Ik tel onze beide hartslagen en wacht tot ze samenvallen. Dat lijkt even zo te zijn, maar dan neemt de mijne een voorsprong – statistisch waarschijnlijk, aangezien ik een man ben. In de stilte realiseer ik me dat M ook aan het tellen is.

De vaginale sensor kan uiteindelijk toch worden toegestaan. Misschien was dat *x*.

Of misschien waren de sterren *x*, in welk geval je kunt aanvoeren dat het raam voor de tweede keer *x* was. Madeleine zegt dat voor haar de aanblik van mij met Alison *x* was. Voor mij zal 'Kiekeboe' altijd *x* zijn.

Niet dat het ertoe doet: allemaal berekeningen met terugwerkende kracht. De zwalkende gang van een dronken man is geometrisch van belang, maar het is niet te voorspellen waar hij heen strompelt.

Bij ons huwelijk, voltrokken door senator Miles Hollander, laten we vijfhonderd bio-afbreekbare ballonnen op, en daar boven zweven ze tussen de heteluchtballonnen die er drijven. Mijn ouders en zus huilen van geluk, maar omdat huilen een zekere continuïteit heeft, terwijl hun huilen met tussenpozen plaatsvindt in de vele gelukkige uren, is het niet mogelijk de tranen te tellen.

BREAK

Het mysterie van onze moeder

1

Lang geleden, vertelde ze ons, toen wij slechts als hoop in haar hart bestonden, of zelfs dat niet, want ze had nooit kinderen gewild (of dat dacht ze toen), werd het hoofd van onze moeder beroerd door een hogere macht die zei: *Hou op met waar je mee bezig bent! Er zitten twee meisjes te wachten tot ze geboren worden, en jij moet nu meteen zwanger van ze worden, want de wereld smacht naar hun schranderheid.* Dus hield ze op met haar studie antropologie, waar ze enorm van genoot en waar ze misschien ooit weer aan wilde beginnen, *als jullie helemaal volwassen zijn, en mij niet meer nodig hebben.*

Wij zullen jou altijd nodig hebben!

En ik zal jullie altijd nodig hebben, zeker weten. Ik zal proberen jullie niet mal te maken met mijn moederbehoeften.

Vertel nou hoe het afliep.

Nou, ik ging niet meer naar de antropologieschool, en ik trouwde met jullie papa, en we brachten jullie ter wereld. En nu zijn jullie er! Het is allemaal helemaal goed gekomen.

Waar is papa?

Die komt volgende week. Dan brengt hij jullie naar ballet.

Vorige keer kwam hij niet.

Ik ben er dan ook. Voor de zekerheid.

Hij kan geen knot maken.

Dat doet er niet toe, lieverd.

Voor ballet...?

Niet zeuren, schatje.

Hij heeft Tam-Tam uit het autoraampje gegooid. Hij zei dat ze opgevroten was door de motten.

Wat vervelend.

Waarom ben jij met hem getrouwd?

De liefde is een mysterie.

Houdt papa van jou?

Hij houdt van jullie. En daar gaat het om.

Hij zei dat we kleine verkwistertjes waren.

Zei hij dat?

Hij zei...

Zullen we het even niet hebben over wat hij heeft gezegd?

We willen gewoon vertellen...

Dat hoef je me niet te vertellen. Ik ken jullie vader heel goed.

Hoe hield ze die gesprekken vol? Natuurlijk hield onze vader niet van haar, evenmin als ze van hem hield. Hij was vijftien jaar ouder dan onze moeder, en toen ze elkaar ontmoetten was hij al tweemaal gescheiden, met vier kinderen – twee van iedere ex-vrouw. Zo ongeveer de slechtste kandidaat voor een huwelijk. Maar hij was charmant, een beroemde muziekproducer, en bovendien (concludeerden we later) accepteerde hij geen 'nee'. Waarom hij wilde dat onze moeder 'ja' zei is alweer een mysterie; ze hadden niets gemeen, behalve dan schoonheid (zij) en een liefde voor schoonheid (hij). Maar ze leefde niet voor haar schoonheid – ze was zo'n moeder die zelden make-up opdeed, die haar haar tot een woeste bos liet groeien en die niet douchte op zondag, de dag dat ze vrij had van het reisbureau waar ze was gaan werken nadat onze vader haar in de steek had gelaten, zonder geld om ons groot te brengen.

Het zondoorstoofde appartementencomplex waar we met onze moeder woonden, vanaf de jaren zeventig, toen we peuters waren – het eerste thuis dat we ons kunnen herinneren –, leek geheel bevolkt door vrouwen: B-film-actrices op leeftijd die magnumflessen Gallo-wijn lieten bezorgen, en aankomende filmsterretjes met veel oudere vriendjes, die een wit streepje op hun ringvinger hadden. De flats omringden een 'tuin' met daarin één enkele, kolossale palmboom – ofwel een overblijfsel uit de landbouwkundige prehistorie van dat stukje land, ofwel een sierplant die grotesk buitenproportioneel was uitgegroeid in verhouding tot het bescheiden gebouw dat hij decoreerde. De slaapkamer die we met onze moeder deelden keek uit op een palmbladerdak, als de vingers van tientallen handen. Zelfs op zonnige dagen klonk het alsof het regende.

Op zondagochtend klommen we uit het bed van onze moeder om 'het monster te doen'; dat betekende dat we met onze borst omlaag op de hare gingen liggen, zodat we allemaal onze drie bonzende harten konden voelen. Ons haar raakte vervlochten met het hare, en onze adem versmolt met de hare, tot we één wezen waren, dat onder de bewegende, fluisterende handen van een ander wezen lag, de palmboom. Die boom had een naam, zeiden we tegen onze moeder: Herbert.

En als het nou een meisjesboom is?

Een meisje kan best Herbert heten.

Onze moeder ging op één elleboog overeind zitten en bekeek ons eens goed. Er zijn hier niet veel mannen, he? Zouden jullie je vader graag vaker willen zien?

Nee!

Hij houdt ontzettend van jullie.

Wij houden van jóú.

Jullie kunnen van ons allebei houden, hoor.

Nee. Dat kan niet.

Het huwelijk van onze ouders stortte ineen toen een middelbare scholiere uit San Francisco voor hun deur in Malibu aanspoelde; ze was van huis weggelopen en naar het zuiden gelift nadat onze vader haar tijdens een zakenreisje verleid had. Wij waren drie en vier jaar oud. Het was onze vader gelukt op papier straatarm te lijken. Wij waren het enige wat hij onze moeder liet houden – hij had vermoedelijk uitgerekend dat wij minder dan niets waard waren. Maar voor onze moeder, die verder weinig had, waren wij oneindig veel waard. In ruil daarvoor hield zij oneindig veel van ons, en schonk ons iets uiterst zeldzaams: een gelukkige jeugd. Ze vertelde niet waarom ze bij onze vader was weggegaan. Pas veel later zou hij dat vertellen.

***

De keren dat onze vader langskwam om ons naar ballet te brengen, liepen we met grimmige gezichten de gebarsten buitentrap van onze flat op de tweede verdieping af, naar een van zijn vele auto's.

Dag meiden. Willen jullie voorin zitten?

Wij schudden ons hoofd. Dat was onveilig, dat wist iedereen, alleen hij niet.

Willen jullie anders iets eten? We hebben nog wel tijd voor jullie les begint.

Wij eten niet voor balletles.

Ik kan echt niks goed doen bij jullie, he?

Wij schudden ons hoofd, hij lachte en we reden weg. Maar toen hij geparkeerd had voor het winkelcentrumpje waarin de balletstudio zat, draaide hij zich om naar de achterbank en staarde ons aan.

Ik ben jullie vader. Dat begrijpen jullie toch wel?

Wij knikten hardvochtig en gelijktijdig.

Dat is niet zomaar iets. Dat betekent wat. Hij peilde onze kille ogen. Jullie mogen me niet. Waarom is dat?

Het was geen retorische vraag. Hij was nieuwsgierig, wachtte op antwoord.

Wij bekeken onze vader eens goed, misschien voor de allereerste keer: zijn verweerde surfersbruine huid en nogal lange, blonde haar, zijn scheve voortanden. Hij keek hoe we hem bekeken, en toen lachte hij.

Wat weten jullie nou? Jullie zijn maar kleine kinderen.

Sommige meisjes hadden hem misschien wel aanbeden, zo'n vader die soms langskwam in een dure auto – hadden naar hem gesmacht, zich mooi voor hem gemaakt, hem proberen af te leiden van zijn vriendinnetjes wier leeftijd dichter bij die van hen lag dan bij de zijne; en ten slotte zouden ze speeltjes zijn geworden van andere mannen met een vergelijkbare smaak. Zo ging het ongeveer met onze drie oudere halfzussen, Charlene, Roxy en Kiki. Als kleine meisjes aanbaden wij Roxy: ze was lenig en energiek, had in tientallen videoclips opgetreden, en was op haar zeventiende al zo berucht dat je je nauwelijks kon voorstellen van wat voor toekomst dit alles het voorspel was. Maar het bleek een voorspel tot bijna niets: Roxy's veelbelovendheid was haar hoofdnummer. Ten slotte raakte ze aan de methadon en liep ze hepatitis C op. Uiteindelijk konden alleen wij twee nog de flakkerende schim van haar jongere zelf zien, flitsend en vogelachtig, als een spook in een vervallen landhuis. Het gedrag dat bij heroïne hoort, de doffe ogen en slaperige bewegingen, dat werd haar gedrag. Niemand kon de oude Roxy nog zien, alleen wij.

Op een dag, na balletles, zei onze vader dat we niet meteen naar huis gingen.

Wij keken hem dreigend aan. Weet mama dat?

Natuurlijk weet jullie moeder dat. Denken jullie soms dat ik een kidnapper ben?

Grimmig reed hij door; het was duidelijk dat ons gebrek aan enthousiasme hem stak. Wij speelden steen, papier, schaar op de achterbank en deden alsof hij er niet was.

Hé. Kijk anders eens naar buiten.

We reden langs een steile rotswand, in de diepte lag huiverend de gigantische oceaan. Het was iets volkomen anders dan de uitgedroogde, vlakke wereld die we met onze moeder bewoonden, vol glinsterende auto's op kokendhete parkeerterreinen.

Uiteindelijk reden we langs de rotswand omlaag en parkeerden op de oprit van een huis met pannendaken en muren die overgroeid waren met rood-paarse bloemen. Er stonden geen andere huizen omheen. Uit het huis kwam rock-'n-roll gedenderd, maar onze vader liep er voorbij, naar een strand van fijn wit zand, anders dan Venice Beach, waar onze moeder ons vaak op zondagmiddag mee naartoe nam.

Waar zijn de mensen?

Dit is een privéstrand. Alleen wij mogen hier komen.

Is het van jou?

Ja, het is van mij. Kom, ga maar wat rennen. Ga maar pret maken.

We stonden naar hem te kijken.

Vooruit. Ga spelen.

Toen we nog steeds niet bewogen zei hij: ik heb nog nooit een stel kinderen gezien die niet willen spelen.

Het is jouw strand.

Ik ben jullie vader. Mijn strand is jullie strand.

Wij hebben liever stranden met mensen.

Jullie doen erg moeilijk, jullie twee. Heeft jullie moeder dat weleens gezegd?

Wij schudden van nee.

Aha. Dus ik zie hoe jullie echt zijn. Allebei.

Nee, dat ziet zij.

Dat denkt ze misschien. Maar ik weet wel beter.

Zichtbaar aangemoedigd door die gedachte knoopte hij zijn hawaïhemd open. Onze vader droeg het hele jaar door een korte broek, 's ochtends en 's avonds, maar we hadden hem nog nooit met ontbloot bovenlijf gezien. Het bleek dat zijn korte broek vandaag – misschien altijd wel – een zwembroek was.

Toe nou, jongens, zei hij, pakte onze handen beet en draafde met ons over het poederige zand naar de zee.

We hebben geen badpakken!

Jullie dragen balletpakjes. Dat is hetzelfde.

Dat was waar. We droegen ieder een mouwloos gympakje van Danskin, met daaroverheen een tutu met elastische taille, en de zachtleren balletschoentjes die we met Kerstmis hadden gekregen.

Wacht! We moeten onze tutu's uittrekken!

Hij wachtte tot we ze omlaag hadden getrokken, ze netjes hadden opgevouwen en boven op onze balletschoenen hadden gelegd: twee kleine stapeltjes midden in het verblindende wit.

Dat vind ik mooi. Dat jullie goed voor jullie spullen zorgen.

Samen met onze vader stapten wij in het glinsterende water. Doordat er geen mensenmenigte was, geen muziek die uit boomboxen klonk, geen rolschaatsers of honden, of sigarettenpeuken en waterijsstokjes die in het zand begraven lagen, leek het een fantasiestrand.

Wij zwommen met onze vader. We waren zeven en acht jaar oud, en die zwempartij was de eerste fijne herinnering die we aan hem hadden.

De muziek was opgehouden toen hij ons zijn huis in bracht, een groot, ruim huis met warme tegelvloeren en langzaam wiekende plafondventilators, felgekleurde bloemen in vazen en in het midden een zwembad. Wij hadden in dat huis gewoond, en misschien voelden we ons er daarom op ons gemak, ondanks alle pracht en praal. Een huishoudster liet ons zien hoe de chique douche werkte en gaf ons grote, donzige handdoeken om ons af te drogen. Die handdoeken hielden we om ons heen gewikkeld terwijl onze Danskins in de droogtrommel zaten.

Zeg maar als jullie aangekleed zijn, riep onze vader van buiten de badkamer. Pas nadat we 'Zijn we!' hadden geroepen deed hij de deur open.

Tijdens de rit naar huis keken we naar de stoffig oranje zonsondergang boven de rotsklif. We voelden ons fris en schoon en toverachtig, alsof we terugkeerden uit een sprookjesland.

Terug beneden, waar onze flat stond, leek het al nacht. Onze moeder stond buiten op ons te wachten. Jeetje, jullie zijn nog later dan ik dacht! zei ze.

Wij renden naar haar toe en sloegen onze armen om haar middel. We hebben je gemist! We zijn naar het strand geweest!

Onze vader stond daar in de schaduwen, tot we bedachten dat we ons moesten omdraaien en dag zeggen.

Ik wil ze graag vaker zien, zei hij.

Hij leerde vlechtjes maken, paardenstaarten, balletknotten zelfs, die hij nauwgezet ineen boetseerde; hij stond erop opnieuw te beginnen als er haren uitstaken, of loshingen, of verstrikt zaten. Andere ouders moesten glimlachen als ze hem bezig zagen met haarspelden tussen zijn lippen geklemd. Iedereen wist wie hij was; hij had zoveel rocksterren gemaakt dat hij zelf een ster was geworden. Mensen maakten grapjes tegen hem, en probeerden te doen alsof ze hem goed kenden. Onze vader hield ze ijzig op afstand. Met ons erbij deed hij vormelijk, alsof zijn roem saai en hinderlijk was, iets waar hij graag vanaf zou willen.

Het zwembad van onze vader leek in niets op de opzichtige, blauwgroene kuipbaden vol palmbomenafval in de appartementencomplexen bij ons in de buurt, waar we weleens een glimp van opvingen. Zijn zwembad was steenkleurig, vol licht gezouten water, vanuit iedere ruimte in het huis toegankelijk. Het zwembad was voor zijn huis wat de palmboom voor het onze was.

Tijdens ons tweede bezoek keurde hij onze zwemvaardigheden, oordeelde dat die gevaarlijk ontoereikend waren, en regelde tweewekelijkse lessen van een zwemleraar in zijn zwembad. Soms bleven we 's avonds eten. Eduardo, de kok van onze vader, maakte dan fajita's en guacamole en grote kannen margarita voor alle aanwezigen – meestal een combinatie van onze halfbroer of drie halfzussen (die we nauwelijks kenden) en muzikanten met wie onze vader werkte. Onder een smeedijzeren kroonluchter, met dikke kaarsen waaruit vet midden op het enorme eettafelblad druppelde, werd onze vader luidruchtig en losjes, een showman die we niet kenden en niet mochten.

Kijk Lana en Melora eens, zei hij op een avond. Ze keuren dit af.

Iedereen keek naar ons, en we voelden ons gezicht warm worden.

Geen makkelijke klantjes, die twee. Ik moet vlechtjes voor ze doen. En knotten.

Ongelovig gelach. Ik geloof je niet, zei Charlie, onze oudste zus. Ze trok haar stoel naast die van onze vader en bood hem haar gouden haar aan, dat bijna tot haar middel kwam. Maak eens een knot dan, daagde ze hem uit.

Onze vader nam het haar van Charlie in zijn knuisten, maar leek eerst niet te weten wat hij ermee aan moest. Meisjes, riep hij ons. Haal de haarspelden en de borstel eens.

Hij meent het! Uitslover! klonk het van rond de tafel.

Onze vader borstelde Charlies haar tot het knisperde in het kaarslicht. Daarna duwde hij het tot een glinsterende knoedel en legde er toen bedreven een lus in, de haarspelden tussen zijn tanden geklemd. Het werd stil in de kamer, want iedereen zat te kijken. Onze vader schoof de haarspelden tussen Charlies haren en verankerde zo een prachtige, glanzende knot. Charlie leek zo wel een klein meisje, al moet ze toen al in de twintig zijn geweest. Rond de tafel brak gelach uit, en iedereen klapte.

Charlies ogen vulden zich en liepen toen over. Ik weet niet waarom ik moet huilen, bleef ze maar zeggen terwijl ze de tranen wegveegde. Maar ze bleven komen.

Wij wisten wel waarom. Wij kregen hem op zijn best.

2

Ergens in het afgelopen jaar, 2024, verdween onze moeder. Dat feit is (naar mag worden aangenomen) nog niet algemeen bekend buiten de kring van collega's en postdocstudenten die haar normaal gesproken in het echt zagen. Ze is vierenzeventig jaar oud en kerngezond. Ze kan aan de andere kant van de aardbol zitten, of zorgen dat ze niet opvalt.

Tot nu toe doet haar proxy het goed. Professioneel proxywerk is nog altijd iets nieuws, maar de besten lukt het de uitspraken van hun cliënt voldoende willekeurig en spontaan te maken (waarbij ze 'in hun rol' blijven) om authentiek te lijken, zelfs voor mensen die hen goed kennen. Mocht je denken dat *wíj* op de een of andere manier de proxy's van onze moeder spelen, dan heb je het mis: wij ontdekten pas lang nadat de mensen om haar heen het wisten dat ze verdwenen was – en zij wisten het waarschijnlijk al maanden. Zozeer was ze van ons vervreemd.

Proxy's geven zo vlug antwoord, en zijn zo behendig, dat het zelfs in een kleine groeps-chat lastig is zeker te weten of je met een proxy te maken hebt.

Dag mama.

Meiden!

We missen je.

Ik jullie ook. Sry ik heb het zo druk gehad. Hoop dat het snel wat rustiger wordt.

Wanneer dan?

Moet nog een paar congressen/kranten doen.

Wr?

Singapore, Reykjavik, Den Haag...

Welke congressen? Ze staan niet online.

Het zijn privécongressen. Ik stuur ze jullie ltr vandaag door, m/links. Miss kunnen we op eentje afspreken!

Waarom niet HIER in LA? Waar we allemaal wonen?

Roep maar wat data. Jullie zijn ook drk!

We hebben je nodig, mama.

Ik jullie ook, snoepies.

We willen je *zien*.

Dat gaat gauw gebeuren, beloofd. Maar tot die tijd denk ik steeds aan jullie, dat weten jullie toch?

Echt, mama? Je lijkt heel ver weg.

Ik denk altijd en eeuwig aan jullie.

Als je niet verwacht iemand direct in levenden lijve te zien, kan het even duren voor je zeker weet dat je met een lege identiteit te maken hebt. Een proxy heeft toegang tot iedere digitale uiting die iemand ooit heeft gedaan, en daarnaast tot grijze grabbels uit het Collectief Bewustzijn – al zullen er daarvan in het geval van onze moeder niet veel te vinden zijn. Wij hebben onze geïnternaliseerde herinneringen niet met het collectief gedeeld, en zij zou dat zelf ook nooit gedaan hebben. De ontduikers willen zo wanhopig graag ontsnappen aan de alwetendheid van het Collectief Bewustzijn, dat ze zelfs bereid zijn hun identiteit los te laten. Ontduikers worden soms vergeleken met gekooide dieren, die omwille van de vrijheid hun eigen poten afbijten.

Uiteindelijk is de taak van een proxy niet zozeer misleiden als wel vertragen, als de kussens die een gevangene voor zijn ontsnapping in de vorm van een lichaam onder de dekens stopt. Het doel is voldoende tijd te winnen voor je wordt gevonden (via gezichtsherkenning of andere opsporingstechnieken) om met recht te kunnen stellen: ik ben die persoon niet meer. Ze bestaat niet.

Proxy's werken omdat mensen graag wíllen geloven. Zelfs terwijl de proxy van onze moeder ons misleidt en ontwijkt, willen wij ergens geloven dat haar verdwijning maar een droom is, dat ze, als we haar een paar data voorstellen, er eentje zal kiezen, waarna we naar een restaurant zullen rijden waar we allemaal dol op waren, en daar staat ze dan op ons te wachten: onze wonderbaarlijke, prachtige moeder.

3

Onze vader moet iets te maken hebben gehad met het besluit van onze moeder om haar antropologiestudie weer op te pakken, want zodat zij weer naar de universiteit kon, moest hij ons levensonderhoud bekostigen en ons drie middagen per week van school ophalen. We waren tien en elf. We schaamden ons voor zijn opzichtige auto's, dus vroegen we hem of hij een eindje verderop wilde parkeren.

Schamen jullie je voor je oude vader?

Voor die auto's.

De keer daarop kwam hij aanrijden in een verschoten Plymouth Fury, de eerste wagen die hij ooit had gekocht. Onze vader deed nooit een auto weg. De Plymouth was bordeauxrood en had een cabriokap, en we smeekten hem altijd die open te zetten.

Op een dag reed hij met ons naar zijn kantoor. Hij scheurde over de weg zodat zijn haar plat lag van de wind toen we aankwamen. In de receptie sloeg onze vader een arm om ons beiden heen en zei tegen iedereen die langsliep: mijn dochters, Lana en Melora. Dit zijn mijn dochters. Hij leek dol op die woorden. Mijn jongste dochters, Lana en Melora, zijn ze niet beeldschoon? En keihard!

We namen de lift naar de bovenste verdieping: een zonovergoten kantoor met uitzicht over de ineengedoken, afgetrapte stad en de grijze zee die twinkelde als tv-ruis. Het was nog maar de negende verdieping, maar wij waren nog nooit in een hoog gebouw geweest. We hadden nog nooit in een vliegtuig gezeten. Het glas liep helemaal tot aan de vloer.

Kan die ruit niet breken?

Is nog niet gebeurd.

De muren hingen vol ingelijste gouden en zilveren platen.

Kun je die afspelen?

Ze zijn niet echt, het zijn trofeeën.

Jij hebt een hoop trofeeën gewonnen!

Overal waar we keken hingen foto's van onze vader met muzikanten: op concerten, in opnamestudio's, op feestjes. Op verschillende leeftijden – zijn bos surfershaar werd steeds draderiger, maar altijd droeg hij een korte broek, altijd was hij in beweging. Dáárom droeg hij die korte broeken, beseften we – zodat hij zich vrij kon bewegen. Staand in dat kantoor zagen we het verband tussen het rusteloze, voortdurende bewegen van onze vader en de trofeeën aan zijn muren. Het een kwam uit het ander voort.

Rolph was de enige van de andere kinderen naar wie onze moeder weleens vroeg. 'Die lieve knul', noemde ze hem, en we stonden versteld van het snikje dat dan doorklonk in haar stem. Was het genegenheid? Schuldgevoel? Wij vonden dat Rolph niets sympathieks had; wij waren bang voor hem. Charlie en hij hadden dezelfde ouders, maar ze leken in niets op elkaar; Charlie was makkelijk in de omgang en dweepte met onze vader, terwijl Rolphs schrilzwarte wenkbrauwen permanente verontwaardiging uitstraalden. Net als onze vader hield hij van auto's en arriveerde hij bij het huis met gierende banden en een oprisping van grindkiezels die soms tot aan de ramen kwam. Volgens Roxy deed Rolph mee aan woestijnraces, wat onze vader hem had verboden.

Rolph keek zelden echt naar ons. Zijn blik dwaalde in onze richting en zwenkte dan weer weg, alsof we iets pijnlijks waren.

Op een keer, toen we na het zwemmen voor het huis van onze vader stonden te wachten om weggebracht te worden, hoorden we uit zijn wagenpark gekwelde kreten opklinken. We dachten dat het misschien een gewond dier was, en slopen tussen de auto's door om te gaan kijken. We ontdekten Rolph opgekruld op een achterbank, met dichtgedraaide raampjes. Hij lag met zo'n hopeloze overgave te snikken dat het glas beslagen was. Verbijsterd stonden we naar hem te kijken, tot Rolph ons door de ruit zag staan en zich stilhield. Zijn gezicht was bleek en weerloos, als van een klein jongetje. Jaren later, na zijn zelfmoord, keerden we steeds weer terug naar dat gezicht achter die autoruit, zijn ellende en verbazing. Wij staarden naar Rolph en hij keek naar ons: drie levende wezens die elkaar observeerden, als door het glas van een aquarium.

Toen riep onze vader ons, en renden we weg.

***

Rolphs verdriet was een van de vele mysteries waarvan onze vader de verklaring voor ons verborgen hield. Hij wilde niet dat wij wisten dat er drugs werden gebruikt in zijn huis, dat hij zelf aan coke verslaafd was, dat Roxy haar school niet had afgemaakt en dat Kiki, op haar zestiende, was weggelopen met een jeugdgroepleider, dat Charlie in Mexico bij een sekte was gegaan, waaruit onze vader haar met ingehuurde schutters moest bevrijden, en dat Rolph, zijn enige zoon en lievelingskind, zelfs in zijn eigen huis weigerde met hem te praten. En bovenal wilde hij niet dat wij wisten dat Jocelyn, de knappe Aziatische vrouw die vaak 's avonds meeat, degene was die een einde had gemaakt aan het huwelijk van onze ouders, toen ze zelf nog op school zat. En dan waren er de dingen die onze vader misschien voor zichzelf verborgen hield, zoals het feit dat Rolph, die precies zo oud was als Jocelyn – ze waren op dezelfde dag geboren –, ook verliefd op haar was.

Onze vader bracht ons na het avondeten bij hem thuis direct naar huis. We bleven nooit logeren. Hij bepaalde wat wij zagen van zijn leven, en ons geblinddoekte beeld ervan leek hem op te luchten.

Toen de middelbare school naderde, hoorden we onze vader tegen onze moeder zeggen dat hij ons naar een kostschool wilde sturen. *Zodat ze weg zijn uit de waanzin.*

Zij hebben geen waanzin in hun leven, Lou, tenzij jij daarvoor zorgt. Is dat zo?

Natuurlijk niet.

Ik ga ze niet wegsturen om ze bij jou vandaan te houden, als je dat soms wilt.

Ik wil gewoon het beste voor ze. Verder niets.

Als je wilt dat ze een volwassene als vader hebben, word dan eens volwassen.

Wanneer hij met onze moeder praatte, leek onze vader het

verst verwijderd van de vlotte, beroemde vader die hij 's avonds in zijn eigen huis werd, na een reeks margarita's. Hij praatte op gedempte toon tegen haar, en zij bekeek hem kalm met haar kastanjebruine ogen, die minder vaak leken te knipperen dan bij andere mensen. Hij was dan altijd degene die wegkeek.

Ooit zei hij tegen ons, waar zij bij was: de enige fout die jullie moeder ooit heeft gemaakt in haar leven, is met mij trouwen.

Doe niet zo raar, Lou. Als wij niet waren getrouwd, hadden we nooit deze twee volmaakte wezentjes gehad.

Je hebt gelijk, zei hij. Godzijdank.

Dus bleven we in Los Angeles om daar naar de middelbare school te gaan. Na tien jaar in de palmboomflat verhuisden we met onze moeder naar een driekamerappartement in de buurt van de UCLA-campus, waar zij bezig was met de afronding van haar promotie. We waren dus allemaal in opleiding. Als wij thuiskwamen van feestjes was ze er altijd, in afgeknipte spijkerbroek, omringd door studieboeken: één bol koortsachtige concentratie in de uitgestrekte, losbandige stad. Pas toen ze haar haar kort knipte kregen we door dat onze moeder een schoonheid was geweest. Nu niet meer. Nu was ze een Ernstige Student.

Voor ze onze vader ontmoette, had onze moeder aan de universiteit in Berkeley colleges antropologie gekregen van Nair Fortunata. Professor Fortunata had een etnografisch standaardwerk geschreven over de tijd die hij in de jaren zestig bij een stam in het Braziliaanse regenwoud had doorgebracht – het eerste contact van die stam met de buitenwereld. Een aantal studenten van Fortunata was later naar Brazilië gereisd met de bedoeling die stam terug te vinden. Op één na keerden ze allen teleurgesteld terug, en die ene – een zesentwintigjarige vrouw die Leslie Weiss heette – keerde helemaal niet terug. Nadat er maanden waren verstreken zonder bericht vertrok Fortunata naar Brazilië om Leslie te gaan zoeken; ook hij verdween. Daardoor raakte Buitenlandse Zaken erbij betrokken, en de wanhopige familie van Weiss bekostigde een privé-expeditie. Men ontdekte dat in het gehuchtje Albaís een man, die aan Fortunata's signalement voldeed, met hoge koorts uit het oerwoud was komen wankelen, zo ziek dat hij niet te redden viel. Hij droeg geen identiteitsbewijs bij zich, en toen de bewoners aanboden zijn familie op de hoogte te stellen, leek hij hen niet te begrijpen. Hij werd even buiten het dorpje begraven. Toen de schedel van de man was opgegraven, bleek uit het gebit dat het Fortunata was geweest.

Dit alles zou niets meer dan tragisch zijn geweest, ware het niet dat Albaís een kustplaatsje is, duizenden kilometers verwijderd van de regenwoudbewoners die Fortunata ooit had beschreven. Er vormde zich een wolk aan verdenkingen rond de overleden hoogleraar. Had hij geknoeid met de locatie van zijn oorspronkelijke studieobjecten, zodat anderen hen niet zouden kunnen vinden – en had hij zo meerdere studenten, onder wie de nog altijd vermiste (en, naar men uiteindelijk aannam, overleden) Leslie Weiss op een gedoemde, zinloze tocht gestuurd? Of had een dergelijke, extreem geïsoleerde stam, waarop Fortunata's reputatie gebouwd was, nooit bestaan?

Deze gebeurtenissen vonden plaats tijdens de palmboomjaren, zoals wij ze gingen noemen, toen onze moeder zo ver verwijderd was van de academische wereld dat ze de hele controverse bijna niet meekreeg. Maar toen ze weer ging studeren, verwierp ze iedere verdenking van haar voormalige docent zo heftig dat het ons intrigeerde. Op de zwart-witfoto op het omslag van zijn beroemde boek zag Fortunata er indrukwekkend uit: een dikke bos haar, scherpe tanden, een neus die duidelijk meermalen gebroken was geweest. Het leek alsof hij zodanig in elkaar was geslagen dat hij, per ongeluk, knap was geworden. Wij grinnikten dat onze moeder verliefd op hem was geweest, maar ze beweerde dat ze hem als student amper had gekend; Fortunata was dan wel charismatisch in zijn optreden, zei ze, maar een-op-een was hij pijnlijk verlegen geweest, niet in staat tot babbelen. Het mystérie van Fortunata, dat boeide haar. Ze las alles wat hij had geschreven, zelfs de handgeschreven aantekeningen van zijn oorspronkelijke veldwerk. 's Nachts, omringd door vellen volgeschreven met het kriebelige handschrift van de hoogleraar, luisterde ze op een achtsporenrecorder die onze vader voor haar had weten op te duikelen naar Fortunata's opnamen van de stamliederen: diep, rijk gezang dat oprees uit een web van omgevingsgeluiden dat bomen, regen, mompelende dieren suggereerde. Wij luisterden verrukt, starend naar het toegetakelde gezicht van de hoogleraar.

***

In 1991, toen wij in de bovenbouw van de middelbare school zaten, groef onze moeder zich dieper in dit mysterie in. Ze was eenenveertig. Haar doel (zo hield ze vol) was niet om de nakomelingen van Fortunata's oorspronkelijke studieobjecten te vinden, maar om een theorie die ze aan het ontwikkelen was op de proef te stellen en aan te scherpen, rond menselijke 'affiniteit' en de redenen dat mensen elkaar mochten en vertrouwden. Ze moest daarvoor tijd doorbrengen binnen een gemeenschap waarvan de leden elkaars achtergrond geheel en al kenden, en die nooit in aanraking was gekomen met massamedia.

Twee dagen voor onze moeder naar Brazilië vloog, om te beginnen aan naar haar eigen schatting acht of negen maanden veldwerk, trokken wij in bij onze vader. We waren opgewonden en zenuwachtig, want we hadden nog nooit bij onze vader gelogeerd, maar onze moeder liet ons met grote tegenzin achter. Iedere avond belde ze op uit São Paolo en dan probeerden wij niet te huilen aan de telefoon. Wanneer waren we ooit bij haar weg geweest? Ze was als de palmboom in ons oude appartementencomplex, en haar afwezigheid gaapte als de holte die die boom zou hebben achtergelaten als hij omgevallen was.

Jullie zijn sterke meiden, zei ze die eerste paar dagen tegen ons aan de telefoon. Sterker dan jullie denken. Wees sterk voor elkaar en voor jullie vader.

Toen hielden de telefoontjes op, en was ze zoek – zo voelde het na een week, twee weken, zonder haar stem. We waren haar kwijtgeraakt. Ze had onze ontreddering voorzien, en een reeks van vijftig brieven geschreven, gericht aan 'Mijn snoepies'; de bedoeling was dat we er iedere week één zouden openmaken. Maar wij waren te oud om ons door zo'n trucje te laten troosten, en na de eerste drie brieven hielden we op met lezen. De brieven herinnerden ons aan de warme kring die we ons hele leven met onze moeder hadden gedeeld. Wanneer we ze lazen, werd ons verlangen naar haar ondraaglijk.

Rolph pleegde een paar maanden voor onze moeder naar Brazilië vertrok zelfmoord. Wij kwamen erachter toen we haar op een avond aantroffen in onze flat, ontroostbaar huilend. Er gingen weken voorbij voor we onze vader weer zagen. Rolph was achtentwintig toen hij stierf. Als er al een begrafenis, een uitvaart – wat dan ook – plaats heeft gevonden, dan hebben we daar nooit iets van geweten.

In de maanden na de dood van Rolph hadden we onze vader minder vaak gezien, en hij leek precies hetzelfde als voorheen. Maar hij was niet hetzelfde – niets was meer hetzelfde, zo ontdekten we al na een paar dagen in zijn huis. Geen feestjes meer, de bezoekers waren verdwenen, en Jocelyn was voorgoed vertrokken. Rolph had zichzelf in het huis van onze vader doodgeschoten. We wisten niet zeker hoe we dat wisten, wilden het ook niet weten, maar zijn gewelddadige einde hing als een vloek over de woning. We keken naar het rimpelende water in het grijze zwembad (dat onze vader niet meer gebruikte) en vroegen elkaar: is het hier gebeurd? Is het in de keuken gebeurd? In de tv-kamer? In de sportruimte? In een van de gangen? In een van de slaapkamers? In onze kamer? In die bonzende, schrikbarende stilte slopen de waarheden die onze vader had verborgen langzaam in beeld.

Op een avond werd Charlie dronken en schreeuwde ze tegen onze vader dat het zijn schuld was wat Rolph had gedaan. Ze sloot zich op in een badkamer, met een pasgeslepen schaar, en onze vader, die dacht dat ze haar polsen ging opensnijden, smeet zichzelf tegen de deur tot zijn schouder uit de kom vloog. Wij gilden van angst en belden het alarmnummer. Voor de politie arriveerde, deed Charlie de badkamerdeur open en kwam ze tevoorschijn met een kaalgeknipt hoofd, als een gevangene; haar witte schedel bloedde waar de schaar wondjes had gemaakt. Haar lange, gouden haren, diezelfde haren die onze vader jaren daarvoor tot een glinsterende knot had gesponnen, lagen in strengen op de vloer van de badkamer.

'Ik heet Charlene,' zei ze op doffe toon tegen ons. 'Ik wil dat jullie me geen Charlie meer noemen.'

Op een middag dutte Roxy in bij het zwembad, en haar lippen en vingers werden blauw. Niemand kon haar wakker krijgen. Onze vader belde het alarmnummer en reed mee in de ambulance. Wij bleven achter in het dodenhuis, rolden ons op in onze bedden en piepten om onze moeder. Alleen zij kon ons beschermen tegen deze gruwelen. Nu begrepen we dat ze dat ons hele leven gedaan had.

En toen, binnen een jaar, werden we volwassen – of misschien waren we dat al, en merkten we het toen pas, zonder onze moeder om voor ons te zorgen. In het jaar dat zij in Brazilië zat werden wij zestien en zeventien, en we ontdekten dat wij het samen konden rooien – veel beter dan onze rouwende vader en gebroken zussen. Wij hadden elkaar, en in elkaar hadden wij onze moeder. Wij voelden hoe haar kalme redelijkheid ons leidde terwijl we Charlenes weelderige haren in een tas veegden en die naar een pruikenmaker voor kankerpatiënten stuurden. Wij reden Roxy na school naar rehabilitatiebijeenkomsten. Tegen de protesten van onze vader in betaalden we een gelauwerde gezinstherapeut om langs te komen. Dokter Kray bleek een giechelige, vulgaire man met clownshaarvleugeltjes en een verzameling sokpopjes waarmee wij tegen elkaar moesten praten. Die rampzalige, eenmalige sessie met dokter Kray zorgde voor de eerste oprechte lach van onze vader sinds de dood van Rolph. Hij lachte tot de tranen hem over de wangen liepen. En met die lach vormde zich een eerste aanzet tot een nieuw leven.

De eerste en enige echte brief van onze moeder arriveerde zeven maanden na haar vertrek, op een dun vliesje luchtpostpapier. Ze had er weken, misschien maanden aan geschreven, met zwarte ballpoint in een piepklein handschrift, dat watervlekken en allerlei organische smoezeligheid had weerstaan. Ze verstrekte geen concrete informatie; in plaats daarvan omvatte iedere zin een indruk of een gedachte:

Het bos is als een denkend wezen dat om me heen ademt.

De helderheid van de maan heeft een geluid. Hij suist door de lucht.

Ik heb koorts gehad, en dat was zwaar, maar mijn hoofd is nu helderder dan ooit tevoren.

Je kunt de wereld anders bekijken, alsof je door de bodem van een glas kijkt.

Naast het zwembad van onze vader lazen we de brief. Alleen in het zonlicht viel het verkrampte handschrift van onze moeder te ontcijferen; de brief moest ook in het zonlicht zijn geschreven. We lazen om beurten een stukje voor, en toen we hem uit hadden, zaten we samen stilletjes te luisteren naar de waterval die over de siertegels druppelde. Toen keken we elkaar aan, en zeiden: ze heeft ze gevonden.

De terugkeer van onze moeder ging in etappes: eerst haar langeafstandsstem via de telefoon vanuit Rio, daarna een traag kantelen van de zwaartekracht terwijl we haar vlucht naar Los Angeles bijhielden. We smachtten naar haar, maar voelden onverwacht ook tegenzin om haar terug te hebben. Deels was dat kleinzieligheid; wie wil er nou terug naar een flat vol verkeerslawaai nadat je 's nachts de zee hebt kunnen horen? Wie wil het nachtzwemmen opgeven? En onze vader was eindelijk weer opgebloeid. Hij trok 's ochtends weer zijn baantjes. Hij luisterde weer naar muziek – hij verkocht zelfs weer muziek. Na school reden we naar zijn kantoor, waar onze rol zich had ontwikkeld van het opvrolijken van een rouwend, leeg omhulsel tot een echte samenwerking. Moet je dit eens horen, wat denk je? Ze treden vanavond op, zullen we eens gaan luisteren? Wat denk jij? Goeie gok? Slechte gok? Het risico waard?

Anders dan de rocksterren, die vóór de andere passagiers uit het vliegtuig stapten wanneer wij ze met onze vader kwamen ophalen, kwam onze moeder als laatste van boord. Wij hielden onze roze ballonnen en een spandoek met 'Welkom thuis!' vast en gingen ons steeds droeviger voelen.

Ze leek klein, en ouder dan in onze herinnering. Alles aan haar scheen dezelfde bruinige olijfkleur te hebben: haar kleren, huid, haar, ogen – alles binnen datzelfde, smalle spectrum. Ze rook vaag naar houtskool. Hoe kon dit monochrome vrouwtje onze moeder zijn?

Toen sloeg ze haar armen om ons heen en wij klemden haar vast, voelden de warmte onder haar huid, en werden weer dat driekoppige monster, met die drie smachtende harten. Wij hielden onze moeder zo lang vast als we konden, en toen nog wat langer, tot ze begon te lachen.

Mijn prachtige volwassen dochters, zei ze.

***

Tot onze opluchting was er geen sprake van dat we naar de oude flat zouden terugverhuizen; onze moeder had er nu een hekel aan. Ik kan niet de hele dag dat verkeer aanhoren, zei ze, en ik voel daar het stof in mijn longen.

Ze verhuisde naar iets kleiners: een tweekamerflat waar het verkeerslawaai gedempter klonk. Ze kocht een grote slaapbank en zei: als jullie komen logeren, kunnen jullie daar samen op slapen.

Wij voelden geen aandrang om te komen logeren, en onze moeder leek dat te weten. Ze was omhuld door droefenis.

Wat is er, mama? Waarom ben je verdrietig?

Wie zegt dat ik verdrietig ben?

Dat kunnen we zien.

Ik ben niet verdrietig, ik ben gewoon aan het wennen. Wennen aan het terug zijn.

Hoe lang gaat dat duren?

Dat weet ik niet. Ik heb het nog nooit gedaan.

Eenzaamheid droop van het ene koffiekopje, het ene bord, de ene vork in het afdruiprek naast haar gootsteen. Eén wijnglas met een donkerrode ring. Eén plant met stekelbladeren. Op de vensterbank stond een vogelvoerbakje, maar de boom bleek te ver weg te staan om het op te hangen.

Vertel eens over die stam, zeiden we, friemelend aan de plant, waarvan de stekelbladeren onverwacht zacht bleken. Hoe praatte je met ze?

Eerst met gebaren, en geleidelijk aan ook met woorden.

Waren ze aardig?

Ik weet niet echt wat dat betekent.

Waren ze aardig tegen jóú?

Ja.

Waarom wil je liever niet over ze praten?

Het is alsof ik vanaf de bodem van een put zit te roepen.

Wie heeft er de energie om met een droevig vrouwtje op de bodem van een put te praten? Wij knetterden van ongeduld, dat we niet konden verbergen, deels omdat onze moeder ons te goed kende. Maar ook vanwege de vreemde, nieuwe manier waarop ze onze bewegingen, onze blikken volgde – zelfs (zo leek het soms) onze gedachten. Ze was altijd al oplettend geweest, maar nu leek haar waakzaamheid disproportioneel, als een opgezwollen ledemaat. Ze was het tegendeel van onze vader, die alle kanten uit schoot met zijn opschepperij en doen-alsof, en die zelfs keihard liegen kon, maar hem hadden we door, en hij viel makkelijk te sturen.

Drie of vier maanden nadat onze moeder was teruggekeerd vormde zich nieuwe huid over haar droefenis en werd ze bevangen door verse geestdrift. Ze was aan haar boek begonnen. De flat raakte bezaaid met haar aantekeningen. Ze klapte de slaapbank open en maakte zo ruimte voor meer materiaal, spande koordjes door de huiskamer en hing er met wasknijpers vellen papier aan. Er stonden lange wiskundige vergelijkingen op; het was duidelijk dat niemand dit boek zou gaan lezen. Onze moeder was gek geworden.

Na een jaar begon ze rond te reizen, op academische congressen presenteerde ze gedeelten van haar werk in uitvoering. Voor ze vertrok belde ze ons altijd op in het huis van onze vader; we hadden ervoor gekozen daar te blijven wonen, in plaats van in de studentenhuisvesting van de USC, waaraan we studeerden.

Hoi, mam! schreeuwden we op de agressief opgewekte toon waarmee we hoopten haar eenzame droefenis weg te meppen – al leek die er alleen maar heviger door te worden. Nu deed zij even opgewekt tegen ons.

Ik stap op het vliegtuig, meiden!

Waarheen?

Naar Ann Arbor!

Groeten aan de sneeuw!

Doe ik! Ik hou van jullie!

Wij ook van jou, mama.

Onder al die opgewektheid galmde het, in de holte op de plek waar ooit onze diepe verstrengeling had gezeten, die ons in leven had gehouden. Wij leken helemaal niet op onze moeder, zo bleek. Wij waren schepsels van onze vader. Wij waren dol op zijn muziekimperium en de figuren die het bevolkten; wij hadden een kantoor naast het zijne ingericht en stuurden onze studies in de richting van expertise in de muziekindustrie. We genoten van de rommelige tragedie die zijn leven was, de losse eindjes, de mislukte kinderen, de vijanden, sportauto's, woedeaanvallen en middernachtelijke inspiratie, zijn opdringerige aanwezigheid, zelfs als hij 's ochtends zijn baantjes trok, snuivend ademhalend en, wanneer hij uit het zwembad klom, het water uit zijn haar zwiepend als een hond. Zonder ons functioneerde hij niet, hij nam geen enkel groot besluit zonder onze hulp. Het was meer dan liefde, het was behoefte. Ons hele leven hadden wij onze moeder nodig gehad; nu had onze vader ons nodig.

Toen kwam de avond waarop we bij de flat van onze moeder aankwamen voor een van onze etentjes samen, en alle papieren verdwenen bleken. Haar boek was al een jaar klaar, maar de publicatie had ze afgewacht omringd door het pluizige scheppingsafval, als een gerbil, of een andere nestbouwend wezen.

Ga je verhuizen? vroegen we.

Ik heb een nieuw kantoor bij de universiteit. Ik word aankomend hoogleraar, vanwege... dit!

Uit de vensterbank, waar nog altijd het ongebruikte vogelvoerbakje lag, pakte ze twee dunne, gebonden boekjes en gaf ons er elk een. *Genegenheidspatronen*, door Miranda Kline. Er stond geen afbeelding op het omslag, enkel een kalm, meetkundig patroon. Wij waren gebiologeerd.

Miranda.

Zo heet ik.

Maar iedereen zegt Mindy tegen je.

Op de omslag van een boek gebruik je geen bijnaam.

Kline?

Die naam heb ik gehouden. Zoals jullie weten.

Maar op een omslag?

Ik wil geen andere naam dan die van jullie. Zelfs niet op een omslag.

Onze moeder was de auteur Miranda Kline geworden. Voorzichtig namen we de twee boeken mee naar huis – oftewel naar de vleugel van het huis die onze vader aan ons had afgestaan.

Toen we hem de boeken lieten zien, sloot hij zich direct aan bij onze verering.

Het is haar gelukt, zei hij. Hij maakte een fles champagne open en schonk ons beiden een glas in, aan de met kaarsvet bespetterde tafel waar wij nu hof hielden, tussen vriendinnen en vriendjes, net zo vaak als hij dat deed. Op jullie moeder, zei hij. Een bijzondere vrouw. Ze zei dat het haar zou lukken, en verdomd als het niet waar is, het is haar gelukt.

We proostten op Miranda Kline en dronken. Het was haar gelukt. Maar geen van ons had een flauw idee wát haar was gelukt.

We zetten de boeken trots op een plank, zonder ze ooit open te slaan.

4

Vier jaar na het verschijnen van *Genegenheidspatronen*, in de zomer van 1999, kwam Bennie Salazar, vriend en beschermeling van onze vader, uit New York op bezoek, samen met een van zijn bands, The Conduits. Wij waren afgestudeerd en werkten fulltime voor onze vader. Op het kantoor wilde Bennie ons een nummer laten horen dat we niet op cd hadden. We vroegen een van onze zomerstagiaires, Keisha, om naar Tower Records te rijden en het te kopen.

Dat is niet nodig, zei Keisha. Ze logde in op Napster en speelde het nummer voor ons af.

Doe dat nog eens, zei onze vader.

Keisha speelde nog een stel nummers af via Napster; van een aantal bezaten wij het copyright. Bedankt, popje, zei onze vader, die het lesje kennelijk al saai begon te vinden. Dat was heel verhelderend.

Later, nadat Bennie en The Conduits bij ons hadden gegeten, vroeg onze vader of we een strandwandeling wilden maken. Dat betekende meestal dat hij een idee had.

Ons strand kon er 's nachts heel verschillend uitzien; soms

was het water helder en het zand donker, en soms omgekeerd. Die nacht gloeide het zand als de maan en wierp het inktzwarte schaduwen rond onze blote voeten.

Zonder inleiding zei onze vader: over vijf jaar betaalt geen hond meer voor muziek. Hij tuurde naar de horizon, die onmogelijk te zien was in het nevelige duister. Ik ben getuige van een vloedgolf, zei hij. De volledige verwoesting van mijn handel.

Je overdrijft, papa.

Als jullie dat denken, hebben jullie minder geleerd dan ik dacht.

Wij vervielen in een nederig zwijgen. We leerden daar iets nieuws: mensen projecteren hun innerlijke toestand op het landschap. Onze vader was vijfenzestig. Hij had heel wat meegemaakt. Hij was nog steeds heel vitaal, maar niet zozeer dat hij zijn handel opnieuw kon uitvinden. Hij kon alleen maar het einde ervan zien.

En wij? Wij waren drieëntwintig en vierentwintig, onze studietijd was nog maar zo kort geleden dat volwassen zijn als een prestatie voelde. Wij zagen dezelfde feiten als onze vader, maar op een andere manier, door de bodem van een glas – dat beeld kwam bij ons allebei op, ontdekten we later. Mensen lieten het internet muziek afspelen van hun computers zodat zijzelf ook nummers konden afspelen die niet van hen waren, zonder ze te hoeven kopen. We werden een beetje misselijk van dat idee; alsof je een vreemde in je huis liet rommelen – of in je hersens! Als het internet eenmaal in je computer zat en door je muziek snuffelde, waar zou het verder dan nog naar kijken?

Nee, dachten we, onze vader had het mis. Zodra het nieuwe eraf was, zou niemand dom genoeg zijn om dat nog te doen.

De reputatie van onze moeder was gegroeid sinds het uitkomen van *Genegenheidspatronen*, in de (voor ons, al waren we er pas net uit verdwenen) onzichtbare academische wereld. Ze werd algauw hoogleraar en haar studenten waren dol op haar;

ze voerde ze braadpannen vol runderstoof en linzen in de bungalow waar ze samenwoonde met Marco, een collega op wie ze verliefd was geworden.

Kort nadat de muziekindustrie was ingestort, precies zoals onze vader had voorspeld, kreeg hij een beroerte, waarna hij sleepte met zijn rechterbeen. Onze moeder was net zo verdrietig als wij toen ze hem in die toestand zag. Jullie arme vader, zei ze. Hoe kan ik helpen? In het weekend kwamen Marco en zij noten, sinaasappels en krabvlees brengen – geschenken voor ons en onze vader.

Jullie twee zijn te jong om dit allemaal aan te kunnen, bleef ze maar zeggen, maar we moesten het toch proberen? Eendrachtig streden we verwoed tegen het 'delen' dat de handel van onze vader, en onze vader zelf, kapotmaakte. We overwogen een landelijke postercampagne om mensen aan een eeuwige wet te herinneren: niets is gratis! Alleen kinderen verwachten iets anders, al waarschuwen mythen en sprookjes ons: Repelsteeltje, Koning Midas, Hans en Grietje. Vertrouw nooit een snoephuis! Het was een kwestie van tijd voor iemand hun de rekening zou presenteren voor wat ze gratis dachten te krijgen. Waarom begreep niemand dat?

De beroertes van onze vader – zes in totaal – leken een barbaarse weerspiegeling van de massale plundering die de muziekindustrie – die hij mede had geschapen – moest ondergaan. Eerst liep hij mank, toen raakte hij aan één kant verlamd, daarna kon hij zijn bed niet meer uit komen en kon hij amper praten. Ons huis werd een ziekenhuis, en ten slotte een hospitium, met vierentwintiguurszorg en opiuminfusen. We vroegen Bennie Salazar om hulp; hij liet de mensen langskomen van wie onze vader hield, om afscheid te nemen. Zelfs Jocelyn verscheen. Samen met een schoolvriendin rolde ze zijn bed naar het zwembad, waar ze naast hem naar het grijze water stonden te kijken.

Op een gegeven moment, in dat parcours van verdriet en frustratie – het hulpeloos toekijken hoe onze vader wankelde en toen instortte –, probeerden we de mensen steeds minder te waarschuwen voor het faustiaanse verbond dat ze sloten, en begonnen we te hongeren naar wraak.

Geen van beiden wisten we nog wie het eerst *Genegenheidspatronen* had gelezen. Misschien lazen we het wel gelijktijdig, zoals dat bij ons tweeën al zo vaak met zoveel dingen was gegaan. Noch konden we ons herinneren wat ons had bewogen die dunne boekjes open te slaan, die al sinds 1995 onaangeraakt op een plank stonden.

In *Genegenheidspatronen* worden op elegant eenvoudige wijze formules gepresenteerd waarmee menselijke genegenheid voorspeld kan worden. Om de algoritmen te laten werken, is intieme kennis van de personen in kwestie vereist: het soort gedetailleerde informatie dat onze moeder alleen kon verkrijgen in een afgelegen, geïsoleerde gemeenschap waarbinnen ieder lid de geschiedenis van alle anderen kent. Aan het slot van het boek speculeert ze dat de voorspellende kracht van haar formules in theorie zou kunnen worden toegepast op mensen die in een complexe, mobiele omgeving wonen... *maar daarvoor zou zeer gedetailleerde persoonlijke informatie vereist zijn, die in een moderne leefomgeving alleen te verkrijgen is door een reeks uiterst opdringerige vragen te stellen, waar niemand – of maar een enkeling – antwoord op zou willen geven.*

Niet waar, dachten wij. Ze geven het weg voor een liedje.

Laat het duidelijk zijn dat wij niets hebben gedaan zonder uitdrukkelijke toestemming van onze moeder.

Alles wat ik heb gedaan is van jullie, zei ze tegen ons. Doe ermee wat je wilt, en help vooral jullie arme vader.

Maar even heel eerlijk: ze had geen idee wat we haar vroegen.

Toch kwam ze nooit terug van dat standpunt – in ieder geval niet tegen ons –, zelfs niet nadat we haar algoritmen hadden gepatenteerd en verkocht aan de socialmediagiganten die we allemaal kennen. Later wees ze alle lof die Bix Bouton en anderen haar wilden toezwaaien af, en ze benutte haar ongewilde popsterrenstatus om te preken tegen opdringerige datavergaring en -manipulatie, benadrukte de diep private aard van het menszijn, et cetera, et cetera. Maar nog altijd hield ze ons erbuiten. Ze noemde in het openbaar nooit onze namen en gaf nooit toe, zelfs niet tegen ons, dat wij haar carrière in een tragedie hadden veranderd, door haar theorie te perverteren en zo een einde aan het privéleven te maken.

Maar we groeiden uit elkaar.

Uiteindelijk verlangden de drie harten van het monster naar verschillende dingen. Ik, Melora, de jongste, zet het levenswerk van mijn vader voort. De meeste muziek die je hoort is eerst door mijn handen gegaan, en al doende heb ik ontelbare bedrijven opgeslokt, ook dat van Bennie Salazar, al noem ik hem mijn partner, uit respect.

Lana maakte zich los in 2025, het jaar nadat onze moeder dat had gedaan. Ook zij heeft zich bij de ontduikers gevoegd – dat onzichtbare leger van datatrotseerders. Ze zijn waarschijnlijk samen, al doet het me pijn daaraan te denken.

Winnen heeft een prijs, zoals alles.

Ik heb me eindeloos – obsessief – afgevraagd wanneer en hoe Lana anders is gaan denken dan ik, na zoveel gedeelde ervaringen. Als wij onze herinneringen naar het Collectief Bewustzijn hadden geüpload, dan had ik het precieze moment kunnen bepalen. Maar we wisten allebei wel beter.

Het kantoor van onze vader is nu van mij. Zijn trofeeën, en de mijne, vullen de wanden, en zonlicht versplintert op de oceaan achter mijn ramen. Als ik ernaar staar, mijmer ik soms over zelf ontduiker worden: om Melora Kline te verkopen, of aan een proxy over te dragen (dat is nu een zeer lucratieve en gespecialiseerde handel) en opnieuw te beginnen, als iemand anders. Ik zou niet ver weg gaan. Mijn lievelingsfantasie is zelfs: op een zondag teruggaan naar Venice Beach, iets wat ik al vele jaren niet meer gedaan heb. Ik stel me voor hoe ik me voorzichtig een weg baan tussen de skeelers, dansers, hosselaars en wiet rokende pubers door, langs rijen zonnebaders die met een hand boven hun ogen naar hun schermpje turen, terwijl onzichtbare entiteiten hén beturen. Ik slalom naar een onopvallend bankje waar al twee vrouwen zitten, bekende vreemden, en ga ten slotte naast ze zitten.

Waar hebben jullie gezeten? stel ik me voor dat ik zal vragen, terwijl ik ze omhels.

Gewoon hier, zeggen ze. We zaten op jou te wachten.

Wat het woud zich herinnert

Er was eens, heel lang geleden, in een land hier ver vandaan, een woud. Dat woud is nu verdwenen (afgebrand) en de vier mannen die er liepen zijn er ook niet meer, en daarom is het zo ver weg. Noch het woud, noch de mannen bestaan nog.

Maar in juni 1965 lijken de sequoia's fluweelachtig en oeroud, je stelt je er kabouters bij voor, of djinns, of elfjes. Drie van de vier mannen zijn nog nooit in deze eeuwenoude bossen geweest, en voor hen lijkt het woud iets onwerkelijks, zo weinig heeft het te maken met hun alledaagse uitzichten, op vrouwen, kinderen en kantoren. De oudste, Lou Kline, is pas eenendertig, maar allemaal zijn ze in de jaren dertig geboren en grootgebracht zonder antibiotica, en hebben ze voor ze gingen studeren al hun militaire dienst afgerond. Mannen van hun generatie moesten meteen volwassen worden.

Dus: vier mannen, lopend tussen de bomen, die gespierd lijken als reuzendijen. Als de mannen hun hoofd achterovergooien om tussen de puntige boomtoppen naar zonlicht te zoeken, worden ze duizelig. Dat komt ten dele omdat ze net marihuana hebben gerookt; nog niet zo gebruikelijk in 1965, zeker niet onder burgerlieden, wat deze vier toch echt zijn. Drie van hen, in ieder geval. Er is een leider – als mannen zich buiten hun afgebakende territoir begeven is er meestal een leider – en vandaag is dat Quinn Davies, een gebruinde man met een open gezicht, behangen met voorwerpen afkomstig van Native Americans, wat hij zelf ook zo graag zou zijn. Normaal gesproken zou Quinn een sportjack dragen, net als de anderen, maar vandaag heeft hij zich uitgedost in wat zijn makkers een kostuum lijkt: een paarsfluwelen jas en stevige mocassins, die veel geschikter blijken om door dit zachte kreupelhout te stappen dan de nette schoenen waar zij op rondglibberen. Alleen Lou weet Quinn bij te houden, ondanks het hertenkalfachtige loopje dat daarvoor vereist is. Lou loopt er liever krampachtig bij dan dat hij achteropraakt.

Die mannen zijn allemaal onlangs naar Californië verhuisd, gedreven door een honger naar ruimte die niet gestild kan worden in de oude steden, met hun zweempje Europa, hun paard-en-wagens en hun geschiedenis. De bergen, woestijnen en onstuimige kust van Californië hebben iets ongebreidelds. Quinn Davies, de enige vrijgezel binnen de groep, is homoseksueel en zocht naar een elegante manier om uit Bridgeport, Connecticut weg te komen, waar zijn familie al generaties lang woont. Na zijn tijd bij de marine is hij naar San Francisco vertrokken, de Beat Poets achterna, maar nu hij er woont blijken ze frustrerend lastig te vinden. Wel zijn er zeelui die Quinns opvatting delen dat een man van alles kan zijn, afhankelijk van de omstandigheden. Hij koestert een vage hoop ten aanzien van een van de andere drie: Ben Hobart, uit Minnesota, getrouwd met zijn schoolvriendinnetje, vader van drie kinderen. Maar hij weet het nog niet zeker.

Alle vier werken ze bij een bank in San Francisco, helpen ze mee de groei aan te wakkeren die nog meer rustelozen als zijzelf naar de stad zal lokken. Een paar weken geleden, toen ze aan Montgomery Street aan de borrel zaten, kwam het gesprek op 'wiet' of marihuana, zoals het genoemd wordt, zelfs door hen die het nog nooit gezien hebben. Ze weten dat wiet bestaat, maar wat ís het nou eigenlijk precies? Wat doet het met je? Alle vier houden ze van drank. Quinn Davies drinkt zodat anderen om hem heen ook drinken, wat soms tot een onverwacht avontuur kan leiden. Ben Hobart drinkt omdat het de hongerige daadkracht smoort waar hij, met zijn vrouw en kinderen, geen uitlaatklep voor heeft. Tim Breezely drinkt omdat hij depressief is, al zou hij dat woord zelf niet gebruiken. Tim drinkt om zich gelukkig te voelen. Hij drinkt omdat hij zich, na een reeks bourbons, overweldigend licht voelt, zwevend, alsof hij eindelijk een stel zware koffers heeft neergezet, waarvan hij niet eens wist dat hij ze droeg. Tim Breezely heeft een klagerige vrouw en vier klagerige dochters. In zijn huisje aan Clement Street dobbert hij door een baaierd van schel, vrouwelijk ongenoegen, dat hem helemaal vanuit Michigan tot hier gevolgd heeft, van bedroefd en uitgeput (zijn vrouw) tot krijsend en infantiel (de baby). Een zoon zou verschil hebben gemaakt, dat weet Tim zeker, maar drinken helpt – o, het helpt echt. Die twee verbogen bumpers, het kapotte achterlicht, en de vele deuken die hij in de Cadillac heeft gemaakt meer dan waard.

Hoeveel Lou Kline ook drinkt – en hij drinkt veel –, hij is er nooit helemaal bij, een deel van hem kijkt licht onthecht toe hoe de mannen om hem heen zat raken. Lou wacht ergens op. Op de liefde, dacht hij tot hij met Christine – die hij aanbidt – trouwde, op het vaderschap, daarna, op verhuizen naar het westen, wat ze twee jaar geleden hebben gedaan. Maar dat gevoel van wachten beklijft: een zweem van naderende verandering, die niets van doen heeft met Christine, of hun kinderen, of het huis in Belvedere of het aangelegde meer waarin Lou iedere morgen anderhalve kilometer zwemt en waarop hij met een Sunfish-zeilbootje vaart. Hij heeft zich ontpopt tot de sociale drijfveer van hun woonerf, organiseert barbecues en cocktailparty's, afgelopen zomer zelfs een dansavond, waarbij tientallen stellen aan het meer blootsvoets schuifelden op Sinatra en The Beatles. Op aandringen van Christine groef hij die avond zijn saxofoon op en speelde erop, voor het eerst sinds zijn jazzkwartetdagen aan de universiteit van Iowa, met een beetje kippenvel toen iedereen klapte. Het leven is goed – volmaakt, eigenlijk – en toch wordt Lou geplaagd door het gevoel dat er iets vlak achter ligt, iets wat hij misloopt.

Charlene, die ze Charlie noemen, is zes. Vanmorgen bekeek ze Lou eens goed, rimpelde haar zonverbrande neus en vroeg: 'Waar ga jij naartoe?'

‘We maken een tochtje naar het noorden,’ zei hij. ‘Vissen, eenden jagen, misschien...’

‘Jij hebt geen geweer,’ zei Charlie. Ze keek hem kalm aan, haar lange, warrige haar ving volop licht.

Lou merkte dat hij haar blik meed. ‘De anderen wel,’ zei hij.

Zijn zoontje, Rolph, klampte zich bij de deur aan hem vast. Bleek en donkerharig; de kleuren van Christine, haar regenboogogen. Zo vreemd wanneer Lou het jongetje vasthoudt; alsof hun vlees zich begint te verweven, zodat het als scheuren voelt wanneer hij zijn zoon loslaat. Schuldbewust weet hij dat hij meer van Rolph houdt dan van Charlie. Is dat verkeerd? Hebben alle mannen dat niet met hun zoons – of de gelukkigen die zoons hebben, dan? Arme Tim Breezely!

Er gaat niet worden gevist of gejaagd. Want Quinn onthulde, die middag op Montgomery Street toen ze zaten te drinken en Parliament-sigaretten rookten en brulden van het lachen om daarna in hun grote wagens naar huis te rijden, naar hun vrouwen en kinderen, dat hij een paar ‘bohemiens’ kende die ‘wiet kweekten’, midden in een bos in de buurt van Eureka. Bezoekers waren welkom. ‘We kunnen er een keer een weekend heen gaan, als jullie willen,’ zei Quinn.

En dat deden ze.

Hoe kan het dat ik dit allemaal weet? Ik was pas zes, ik moest thuisblijven, terwijl ik zo ontzettend graag mee wilde – ik wilde altijd mee met mijn vader, want ik merkte al vroeg (of zo lijkt het tenminste, achteraf gezien) dat ik zijn aandacht alleen kon vasthouden door bij hem in de buurt te blijven. Hoezo denk ik dat ik gebeurtenissen kan beschrijven die in mijn afwezigheid plaatsvonden, in een bos dat nu verkoold is en een stank verspreidt als van verschroeid vlees? Hoe waag ik het met mijn verbeelding kloven van geslacht, leeftijd en culturele context te overbruggen? Geloof me, dat doe ik niet. Iedere gedachte, ieder gewetenssteekje dat ik opteken komt uit concrete observatie, al is het heel wat aanmatigender om die informatie te bemachtigen dan om het allemaal te verzinnen. Je kunt het hebben zoals je wilt – als verbeelding niet is toegestaan, moeten we allen terugvallen op grijze grabbels.

Ik heb geluk gehad; de herinneringen van alle vier de mannen zitten in het Collectief Bewustzijn, of in ieder geval deels – verrassend, gezien hun leeftijd, en in het geval van mijn vader eenvoudigweg een wonder. Hij stierf in 2006, tien jaar voor Greep op uw onbewuste van Mandala uitkwam. Hoe kan mijn vader er dan gebruik van hebben gemaakt? Nou,vergeet niet: het genie van Bix Bouton bestond erin dat hij technologie die al in ruwe vorm bestond verfijnde, comprimeerde, en in massa produceerde als een zinnelijk, onweerstaanbaar product. Al sinds de vroege jaren nul werd er binnen de psychologie gefluisterd over geheugenexternalisatie en speculeerden onderzoekers over de mogelijkheden die dat bood om traumatherapie radicaal te veranderen. *Wat is er echt gebeurd? Zou het niet helpen als je wist wat je hebt verdrongen?* Waarom dwalen mijn gedachten (bijvoorbeeld) voortdurend af naar een familiefeestje in San Francisco, waar mijn ouders me mee naartoe namen rond de tijd dat dit verhaal plaatsvond? Ik weet nog hoe ik met een stel kinderen rond de wortels van een oude boom rende, en dat ik daarna alleen op iemands zolder zat, naast een witte rieten stoel. Steeds weer: rondrennen met die kinderen, daarna alleen op die onbekende zolder. Of toch niet alleen, want wie had me daarheen gebracht, en waarom? Wat gebeurde er terwijl ik naar die stoel keek? Ik heb me vaak afgevraagd of de antwoorden op die vragen voor een leven met minder pijn en meer vreugde zouden hebben gezorgd. Maar tegen de tijd dat de verzorgers van mijn vader ons vertelden over een hoogleraar psychologie aan Pomona College die voor een experimenteel project het bewustzijn van mensen uploadde, was ik te achterdochtig om deel te nemen. Als het op technologie aankomt is winst verlies – dat had ik wel geleerd toen het bedrijf van mijn vader instortte. Maar mijn vader had nog maar weinig te verliezen; hij had vijf beroertes gehad, en teerde weg waar we bijstonden. Hij wilde meedoen.

Lana en Melora waren te druk met hun pogingen het platenimperium van onze vader te redden, Roxy was naar San Francisco verhuisd, en Kiki woonde in Connecticut. Rolph was al vele jaren dood. Dus moest ik de jonge hoogleraar uit Pomona begroeten, die hoge, rode gympen droeg, en twee postdocstudenten en een verhuiswagentje vol apparatuur bij zich had, vroeg in de morgen bij het huis van mijn vader, in 2006. Ik maakte een scheiding in het schaarse restant van mijn vaders surfershaar en plakte twaalf elektroden op zijn hoofd. Daarna moest hij elf uur lang stil blijven liggen – slapend, wakker, dat deed er niet toe, en op dat moment was er weinig verschil tussen. Ik had zijn ziekenhuisbed naar het zwembad verplaatst, zodat hij zijn kunstwatervalletje kon horen. Het grootste deel van de tijd zat ik naast hem; het proces leek me te intiem om in gezelschap van vreemden te ondergaan. Ik hield zijn slappe hand vast, terwijl naast ons een machine zo groot als een klerenkast stond te rommelen. Na elf uur bevatte de klerenkast een volledige kopie van het bewustzijn van mijn vader: iedere gewaarwording en sensatie die hij had ervaren, vanaf het moment van zijn geboorte.

'Hij is een stuk groter dan een schedel,' merkte ik op toen een van de postdocstudenten met een steekwagentje kwam aanlopen om de klerenkast weg te halen. Mijn vader had de elektroden nog steeds op.

'Het brein is een wonder van compressie,' zei de hoogleraar.

Ik kan me trouwens niets herinneren van dat gesprek. Ik zag en hoorde het pas toen ik die dag opnieuw bekeek vanuit het perspectief van mijn vader. Kijkend door zijn ogen viel het me op – of beter gezegd, viel het hém op – hoe saai mijn korte kapsel was, dat ik al een middelbaar buikje begon te kweken, en ik hoorde hem mijmeren (maar 'horen' is niet het juiste woord; we horen onze gedachten niet werkelijk hardop): *Hoe kan het dat dat mooie meisje er nu zo gewoontjes uitziet?*

In 2016, toen Greep op uw onbewuste uitkwam, kon ik de inhoud van de klerenkast kopiëren naar een Mandala Bewustzijnskubus, een lichtgevend geel blok van dertig centimeter in het vierkant. Ik koos voor geel omdat het me aan de zon deed denken, aan mijn vader als hij zwom. Toen zijn herinneringen eenmaal in de Kubus zaten, kon ik ze eindelijk bekijken. In eerste instantie overwoog ik helemaal niet om ze te delen; ik wist niet eens dat dat mogelijk was. In de vroege marketing van Mandala lag de nadruk niet op het Collectief Bewustzijn; de slogans waren 'Haal je herinneringen boven' en 'Ken je kennis'. Het bewustzijn van mijn vader leek meer dan voldoende – overweldigend zelfs – en misschien begon ik daarom, na verloop van tijd, naar andere gezichtspunten te verlangen. Die kon ik alleen verkrijgen als ik bereid was het zijne te delen. Als curator van het bewustzijn van mijn vader gaf ik toestemming het volledig, en anoniem, te delen met het collectief. In ruil daarvoor kan ik op datum, tijd, lengte- en breedtegraad de anonieme herinneringen doorzoeken van de anderen die op die dag aanwezig waren, in die bossen, in 1965, zonder dat ik er dingen bij hoef te verzinnen.

We keren terug naar de mannen die achter hun gids Quinn Davies aan (of in het geval van mijn vader naast hem) omhoogklimmen. Hun eerste introductie tot wiet heeft plaatsgevonden aan het begin van het pad, waar Quinn een pijpje heeft doen rondgaan, dat hij meermalen opnieuw heeft gevuld. De meeste mensen werden bij het eerste gebruik niet high (vergeet niet, dit was echte, ouderwetse *stuff*, vol stengeltjes en zaden, lang voor de hydroponische sinsemilla verscheen). Quinn wilde die eerste blow achter de rug hebben, om zo zijn maten – met name Ben Hobart – klaar te maken om later volledig stoned te raken.

Ver in de diepte blikkert steeds even een rivier tevoorschijn, als een slang die tussen de bladeren door glijdt. Naarmate ze verder klimmen maakt het gestruikel en gelach plaats voor hijgen, puffen en kreunen. Alle vier roken ze sigaretten, en geen van hen doet aan wat we nu als sport beschouwen. Zelfs Ben Hobart, een van die bovennatuurlijk fitte kerels die kunnen eten wat ze willen, moet zo hijgen dat hij niet kan praten tegen de tijd dat ze de top van de heuvel bereiken en een glimp opvangen van A-Frame, zoals het huis bekendstaat. A-Frame zit genesteld in een open plek waar sequoia's hebben gestaan, en is gebouwd van het hout van die omgehakte sequoia's. Het is zo'n grillig gebouw van hout en glas, het latere cliché van Californische architectuur uit de jaren zeventig. Maar voor deze mannen lijkt het wel een visioen uit een sprookje: staat het daar echt? Wat voor mensen wonen daar? 'The Sound of Silence' van Simon & Garfunkel sijpelt uit hifispeakers die op het hardhouten terras naar buiten gericht staan, en dat maakt het geheel nog griezeliger. Tor, het brein achter A-Frame, is er op een of andere manier in geslaagd een huis midden in het bos, waar je alleen te voet kunt komen, van stroom te voorzien.

Hello darkness, my old friend...

Wanneer ze dichterbij komen, spoelt er een stille golf van ontzag over het viertal. Lou gaat langzamer lopen zodat Quinn ze voor kan gaan naar die torenhoge ruimtekathedraal, met enorme, driehoekige ramen die helemaal tot aan de puntige nok komen. De geur van sequoiahout is overweldigend. Quinn stelt hen voor aan Tor, een ernstige eminentie van in de veertig, met lang, voortijdig wit haar. Tors 'moeder de vrouw', Bari, vormt een warmere, rondborstige aanwezigheid. Allerhande jonge mensen scharrelen rond in de hoofdruimte en op het terras, zonder interesse voor de nieuwkomers.

Vanwege deze merkwaardige situatie weten de drie nieuwelingen zich geen houding te geven. Lou, die het gevoel aanhang te zijn niet kan verdragen, is opeens woedend op Quinn, die afgezonderd zachtjes met Tor staat te praten. *Wat is dit nou voor begroeting?* Tegenwoordig trekt een man die zich ongemakkelijk voelt in zijn omgeving zijn telefoon tevoorschijn, vraagt om het wifiwachtwoord, en keert zo terug in een virtuele bubbel waarbinnen zijn identiteit onmiddellijk wordt herbevestigd. Laten we ons allemaal even ten diepste voorstellen wat voor isolement de norm was, voor onze tijd zich aandiende! Lou en zijn vrienden kunnen alleen maar ontsnappen door dezelfde route terug door het bos te volgen, zonder broodkruimels om ze de weg te wijzen. Dus beent Lou door A-Frame, op een bepaalde, onwillekeurige manier (al voelt hij wel hoe storend die is), en blaft hij soms een vraag naar Tor, die verheven op een hoge, houten stoel zit die irritant veel op een troon lijkt: 'Mooi optrekje, Tor. Wat doe je voor de kost? Zal wel een hele toer zijn geweest om hier riolering aan te leggen...'

Lou doet deuren open en tuurt in de naar hardhout geurende hokjes die in dit malle oord voor kamers moeten doorgaan. In een kamertje blijft hij stokstijf staan bij de aanblik van een donkerharig meisje, naakt in kleermakerszit op de vloer, met haar ogen dicht, onder een raampje. Licht, gefilterd door het bladerdak, valt in vlekjes op haar huid en op haar donkere mat schaamhaar. Haar ogen openen zich langzaam naar de indringer. 'Pardon, het spijt me vreselijk,' weet Lou uit te brengen, en hij sluipt weg.

Ten slotte begint de onordelijke groep zich rond Tor te verzamelen, ter voorbereiding op het blowen. The Yardbirds staan op, maar de wereld van hun muziek ligt te ver van Lous eigen wereld om ervan te genieten. Niettemin is hij blij met dit begin van samenhang, een verse betekenisstructuur. Tor is sterk in het oproepen van dergelijke momenten. Vertrouweling van Kerouac, gelegenheidsminnaar van Cassady, toekomstig verstrekker van lsd aan Kesey, Wavy, Stone en de rest; Tor is een van die onmisbare figuren die andere mensen tot actie aanzetten en daarna in het niets verzinken, zonder de geschiedenisboeken te halen.

Ik tel zeventien feestgangers: Tor en Bari, ons viertal, het blote meisje dat Lou verraste, nu gekleed in een wijde bloemenjurk en hem ongegeneerd terug aanstarend, en diverse anderen, zo te zien allemaal rond de twintig, die in de verscheidene bijgebouwen van A-Frame wonen en Tors marihuana verbouwen.

Lou vindt Tors totemachtige waterpijp veel handiger dan het miezerige pijpje dat hij samen met Quinn heeft gerookt. In de loop van een uur lang groepsroken met wisselende muziek zweeft de groep een staat van subjectieve muziekbeleving binnen die Lou, Tim en Ben nog nooit hebben ervaren; tot nu toe was drank hun enige middel tot bewustzijnsverandering. Korte gesprekjes rekken zich uit als versnelde opnamen van rijpend fruit, dat in uitgestoken handen valt.

'Is... deze... wiet... hier... gekweekt...?' (vraagt Ben Hobart aan Tor)

'Ja, het... veld... is... hier... vlakbij...' (geeft Quinn Ben Hobart antwoord)

'Woon... je... hier... het... hele... jaar... door...?' (vraagt Lou aan Tor)

'We... hebben... het... een jaar... geleden... afgebouwd...' (geeft Bari Lou antwoord)

Tor, dat heb je misschien al gemerkt, zegt praktisch niets. Ook hij heeft een verhaal, maar ik kan het hier niet vertellen – Bari en hij hebben geen kinderen, en in het collectief zitten geen herinneringen van vertrouwelingen, om te plunderen. Tor zal lang voor het tijdperk van Greep op uw onbewuste overlijden, dus hebben we slechts deze vluchtige beelden van hem, gezien door de ogen van kennissen.

Er zijn nog altijd een paar mysteriën over.

Zodra de bedwelming algemeen is, verzamelt de groep zich rond een lange tafel. Of beter gezegd, de mannen verzamelen zich. Bari en de andere vrouwen lopen af en aan naar de keuken en dienen in kommen en op dienbladen een uitgebreide vegetarische maaltijd op. Voor mannen uit het Midden-Westen, die de dag beginnen met worstjes en eindigen met boeuf stroganoff of hachee (of beter nog, een bief- of braadstuk), is de term 'vegetarische maaltijd' een oxymoron. Wat kan dat nou betekenen? Voor Lou betekent het de heerlijkste lafenis die hij ooit tot zich heeft genomen – al zouden, gezien zijn door wiet opgepepte eetlust, scheepsbeschuit en warm water voor een vergelijkbare verrukking hebben gezorgd. Bari dient pompoenen, rapen en tomaten uit eigen tuin op, met 'tajinesaus' erbij, iets wat geen van de bezoekers ooit eerder geproefd heeft, maar ze nemen maar wat graag aan dat het in de Elysese velden wordt verbouwd. Dan volgen kommen met sorghum en boekweit, taai, nattig en warm, opgediend in torenhoge bergen die ze gretig oplepelen, met plukjes alfalfa en schijfjes avocado en Bari's versgebakken volkorenbrood.

Terwijl ik dit alles door de ogen van mijn vader gadesloeg, merkte ik dat ik me iets afvroeg waar hij zelf waarschijnlijk te stoned of te gedesoriënteerd voor was: waarom? Waarom rollen Tor en Bari – en Quinn trouwens ook – de rode loper uit voor drie burgermannetjes die niets bijdragen en enkel consumeren? Nou, hoeveel redenen zijn er? Geld of seks: kiest u maar! Voor Quinn is het seks; hij is in A-Frame al eerder met mannen naar bed geweest (ook eenmaal met Tor) en hij hoopt dat dat vannacht met Ben Hobart zal gebeuren, puur en alleen omdat hij er zo'n gevoel van heeft. Tor gaat het om geld. Hij heeft zijn erfenis grotendeels opgebruikt voor de bouw van dit oord en het planten van vier hectare marihuana; hij kan wel wat investeerders gebruiken. En er is nog een diepere reden: Tor heeft zich volledig toegelegd op het scheppen van een andere wereld, maar bijna niemand heeft die wereld aanschouwd. Hij voelt zich pas echt levend wanneer hij anderen doet ontwaken, en hij verlangt ernaar zijn visioen te zien schitteren in nieuwe ogen.

Tegen het einde van de maaltijd zakt de zon weg achter de bergen, en staan achter de ramen de sequoia's als metaalsculpturen afgetekend tegen de lucht. Als op afspraak staan de jongere feestvierders op van tafel en halen ze instrumenten uit het hokje waar Tor en Bari die hebben opgeslagen: bongo's en castagnetten, sambaballen en blokfluiten en ukeleles, een hoop keuze voor de mensen die niet kunnen zingen. Het voorheen blote meisje verschijnt met een klarinet die blijkbaar van haarzelf is. Een stel mensen heeft gitaren, en Tor draagt een fluit. Ze lopen het huis uit en in groepjes van twee en drie over een pad de heuvel op, tussen de sequoia's door. Lou en zijn vrienden worden meegevoerd, de koele, geurige bossen in. Quinn waagt het een arm rond Ben Hobarts schouders te slaan, wat voor een plotse, elektrische schok langs Bens ruggengraat zorgt. Hij werpt een blik op Quinn, diep geschokt, maar maakt zich niet los.

Tim Breezely sjokt achteraan mee. Hij zou wel wat te drinken willen. Het wietroken heeft al zijn kracht opgezogen en de last van zijn onzichtbare koffers is vermeerderd met het gewicht van een mandoline die iemand hem te dragen heeft gegeven. Hij bereikt als laatste de top van de heuvel. Daar zijn de sequoia's gekapt en schijnt de zon weer, de laatste stralen hangen lui in de gekartelde bladeren van de wietplanten, die tot aan zijn middel komen. Deze lichte weidsheid verbetert het humeur van Tim Breezely. De lucht heeft iets droogs en zuurs. Er is al een kring gemaakt, voor kampvuren tijdens koude nachten, en daar verzamelt de groep zich, als uit gewoonte; voor ze gaan zitten leggen ze hun instrument neer en pakken ze de handen van degenen naast zich beet. Aangemoedigd door zijn eerdere succes grijpt Quinn Ben Hobarts hand, wat bij Ben voor hevige gevoelsscheuten zorgt, die de orgasmes benaderen die hij met zijn vrouw heeft ervaren. Lou komt toevallig, heel toevallig, naast de voorheen blote klarinettist te zitten, al krijgt hij zijn benen niet echt over elkaar gevouwen; hij heeft al sinds zijn kindertijd niet meer 'als een indiaan' gezeten.

Zodra iedereen zit sluiten ze hun ogen, alsof ze gaan mediteren. Ik heb deze stilte vanuit ieder beschikbaar bewustzijn in het collectief bekeken, en ik heb glimpen gezien van wat er door ieders gedachten ging terwijl ze daar samen zaten in de droesem van het laatste zonlicht: Eerste Communie op een regenachtige ochtend, zwarte goudvissen opscheppen uit een vijver, gesuis in zijn oren, het gevoel als je neerkomt na een flikflak... Maar ik heb hetzelfde probleem als iedereen die informatie verzamelt: wat moet je ermee? Hoe kun je het ordenen, bewerken en gebruiken? Hoe voorkom je dat je erin verdrinkt?

Niet ieder verhaal hoeft verteld te worden.

Tor verbreekt de stilte met de eerste en enige volledige zinnen die zijn gasten hem vandaag zullen horen uitspreken. Met een iel stemmetje vraagt hij hun de aanwezigheid van een hogere macht te voelen in het voedsel dat ze hebben gegeten, in de grond onder hen en de hemel boven hen, om te voelen hoe uniek dit moment binnen de twintigste eeuw is – om heel even de gesel van oorlog en apocalyptisch wapentuig te vergeten om deze schoonheid, deze vrede te ervaren. 'Voel het, vrienden,' zegt Tor, 'en wees dankbaar voor onze gezegende aanwezigheid hier samen.'

Een beving lijkt vanuit de warme aarde omhoog te komen rollen. De zon glipt met een koude rilling achter de berg, een zweem van de Stille Oceaan die maar een paar kilometer naar het westen tegen de klippen grauwt. Tim Breezely merkt dat zijn ogen vochtig zijn. Hij veegt ze heimelijk af terwijl de anderen op hun instrumenten beginnen te spelen, en gaat dan voorzichtig langs de snaren van de mandoline. Een jongen met een pril baardje leidt de groep met zijn gitaar, samen met de klarinetspeelster door de melodie van 'Michael Row the Boat Ashore'. Het is een liedje dat ze kennen van in de kerk, toen ze klein waren. Het zijn een oudere zus en een jongere broer, net als Rolph en ik.

De vele instrumenten en meezingende stemmen werken opzwepend. Bari zweeft overeind en begint te dansen. De anderen doen hetzelfde, terwijl ze op hun instrumenten blijven spelen. Quinn en Ben Hobart dansen samen, hartstochtelijk, hand in hand; Tim Breezely danst met zijn mandoline. Allemaal dansen en zwieren ze, samen en alleen, in het wegstervende licht.

Alleen Lou en Tor blijven zitten. Bij Lou, mijn vader, zorgen de muziek en het gedans voor een oproerige staat van gealarmeerdheid, alsof hij bedenkt dat hij het gas heeft laten branden, de deur niet heeft dichtgedaan, een auto met draaiende motor naast een afgrond heeft laten staan. Met een vooruitziende blik die hem tot aan het einde van zijn leven zal kenmerken, begrijpt Lou dat de verandering waarop hij heeft gewacht daar is. Hij heeft de bron ervan bereikt, hij voelt het in zijn voetzolen. Maar hij weet dat hij te oud is om mee te doen. Hij is eenendertig, een oude man! Op het verrassingsfeestje dat hij een paar maanden geleden voor Christines dertigste verjaardag heeft gegeven, gaf een vriend haar een gestippelde wandelstok! Maar Lou Kline pikt het niet dat hij achterblijft. Hij moet zichzelf opwerken als producer, net als Tor – die is nog ouder dan hij, goddomme! Niet door wiet te kweken; landbouw riekt te zeer naar de velden van Iowa die hij achter zich heeft gelaten. Maar die muziek, daarin kan hij iets betekenen. Hij moet denken aan die nacht in zijn woonerf, toen ieder aan het meer danste. Ander gedans, andere sound; The Yardbirds en hun soortgenoten hebben niets van doen met het leven dat Lou Kline voor zich zag, het leven dat hij nu leidt. Ze horen bij het leven dat hij zal gaan leiden. Hij kijkt naar de musicerende broer en zus en stelt zich hen samen op een podium voor. Hij denkt: ik kan ze daar neerzetten. En dat doet hij. Tegenwoordig kent iedereen hun muziek.

Laat op de avond, nadat Tor en Bari naar bed zijn gegaan, Quinn en Ben Hobart met onbekende bestemming zijn vertrokken, en een paar anderen zijn teruggegaan naar de open plek om daar een kampvuur aan te leggen (zelfs toen al was er gevaar voor bosbranden), dalen Lou en Tim Breezely, de musicerende broer en zus en hun jonge vrienden de berg af naar de rivier, om te gaan nachtzwemmen. Lou gaat voorop – water trekt hem altijd aan. Hij loopt op blote voeten, wat veel fijner voelt dan met zijn nette schoenen aan en gewoonweg sensueel op dit fluweelzachte tapijt van rottenis, alsof er geen scherpe voorwerpen bestaan.

De rivier ligt glad en kalm tussen wanden van sequoia's geklemd, en is zo koud dat hun vingers gaan kloppen als ze die in het water steken. Zou het gevaarlijk zijn om erin te duiken? Lou heeft weleens gehoord dat heel koud water een hartaanval kan veroorzaken, en hij voelt zich verantwoordelijk, nu hij iedereen hierheen heeft gebracht. Terwijl ze staan te dubben over de zwemveiligheid trekt Tim Breezely opeens zijn kleren uit en springt van een boomstam af, poedelnaakt. De ijskoude klap doet zijn adem stokken; heel even wordt het zwart voor zijn ogen, een doodsgevoel. Maar als hij weer bovenkomt, joelend, is juist zijn somberheid gestorven – die heeft hij achtergelaten op de bodem van de rivier. Vrijheid! Vreugde! Binnenkort zal Tim Breezely gaan scheiden – ze gaan allemaal scheiden – iedereen gaat scheiden. Een hele generatie zal de ketenen van eentonigheid en verplichting afwerpen ten gunste van vernieuwing en hoop – en wij, hun kinderen, zullen trachten het moment te vinden waarop we hen zijn kwijtgeraakt, bang dat het onze schuld was. Tim Breezely zal een toegewijd hardloper worden, in een tijd dat mensen alleen hardlopen als ze op de vlucht zijn. Hij zal boeken schrijven over sport en geestelijke gezondheid die van hem een bekende naam zullen maken, en hij zal duizenden brieven ontvangen van mensen wier levens hij heeft veranderd, zelfs gered.

Woest op zichzelf dat hij niet als eerste is gesprongen stroopt Lou zijn kleren af en smijt zichzelf het water in, zo koud dat zijn ballen zijn keel in worden geperst. Er klinkt geplons en geschreeuw wanneer de anderen hem achternaspringen. Maar zodra de foltering voorbij is en ze een beetje hebben rondgepeddeld keert de kou zich binnenstebuiten en wordt gloeiende hitte. Tintelend en euforisch komen ze de rivier uit, versmolten door dit avontuur, en klimmen ze terug de berg op naar A-Frame, naakt en onbeschaamd.

Wij wachtten bij het raam, Rolph en ik, tot onze vader thuis zou komen. Uiteindelijk gingen we naar buiten, het woonerf op. Van onze moeder mochten we op blote voeten lopen, al waren we al in bad geweest. Het was een warme, zomerse schemeravond. Ik droeg een bruinoranje badjas met paisleymotief, maar ik denk niet dat ik me dat echt herinner. Ik heb 'herinneringen' die eigenlijk gewoon plaatjes zijn uit de albums die onze moeder zo graag maakte, met daarin het verhaal van onze familie in vierkante fotootjes, grotendeels zwart-wit nog, met soms plots opvlammende kleuren, alsof iedereen in Oz wakker was geworden. Die badjas herinnerde ik me pas weer toen ik de aankomst van mijn vader bij het huis door zijn ogen bekeek. Ik voelde hoe hem de blauwe schoonheid van de avond opviel, en ervoer de golf van liefde die hem overweldigde toen hij Rolph zag, die in zijn katoenen luier naast mij op hem afrende, op stompe, drie jaar oude voetjes.

Wij grepen de benen van onze vader vast en hij legde een hand op elk van onze bolletjes, omvatte Rolphs hoofd en drukte het tegen zich aan. Toen keek hij op naar onze moeder, Christine, die naast de voordeur naar hem stond te glimlachen in een blauwe trui, met haar donkere haar dat aan een klem was ontglipt. Overal om haar heen groeiden de spichtige zaailingen die ze in een kas hadden uitgekozen en samen rond hun splinternieuwe Californische huis hadden geplant, want ze dachten dat ze daar altijd zouden blijven wonen.

Bright Day

In de laatste maanden van haar leven – ze zou in 2025, op haar zevenenvijftigste, sterven aan een overdosis – werd Roxy Kline wijsgerig. Daar had niemand op gerekend. Met gebruik van de familieformule, waarbij rollen aan de hand van kindergedrag werden bepaald, was Roxy al vroeg als 'wild' bestempeld – voornamelijk door het contrast met haar jongere zusje, Kiki, die rozenkransen verzamelde en een kruis sloeg als de vriendjes van hun moeder bleven logeren. Gedurende haar leven had Roxy meermalen haar 'type' waargemaakt, ze had dat woord – 'wild' – al zo vaak uitgesproken in afkickklinieken dat het voor haar geen betekenis meer had.

Tijdens de Dungeons & Dragons-toernooien op donderdagmorgen in Bright Day, haar kliniek, raakt Roxy gefascineerd door de manier waarop personages worden opgebouwd: een speler gooit met dobbelstenen en bepaalt zo eigenschappen als Charisma, Behendigheid en Intelligentie, en daarna aangeleerde vaardigheden zoals Sluipen en Omgang met Dieren. Een paar keer gooien met de dobbelsteen, de punten bijhouden, en boem – je hebt een Bandiet, of een Tovenaar, of een Strijder, met vaardigheden en sterke en zwakke punten, precies als een mens. Roxy heeft een keer gevraagd aan Chris Salazar, die samen met Molly Cooke, een vriendin, Dungeons & Dragons leidt, of hij weleens van echte mensen de score zo bijhoudt: Vrijgevigheid, Coördinatie, Immuunsysteem, Seksuele Aantrekkingskracht...

'Ik niet,' zei Chris, 'maar de tellers wel. En de bedrijven die hun gegevens kopen. En ook de mensen die hun eigenwaarde meten in klikken en "aantal keer bekeken".'

'Dat klinkt niet best,' zei Roxy nerveus.

Chris pakte haar handen beet en kneep erin. Hij is dertig jaar jonger dan Roxy, in de twintig nog, en hij is vriendelijk en meegaand tegen haar. 'Maak je geen zorgen,' zegt hij en geeft haar een zoen op haar wang. 'Iedere doolhof heeft een uitweg.'

Dat gesprek vond plaats in het krappe flatje waar Chris samenwoont met zijn vriendin, Samantha. Roxy kwam langs voor Pesach. Chris Salazar voelt voor Roxy meer als familie dan haar meeste familieleden, en op feestdagen nodigt hij haar uit. Chris is de zoon van Bennie Salazar, voor wie Roxy's vader al sinds Bennies middelbareschooltijd een mentor en een steun is geweest. Net als Bennie is Chris knap, met donkere ogen en een olijfkleurige huid, al is het haar van Bennie nu zilvergrijs. Tien jaar geleden heeft Bennie Chris en Roxy voor het eerst samengebracht, toen Chris voor zijn studie naar de westkust verhuisde. Maar pas de laatste drie jaar, sinds Chris met zijn Dungeons & Dragons-groep is begonnen, zijn Roxy en hij goede vrienden geworden.

Bij Bright Day vinden de D&D-sessies in de vroege ochtend plaats, zodat de werkende mensen na hun dosis een uur kunnen spelen. Normaal gesproken speel je 's avonds, zegt Chris, na het werk, maar afkickklinieken zijn geen avondplekken. Bright Day sluit 's middags al.

Alle vaste spelers zijn mannen, op Roxy na, die niet meespeelt maar graag toekijkt. Iedere week nodigt Chris haar uit een personage te maken en mee te doen. Het is nooit te laat om nog mee te doen – bij het afkicken bestaat zoiets als 'te laat' niet, zolang je nog ademhaalt. Maar Roxy is bang dat ze iets verkeerd doet, of niet begrijpt. Eén van haar 'als ik maars' – het uitwerken van de levens die je had kunnen hebben als een bepaald slecht iets niet was gebeurd (als ik maar die auto niet was ingestapt, als mijn moeder maar was binnengekomen, als ik maar niet zo nodig cool had willen doen) – is 'als ik maar niet dyslectisch was geweest', haar manier om te zeggen 'als ik maar in 1998 in plaats van in 1968 was geboren'. Volgens de video's die ze heeft gezien doen dyslectische kinderen het tegenwoordig prima – ze schrijven boeken en worden schooldirecteur! Voor Roxy was school één aaneengesloten periode van niet begrijpen: zinnen, alinea's, hoofdstukken. Wiskundige vergelijkingen stortten voor haar ogen ineen. Als ze echt had leren lezen, in plaats van op haar hapsnapmanier – nog steeds het beste wat ze kan opbrengen –, als ze bijvoorbeeld toevallig *Op jouw bruiloft* van Carson McCullers had gelezen, dat Molly Cooke tijdens drie bijeenkomsten bij Bright Day heeft voorgelezen – dan zou ze hebben ontdekt dat precíes die emoties die zij ervoer na een reisje naar Londen met haar vader, op haar zestiende, een reisje waar ze kapot aan was gegaan, ook door anderen ervaren waren. Ze was niet uniek, maar ze was ook niet alleen. Lezen zou haar misschien gered hebben.

'Je ziet er gelukkig uit, Rox,' merkt Chris op in een vergaderzaaltje bij Bright Day, en hij geeft haar een knuffel voor ze zich in een van de stoelen rond de speltafel laat glijden. Ze heeft net bij het loket haar dosis ingenomen en het lege bekertje teruggebracht, en nu spoelt ze haar mond met water, zodat de achtergebleven methadon haar tandglazuur niet aantast. 'Wat is jouw geheim?'

'Heb je het tegen mij?' Roxy steekt haar handen omhoog, zogenaamd onschuldig. Iedereen weet dat ze onverbeterlijk met drugs blijft aanklooien, en dat ze probeert weer voor meeneemdoses in aanmerking te komen, na het zoveelste onzuivere urinemonster.

Chris houdt haar goed in de gaten. Hij is zo empathisch dat hij bijna télepathisch is. En vanmorgen heeft Roxy écht een geheim: haar Mandala Bewustzijnskubus – een cadeau van haar zussen voor haar achtenvijftigste verjaardag, volgende week – zou vandaag moeten worden bezorgd. Haar reden om Greep op uw onbewuste te gebruiken is niet, zoals bij de meeste mensen die ze kent, dat ze het Collectief Bewustzijn wil gebruiken om een raadsel op te lossen: wie was die jongen die me in elkaar heeft geslagen? Waar is die leraar die aan me zat? Wie heeft mijn vriend vermoord? Of, hoopvoller: wat is er van die jongen geworden met wie ik in de jaren negentig in Cafe Trieste een biertje heb gedronken? Wie masseerde mijn rug tijdens dat concert van Green Day in het Golden Gate Park? Van die lang-vergeten-liefdesherenigingen raakt Roxy in tranen, maar bij Chris maken ze geen deuk in zijn overtuiging dat het externaliseren van je bewustzijn een ernstige fout is, om welke reden dan ook, zelfs voor de zekerheid, voor het geval je dement wordt.

'Als het daarbij bleef, misschien,' heeft ze hem horen zeggen. 'Maar dat is nooit zo. Het collectief is net zwaartekracht: bijna niemand kan het weerstaan. Uiteindelijk stoppen ze alles erin. En dan is het collectief nog alwetender.'

Bíjna niemand kan het collectief weerstaan; Roxy zal een uitzondering blijken. Ze heeft geen belangstelling voor de herinneringen van anderen. Ze wil alleen maar haar mooiste dagen herbeleven – de tijd waar niets wat nog komt aan zal kunnen tippen, dat weet ze.

Vandaag zijn er vier vaste D&D-spelers aanwezig, plus een nieuwe, één en al sportschoolspieren en tattoos, op zijn gezicht na, dat er ingezakt uitziet, als bij de meeste methgebruikers. Chris helpt hem bij het gooien met de dobbelstenen en het invullen van zijn personagekaart. Het verbaast Roxy niet dat hij voor een vrouwelijke Elf gaat; mensen lijken vaker voor D&D-personages te kiezen die het tegenovergestelde zijn van hun alledaagse zelf. Potige kerels spelen als Dwergen, frêle jongens als Barbaarse Strijders, waardoor Roxy zich is gaan afvragen – op een voor haar ongewoon wijsgerige manier – wie van de twee ze nu écht zijn.

'Dat hangt ervan af welke wereld je als de echte beschouwt,' zei Chris grijnzend toen ze hem dat een keer vroeg.

Nu wenkt hij naar haar met een lege personagekaart en zegt: 'Wat zeg je ervan, Rox? Gaat het hem worden vandaag?' Ze schudt haar hoofd. Ook zij zou als iets tegenovergestelds spelen: een D&D-versie van haar zestienjarige zelf, een meisje met haar borstkas, buik en kruis vol kolkende hartstocht, die starende mannen recht durfde aan te kijken, ze uitdaagde tot actie. Waar zou dat in D&D-termen op neerkomen, en hoe kan ze dat vragen, zonder zichzelf voor schut te zetten? Roxy is op haar dertiende ontmaagd, door haar eerste vriendje, Terrence Chen, een vijfdeklasser op de middelbare school, en daarna heeft ze Terrence gedumpt en ging ze op zoek naar mannen van in de twintig en in de dertig die haar aandurfden. Ze was trots op haar ongelukjes. Ze had klappen gekregen! Haar maag was leeggepompt! Maar in de spiegel zag haar gezicht er glanzend en onbezoedeld uit, ook zelf raakte ze betoverd door de vogeltjesvorm ervan. Ze had iets jongensachtigs, zei haar moeder. Geen grammetje vet aan haar lijf.

In het gloednieuwe millennium, toen ze begin dertig was en naar het noorden van Californië verhuisde, had Roxy Terrence Chen weer opgezocht – de internetversie van Terrence. Iedereen was toen bezig elkaar op te zoeken op het internet. Het bleek dat Terrence ook naar de Bay Area was verhuisd en in Marin County als dierenarts werkte. Op zijn website zag hij er gespierd en knap uit, grijnzend vanachter de pluizige vacht van een golden retriever, en zo te zien had hij een stel kinderen en een vrouw met haar in dezelfde kleur als dat van de golden retriever. Roxy speelde met het idee het katje dat ze uit het asiel had gehaald bij Terrence de dierenarts langs te brengen, al zou het een heel gedoe zijn om de baai over te steken naar zijn praktijk. Nee, besloot ze toch maar. Nog niet. Wanneer ze Terrence' praktijk binnenstruinde, moest het duidelijk zijn dat ze geslaagd was. Ze was toen nog mooi; Lana en Melora hadden betaald voor de reparatie van haar glimlach, nadat ze een stel tanden had verloren, en om haar neus recht te laten zetten nadat die ongelukkig gebroken was. In de dertig was ze slank en modieus, en ze kon nog altijd dansen. Maar ook worstelde ze met een heroïneverslaving en had ze er al heel wat jaren op zitten die Terrence waarschijnlijk als verloren zou beschouwen. Ze moest Terrence' hoge levensscore minstens evenaren of, beter nog, overstijgen voor ze haar iets-minder-mooie-maar-toch-onmiskenbaar-mooie zelf op zijn pad wierp. Roem, dat zou wel werken. Roxy had zelf altijd gedacht dat ze beroemd zou worden, en anderen ook. En toen ze pas naar San Francisco was verhuisd en Terrence had opgespoord – nu bijna vijfentwintig jaar geleden – was roem zeker nog niet uitgesloten.

Dungeons & Dragons ontvouwt zich in slakkentempo. Roxy staat versteld hoe volledig de spelers, die nooit ongeduld vertonen, erin opgaan. Alsof de rest van het leven trager is gaan lopen, gelijk op met het spel. De nieuwe vrouwelijke Elf zet Vingervlugheid en een aantal magische voorwerpen in om de andere spelers te redden van een roversbende in een eeuwenoud bos. Er zijn geen plaatjes van dat bos; het wordt verbeeld door een handgetekende kaart op een ouderwets vel ruitjespapier, dat Roxy nog kent uit de wiskundeles. Andere handgetekende vellen staan voor kerkers, herbergen, stadjes, catacomben, en zelfs de ruimte: een immens web van onderling verbonden werelden dat, tussen de spellen in, in een bruine postenvelop kan worden opgeborgen. Soms verlaat een speler een kaart via een 'portaal' en komt hij weer tevoorschijn op een ander vel ruitjespapier, een overgang die Roxy heel spannend vindt. Zomaar van de ene wereld naar een andere! Steeds als er een speler op een nieuw vel verschijnt, wisselen Chris en Molly van rol als spelleider. Het spel gaat eindeloos door.

Chris en Molly zijn niet aan het afkicken. Ze zijn ook geen stel; Chris heeft iets met Samantha, en Molly heeft een vriendin, Iris. Tot afgelopen jaar leidde Chris de groep samen met Colin Bingham, al van jongs af aan zijn beste vriend, die acht maanden geleden aan een overdosis is gestorven. Chris moet sinds het overlijden van Colin zijn oude luchthartigheid nog altijd terugvinden. Ook Roxy was geschokt; Colin was in de twintig, jong genoeg om in het gewone leven terug te keren zonder een al te groot gat. Colins huid zag er zo goed uit, hij had zijn tanden nog. Chris en hij waren samen opgegroeid in Crandale, New York, waar ze als jongens samen D&D hadden gespeeld. Molly is ook een vriendin uit die tijd. Na de dood van

Colin nam Molly Cooke zijn rol over, maar Molly is te lief, te meegaand en voorzichtig, en Roxy doet haar best om geen hekel aan haar te krijgen.

Geen van de spelers wil dat er een einde aan de ronde komt, dat is altijd zo, en misschien is de traagheid van het spel een vorm van uitstellen. Maar om negen uur moeten ze de ruimte vrijmaken voor de wekelijkse bijeenkomst van zwangere Bright Day-cliënten. Als de spelers een voor een naar buiten komen, stoer opscheppend over hun schermutseling met de bandieten, alsof die echt heeft plaatsgevonden, staat er in de hal een stel jonge vrouwen met dikke buiken te wachten.

Chris en Molly brengen hun boeken en kaarten naar hun kantoor, een paar verdiepingen hoger in hetzelfde gebouw als Bright Day. Het bedrijf van Chris, Mondrian, organiseert bij afkickklinieken in de hele Bay Area speltoernooien. De muren van het kantoortje van Mondrian hangen vol posters van vuurspuwende draken en sluipmoordenaars in mantels, er zijn planken vol boeken over magische wezens en er staat een metalen beeldje van een ork dat Chris in een achtergelaten reiskoffer heeft gevonden. Maar Roxy is geleidelijk aan gaan vermoeden dat de speltoernooien een dekmantel zijn voor de eigenlijke activiteiten van Mondrian. Magiërs en Barbaren hebben hun speciale vaardigheden, net als Voormalige Junks – en een daarvan is Zintuiglijkheid. Roxy wéét het gewoon. Haar omgeving is een en al dubbele betekenissen: de krantenkiosk om de hoek bij Bright Day verkoopt OxyContin-pillen, de bloemenverkoper staat op de uitkijk, en bij Betty's, een lunchtentje in de buurt, kun je op afspraak heroïne scoren van de jongens in de bediening. Omdat Roxy goed is in het Vergetelheid Veinzen, alweer zo'n vaardigheid van Voormalige Junks, letten mensen niet op wat ze zeggen als zij in de buurt is. Terwijl ze Schijnbare Afwezigheid en Blik Op Oneindig inzette heeft ze Chris aan de telefoon horen praten over *contracten*, *impersonatie* en *mimesis*. Ze heeft hem horen zeggen: 'De vraag is overweldigend' en 'Ze heeft gevoel voor dialoog'. Maar Roxy's vaardigheden zijn onvoldoende om te weten wat dat allemaal betekent. Ligt dat aan haar dyslexie? De ware aard van het werk dat Chris en Molly doen is voor Roxy even onbegrijpelijk als de plaatselijke drugsholen zijn voor de vrouw die in de garage aan O'Farrell Street haar Mercedes parkeert en op klikkende hakken in een luchtige blauwgroene jurk naar het Opera House loopt. Roxy weet zeker dat de ware bezigheden van Mondrian legaal zijn (geen wapens of ontwijken van de politie) en dat ze weinig opleveren (Chris' flatje is piepklein) maar verder weet ze niets. Wat het ook is, het is liefdewerk.

Ze loopt Bright Day uit om een sigaret te roken. Wind en zonlicht scheuren gaten in de mist. Door het hele centrum klinkt het gezoem van ondergrondse kabels, vaag hoorbaar in de stilte van de ochtend. Grijswitte zeemeeuwen schuimen de stoepen af op zoek naar overblijfselen van het feest van gisteravond (in deze straten is het iedere avond feest), schrokken met hun lange, gele snavels chips en pizzakorsten op.

Roxy heeft nog vijfenveertig minuten vol te maken voor ze om tien uur een afspraak met haar verslavingscoach heeft, dus gaat ze op weg naar Betty's lunchtent. Achter zich hoort ze snelle voetstappen maar ze kijkt niet om, vermoedt dat het Molly is. En jawel, ze hoort 'Ga je koffie halen?' en knikt geërgerd. Haar afkerigheid van Molly komt niet alleen doordat zij Colin heeft vervangen, op wie Roxy zo dol was. Molly Cooke, met haar pluishaar en haar argeloze glimlach, past niet bij Bright Day of bij deze buurt. Ze heeft geen pantser, ze is niet cool – het soort meisje dat Roxy als puber zou hebben veracht, of misschien wel getreiterd. Molly weet instinctief waar ze niet welkom is, en gaat er dan toch naartoe. Bovenal heeft Roxy iets tegen haar omdat ze haar gemene kant naar boven brengt.

Ze zitten naast elkaar aan de bar een kop koffie te drinken, zo zuur en waterig dat iedereen met een greintje Zintuiglijkheid wel door moet hebben dat Betty's klanten hier voor iets anders komen. Het kost vier uur om je bewustzijn te externaliseren naar een Mandalakubus, en Roxy heeft zichzelf ervan overtuigd dat het haar misschien niet lukt zo lang stil te zitten zonder chemische ondersteuning (Rechtvaardige Rationalisatie) in de vorm van een paar zakjes die ze absoluut niet zal gebruiken tenzij ze geen keus heeft (Zelfbedrog). Molly Cooke neemt een slokje van de gore koffie; ze heeft geen idee. Haar Zintuiglijkheidsscore moet wel zowat nul zijn.

'Hoe was Chris als kind?' vraagt Roxy. Ze praat graag over Chris – stelt zich soms voor dat hij haar zoon is, niet die van Bennie.

'O, ik was verliefd op hem,' zegt Molly. 'Hij is een jaar ouder, dus dat maakte hem nog prachtiger.'

'Speelde je D&D met hem?'

'Wij speelden met de oom van Chris,' zegt Molly. 'En met een ander meisje, Lulu. Ze is naar de uitvaart van Colin gekomen.'

'Ik ken Lulu!' zegt Roxy opgetogen. 'Die werkt voor Bennie.'

'Lulu was de exotische buitenstaander die buiten de stad woonde en soms langskwam. We waren allemaal verliefd op haar.'

'Jij was wel op iedereen verliefd,' zegt Roxy slinks. 'Was er ook iemand verliefd op jou?'

'Nee,' zegt Molly. Heel even lijkt ze ver weg.

'Je was vast een heel braaf meisje.'

'Nou, we waren allemaal best braaf, zelfs Colin – en die was de "stoere jongen". Je kon niet echt veel uitspoken op de Crandale Country Club.'

'Hingen jullie rond op een countryclub?' Roxy is vol minachting.

'Ja,' zegt Molly. 'We woonden er zowat.'

'Ik zou wel wat uitgespookt hebben.'

Molly lacht – een echte lach, vol ondeugende verrukking. 'Jij zou daar meteen de baas zijn geweest, Roxy.'

Roxy glimlacht tevreden. Ze begint Molly aardiger te vinden. 'Ik kon goed dansen,' zegt ze.

Op weg naar het toilet scoort ze bij een van de jongens in de bediening. Dat ze die transactie uitvoert terwijl Molly maar een paar meter verderop zit te wachten, betekent geen verraad. Het Junkennetwerk is als een apart vel ruitjespapier, en Molly zit op een ander, net zoals het geheime werk van Mondrian een ander vel is, en het leven van Terrence de dierenarts, wiens haar nu wit is en die onlangs zijn eerste kleinkind heeft mogen verwelkomen (Roxy is al die jaren zijn leven online blijven volgen, al heeft ze hem nooit opgezocht). En toch maken die vele onverenigbare werelden gebruik van dezelfde fysieke ruimte, zoals de D&D-kaarten wanneer ze samen in een enkele envelop zitten. Hoe is dat mogelijk? Wijsgerigheid!

Nadat Roxy bij haar coach is geweest, brengt Chris haar naar huis. Haar flatgebouw is twee straten bij Bright Day vandaan, boven op een steile heuvel. Halverwege moet ze stilstaan om op adem te komen. 'Dat is het roken,' hijgt ze.

Chris kijkt bezorgd. Hij maakt zich bezorgder om haar sinds de dood van Colin, en zijn Zintuiglijkheid, die net zo scherp is als die van Roxy, is vanmorgen geactiveerd. Voelt hij intuïtief die cellofaanzakjes in haar zak zitten? Als ze weer lopen vraagt hij: 'Ga je vandaag naar de kas?' en zij knikt, nog altijd te zeer buiten adem om te praten.

Bij haar gebouw aangekomen lijkt hij haar liever niet alleen te willen laten. 'Kom dit weekend eten,' zegt hij. 'Sam wil je dolgraag zien. Kom ik je ophalen.'

Maar Roxy is te opgewonden over Greep op uw onbewuste (en vanwege de cellofaanzakjes) om concrete plannen te maken. Ze geeft Chris een knuffel ten afscheid.

De doos van Mandala staat al bij haar deur te wachten; Piers, haar buurman, moet hem naar binnen hebben gebracht. Roxy woont al bijna vijfentwintig jaar in hetzelfde studiootje (haar zussen maken de huur over; niemand vertrouwt haar met geld) en sinds zeventien jaar deelt ze een muur met Piers. Hij is zo te zien in de zestig, homo, en seksueel actief – ze heeft mannen zijn flat uit zien komen – maar op een zus na, die soms met haar twee jonge kleinkinderen op bezoek komt, is Piers alleen, net als Roxy. Ze zijn goede buren, die de moeite nemen om naar beneden te rennen als er buiten een bestelbusje staat en de ander niet op de zoemer reageert. Ze zijn nog nooit in elkaars flat geweest. Wanneer ze in bed ligt te kijken naar de lila mist die door de nachtlucht scheert kan Roxy Piers soms horen – of zelfs voelen – bewegen achter hun gedeelde muur. Opeens treft haar dan het hevige besef dat hij ook als ze hem niet kan zien bestaat. Het kost haar moeite te geloven dat Piers net zo echt is als zijzelf – net zo vol gedachten, herinneringen en gevoelens. En toch moet dat zo zijn, en hetzelfde geldt voor alle anderen die in deze doolhof van goedkope huurflatjes wonen, van tech-*boom*-vluchtelingen tot 'gevangenen' zoals zijzelf en Piers. Hoe kan het gebouw al die levens bevatten? Waarom barst het niet uit elkaar van de druk?

Chris maakt zich zorgen over het gebrek aan vertrouwelijkheid tussen Roxy en haar medegevangenen. Waarom is ze niet vriendelijker – of zelfs bevriend – met haar buren, nadat ze tientallen jaren vlak naast ze heeft gewoond, ook tijdens pandemieën, in quarantaine? Maar vriendschap betekent het risico op het einde van die vriendschap, en Roxy heeft in haar leven al te veel vrienden versleten. Misschien geldt dat voor alle bewoners – misschien kom je pas in een flat aan O'Farrell Street terecht nadat je een spoor van gekelderde vriendschappen achter je hebt gelaten. Piers en zij zijn liever vriendelijke vreemden dat dat ze riskeren naast een vijand te komen wonen.

Artie, het rode katertje dat ze drie weken geleden heeft geadopteerd van een Bright Day-cliënt die drie poesjes in een zak van zijn hoody gepropt had zitten, struint rond tussen het pakmateriaal terwijl zij voorzichtig haar Mandaladoos openmaakt, met het kenmerkende logo. Ze stalt de inhoud uit op de glanzende houten vloer, die ze schoonmaakt met Glassex, alsof het een ruit is. Na lang nadenken kiest zie 'grafiet' voor haar Bewustzijnskubus: een blok glinsterend materiaal van dertig centimeter in het vierkant, dat eruitziet alsof het van de maan komt.

Roxy is intuïtief goed met apparaten – ze had zelf een Bix Bouton kunnen zijn, als ze maar... maar dat denkt de halve wereld waarschijnlijk. Maar toch was het haar gelukt om het bewustzijn van haar vader te bekijken, zelfs nadat Charlene haar de lijst met wachtwoorden in de verkeerde volgorde had gegeven. Roxy wilde het reisje naar Londen met haar vader door zíjn ogen bekijken, haar zestienjarige zelf in actie zien, als een filmheldin. Maar uiteindelijk rukte ze de headset al af nog voordat haar vader zelfs maar zijn huis had verlaten om haar op te halen voor de rit naar het vliegveld. Ze werd misselijk van die intieme gedachtestroom: Jocelyn, zijn vriendin, onder de drugs, wijdbeens liggend op bed, steeds herhaalde elektrische gitaarakkoorden, jeuk aan zijn ballen, ergens het gegier van een grasmaaier, zin in een boterham met kaas en avocado, dat hij liever zonder Roxy naar Londen zou gaan, een heftig gevoel van spijt dat hij haar had meegevraagd – allemaal weggevaagd door een woedestuip toen hij Bowser zag zitten kakken naast het zwembad.

Nadat ze de headset had weggesmeten zat Roxy daar als verdoofd, vervuld van afschuw, denkend dat ze zou overgeven, of dat ze dood zou gaan. Met het gevoel alsof ze wegkroop bij een afgrond, bedacht ze dat het reisje naar Londen pas zo sprookjesachtig was geworden toen zij met haar vader in het vliegtuig zat, in de eerste klas, en hij haar champagne had laten drinken. Tot dan toe had ze hem amper gekend, als het middelste kind van zijn middelste vrouw. Volgens het bittere verslag van haar moeder zelf was haar enige prestatie geweest dat ze hem had weggelokt van zijn eerste vrouw, Christine, van wie hij echt had gehouden.

Roxy had altijd gedacht dat haar vader haar naar Londen had meegenomen om met haar te pronken; ze had net in twee videoclips op MTV gezeten, in 1984 een splinternieuwe Amerikaanse uitvinding. Maar die afschuwelijke momenten in de geest van haar vader onthulden een ander motief: opvoeding. Dat verklaarde de bezoeken, aan het begin van de reis, aan een kathedraal en een reeks musea. Haar vader had haar dan naar een schilderij of een altaar geleid, had het vol belangstelling bekeken, en vervolgens een verwachtingsvolle blik op haar geworpen, alsof hij hoopte dat het object iets bij haar teweegbracht wat het weigerde bij hem te doen. 'Die musea kunnen barsten,' had hij op de derde dag gezegd. Hun gezamenlijke mislukking bracht hen dichter tot elkaar.

Roxy spreidt haar haar in een scheiding zodat iedere sensor tegen haar hoofdhuid ligt. Ze is bang, en voelt de neiging het gebeuren uit te stellen. Maar ze wil klaar zijn voor ze om drie uur in de kas moet werken. Ze zet de Bewustzijnskubus naast haar futonbed en gaat voorzichtig liggen, zodat de sensoren op hun plaats blijven. Artie klautert op haar borst en wrikt zijn koppetje onder haar kin, als een deurstopper. Ze heeft gehoord dat je niets voelt tijdens de externalisatie – je kunt slapen of wakker blijven, dat maakt niet uit. Maar zodra de Kubus begint te zoemen komt er bij Roxy een zwerm herinneringen op, als opwolkend stof bij een grote schoonmaak. Op hun laatste dag in Londen ging ze met haar vader lunchen bij een chic Frans restaurant in een wijk vol vintage-kledingzaken. Ze zaten buiten, het tafelkleed verblindend wit in het zonlicht. Haar vader gaf haar zijn zonnebril. Ze hadden een band te gast: vier langharige Engelse jongens, niet veel ouder dan Roxy, met onverstaanbare accenten. Haar vader en de manager van de band waren bezig met een deal, en de stemming was feestelijk. Iedereen dronk champagne. De drummer wreef onder de tafel langs Roxy's kuit en onderschepte haar later voor het damestoilet, wiebelend met een ampul vol cocaïne. Roxy snoof beide neusgaten vol. De drummer probeerde haar te zoenen, maar hij had een onsmakelijk dun snorretje, en zijn adem stonk naar paté. Op een andere dag, op een andere plek, had Roxy misschien wel van alles gedaan – had ze seks met hem gehad in een wc-hokje, zoals ze dat twee keer had gedaan in punkclubs in L.A. Maar hier niet. Ze keerde terug naar de tafel en genoot van haar vaders overduidelijke opluchting dat ze er weer was.

Hij sloeg een arm om haar heen en schonk haar glas bij. De zon stond brandend aan de hemel, maar de champagne, recht uit de ijsemmer, kraakte koud in haar borst.

Na de lunch gingen ze met zijn allen wandelen. Haar vader hield haar hand vast. Londen was zwaar, dik en groen. Ze voelde zich volwassen op haar zestiende, lopend naast die twee mannen terwijl de vier muzikanten achter hen liepen te geiten. Ze zwaaide met de arm van haar vader, de champagne en cocaïne walsten door haar bloed. In een park bleven ze staan naast een vijver vol zwanen en speelgoedzeilbootjes. Terwijl de muzikanten elkaar in het water probeerden te duwen, wendde hun manager zich plots tot Roxy en vroeg: 'Wat ben jij van plan met je leven?' Normaal zou ze hebben geantwoord: 'Danseres of actrice worden', of gewoon: 'Beroemd zijn!' (zoals iedere puber uit L.A.), ze zou misschien over die MTV-clips zijn begonnen, en de andere videoshoots die al geboekt stonden. Maar Roxy zei: 'Ik wil mijn stempel op de wereld drukken', met zo'n zelfverzekerde stelligheid dat beide mannen verrast in de lach schoten. Ze voelde de trots van haar vader, nieuw en opwindend. Lang nadat de muzikanten verdwenen waren bleef Roxy bij haar vader en de manager van de band, tot diep in de nacht wandelend en pratend. Om tien uur 's avonds was de zon nog op. Het was de gelukkigste dag van haar leven.

'Ik wil bij jou komen wonen,' zei ze tegen haar vader in het vliegtuig terug naar Los Angeles. Ze dronk nog altijd champagne, al was hij daarmee opgehouden.

'Dat gaat niet, Rox,' zei hij. 'Ik ben te veel op reis. En Kiki zou je missen.'

'Die zal blij zijn dat ze van me af is.'

'Iedereen heeft een fijne broer of zus nodig.'

'Ik kan met je meekomen, als je op reis gaat. Net als nu.'

'Dat zou leuk zijn, hè?'

Hij droeg zijn leesbril. Op zijn klaptafeltje lag een stapel papieren, en een berg cassettebandjes die hij 'even moest luisteren' op zijn walkman. Ze begreep dat het reisje voorbij was. De volmaakte harmonie die ze met haar vader had gevoeld, een symbiose die haar oude leven overbodig had gemaakt, was maar tijdelijk geweest. Ze begon te huilen.

'Je bent moe,' zei hij. 'Ik heb je uitgeput. Het is een lange vlucht, probeer wat te slapen.'

Dat deed ze, leunend tegen zijn schouder terwijl hij doorwerkte. Toen ze wakker werd, cirkelde het vliegtuig boven Los Angeles en was haar vader zijn bandjes aan het inpakken. Toen Roxy naar hem keek voelde het alsof ze ging verdrinken, maar ze trok een stuurs gezicht en hield haar armen tegen haar zij. Ze zou hem vijf maanden lang niet zien.

Terug thuis bij haar moeder en zus was ze wrevelig en stuurloos. Kiki ontving haar onverschillig; Kiki weigerde hun vader zelfs maar te ontmoeten, want ze beschouwde hem als 'een goddeloze man' nadat ze van Charlie had vernomen dat hij Jocelyn had verleid terwijl die nog op school zat. Kiki bracht al haar tijd bij een christelijk jongerengroepje door; Roxy nam aan dat haar zus, zo saai als ze was, geen betere opties had. God houdt van iedereen, toch? Maar minder dan een jaar na Roxy's reisje naar Londen ging Kiki ervandoor met de leider van het jongerengroepje, die zesentwintig was. Roxy weet nog hoe pijnlijk verbijsterd ze was dat haar suffe zus haar in zondigheid had weten te overtroeven. Hun vader huurde privédetectives in, maar die lukte het niet Kiki voor haar achttiende verjaardag te vinden. Een paar jaar later dook ze weer op, ze stuurde hun moeder brieven uit het Verre Oosten, waar ze zendeling was geworden. Ten slotte trouwde ze met een verzekeringsman, ging in Connecticut wonen, en kreeg vier kinderen, die nu volwassen zijn. Ze gebruikt haar volledige naam, Krysanne. Roxy heeft haar als volwassene maar tweemaal ontmoet, bij de uitvaart van haar vader en, recenter, bij die van haar moeder. Maar aangezien ze alleen hun kindertijd gemeen hebben, waarover Krysanne steeds alleen maar 'Godzijdank ben ik ontsnapt' zegt, hebben ze elkaar weinig te melden.

High worden, wat lastig te bereiken is met methadon (je hebt er veel van nodig, Roxy moet voorzichtig zijn), geeft haar een gevoel van macht, van een alles overstijgend gelijk, dieper dan wat ze zich voorstelde toen ze die woorden uitsprak: *mijn stempel op de wereld drukken*. Dat stempel bleek uiteindelijk niets van doen te hebben met de dingen waarop ze had gerekend: dansen, haar schoonheid, haar seksuele zelfverzekerdheid; die zijn er zelfs allemaal aan ten onder gegaan. Heroïne, dat is haar grote liefde, haar levenswerk, en ze heeft er alles voor opgegeven, door alles te verwerpen of simpelweg te verwaarlozen. Niemand kan beweren dat ze niet consequent is geweest, of beter gezegd: iedereen beweert dat, maar enkel omdat ze niet inzien dat haar gehavende armen en opgezwollen vingers, haar grijze tanden, dunne haar en haar gebogen, moeizame lopen getuigen van haar vastberaden toewijding. Ze heeft het zelfs langer uitgehouden dan Jocelyn, met wie ze vaak samen wegdommelde in het huis van haar vader. Jocelyn is toen ze in de veertig was afgestudeerd als sociaal werker en met een beroemde gitarist gaan samenwonen, die al sinds de middelbare school verliefd op haar was. Roxy niet. Zij zal deze wereld met lege handen verlaten: een offer dat alleen Kiki, toen ze jong en religieus gedreven was, misschien zou hebben begrepen.

De Kubus maakt een geluidje, eerder dan Roxy verwacht had. Ze gaat rechtop zitten, is verkwikt en moet plassen, alsof ze in slaap gevallen is. Misschien heeft ze wel echt geslapen, want als ze door de kamer loopt voelt dat anders, vreemd. Goed. De Bewustzijnskubus naast haar futon is warm als een pas gelegd ei, en Artie ligt erbovenop te slapen. Roxy schuift de kitten op haar bed en tilt de Kubus op. Hij voelt zwaarder: de last van haar verleden. Wanneer ze de sensoren van haar hoofd trekt, voelt dat dan ook lichter, alsof er een inwendige druk is weggenomen. Ze heeft ooit een video gezien over een vrouw die met haar hoofd omlaag uit een raam op de tweede verdieping was gevallen. De artsen maakten haar schedel open en haalden haar hersens eruit, en die stopten ze in een bak met hersenvocht zodat ze konden opzwellen zonder dat ze tegen de binnenkant van haar schedel werden geperst. Zo voelt Roxy zich: alsof haar hersens bevrijd zijn uit een cel die te klein was geworden.

Ze stuurt de kas een berichtje dat ze zich niet goed voelt en niet kan komen, want ook Moeiteloze Uitvlucht is een vaardigheid van Voormalige Junks. Het werk bij de kas is een programma van Bright Day, dus zullen ze morgen haar urine testen. Prima – ze is clean! Maar ze wil zichzelf deze middag schenken, om te doorgronden wat er veranderd is. Artie wipt terug op de Kubus zodra ze die neerzet. Die Kubus, dat is zíj, in zekere zin. Hij bevat de volledige inhoud van haar geest: alles wat ze zich wel en niet kan herinneren, iedere gedachte, ieder gevoel dat ze ooit heeft ervaren. Eindelijk heeft ze greep op haar onbewuste. Ze weet waar alles te vinden is.

Alles, dat wil zeggen, tot dat geluidje. De twintig minuten die sindsdien zijn verstreken worden pas in de Kubus opgeslagen wanneer ze de sensoren weer opdoet en haar externalisatie bijwerkt. Voor nu bestaan die alleen in haar eigen geest. En hoewel Roxy naar de Bewustzijnskubus heeft verlangd, als een manier om terug in de tijd te gaan, wordt ze gegrepen door dit doorzichtige, nieuwe heden vol pasgeboren minuten. Ze raakt haar gezicht aan en voelt de warmte van haar huid tegen haar vingertoppen. Ze loopt naar het raam en doet het open. Blauwe lucht. Een frisse San Francisco-bries. Een zeegevoel, al is die nergens te zien. De voldoening van één diepe, lange ademteug. Ze ademt nog eens in, nog dieper, en denkt: *ik heb geluk.*

De film die ze zo graag wilde zien, van haar jongere zelf in Londen, heeft ze zojuist bekeken in de vlaag herinneringen die de upload losmaakte. Wat heeft ze verder nog nodig? Hoe zou een bezoek aan die tijd, maar dan ongefilterd, een beter verhaal kunnen opleveren dan haar geheugen heeft gedaan? Wat als die waarheid teleurstelt, zoals die vuige momenten in de geest van haar vader?

Roxy begrijpt nu waarom Chris Salazar zich verzet tegen zelfs het meest private, beperkte gebruik van Greep op uw onbewuste. Het is een proces dat, logischerwijs, naar búíten toe werkt. Ze ervaart het als een natuurkracht, een stroming die haar bewustzijn voorbij de grenzen van haar eigen zelf voert, bredere sferen in. Samenkomen, onderdeel worden – wat verlangt ze daarnaar! Het is een stralend vooruitzicht: een vervolmaking van alles wat ze gewild heeft in haar leven. *Mijn stempel drukken.*

Aangedreven door de behoefte te handelen voor ze bang wordt laat Roxy de Kubus verbinding maken met haar wifi en gaat ervoor zitten, benen over elkaar geslagen. Ze voert het vereiste wangstrijkje met DNA in en de Kubus begint te zoemen; Artie spint in vervoering bij de golf nieuwe warmte. Diep in haar binnenste begint het te gonzen, wanneer haar bewustzijn als een vloed het internet op gutst: een baaierd aan herinneringen en momenten, waarvan vele pijnlijk – ook herinneringen aan echte pijn –, stroomt een kosmos binnen die kronkelt en wriemelt als een uitdijend sterrenstelsel. Haar vader is daar ook, ergens. Eindelijk voelt Roxy hun herinneringen samenvloeien, als hun twee zwaaiende armen op die lange, lichte avond. Haar hele verleden wervelt door dat portaal en verdwijnt op een enkel vel ruitjespapier.

En op dit vel, dat een geheim, nieuw leven is waar alleen zijzelf weet van heeft, zal Roxy naar D&D gaan en tegen Chris en Molly zeggen: ‘Ik ben er klaar voor, ik wil mijn personage maken. Helpen jullie me?’

i, de protagonist

Chris Salazar wist niet meer wat voor werk hij zich had voorgesteld toen hij voor het eerst werd betoverd door Sid Stockton, de merkwaardig charismatische directeur van SweetSpot Networks, in een sollicitatiegesprek via Zoom tijdens de pandemie, waarna hij uiteindelijk zijn baan als redacteur opgaf om bij Sids entertainment-start-up te gaan werken, maar in die voorstelling waren zeker geen wanden vol algebra voorgekomen. En toch stond hij hier, twee jaar later, met een zere arm en een bonzend hart, en had hij zojuist een heel stel whiteboardstiften leeggeschreven om zijn reeks 'algebraïseringen' te verdedigen – een woord dat hij twee jaar geleden amper had kunnen definiëren maar dat hij nu meer dan tachtig keer per dag gebruikte (hij had het bijgehouden).

Waarom, zo wilden de professionele tellers weten (met name Jarred, net als Chris in 2019 afgestudeerd aan Stanford, maar dan in de toegepaste wiskunde), had Chris *Een drankje in het gezicht* als volgt veralgebraïseerd:

> *a* (+ glas) x (handeling van het drankje werpen) = *a* (– drankje) + *i*/2

waarbij *i*, de protagonist, het *doelwit* van het geworpen drankje werd in plaats van de werper?

Zonder Jarred direct aan te kijken – Chris negeerde hem altijd nadrukkelijk – legde hij aan de groep uit dat een glaswerpende protagonist in een ander verhaalblok thuishoorde: *Held geeft onverbeterlijke eikel zijn verdiende loon*, wat Chris een aantal maanden terug al veralgebraïseerd had.

Jarred was er niet tevreden mee; Jarred was altijd ontevreden over Chris, en dat gevoel was wederzijds. 'Moet *i* niet worden gekwadrateerd nadat dat drankje in zijn gezicht terechtkomt?' drong hij aan.

'Een drankje in je gezicht krijgen is vernederend,' zei Chris op stellige toon. 'Dus is het waarschijnlijker dat *i* zich minder voelt, oftewel dat *i* gehalveerd wordt.'

'Ja,' klonk de stem van Aaron, hun baas, een man die zo weinig zei dat ieder woord dát hij uitsprak de klievende beslistheid had van een bijlslag in een boomstronk.

Chris voelde een scheut manische opwinding. Hij flikte het, hij nam ze allemaal te grazen, hij vermorzelde deze vergadering; hij vernietigde Jarred, nu hij een hele reeks algebraïseringen had doorgewerkt zonder dat er één enkele wiskundige aanpassing nodig was geweest. Onder andere, naast *Een drankje in het gezicht*, dat hij als 3A *i*m had gecatalogiseerd:

- *Een klap in het gezicht* [3A *ii*r]
- *'Je hebt nooit iets om me gegeven.' (Schreeuwend)* [3A *viiii*y]
- *'Hoe durf je?' (Fluisterend)* [3A *viii*z]
- *Protagonist bereikt eenzaam het dieptepunt, 's nachts op straat (met gevoelige muziek)* [3A *ix*b]
- *Protagonist strompelt door vreemd vervormd landschap, dronken, bedwelmd of na klap op hoofd* [3A *ix*d]
- *Nachtelijk feestgedruis gevolgd door lege stilte de volgende ochtend* [3A *xii*w]
- *Onscherpe gezichten buigen zich over protagonist en worden geleidelijk scherper* [3A *xi*p]
- *Hand tast vanuit het beddengoed naar rinkelende telefoon* [3A *yiii*n]

Toen Chris de taak kreeg toegewezen om films en series door te pluizen, op zoek naar ieder mogelijk cliché ('clichéblokjes') om ze vervolgens te catalogiseren en om te zetten tot een algebraïsch systeem, had hij gedacht dat het onmogelijk was. Hij had Engels gestudeerd aan Stanford; hij was dol op lezen en besteedde zijn weinige vrije tijd nog altijd daaraan. Maar het algebraïsch weergeven van clichéverhaallijnen bleek makkelijker dan hij had verwacht:

Protagonist in verhoogde toestand: i2
Protagonist in verminderde toestand: i/2
Protagonist, uitgesloten door anderen, voelt zich verminderd: i/2

i, de protagonist, begon zelfs iets snoeverigs te krijgen, als een echte held:

i!

Terwijl *a, b* en *c* daartegen magertjes afstaken – bijrolacteurs, die niet doorhadden dat het verhaal niet om hen draaide, en dat *i* onveranderlijk zou triomferen. Redding gegarandeerd in de wereld van de clichéblokjes.

'SweetSpot doet met de entertainmentindustrie wat MK met social media heeft gedaan!' had Sid Stockton opgewonden uitgeroepen tijdens dat eerste Zoom-gesprek, en Chris had fervent zitten knikken, maar moest na afloop 'MK' opzoeken. Dat verwees naar een antropologe, Miranda Kline, die bijna dertig jaar geleden 'het genoom van menselijke affiniteit' in kaart had gebracht en algoritmen had ontworpen waarmee gedrag kon worden voorspeld. Ze was beroemd geworden omdat ze, toen dat nog iets nieuws was, socialmediabedrijven de middelen had verstrekt om hun activiteiten te gelde te maken, al was ze daar niet trots op. In de interviews die Chris vluchtig had bekeken leek Miranda zich met het verstrijken van de jaren steeds minder illusies te maken. In het meest recente interview zei de vragensteller: 'Het lijkt wel alsof je er ondertussen een beetje "overheen" bent.' Kline, een vrouw van tweeënzeventig met zilvergrijs haar en een roodsatijnen blouse aan, wierp haar hoofd in haar nek en lachte. 'Ik vind het nog altijd fijn om te leven, als je dat bedoelt,' zei ze. En toen sprak ze een zinnetje uit dat door Chris' hoofd was blijven spoken: 'Maar ik ben mijn verleden zat.'

Chris dook op uit de ochtendvergadering in een opgefokte, trillerige triomftoestand die vreemd dicht tegen huilen aan zat. Te vroeg om victorie te kraaien; morgenochtend moest hij een tweede reeks algebraïseringen presenteren en hij was nog lang niet klaar. In zo'n staat van kunstmatige opgetogenheid (die bij dit werk vaak voorkwam) meed hij de daktuin van Sweet-Spot – waar bijen van de bedrijfsimker sluimerden in lavendelperkjes –, dus voegde hij zich bij de rokers, die voorbij een gele afscheidingsstreep, tien meter voor de ingang van SweetSpot, hun sigaret opstaken. De minachting die de rokers koesterden voor hun werkgever, de asociale sfeer; het paste allemaal griezelig precies in clichéblok IK*ii*p, *Losbandige buitenstaanders*. Zulke parallellen vielen Chris steeds vaker op, waardoor de hele wereld een vergelijkspelletje werd. Maar hij maakte zich er ook zorgen over; wat wilde het zeggen dat zoveel van zijn leven in vaste clichés kon worden beschreven?

Chris rookte niet; zijn aantrekking tot de rokers kwam voort uit zijn eigen narratieve rol – *Meewerkende bijfiguur* –, waarvan hij zich sullig bewust was geworden gedurende zijn twee jaar als clichéblokcodeerder. Zijn hele leven had hij bijrollen gespeeld in de drama's van anderen (behalve in D&D, waar hij meestal de potige leider speelde), te beginnen met Colin, al sinds zijn kindertijd zijn beste vriend, en eindigend bij Pamela, sinds kort zijn ex, wier heroïneverslaving hij niet had weten te bedwingen.

De meest losbandige buitenstaander onder de rokers, Comstock, leek alleen máár te roken; Chris had hem nog nooit in het gebouw gezien. Comstock, forsgebouwd en gehuld in leer, smoorde elke dreigende kuch met een slok uit een fles hoestsiroop, die hij ergens tussen zijn leerlagen had afgescheiden (na de pandemie tolereerden zelfs losbandige buitenstaanders geen gehoest). Tijdens een van hun zeldzame gesprekjes had Comstock Chris verteld dat hij voor SweetSpot bij de afdeling Diagnostiek werkte, die hij beschreef als 'een garage waar mensen die níét van Stanford komen hun handen vuilmaken'. Waarop Chris had geantwoord, in dezelfde geest: 'En wij zijn de luxepaardjes die eigenlijk niks presteren.' Dat was het juiste antwoord. Hij werd beloond met een grijns en iets wat in de buurt kwam van oogcontact.

'Gegroet,' zei Comstock nu, zijn vaste begroeting. Toen voegde hij eraan toe: '*Qué pasa, hombre?*'

Chris schrok van dat Spaans – was het een commentaar op zijn etniciteit? Hij leek op zijn vader, die inderdaad een latino was – een zelfhatende latino, pestte Chris hem graag, al was dat veel te overdreven. Maar je kon wel zeggen dat Bennie Salazar zijn Hondurese achtergrond had weggewerkt achter een *Tegendraadse houding* (IA*iii*p), beginnend op de middelbare school, hier in San Francisco. Als punkrocker en voorman van een band die, onvergeeflijk genoeg, The Flaming Dildos heette had zijn vader zich zo geschaamd dat hij nooit een vriend had meegebracht naar Daly City, waar hij woonde met Chris' grootmoeder (die daar nog altijd woonde) en een van de vier tantes van Chris, die een kind had gekregen terwijl ze nog op school zat.

Chris had Comstocks *Qué pasa* graag gepareerd met een stortvloed aan Spaans, maar zijn vader had er altijd op gestaan dat hij Frans moest kiezen. 'Hoe lang werk jij al voor SweetSpot?' vroeg hij dus maar.

'Te lang.'

'Een week dus?'

'Vijf jaar.'

Even voelde Chris de twijfel wriemelen. 'We bestaan toch pas drie...'

'Ik was er al voor het SweetSpot heette,' zei Comstock. 'Ik ken Sid al heel lang.'

Chris had nog nooit iemand ontmoet die Sid Stockton kénde; alleen anderen zoals hijzelf, die door Sid gebiologeerd waren geraakt. 'Waarom zit jij bij Diagnostiek als je Sid zo goed kent?' vroeg hij.

'Ik ben "geen teamplayer",' zei Comstock. 'Maar Sid kan me er niet uitgooien – ik weet waar de lijken begraven liggen.'

Chris voelde een bewustwording omhoog sidderen: de sensatie dat er een nieuwe ervaring op hem afkwam. Hij had het gevoeld toen hij Pamela voor het eerst zag, toen Colin werd ontslagen uit Sylvan Shires, een afkickkliniek aan de East Bay: de gewaarwording dat het opgewonden meisje met de bungelende hartvormige oorbellen hem naar nieuwe oorden zou leiden. Chris had Pamela aangezien voor een vriendin of familielid van de ontslagene, niet voor een verslaafde. Maar het gevoel was juist geweest: hij had nog nooit zo van iemand gehouden. En Pamela had van hem gehouden, of in ieder geval had dat zo geleken tot ze weer ging gebruiken, waarna Chris alleen maar machteloos kon zieden terwijl zij indutte bij de *Yu-Gi-Oh!*-tekenfilms die ze graag keek als ze high was, waarbij draden oranjekleurig smackspeeksel traag uit haar mond dropen. Chris kon schreeuwen, smeken, en soms huilen; in die toestand deed het Pamela niets, ze verwelkomde het allemaal met tedere, blinde euforie.

Comstock praatte – bij Comstock wilde dat zeggen dat hij woorden in Chris' richting schoof zonder naar hem te kijken. '... eindje rijden... Zin om mee te gaan...?'

'Ja hoor,' zei Chris in een reflex, want hij wist dat losbandige buitenstaanders een aanbod zelden tweemaal deden. Eigenlijk kon hij nergens heen – hij moest de rest van de dag doorwerken om zijn algebraïseringen de volgende ochtend af te hebben. Maar hij hoefde er nog niet vandoor te gaan. Naast Comstock liep hij heuvelafwaarts, weg van de blankhouten receptiehal van SweetSpot, die uitnodigend oprees achter de glazen wanden. Tussen de gebouwen aan de andere kant van de straat liep de 'junkensteeg', waar Chris – de keren dat hij had durven kijken – mensen een naald in hun kruis en hun hals had zien steken. SweetSpot beweerde dat het bedrijf niet ging over wat er aan de overkant gebeurde, maar de rokers hielden er een andere theorie op na: de directie tolereerde die onprettige symmetrie omdat de SweetSpotters zich daardoor niet buiten hun knusse citadel waagden.

De gedeukte zwarte Harley-Davidson van Comstock stond geparkeerd tussen een kudde fietsen, die naast de motor op angstige hertenkalfjes leken. Het moment was gekomen voor Chris om zijns weegs te gaan – of beter gezegd, er was een hele reeks momenten voorbijgekomen, maar allemaal hadden ze net iets te vroeg geleken. Comstock klopte op het zadel van zijn motor en nodigde Chris uit zelf de gloednieuwe leren bekleding te ervaren. Chris stapte op, wetend dat het moment nu toch werkelijk daar was, en tot zijn verrassing wipte Comstock op het zadel voor hem, verbazend lenig voor zo'n grote man, zodat hun bovenlijven een ontwapenende eenheid vormden. Comstock gaf gas en de motor schoot vooruit, zodat Chris gedwongen werd het warme middenrif van zijn kennis vast te grijpen om niet in een achterwaartse salto de straat op te kieperen. Ze schrokten een heuvel op en doken voorbij de top weer omlaag, gemangeld door de wind en de bevende, gierende trillingen van het voertuig. Chris was doodsbang. Hij had maar weinig ervaring met fysiek gevaar; zijn ouders hadden hem, ernstig en eensgezind, geleerd dat zijn jonge leven kostbaar was, en die les had hij goed onthouden.

En toch, toen het hem eindelijk lukte een klein beetje te relaxen – zijn kaken, biceps, buik, benen en voeten te ontspannen en zich open te stellen voor deze tocht, die zo'n donderend lawaai maakte dat de gebouwen die ze passeerden eigenlijk ineen hadden moeten storten – ervoer Chris een schokkende vreugdestoot. Hij gaf zich over aan de rit – het snokkende stijgen en zwevende dalen, de bochten die onder zulke extreme hoeken werden genomen dat het wegdek zijn schouder streelde. Hij voelde een opgetogenheid die zo puur was, zo weinig van doen had met de trillerige triomfjes op het werk, dat het als iets nieuws voelde. Was hij depressief geweest? De afgelopen vijf maanden werd hij gekweld door een gevoel van mislukking, sinds de keer dat Pamela in het toilet van een Starbucks een overdosis had genomen en met naloxon moest worden gereanimeerd. Haar moeder was naar San Francisco komen rijden, had Pamela geholpen met inpakken, en was weer terug naar Nebraska gereden. Pamela had Chris een berichtje gestuurd dat ze even niets van zich zou laten horen: 'Ik moet me gewoon richten op gznd worden...' Daar viel toch niets tegenin te brengen? Alleen had ze nu, volgens haar socialmediakanalen (die Chris beter bijhield dan de zijne), alweer een behandelprogramma afgerond en had ze samen met een Ultimate Frisbee-speler die Skyler heette ringtatoeages laten zetten.

Hij had gefaald, maar hoe? Had hij gefaald Pamela te genezen? Gefaald voldoende te zijn – in bed, in haar leven – om te voorkomen dat ze weer ging gebruiken? De waarheid leek dieper, vreemder: hij had gefaald samen met haar tot rampzaligheid te verzinken. Vergeleken met Pamela's kindertijd, verwoest door seksueel misbruik, door een oom die nu in gevangenis zat, was de zijne lachwekkend gemakkelijk geweest. De enige droefenis – de scheiding van zijn ouders, toen hij acht was – was tot nietigheid verzacht door de komst van zijn oom Jules, die bij hen kwam wonen. Jules was een schrijver met een writer's block, waardoor hij veel tijd overhad om terwijl Chris op school zat een Yeti-grot van lego te bouwen, om tweemaal per week een D&D-bijeenkomst te organiseren voor Chris en Colin en, toen ze ouder waren, ze naar een voormalig meisjespadvinderskamp in New Jersey te rijden waar alledaagse lieden zich verkleedden als Tovenaars, Duistere Elfen en lichtblauwe Naiaden; waar Chris en Colin om de beurt doodsbange dorpelingen, passerende marskramers of (het beste van allemaal) met ingewanden besmeurde monsters speelden, die op landweggetjes nietsvermoedende reizigers besprongen, waarbij fonteinen denkbeeldig bloed echte sneeuwheuvels bevlekten.

Door dat alles zat Chris onherroepelijk, onwankelbaar goed

in zijn vel; hij was afgeschermd van moeilijkheden, zoals de SweetSpotters dat waren van de doffe ellende in die steeg aan de overkant. Dat hij Pamela was kwijtgeraakt had een schaduw van verdriet achtergelaten, waaraan hij zo gewend was geraakt dat het hem niet meer opviel. En nu was die schaduw verdwenen.

Langzaam drong het tot zijn bewustzijn door dat ze over een grote weg scheurden, en plots was er een vlaag ongerustheid. Hij moest terug! Hij probeerde zich om Comstocks bovenlijf heen te buigen, om iets in zijn oor te schreeuwen als 'Gast, waar rijd je in godsnaam naartoe?', maar een woeste wind dook zijn mond in, dreigde zijn hoofdhuid los te rukken en die als een kussensloop de heuvels in te blazen. Hij probeerde in hurkzit te komen, zodat hij de vraag in Comstocks oor kon brullen, maar dat bleek onmogelijk, want Comstock droeg een helm – en Chris niet! Dus klampte hij zich vast en hield vol, waarbij hij zichzelf verzekerde dat zijn beproeving precies paste in *Saaie piet, meegesleept door schavuit, voelt zich plots opgetogen* (2P *vii*), een clichéblok dat stevig verankerd zat in het comedygenre. Ze reden over Highway 101; links van hen glansde de opaalkleurige East Bay, rechts rezen de uitlopers van de bergen op, met mist die aan de toppen kietelde. Chris kende dit stuk weg van zijn ritten naar het vliegveld.

Inderdaad cirkelden ze algauw rond de terminals van San Francisco International Airport. 'Wat doen we hier?' lukte het Chris te schreeuwen toen Comstock de motor stilzette om op zijn telefoon te kijken.

'Haar vliegtuig is al een paar uur geleden geland. Ze is pissig.'

Meteen daarna zag Chris *haar* bij de stoeprand staan, onmiskenbaar in zwart leer, met zwarte lippenstift, en een blik vol kokende woede. Comstock liet de motor naar haar toe stuiven, sprong eraf, en begon haar vol op haar mond te zoenen, terwijl Chris zedig wegkeek. Toen volgde het geluid van *haar* geschreeuw tegen Comstock, in een taal die Chris niet direct herkende – Russisch, misschien? Auto's stopten naast de stoeprand, en hij hoorde politiefluitjes. Onder hem stond de motor te draaien.

'Hier, rijd hem een beetje vooruit,' zei Comstock en Chris keek achter zich, ervan overtuigd dat Comstock het tegen iemand naast hem had, iemand die kon motorrijden (IZ*iii*p) – maar nee, hij had het tegen Chris.

'Ik kan dit ding niet besturen,' sputterde Chris.

'Kom er dan maar af.'

Dat deed Chris maar al te graag, en meteen kreeg hij het gevoel dat hij van steen was geworden. Stress en frustraties, tot nu toe door het pure bewegen verhuld gebleven, besprongen hem. Wat deed hij in godsnaam op het vliegveld? Hoeveel tijd had dit hem gekost? Bij het schrikbeeld van Jarred die meteen op de kleinste tegenstrijdigheid in zijn werk dook duizelde het hem.

Comstock hielp zijn vriendin opstappen, ze gaf gas en spoot naar de hoek van de terminal. Comstock kwam haar achterna met haar enorme, gehavende koffer van grijs industrieel plastic. De wielen leken geblokkeerd, en Comstock moest hem over de stoep sleuren. Er viel Chris een overduidelijk logistiek probleem op: er pasten met geen mogelijkheid drie mensen op Comstocks motor, en al helemaal geen buitenmaatse koffer.

'Luister, ze wil echt per se rijden,' mompelde Comstock van opzij tegen Chris. 'Als ik nou achterop ga, dan volg jij ons in een taxi, met de koffer.'

Chris had geen idee hoe hij dit absurde voorstel precies moest afwijzen: nee, ik neem een taxi zónder die koffer...? Nee, ik wil per se achter op jouw motor bij een vrouw die ik nog nooit ontmoet heb...? Het absurde lag erin dat hij zichzelf überhaupt hierheen had laten sleuren.

Met een kwaad gezicht liep Chris de taxi's af. Eindelijk hees een chauffeur de koffer zijn bagageruimte in en Chris klom de wagen in en knalde het portier dicht, om zijn woede te onderstrepen. Daarom zat hij nijdig op de achterbank terwijl Comstock, in de rol van de volwassene, met de chauffeur praatte. Maar ten slotte kwam hun bonte karavaan in beweging; Comstocks vriendin had de helm op en bestuurde de motor terwijl Comstock, blootshoofds, zich aan haar vasthield. Toen ze eenmaal van het vliegveld af waren en noordwaarts over de I-280 reden, begon Chris te kalmeren. Mocht het nodig zijn, dan had hij de hele nacht om zijn presentatie af te maken, en meer dan genoeg Adderall van Colin, die zelfs afgekickt uitstekende drugsconnecties onderhield.

Chris scrolde door clichéblokken 3B*i*-3B*xii*, waaronder:

- *Grappige beste vriend geeft protagonist op ernstige toon verstandig advies*
- *Make-over-montage gevolgd door verbijsterde blikken*
- *Partner die protagonist heeft verstoten schiet op cruciaal moment te hulp*
- *Publiek geeft onverwacht een staande ovatie*

'Wat denkt ze dat dit voor wagen is?' zei de taxichauffeur.

Chris keek op, en bekeek de man voor het eerst als een persoon: lang grijs haar, grauwig gebruind, *tchotchkes* bungelend aan de binnenspiegel, een wierookstokje op het dashboard. Een *typetje*. 'Die vriend van jou denkt dat hij James Bond is,' merkte de chauffeur op. Chris grinnikte beleefd en richtte zich weer op zijn lijst, maar algauw begon de chauffeur weer te praten, ditmaal op nadrukkelijker toon. 'Ik kan ze niet bijhouden. Zeg maar gewoon waar ik naartoe moet.'

'Dat... dat weet ik niet precies. Heeft hij dat niet gezegd?'

'Hij zei dat ik die motor moest volgen.'

Chris had aangenomen dat ze naar SweetSpot gingen, maar nu hij erover nadacht leek dat onwaarschijnlijk. 'Kun je niet gewoon een beetje... harder gaan rijden?' vroeg hij. 'Ik weet niet honderd procent zeker waar ze heen gaan.'

'Het is de pest voor mijn schokdempers. En de radiateur kan oververhit raken.'

'Luister, je krijgt hier een geweldige fooi voor,' zei Chris, maar zodra hij over geld begon kwam er een nieuw, onaangenaam besef bij hem op: als ze die motor niet bijhielden, zou híj de buitensporige ritprijs moeten betalen.

'Voel je dat gewiebel?' zei de chauffeur. 'Dat betekent dat de motor het zwaar heeft. De olie moet toch al ververst worden, en ik heb vorige week driehonderdtwintig dollar uitgegeven aan nieuwe schokdempers.'

Chris bleef ongeduldig knikken gedurende dit vehiculair-hypochondrische verslag. De chauffeur, zo besefte hij, was *a*: de bijrolspeler die ten onrechte denkt dat hij de protagonist is. Chris haakte zijn blik aan het leren jack van Comstock en zond verwoede mentale commando's tot omkeren uit. Maar Comstock keerde niet om – misschien kon hij dat niet; misschien vertrouwde hij erop dat *zij* de taxi in de gaten zou houden. Wie wist wat ze dachten – het waren volslagen vreemden! Hij en Comstock hadden elkaar nog nooit aangekeken!

'Hoor je dat geklik? Dat lage gezoem?'

'Luister, je hoeft niet je hele taxi aan me uit te leggen,' zei Chris. 'Je hoeft hem alleen maar te besturen. Als we die motor kwijtraken, zitten we in de puree.'

'Ik niet. Ik zit niet in de puree.'

'Ik heb mijn portefeuille niet bij me. Als we die motor kwijtraken, word jij niet betaald.'

Zelfs als dat waar was, en dat was het niet, was het geen echt dreigement; hij kon natuurlijk gewoon met zijn telefoon betalen, al wist deze boomerchauffeur dat misschien niet. Chris had de chauffeur er alleen maar aan willen herinneren dat hij *a* was, niet *i*, en dat hij zijn kop moest houden en zijn werk doen. Er volgde een norse stilte, die Chris even geruststelde, tot hij doorkreeg dat *a* aangaf dat hij van baan ging wisselen, een afrit op. 'Wat doe jij nou in godsnaam?' brulde hij. De motor was bijna niet meer te zien.

'Geen geld, geen ritje.'

'Natuurlijk kan ik je wel betalen. Ik heb er geen zin in, maar ik kan het wel.'

Maar er was een breuk ontstaan tussen *a* en *i*.

$$a \neq i$$

$$a \longleftarrow \longrightarrow i$$

$$i$$

En zo kwam het dat Chris plots eenzaam langs de straat stond, naast de koffer van een vreemde, bij een vlammende zonsondergang, in wat hij nu als Daly City herkende. Hij stond zichzelf één gefrustreerde loeikreet toe, wat hem wantrouwende blikken opleverde van de forenzen die uit het BART-station kwamen. Toen kalmeerde hij. Tenslotte had híj geen probleem, zíj had een probleem. Chris had geen cent uitgegeven, de koffer was in prima staat, en volgens zijn telefoon was acht zijstraten verder het huis van zijn grootmoeder. Ze had hem gesmeekt te komen eten, en hij stierf van de honger. Abuela ging 's avonds vaak schaken, maar een paar snelle tekstberichtjes bevestigden dat ze thuis was, en op het punt stond kippenstoof te serveren aan Chris' nicht Gabriella, op bezoek uit Fresno. Dat laatste nieuwtje zette een domper op Chris' triomfgevoel; nicht Gabby mocht hem niet. Niettemin hield het feit dat hij zo geboft had met deze afloop hem acht heuvelige zijstraten lang op de been, terwijl hij de koffer langs identieke huizen sleepte, die zich onderscheidden door hun uitzinnige beschildering – felroze, ijsblauw –, waarbij de zonsondergang het psychedelische effect versterkte.

Abuela stond hem op te wachten bij de deur van haar grijsgroene huis en wikkelde hem in een breekbare omhelzing, gementholeerd door de sigaretten die ze op haar zesentachtigste nog altijd rookte, ondanks de tirades van Chris' vader. Ze was tenger en fragiel en droeg enkel kleren van Celine, elegante gebreide blauwe en beige vesten, dunne gouden kettingen om haar hals. Haar haar, waar ieder vermoeden van grijs was uitgebannen, lag gespeld in een brede knot op haar achterhoofd. Iedere dag schaakte ze, meestal de hele dag, en ze vond dat je die strijd in volledige uitrusting moest aangaan. Als meisje in Honduras was ze schaakkampioene geweest, maar als moeder van vijf kinderen, in een vijandig land, waar ze op haar vijfendertigste weduwe was geworden, had ze dat moeten opgeven. Pas toen de vader van Chris, haar jongste, op de middelbare school zat, en 'zich schaamde om thuis te komen' zoals Abuela vaak klaagde, begon ze weer te spelen, en na verloop van tijd had ze voldoende prijzengeld bij elkaar om haar baan bij de gemeente op te zeggen en een huisje te kopen. Daarna raakte Abuela op een zwemyogaklasje voor ouderen bij de YMCA bevriend met een vrouw wier zoon zich met alternatieve valuta bezighield. Via hem begon ze wat van haar prijzengeld – en ten slotte haar volledige kapitaal – te investeren in bitcoin. Toen de koers piekte verkocht ze alles, wat haar onnoemelijke miljoenen opleverde (onnoemelijk omdat ze weigerde te vertellen hoeveel), waarvan ze een deel, via een anonieme veiling, in een schilderij van Piet Mondriaan had gestopt. Chris vond het kunstwerk er maar gewoontjes uitzien: witte vierkanten en blokken in basiskleuren. Maar voor Abuela was die geometrie een onuitputtelijke bron van meditatieve hernieuwing. 'Als ik het hier niet meer weet, ga ik daarheen,' zei ze altijd graag. 'Problemen zijn eenvoudiger in twee dimensies.' De Mondriaan hing onverzekerd in haar huiskamer; zelfs na installatie van een alarm achtte iedere verzekeraar die ze raadpleegde het huis te onveilig. Abuela weigerde te verhuizen. 'Die lui weten het verschil nog niet tussen een Mondriaan en een meringue,' had Chris haar over haar buren horen zeggen. 'Moet je zien hoe ze hun huizen geschilderd hebben!'

De vader van Chris weigerde in een kamer met een onverzekerde Mondriaan te zitten, en deze impasse tussen moeder en zoon leidde ertoe dat ze altijd naar een restaurant gingen wanneer zijn vader op bezoek kwam uit New York – vaak vergezeld door Chris' stiefmoeder, Lupa, een natuurfotografe die zich specialiseerde in insecten.

'Waarom geniet je niet gewoon van de schoonheid van mijn Mondriaan,' – Abuela sprak het met Europese zwier uit – 'in plaats van zo'n stennis te schoppen?'

Die vraag stelde ze een paar maanden geleden aan Chris' vader, toen ze met zijn vieren zaten te eten in een restaurant in North Beach, vlak bij de oude Mabuhay Gardens, een reeds lang geleden ter ziele gegane punkclub waar de band van zijn vader, The Flaming Dildos, eenmaal had opgetreden, in 1979.

'Ik zie geen schoonheid. Ik zie een kale plek, en God weet hoeveel miljoen door de plee, als een of andere vandaal hem van je muur afrukt,' antwoordde zijn vader. Chris en Lupa rolden eensgezind met hun ogen.

'Benicio,' zei Abuela streng. 'Je jammert over een gebeurtenis die zich niet heeft voorgedaan. Kan het maller?'

'Ja, dat kan: een onverzekerde Mondriaan aan de muur hangen!'

Hun gekibbel had iets van een toneelstukje, een vleugje *Heethoofdig kind gaat tekeer tegen kalme ouder* (2P*xix*l), waardoor Chris betwijfelde of ze, zonder hem en Lupa als publiek, de moeite zouden hebben genomen.

'Weet je,' zei Abuela met een zijdelingse blik naar Chris, 'ík heb zijn hanenkam gestreken. Voor de punkrock.'

'Gaan we weer,' zei zijn vader.

'Op mijn strijkplank. Met mijn Aqua Net-haarlak. Hij zou zijn kop geschroeid hebben.'

'Ik weet het nog,' zei Chris.

'Iedereen weet het nog,' snoof zijn vader. 'Daar zorg jij wel voor.'

'Hij leek wel... een monster, waar de kinderen bang voor zijn,' zei Abuela, terwijl ze vol liefde naar Chris' vader keek. 'Maar ik deed het, en waarom?'

'Om hem gelukkig te maken,' rondde Lupa het verhaal af.

Na het avondeten waren ze langs de oude Mabuhay Gardens gereden. The Flaming Dildos waren de eerste van een hele reeks openingsacts geweest, en ter verwelkoming werden ze met afval bekogeld. Chris had tevergeefs naar video-opnames van het optreden gezocht (wat een wereld was dat geweest, met zo weinig camera's!). Als hij had meegedaan aan het Collectief Bewustzijn, dan zou hij het concert ongetwijfeld vanuit vele verschillende gezichtspunten hebben kunnen meemaken. Maar Chris deinsde terug voor Greep op uw onbewuste – in een drastische breuk met zijn generatiecohort. In de wereld van Chris was Bix Bouton een god, maar Chris schaarde zich heimelijk (heel heimelijk) bij de boomers die Mandala's 'memorevolutie' met existentiële afschuw aanschouwden. Het was misschien wel het enige waar hij en zijn vader het over eens waren.

Het optreden van de Dildos was voor Chris verloren gegaan, maar de uitlopers ervan strekten zich over drieënveertig jaren uit, tot in zijn huidige leven: Scotty Hausmann, de folklegende die een paar jaar geleden de carrière van zijn vader nieuw leven had ingeblazen, was de zanger van The Flaming Dildos geweest. Lou Kline, wijlen de platenbaas, had het concert van de Dildos bijgewoond en Chris' vader na afloop onder zijn hoede genomen. Roxy, de dochter van Lou, een labiel wezentje dat in San Francisco woonde, kwam soms bij Chris en zijn vader eten. Maar het meest schokkende verband had hij pas onlangs ontdekt, bij toeval, toen Miranda Kline, de antropologe, steeds ongenood in zijn gedachten opdook. Na enig graven in haar levensloop was Chris erachter gekomen dat ze in de jaren zeventig kortstondig *getrouwd was met Lou Kline*! Dat feit zorgde voor een griezelig gevoel van herkenning – van confrontatie, zelfs – alsof Miranda Kline van een afstand naar Chris stond te zwaaien, of te knipogen.

Abuela bond een schort met Mondriaan-opdruk over haar jurk en schepte kippenstoof in kommen met Mondriaan-opdruk. Haar Mondriaan-waar omvatte kaarsenstandaards, vazen, paraplu's, theebladen, glazen, placemats, handdoeken, kussentjes, ingelijste posters, salontafelboeken en een geborduurd voetenbankje – dat alles vormde, naar haar idee, een slinkse, ondoordringbare camouflage. 'Niemand met een echte Mondriaan zou ooit zulke rommel aanschaffen,' zei ze altijd.

'Was je op reis?' riep Gabriella naar Chris terwijl ze onderuitgezakt aan de eettafel zat, wachtend tot hij haar zou bedienen. Ze tuurde naar de koffer die hij – onopvallend, hoopte hij – naast de voordeur had gezet.

'Die is niet van mij,' antwoordde hij.

'Dat moet je toch nooit doen? Bagage van andere mensen vervoeren?' Onder het spreken sidderde ze zichtbaar van genoegen.

'Ik ga niet vliegen.'

Gabriella was zwaarlijvig, met een mooi, peinzend gezicht. Haar moeder, Chris' tante Laura, was naar verluidt diep verbolgen geweest op Chris' vader, het gekoesterde kind en de enige zoon, die gepamperd werd, zijn hanenkam gestreken, terwijl Laura thuis zwoegde als tienermoeder. Het was Laura sindsdien voor de wind gegaan, en ze bezat nu een timeshare-huis in Schotland, waar ze de halve zomer ging golfen. Maar haar wrok was doorgesijpeld naar Gabriella, die Chris dat bij iedere ontmoeting liet voelen.

'Wat voor werk doe je nou?' vroeg ze hem toen ze allemaal zaten. 'Maak je apps?'

'Niet precies.'

'Dat doet iedereen toch die afgestudeerd is aan Stanford? Apps maken?'

'Weet jij beter dan ik.'

'Ik heb geen idee. Ik heb aan Chico State gestudeerd.'

'En wat doen mensen die van Chico State komen?'

'Die worden gevangenisbewaarder. Geintje, geintje,' zei ze al knipmessend, want Abuela tolereerde geen enkele vorm van zelfmedelijden. En trouwens, Gabriella was een succesvolle apotheker.

'Met welk product is jouw bedrijf bezig, Christopher?' vroeg hun grootmoeder, en ze keek hem aan met haar kalme, opmerkzame ogen.

'Dat... weet ik niet precies,' zei Chris. Hij had nooit tegen zijn Abuela kunnen liegen, of zelfs maar jokken. 'Ik bedoel, we zijn een entertainmentbedrijf. Maar wat ik vooral doe is verhalen in vaak voorkomende stukjes opdelen, en die stukjes weer in kleinere stukjes, die ik...' – 'veralgebraïseren' kreeg hij niet over zijn lippen – 'waar ik een soort diagram van maak. Ik denk dat het idee is...'

Wat was het idee? Om kunst te maken – of een mánier te maken om kunst te maken – maar voor zover Chris wist was er geen eindproduct in zicht. Hij had geprobeerd Aaron, zijn baas, te vragen waar hun werk uiteindelijk precies toe moest leiden, maar Aaron had simpelweg geantwoord, op zijn bijlslagtoon: 'DNA.'

'Hoe bevalt dat werk je, Christopher?' vroeg Abuela.

'Ik vind het geweldig,' zei hij fel.

Gabby had zich aan hun lieflijke onderonsje onttrokken door naar de wc te gaan. Nu bleef ze staan om de koffer te bestuderen. 'Wat zit erin, Chris?' riep ze. 'Ik ruik zoutzuur.'

Chris rolde met zijn ogen, maar zijn grootmoeder stond vlug op van haar stoel.

'Ooo, die zou ik maar uitmaken, Abuela,' zei Gabby, want hun grootmoeder had haar minieme portie stoof op en genoot van een van de ranke mentholsigaretten die ze op de zwarte markt kocht, nu de FDA ze had verboden. 'We willen geen ontploffing.'

Abuela verplaatste zich gezwind naar de keuken en doofde haar sigaret onder de kraan. 'We moeten die koffer maar buiten zetten,' zei ze.

'We moeten de politie bellen,' stelde Gabby voor.

'Nee!' zeiden Chris en hun grootmoeder eenstemmig. Abuela, wist hij, had er een hekel aan haar anonimiteit in gevaar te brengen, want ze dacht dat die haar schat beschermde, en Chris wilde niet door het wettelijk gezag verantwoordelijk worden gehouden voor de onbekende inhoud van de koffer.

'Luister, ik kan hem mee terug nemen naar de stad,' zei hij met een zucht. 'Ik kan nu meteen een Uber bellen.' Dat was pure bluf; hij dacht dat Abuela per se zou willen dat hij bleef om zijn stoof op te eten. Maar dat bleek een misrekening.

'Ik denk dat dat het beste is,' zei ze met tegenzin. 'We kunnen samen buiten op de taxi wachten. Met de koffer.'

'Ik eet nog even mijn bord leeg,' zei Gabby. 'Leuk je weer eens te zien, Chris.' Ze grijnsde, en waarom ook niet? Het was haar gelukt hem uit het huis te verbannen.

***

Het was donker toen de Uber van Chris voor SweetSpot Networks stopte. Hij zocht naar Comstock, maar er stonden geen rokers buiten – hij bedacht dat hij die 's avonds nooit had zien staan. Tijdens de rit had hij gefantaseerd hoe hij de koffer in de bagageruimte van de Uber zou achterlaten, maar nu deinsde hij terug bij die gedachte, net als bij het idee hem naar zijn appartement in het Richmond District te brengen. Niet dat hij vanavond nog naar huis zou gaan – hij zou de hele nacht moeten doorwerken om zijn presentatie morgenochtend klaar te hebben. Voor zulke gevallen had hij een stel schone kleren in zijn werkhokje, en Adderall.

Hij verliet de Uber zonder naar de ritprijs te kijken – hij wilde het niet weten. Toen hij de koffer naar de glazen schuifdeuren van SweetSpot sleepte, zag hij dat er vonken opspoten waar de wielen over de stoep schraapten. Allejezus! Hij tilde de koffer op, en merkte voor het eerst hoe onnatuurlijk zwaar die was. Hij was zo groot dat een compacte volwassene in foetushouding erin had gepast.

'Wauw,' zei Dieter, een van de nachtbeveiligers, toen Chris met zijn onhandelbare vracht door de glazen schuifdeuren kwam.

'Ken jij Comstock?' hijgde Chris. Het neerzetten van de koffer was zo'n inspanning dat het zweet van zijn voorhoofd in zijn ogen droop. 'Een man die Comstock heet? Rijdt op een Harley. Staat vaak buiten te roken.'

'Die moeten we openmaken,' zei Frank, de *Bad Cop*.

'Kun je hem niet gewoon... door de machine halen?'

'De machine kan alleen bepaalde dingen zien,' zei Dieter, de *Good Cop*. 'En sowieso past hij er niet doorheen.'

'Wat zit erin?' vroeg Frank.

'Hij is van de vriendin van Comstock,' zei Chris. 'Ze komt uit een ander land, Rusland, denk ik. Ik ben samen met Comstock op zijn motor naar het vliegveld gereden om haar op te halen, maar ik heb in mijn eentje een taxi terug genomen, met haar bagage.'

De bewakers luisterden met lege aandacht, alsof ze wachtten op iets zinnigs waar ze hun begrip aan vast konden haken.

'Ik maak liever geen koffers van anderen open,' zei Chris, maar dat was zacht gezegd: hij werd al duizelig van angst bij de gedachte. 'Kan ik niet gewoon... naar boven gaan? En dit hier achterlaten voor Comstock?'

'Wij kennen geen Comstock,' zei Frank.

'Kunnen jullie niet in het personeelsbestand kijken?' zei Chris ongeduldig. 'Hoeveel Comstocks zullen er hier nou werken?'

'Er is geen personeelsbestand,' zei Dieter. 'Het bedrijf is te snel gegroeid. Kun je die Comstock geen berichtje sturen? Of hem bellen?'

'Ik heb zijn nummer niet.'

Er viel een stilte, die zich verhardde. Chris voelde hoe de vreemdheid van het probleem op hun drieën begon te drukken.

'Ik moet je vragen die koffer uit het gebouw te verwijderen,' zei Frank op formelere toon.

'Voorbij de scheidslijn,' zei Dieter, verontschuldigend. 'Dat is het beleid.'

Zonder nog iets te zeggen sleepte Chris de koffer terug door de schuifdeuren, het donker in. Mist tuimelde vanaf de zee de stad in en de straatlantaarns gingen kopje-onder. Toen hij hoorde hoe de schuifdeuren zich dicht fluisterden, was het alsof hij werd afgesneden van *Good Cop/Bad Cop*, en het hele verhalenuniversum waarin ze thuishoorden. Zijn avontuur had geen komisch besluit weten te vinden. Er had zich een genrewisseling voorgedaan, en de malle verwikkelingen waren ernstig geworden. Of had die somberheid er voortdurend achter gelegen?

Zonder op de vonken te letten sleepte Chris de koffer voorbij de gele scheidslijn en ging daar staan wachten. Frank kuierde naar het raam om te kijken of hij had gehoorzaamd, en liep toen terug naar Dieter. Chris kon ze horen lachen.

$$i \$ (a + b) = i/2$$

Hij voelde een stuip van zelfverachting toen hij bedacht wat zijn plichtsgetrouwheid hem had gekost: die klotekoffer was het bewijs. Hij kon zichzelf er niet toe brengen hem achter te laten, open te maken, of mee naar huis te nemen. Hij kon alleen maar hier ermee staan wachten tot Comstock zou terugkeren.

Nu en dan naderden groepjes SweetSpotters het gebouw. 'Kom je mee?' vroegen degenen die Chris kenden.

'Zo meteen,' zei hij telkens, en dan gingen ze naar binnen zonder om te kijken.

$$i \$ (a, b, c...)$$

Lange tijd gebeurde er niets, en Chris' gretige verlangen naar het geluid van een Harley maakte dat hij steeds motorgegrom dacht te horen. Iedere keer bleek het niets te zijn. Zijn benen begonnen zeer te doen. Hij overwoog boven op de koffer te gaan zitten, maar het explosiegevaar weerhield hem daarvan. Hoe dan ook, Frank zou het wel uitvogelen. Of toch Dieter? Misschien was Dieter de kloothommel en Frank de meeloper. Misschien waren het niet eens echte mensen, maar machines, geprogrammeerd om de clichéblokjes op te voeren die Chris de afgelopen twee jaar had veralgebraïseerd. Geen enkele perversie leek hem te bont.

Chris merkte hoe duister zijn gedachten waren geworden, en sprak zichzelf toe: Comstock bestond nog altijd. Hij was ergens, nu – lag ongetwijfeld *haar* te naaien. Ze zouden onvermijdelijk weer opduiken om de koffer op te halen. Morgen rond deze tijd zouden alle losse eindjes van dit verhaal aan elkaar geknoopt zijn – waarschijnlijk met gelach, wellicht met nieuwe vertrouwelijkheid en een opbloeiende vriendschap. Zo ging dat met *Meewerkende bijfiguur*, wist Chris uit ervaring.

Ten slotte, uit pure uitputting, sleepte hij de koffer naar de overkant van de straat en sloeg de steeg in, waar geen licht van de straatlantaarns was. Beschermd door het duister leunde hij tegen een muur en liet zich omlaag naar de grond glijden. God, wat fijn om te zitten. Hij legde de koffer op zijn kant en vlijde zich eroverheen, zijn gewicht op het harde plastic. Hij kon de entree van SweetSpot goed zien en zou het meteen weten als Comstock arriveerde. Maar hoe langer Chris wachtte, met zijn blik gehecht aan de glazen schuifdeuren, die soms opengingen om een werknemer op te nemen of uit te spuwen, een werknemer die grotendeels hetzelfde was als hijzelf, hoe meer het glanzende interieur achter die deuren een onbekend oord begon te lijken. Chris was verbannen, of hij had zichzelf verbannen. *Ik ben mijn verleden zat.* Hij zou nooit meer terugkeren.

$$i \neq (a, b, c...)$$
$$i \leftarrow\ \rightarrow (a, b, c...)$$
$$i$$

De nacht was vol misthoorngeluiden. Chris had gehoord dat schepen die niet meer nodig hadden; het was iets nostalgisch. Een clichéblok. Hij deed zijn ogen dicht en probeerde aan de tonen te horen of de geluiden communicatief waren of puur decoratief. Hij wilde dat ze echt waren! Nu zijn oren zo scherpgesteld waren, begon hij beweginkjes om hem heen op te merken, gemurmel, gezucht en kleine verschuivingen vlakbij. Hij sperde zijn ogen open. Nu die gewend waren aan het duister zag hij dat de steeg bekleed was met tientallen lichamen die tegen de muren aan hingen, alleen en in tweetallen; een paar lagen uitgestrekt op de grond, alsof ze daar waren gevallen of neergesmeten. De greep van de angst die hem besprong werd algauw minder, en Chris ontspande zich in het bijzijn van zijn nieuwe metgezellen. Hun gezichten waren kalm en drukten volkomen vrede uit. Hij boog zijn hoofd achterover om naar de lucht te kijken, die schitterend verscheurd was, gewassen en gezalfd door de mist, en zag in zijn verbeelding hun opiumdromen opstijgen naar de hemel.

DUMP

De scheidslijn:

Erna

Als ik echt keihard moet huilen ga ik naar de Dameskleedkamer waar in het weekend nooit iemand is omdat de Tennismoeders al aan het tennissen zijn en de Golfmoeders aan het golfen en de Moeders Met Kleine Kinderen mogen ze niet meenemen naar de Dameskleedkamer omdat kinderen minstens dertien moeten zijn dus dit is de eerste zomer dat ik oud genoeg ben en deze ruimte heeft iets kalmerends, misschien door de zachte vloerbedekking of al die lotions en crèmes bij de spiegels of misschien komt het door het geluid, net iemand die één noot neuriet, *mmmmmmmmmmmmmmmmmmmmmmmm,* waardoor ik er beter tegen kan dat Stella mijn beste vriendin me WEER DUMPT, dat gaat al zo sinds de basisschool want Stella laat je alleen niet vallen als je doet alsof het je niks kan schelen en het kan me WEL SCHELEN, het is te laat om nog nieuwe vrienden te maken, de andere groepjes moeten me niet want Stella is gemeen en ik heb ook gemeen gedaan omdat ik vriendinnen wilde blijven en gewoon POPULAIR ZIJN en BIJ DE TOP HOREN want alleen dan hoef je niet steeds bang te zijn wat er achter je rug gebeurt zoals nu net bij de Snack Shack waar ik met Stella en Iona stond te wachten tot onze tosti's klaar waren toen Chris Salazar en Colin Bingham langs kwamen lopen en Stella en Iona GLIMLACHTEN STIEKEM NAAR ELKAAR en toen ik probeerde mee te glimlachen keken ze allebei weg en HIELDEN HUN LACHEN IN en dat betekent dat Stella OP FACEBOOK ZONDER MIJ ERBIJ CHAT over Chris Salazar die ze altijd al leuk heeft gevonden.

Vroeger, toen we nog naast de familie Salazar woonden, was

Stella altijd van *Molly, zie jij Chris Salazar weleens als hij thuis is?* en dan was ik van *Nee er staan bomen tussen onze huizen* en dan was zij van *Maar weet je waar zijn kamer is?* en ik weet niet waarom maar dan was ik van *Nee*, maar ik wist het wel want ik was er Vroeger, toen we naast ze woonden, naar een cocktailparty geweest. De kamer van Chris zit aan de voorkant en er staat een groene lamp voor zijn raam en soms als ik 's avonds Biscuit onze nieuwe Welsh corgi uitlaat en we komen langs ons oude huis waar we niet meer wonen omdat mam en pap Gescheiden zijn, dan kijk ik of die groene lamp brandt en dan weet ik dat Chris Salazar nog wakker is en misschien ben ik ook wel verliefd op hem.

Nadat Stella en Iona en ik onze tosti's hadden gekregen liepen we ermee naar de Kruidentuin waar Stella graag eet en ik bleef staan om mijn sandaal goed te doen en Stella en Iona LIEPEN GEWOON DOOR EN WACHTTEN NIET OP ME en toen ik opstond waren ze al ver weg en ik had moeten rennen om ze in te halen en dat is lastig als je met een tosti loopt, en ik wist dat ze zouden zijn van *O. Hoi Molly*, want ze moesten me niet, dus liep ik de andere kant op naar de Dameskleedkamer om te huilen.

En waarom is Stella dan nummer één? Nou ja, wie snapt er nou iets van Populariteit, al wordt het vast op Universiteiten bestudeerd, de familie van Stella is rijk maar kom op, niemand is hier arm, ze is ontzettend knap met dik bruin haar en groene ogen maar dat is 'het' toch niet want er zijn meisjes die net zo knap zijn maar die hebben niet dat elektrische. Als Stella jou haar volle aandacht geeft zijn de kleuren letterlijk feller, je hoeft niet te rennen of te ruziën om ergens anders te komen want je BENT er, maar dat is allemaal weer juist OMDAT Stella populair is, het is niet waarom ze zo populair is, het is een 'kip-of-eivraag' denk ik.

Toen ik jonger was zei mam altijd: 'Luister, Molly, je hebt twee mogelijkheden: of je maakt je niet meer druk om Stella, of je zorgt dat ze met hangende pootjes terugkomt, en als je voor dat laatste gaat, dan help ik je daarbij.' Ik had de kracht niet om bij Stella weg te gaan dus hield mam toen ik in groep zes zat een Poezenoortjesmutsfeestje, ze zou ieder meisje helpen een poezenoortjesmuts te maken, mam kan heel goed naaien en ik nodigde alle belangrijke meisjes uit BEHALVE Stella en daar kwam ze natuurlijk achter en toen ging ze weer aardig doen, maar mam zei KEIHARD ZIJN tot ze gaat Huilen en Smeken, niks minder, en op de ochtend van het Poezenoortjesmutsfeestje kwam Stella met haar moeder bij ons langs 'om even te praten' en mam schonk Stella's moeder een kopje koffie in ook al had ze Stella's moeder tegen mij een 'oppervlakkige trut' genoemd en Stella en ik gingen naar boven naar mijn kamer en ze huilde en zei sorry en dat ik haar beste vriendin was maar dat ze me soms gewoon wilde pesten maar het was de laatste keer geweest en mocht ze ALSJEBLIEFT ook naar mijn Poezenoortjesmutsfeestje komen? Dus had ik mijn Huilen en Smeken, en Stella en ik liepen hand in hand naar beneden en ik zei *Mam, ik wil Stella uitnodigen, ze mag mijn poezenoortjesmutsmaterialen gebruiken* en mam zei: 'Volgens mij hebben we nog wel een extra setje!'

Zo ging het ook met haken en een andere keer met een speurtocht maar dat was allemaal VOORDAT pap tegen mam zei dat hij Uit Elkaar wilde. Brian en ik hadden geen idee, het was een weekdag en wij waren ons huiswerk aan het maken maar meteen toen pap dat tegen mam had gezegd van Uit Elkaar ging mam naar ons Knutselhokje en maakte met bordkarton en zwarte viltstift een TE KOOP-bord en dat spijkerde ze aan een plantenstok en die stok hamerde ze zo in onze voortuin, in het pikkedonker, en toen Brian en ik de herrie hoorden kwamen we naar buiten en pap stond al tegen mam te smeken van 'Noreen, moet dit nou echt?' en mam zei: 'Daden hebben gevolgen, Bruce.' Dat was meer dan een jaar geleden en ik weet nog altijd niet over welke Daden ze het had, nu Brian en ik met mam in een Flat wonen en Hannah in paps Flat logeert als ze niet aan het Studeren is, en toen ik Hannah vroeg naar paps Daden en de

Gevolgen ervan zei ze: 'Mam doet onmogelijk, Molly, heb je dat nooit gemerkt?'

Als ik uitgehuild ben laat ik wattenbolletjes weken in Hamameliswater en dep daar mijn wangen mee en ik kam mijn haar en ik eet een Jolly Ranger met groeneappelsmaak uit een glazen pot. Dan hoor ik twee Dames de Dameskleedkamer binnenkomen dus verstop ik me snel achter de laatste rij lakhouten kluisjes en ik herken de stemmen van Stephanie Salazar de moeder van Chris Salazar en Kathy Bingham die haar partner is bij Dubbelspel. Kathy is een van de knapste Moeders van de Club, misschien wel DE knapste, en haar man Clay is een van de rijkste Vaders en ze hebben vijf kinderen, Colin meegeteld, dat is de beste vriend van Chris en laatst hebben ze hem betrapt toen hij gereedschap probeerde te stelen bij Home Depot. Ik hoor hoe Stephanie en Kathy hun kluisjes openmaken en Kathy die natuurlijk denkt dat de kleedkamer leeg is zegt: Harriets backhand wordt steeds slechter. Ze kan maar beter ophouden met lessen.

Stephanie: Of een andere leraar vinden. Ik heb zo mijn twijfels over Henri.
Kathy: Henri is echt een ramp.
Stephanie: Hij is nog nieuw. Misschien leren ze in Frankrijk anders tennissen.
Kathy: Die kleine blonde, Marisol, loopt zo met haar teentjes naar binnen gedraaid, het is een wonder dat ze niet voorover klapt.
Stephanie: Ze pakte een paar goede slagen van jou.
Kathy: Eerste keer dat ik haar zag spelen.
Stephanie: Hoe dan ook, wij hebben gewonnen.
Kathy: Ik wou dat we met meer hadden gewonnen.
Stephanie: Ik ga naar het zwembad.
Kathy: Doe het veel pijn, zo'n tattoo laten zetten?
Stephanie: Denk je daarover?
Kathy: Een beetje.
Stephanie: Wat voor een wil je er dan?

Kathy: Weet ik niet, iets symbolisch. Wat symboliseert de jouwe?

Stephanie: Nou, hij komt van een Minoïsche aardewerken pot die in de Bronstijd op Kreta is gemaakt. De Minoërs gaven het zeeleven heel mooi weer, en daar raakte ik verliefd op toen ik colleges kunstgeschiedenis volgde, en die tattoo heb ik laten zetten toen ik in de twintig was en net naar New York was verhuisd, dus waarschijnlijk symboliseert hij vooral een dikke middelvinger naar mijn ouders, die een hekel hadden aan tattoos en gechoqueerd waren.

Lange stilte.

Kathy: Waar heb jij ook weer gestudeerd?

Stephanie: Aan de Urbana-Champaign. Jij?

Kathy: Harvard. Ongelooflijk dat wij vriendinnen zijn, toch?

Stephanie: Ik zou zeggen dat we dubbelspelpartners zijn.

Kathy: O, lekker dan.

Stephanie: Jij kunt er wel tegen.

Kathy: Haal jij de stoelen, dan haal ik voor ons allebei een ijsthee.

Ze lopen samen de Dameskleedkamer uit en ik zit daar en probeer te begrijpen wat ik net heb gehoord, of Stephanie en Kathy nou vriendinnen zijn of niet, en of ze grapjes maakten of niet, of dat het een ruzie was. Dan besef ik dat ik terwijl ik die Tennismoeders zat af te luisteren Stella en Iona HELEMAAL VERGETEN ben en dat ik me nu veel beter voel, en als ik me sterk voel staat dat goed bij Stella die ook dol is op roddels over volwassenen dus haast ik me de Dameskleedkamer uit en draaf over het grasveldje naar de Kruidentuin, klaar om *Hé jongens!* te kwelen maar ER IS NIEMAND IN DE KRUIDENTUIN en ik voel me zo dom als het achtereind van een varken, om pap te citeren, dus buk ik me voorover alsof ik hier zomaar naartoe ben gerend om aan de kruiden in deze Kruidentuin te ruiken en dat slaat totaal nergens op, ik geef niks om planten daar gaat mam over al is haar tuin nu van de familie Dunn die ons oude huis heeft gekocht maar mam noemt ze 'Bezetters' en weigert erlangs te lopen.

Een rij Cipressen scheidt de Kruidentuin van het Zwemgedeelte en tussen die bomen door gluur ik naar de rij kinderen die voor de Hoge staan te wachten. Door zijn donkerder huid herken ik Chris Salazar zelfs van achteren, zijn vader is latino en dat doet er natuurlijk niet toe maar iedereen weet het, Mr Salazar is de muziekproducer die paps lievelingsband heeft ontdekt, The Conduits, en hij en Stephanie Salazar zijn gescheiden. Tatum en Oriole en hun groepje zitten bij het zwembad maar dat zijn geen echte vrienden van mij en zonder Stella kan ik niet bij ze gaan zitten, dat zou raar zijn en misschien doen ze dan wel aardig maar misschien ook kijken ze me wel weg net zoals Stella en ik een van hen zouden wegkijken als die opeens bij ons kwam zitten. Dus nu ben ik helemaal alleen en stuurloos en heb geen idee waar Stella en Iona heen zijn, en daardoor krijg ik dat zinkende gevoel dat ik soms krijg als ik denk dat Stella me helemaal vergeten is, alsof ik een deeltje ben dat onzichtbaar door de ruimte zweeft en misschien zweef ik wel zo ver weg dat ik helemaal niet meer besta, zelfs niet voor mezelf. Hoe moet ik nou terugkomen? Ik moet een plekje hebben, of iemand BIJ me, maar Hannah zit op UC Berkeley en Brian speelt honkbal en mam kwam Vroeger wel naar de club, maar nu zegt ze 'Alleen maar eikels in die ballentent' en ze besteedt al haar tijd aan haar opleiding tot Rechtbankstenograaf want ze wil een Carrière beginnen nu ze Gedumpt is. Dus ben ik HELEMAAL ALLEEN en ik zie er op zijn best gewoontjes uit, ik ben niet zo'n stralend meisje, ik heb vaalblauwe ogen die pijn doen in het zonlicht en mijn haar is dun en krullerig als bij een baby en op mijn benen heb ik heel dik haar dat volgens Brian maar één stap van Tarzan verwijderd is, maar als ik met Stella ben zie ik er beter uit, dat is objectief waar want je kunt het zien op foto's, je zou denken dat ik naast haar verdwijn maar het is juist het tegengestelde, alsof haar toverpoeder over mij heen dwarrelt en blijft vastkleven.

Ik loop langzaam terug naar de Snack Shack en ga in de rij staan om eten te halen want alleen zo hoef ik niet aan zweven te denken en kan ik me ergens vastklampen waar niemand iets vraagt of me belachelijk maakt. Kathy Bingham staat bijna vooraan in de rij en ze straalt enorm ongeduld uit en ze dringt tegen het meisje voor haar aan dat ongeveer zo oud is als ik en dat ik weleens eerder gezien heb, ze zal wel een Niet-Lid zijn. Het meisje stapt de rij uit alsof ze iets heeft vergeten en sluit zich achter mij weer aan en ik ga van *Ben je uit de rij gestapt vanwege die mevrouw achter je?* en zij is van *Ja ik kreeg de zenuwen van haar* en ik ga van *Nou, ga dan in ieder geval voor mij staan* en zij is van *Bedankt* en nu weet ik weer dat dit meisje een paar jaar geleden in de klas onder mij zat en ik ben van *Woon jij in Crandale?* en zij is van *Nee mijn moeder heeft me hier vandaag heen gebracht, we zijn vrienden van de familie Salazar* en dan besef ik dat zij dat meisje is dat BIJ DE SALAZARS WOONDE toen ik negen was en ze heeft drie maanden bij ons op school gezeten omdat haar MOEDER IN DE GEVANGENIS ZAT en ze GEEN VADER HEEFT, en hier zijn dat op zichzelf al ongehoorde Feiten, laat staan gecombineerd.

Nu ik me de Feiten van dit meisje herinner schaam ik me voor haar dus klap ik mijn telefoon open, biddend om een berichtje van Stella, maar ik heb helemaal geen berichtjes dus staar ik maar gewoon geboeid naar mijn lege klaptelefoon die heel gênant is in 2011 maar pap zegt dat ik pas een iPhone mag als ik veertien ben, en als het meisje voor me bij het raampje is draait ze zich om en is van *Wat wil jij hebben dan bestel ik voor ons allebei* en dat is erg aardig want de rij gaat maar heel langzaam en ik ben van *Wauw, dank je wel, doe mij maar een hamburger en een cola* en ze bestelt twee hamburgers en twee cola en dat is dan mijn tweede lunch want ik had al die tosti gekocht maar daar heb ik niet eens een hap van genomen, volgens mij heb ik die in de Dameskleedkamer laten liggen waar voedsel niet is toegestaan! We nemen ons eten mee en dwalen zo'n beetje samen naar het Zwemgedeelte en ze heet Lulu en zij zweeft ook en godzijdank is Stella nergens te zien want die zou zich slap lachen om mijn *nieuwe vriendin.*

Het zwembad van onze Club heeft een Duikplank en een Hoge en er is een brede betegelde Spetterzone waar de tieners samenkomen met daarachter een veld met stevig gras waar volwassenen op houten ligstoelen zitten met zachte kussens eraan vast. Stephanie Salazar en Kathy Bingham liggen in hun bikini's ijsthee te drinken op ligstoelen, ze zijn allebei Bikinidragers en dat is verrassend van Kathy die vijf kinderen heeft, waaronder een tweeling, ze heeft nog altijd een sixpack onder – moet ik zeggen – een hoop losse huid en als ik haar was had ik een badpak gedragen. Stephanie Salazar ziet er daarentegen best wel geweldig uit, ze is diep gebruind en op haar kuit heeft ze een donkere inktvistattoo die je op de Crandale Country Club ook niet elke dag ziet, en ze ligt op haar rug *The New Yorker* te lezen en onder de arm die het tijdschrift vasthoudt kan ik kleine stekeltjes donker haar zien die ze al een dag of twee niet heeft geschoren en is het raar dat ik zo gefascineerd ben door de lichamen van anderen? Niks blijft geheim als volwassenen badpakken dragen ze zouden net zo goed naakt kunnen zijn, ik heb heel wat Vadertestikels zien bungelen in hun zwembroeken en als ik op mijn rug op een handdoek lig en zij lopen langs dan lijken het grote roze druiven en ik ga nooit van zijn leven seksen met een man met zulke Testikels, echt een afknapper noemen ze dat, en misschien ga ik wel nooit seksen, het lijkt me afschuwelijk.

Lulu en ik gaan in het gras zitten en ik ben van *Ik ga je die hamburger terugbetalen* en zij is van *Het was op rekening, maak je geen zorgen* en bij onze Club betaalt natuurlijk niemand ooit voor iets we zetten gewoon onze handtekening op bonnetjes met groene golfpotloodjes maar Lulu is een Niet-Lid dus weet ik niet zeker wie er dan betaalt. We eten onze hamburgers en kijken naar de Hoge waar Chris Salazar en Colin Bingham nog steeds vanaf duiken, Colin durft alles ik heb hem plat op zijn buik zien neerkomen van de Hoge en toen sprong de Badmeester in het zwembad maar Colin kwam lachend weer boven, hij is Adrenalineverslaafd. Ik vraag Lulu waar ze woont en ze zegt op het platteland van New York en haar moeder heeft een gastronomisch winkeltje en er zijn daar een hoop meren en ze kan kilometers ver zwemmen. Ik vertel haar dat ik drie weken geleden ben teruggekomen van het Zomerkamp in Maine en dat mijn Hoofdactiviteit Boogschieten was en mijn Nevenactiviteit Kralenmandjes Maken. Lulu wijst naar de bleke dagmaan boven de bomen en ze is van *Ik ben dol op de maan ik kijk altijd of ik hem kan zien ook overdag* en ik hoor Stella die woorden al spottend herhalen en dan bedenk ik dat ik bij Lulu weg moet voor Stella terugkomt.

Dus sta ik op en neem onze kartonnen bordjes mee om ze weg te gooien en ik ga naar het Meisjestoilet naast het zwembad om te plassen, ik neem de tijd zodat Lulu doorkrijgt dat één hamburger samen niet wil zeggen dat we Vriendinnen voor een Hele Dag zijn en dat ze kan verdwijnen zodat ik me weer met mijn Stelladrama kan bezighouden want het lijkt gevaarlijk daar te lang niet aan te denken. Als ik naar buiten kom kijk ik snel naar waar we zaten, hopend dat Lulu weg is, maar Lulu zit er nog en CHRIS SALAZAR EN COLIN BINGHAM ZITTEN BIJ HAAR. Eerst ben ik te verbijsterd om zelfs maar te bewegen, Lulu is twee jaar jonger dan die jongens die veertien zijn en derdeklassers in opkomst, maar ik haast me naar haar terug en ga een beetje verlegen bij ze zitten, de jongens hebben hun zwembroeken nog aan met T-shirts eroverheen en Colin spettert water naar Lulu die lacht en wegduikt voor de druppels en ik zie dat ze kuiltjes in haar wangen heeft en gouden oorbelletjes en een mooie lach en ik ben van *Hoi* en zij allemaal van *Hoi* en Lulu is van *Colin wilde ons net zijn lievelingsplekje op de Club laten zien maar ik wilde niet weggaan zonder het jou te zeggen, Molly*, en ik sta helemaal versteld hoe aardig ze is, dat is niet iets wat je meemaakt in mijn wereld, aardig en cool gaan niet samen bij meisjes, cool zijn betekent dat je mensen buitensluit, dat betekent dat woord, want als je tegen iedereen aardig bent, waarom zouden je vrienden je dan de moeite waard vinden en waarom zouden de mensen die NIET je vrienden zijn dat WEL willen zijn, en waarom zouden de Keren zonder jou slechter zijn dan de Keren dat ze bij jou zijn?

Kom je mee, Molly? vraagt Chris en ik denk zeker weten, ik heb niet vaak de kans om Chris Salazar te zien nu ik niet meer naast hem woon zoals Vroeger. Als we het Zwemgedeelte uitlopen komt Chris vlak langs de ligstoel van zijn Moeder Stephanie en hij gaat even met zijn hand langs de hare, ze kijken elkaar niet eens aan maar het is een mooi moment van verbondenheid, niet als bij Colin die niet eens naar zijn Moeder kijkt al zie ik dat Kathy wel naar hem kijkt en nadat hij is voorbijgelopen draait ze zich zuchtend om op haar buik. Colin is mager en hij heeft een ruige bos haar en zijn ogen staan nooit stil alsof hij verwacht dat er ieder moment iets kan gebeuren. Hij loopt achterstevoren voor ons uit en maakt goochelaarsgebaren alsof hij ons hypnotiseert, dat we hem moeten volgen, en we lopen langs de voet van de Grasheuvel die vanaf het Dinerterras omlaagloopt en als ik omhoogkijk STAAT MIJN HART STIL want STELLA EN IONA KOMEN VANAF DE TENNISBANEN NAAR ONS TOEGELOPEN. Yvette is bij ze, in witte tenniskleding, zij is ook een volgeling van Stella, ze komt van pas als ik moet worden uitgesloten of gestraft. Stella roept *Molly, waar was je nou? We hebben op je staan wachten!* en Iona slaakt instemmende kreetjes en ik besef dat Stella me met die leugen weer binnenboord wil halen want dat ik in mijn eentje ronddwaal of dat ik optrek met een jonger Niet-Lid met rare Levensfeiten, dat is triest en verachtelijk, maar ik met datzelfde meisje PLUS twee Derdeklassers in Opkomst, die ook nog allebei cool zijn, dat is een ander verhaal. Door puur geluk en doordat Lulu zo aardig is heb ik gewonnen van Stella, maar ik weet dat ik mijn voorsprong niet te veel kan uitmelken zonder een Permanente Verstoting te riskeren. Het enig veilige wat ik nu kan doen is tegen Lulu en Chris en Colin zeggen van *Sorry, tot later*, bij ze weglopen en mijn rechtmatige positie als Stella's Nummer Een opeisen, waarna we Iona en Yvette dumpen en een fijne dag gaan hebben, want Stella's toverkracht is het krachtigst als we net weer verenigd zijn, dan krijgen zelfs gewone dingen als Sjoelen en Bocce en de Bandenschommel iets verrassend sprankelends. Mijn nieuwe groepje dumpen, dat is de enig juiste zet in mijn Stelladrama maar het lukt me gewoon niet, en in een flits neem ik het besluit – NEE – dus glimlach ik gewoon naar Stella en we lopen door en dat voelt gevaarlijk, ik weet dat ik er later voor zal boeten maar het is al gebeurd.

Ik kom al mijn hele leven op de CCC, ik heb hier verjaarsfeestjes gehouden, heb hier 's winters Schaatsles gehad op de Baan, heb Tennis gespeeld en Padel en zwemlessen gehad en duiklessen en ik ben op Dagkamp geweest, heb meegedaan aan Moeder-Dochter-Theekransjes en Vader-Dochter-Dansavonden en ben bij drie bruiloften geweest en een uitvaartlunch en een Sweet Sixteen-feestje (van mijn zus Hannah), ik heb hier Verstoppertje gespeeld en Vlaggenroof en Marco Polo en meegedaan aan Speurtochten en Paaseieren Zoeken en Kerstliedjes Zingen en Barbecues en het vuurwerk op Onafhankelijkheidsdag. De Club is sinds mijn geboorte bijna niet veranderd, er is hier geen Ervoor en Erna, 's zomers klinkt altijd het zachte fopfop van de tennisballen en de kinderstemmen verweven met het geplons van het zwembad en hij is heel mooi, onze Country Club, als ik niet vecht voor mijn leven. Maar al die jaren ben ik nooit naar Colins Lievelingsplek geweest, die vlak naast de bruin geschilderde Scheidsmuur is, bij de Aggregaten, dat zijn enorme zware kasten van metaal die rommelen en zoemen en de hele boel draaiende houden denk ik maar in de laaiende augustushitte zijn ze vreselijk.

Colin haalt een pakje Merit-Sigaretten tevoorschijn en houdt ze ons voor en Lulu en ik schudden van nee en Chris is van *Gast, die meiden roken niet* en Colin is van *Voor alles is een eerste keer* en hij steekt zelf een sigaret op en neemt een diepe haal en Lulu is van *Ik ga nooit roken of een tattoo nemen* en Colin gaat van *Ik heb al een tattoo zelf gedaan* en hij trekt een pijp van zijn zwembroek op en aan de bovenkant van zijn dij staat het woord HA in vlekkerige blauwe hanenpoten en ik ben van *Weet je moeder dat?* en Colin is van *Die kan het niet schelen wat ik doe omdat ik met tennis ben gestopt, ik was die witte pakjes zat* en Lulu is van *Op openbare tennisbanen hoef je geen wit te dragen* en Colin is van *Je weet zelf Lulu, we zitten hier in een bubbel dit is het echte leven niet* en Chris is van *Dat IS een Country Club nou juist gast, het is een bubbel, daarom willen mensen er lid van worden* en Lulu is van *Ik ga nooit bij een Country Club, ik ga het te druk hebben met werken bij Artsen Zonder Grenzen* en Chris is van *Zijn grenzeloze artsen ontzettend groot of zo, dat ze grenzeloos zijn?* en daar moeten we allemaal om lachen en Colin is van *Maar even serieus: wil je met me trouwen, Lulu?* en het is net alsof Lulu opeens ontzettend verbrand is in de zon en ik besef dat LULU EN COLIN ELKAAR LEUK VINDEN ook al is Lulu een niet-rokende langeafstandzwemster zonder tattoos en Colin een rokende zelftatoeërende winkeldief/buikspringer, en Lulu is van *Nee, jouw Levensstijl is ongezond* en Colin is van *Maar mag Yelatin dan wel met Gwenisphere trouwen?* en ik ben van *Huh?* en Chris is van *Dat zijn hun D&D-personages, Yelatin en Gwenisphere* en Colin drukt zijn sigaret uit op de Scheidsmuur en zijn ogen schieten heen en weer en hij is van *Jullie hebben toch fietsen? Kom, we gaan een eindje fietsen* en dan lopen we achter hem aan door de club heen naar de Fietsenstalling en onder het lopen vraag ik Lulu of ze Dungeons & Dragons leuk vindt want ik heb dat nooit gespeeld, en Lulu zegt van ja en dat het is alsof je een andere Wereld ingaat en dat haar personage Gwenisphere een Spion is die zich in alles kan Vermommen en zo achter mensen hun Geheimen komt.

Ik aarzel even voor ik op mijn fiets stap want ik vraag me af of het niet te ver gaat voor Stella dat ik helemaal wegga uit de Club maar ik wil het NOG niet weten dus klim ik op mijn fiets en we zoeven de Fietsenstalling uit met Colin voorop en ik fiets natuurlijk best vaak, dat doet iedereen tot hij zestien wordt en mag autorijden, maar als ik met dit groepje wegfiets is het alsof ik meevlieg met een zwerm vogels naar onbekende oorden maar wat zou er nou onbekend kunnen zijn in Crandale, New York? We rijden door een wijk die je wel 'de probleemwijk' kunt noemen en waar het ruiger is en wat meer als een stad en ik kom er nooit behalve als ik een pizza ga halen met pap als Brian en ik in zijn Flat logeren, en we suizen over het spoor naar de rivier de Muskaheegee waar een nieuw pad langsloopt waar je niet mag fietsen maar we doen het toch en we gaan ongelooflijk hard met Colin voorop en de warme wind in ons gezicht.

Na een poosje remt Colin en we leggen onze fietsen op hun kant en lopen tussen de bomen door naar een steigertje in de Muskaheegee, die zo vol chemicaliën zit dat je je moet laten inenten om hier te mogen waterskiën. Chris legt uit dat hij en Colin hier graag gaan blowen omdat het afgelegen is, en ik ben van *Ik wil geen wiet roken*, ik word zenuwachtig van illegale dingen want pap is advocaat en heel erg tegen de wet overtreden, en mijn zus Hannah wil ook juriste worden en vorige kerst zei ze tegen me: 'Fouten doen ertoe, Molly, ook als je nog jong was toen je ze maakte', en Lulu is van *Ik wil ook niet blowen*, geen verrassing want ze is tegen sigaretten en tattoos maar ik zou haar geen braverik noemen want ze is fel en trots op haar Opvattingen, en de jongens zijn van *Is het goed als wij het wel doen?*

We trekken alle vier onze schoenen uit en gaan op een rijtje op de steiger zitten, met onze blote voeten bungelend boven het chocolademelkkleurige water, de twee jongens aan de zijkanten en Lulu en ik in het midden met Lulu naast Colin en ik naast Chris, en de jongens geven de joint achter onze rug door zodat we die niet hoeven aan te raken en ik heb nog nooit mensen die wiet roken meegemaakt dus dit is een nieuwe Gebeurtenis in mijn leven en misschien ook in Lulu's leven. Verderop aan de rivier hangen de bomen met hun takken in het water alsof het een andere tijd in de Geschiedenis is, toen hier alleen Inheemse Volkeren woonden, en de jongens krijgen rode ogen en ze beginnen nogal sloom te praten en ik ben van *Hé zijn jullie moeders vriendinnen?*, ik bedoel Stephanie en Kathy die ik vandaag in de Dameskleedkamer heb horen praten al voelt dat als weken geleden, en de jongens zijn tegelijkertijd van *Ze zijn dubbelspelpartners* en dat is precies wat Stephanie tegen Kathy zei, en daar krijg ik zeg maar de slappe lach van en de jongens zijn van *Jij bent vast high van het meeroken* en misschien is dat wel zo!

Ten slotte liggen de jongens op hun rug op de steiger naar de lucht te kijken en Lulu en ik zitten samen te lachen want ze lijken goed gaar, en Colin is van *Geen misbruik van onze toestand maken, meiden* en Chris heeft zijn ogen dicht maar hij is van *Ik slaap niet, ik kijk een film over een grote rode vuurbal die zwelt en krimpt* en Colin is van *Gast die film heb ik zo vaak gezien* en Lulu is van *Waar gaat die over dan* en Colin is van *Aan het einde geef ik jou een zoen, Lulu* en Lulu is van *Nee, maar ik wil wel naast je komen liggen* en Colin is van *Mag ik dan wel je hand vasthouden?* Dus Lulu gaat liggen en zij en Colin houden elkaars hand vast en nu ben ik de enige die nog rechtop zit en Chris Salazar heeft zijn ogen dicht dus kan ik hem goed bekijken, ik zie zijn mooie sleutelbeenderen en ik vraag me af wat er zou gebeuren als ik hem zou zoenen maar ik weet niet hoe zoenen moet en misschien ben ik er wel slecht in, dus ga ik net als de anderen op mijn rug op de steiger liggen en het warme briesje veegt over ons heen en ik kijk omhoog naar de trillende bomen en ik ben zo blij dat we weg zijn gegaan uit de Club want de Gebeurtenissen van het afgelopen uur hadden daar nooit kunnen plaatsvinden, dit zou daar allemaal ondenkbaar zijn geweest, en nu begrijp ik waarom Lulu nooit bij een Country Club wil gaan; omdat het Leven dat zij wil daar nooit zou kunnen. Ik pak Lulu's hand beet en zij knijpt in de mijne en ik fluister heel zachtjes in haar oor *Lulu zullen we geheime vriendinnen zijn dat niemand het weet behalve wij* en zij fluistert heel zachtjes terug *Vriendinnen zonder Grenzen* en we knijpen hard in elkaars hand en dat is onze belofte. En ik vraag me af of ik misschien verliefd op Lulu ben in plaats van op Chris, of misschien ben ik wel op allebei verliefd, dat lijkt best te kunnen op een steiger aan de Muskaheegee maar verder nergens. Ik wil dichter bij Lulu gaan liggen zodat we elkaar helemaal aanraken met onze Lichamen maar ik durf niet, dus schuif ik naar Chris toe die met zijn armen achter zijn hoofd op de warme steiger ligt en mijn wang komt door zijn T-shirt heen tegen zijn ribben en ik voel zijn borst bewegen als hij ademt en ik hoor zelfs het geluid van zijn hart, een gestaag gebons als iemand die jogt en dat je denkt die moet zo even stoppen om uit te rusten maar hij rent gewoon door.

Die fijne middag krijgt een warrig einde als ik merk dat Lulu's telefoon maar blijft trillen en ik rechtop ga zitten en zie dat ze ALLE DRIE LIGGEN TE SLAPEN en misschien SLIEP IK OOK WEL want de rivier is nu blauwzwart en de lucht bruinoranje en ik ben van *Lulu, je telefoon* en ze schiet wakker van *Shit! Mijn moeder zou me ophalen na haar afspraken in de Stad!* en allemaal rennen we slaapdronken naar onze fietsen want Lulu is bezorgd omdat haar Moeder Overdag terug naar het Platteland wilde rijden en we fietsen heel snel terug naar de Club en die is niet zo ver weg als het leek toen we hierheen reden. Voor de Ingang van de Club staat een Zilverkleurig Busje te wachten en een stem roept 'Leg je fiets maar achterin, Lieverd,' en de achterklep gaat omhoog en Lulu legt haar fiets erin en gaat op de achterbank zitten en haar Moeder zwaait heel gewoon naar ons, niet als een Gedetineerde, en ze rijden weg en ik kan helemaal geen dag zeggen tegen Lulu of haar knuffelen en ik had gedacht dat we dat zouden doen na alles wat er vandaag is gebeurd, het voelt onaf.

Ik sta naast Chris en Colin en ik voel me erg met hen verbonden, maar onze band is dat we allemaal Lulu missen, zonder haar is er een leegte tussen ons ook al is ze jonger en woont ze op het Platteland en zijn er vreemde Feiten in haar leven, ze is toch onze diepste kern geworden, het is een wonder. Hoe is dat haar gelukt?

Ik ben van *Wanneer komt ze weer terug?* en Colin gaat een beetje somber van *Gaat wel even duren* en Chris is van *Molly, je moet D&D met ons komen spelen, mijn Oom Jules is de GM, hij is top* en ik aarzel want dat betekent dat ik naar het huis naast ons oude huis van Vroeger zou moeten, en misschien zie ik dan zelfs de familie Dunn de Bezetter, maar ik zeg *Ja lijkt me heel leuk.*

Colin en Chris fietsen weg maar ik ga vanavond in de Club eten met pap en Brian en Oudtante Francine die al aan springconcoursen op de CCC meedeed toen die nog echt op het Platteland lag en niet in een Buitenwijk al loopt ze nu met een rollator en is ze negentig jaar oud. Ik stuur mam een berichtje of ze alsjeblieft een zomerjurk voor me mee kan nemen als ze Brian komt afzetten en dan laat ik mijn fiets achter in de Fietsenstalling en loop terug door het grote metalen hek met CCC in gouden letters erop en achter dat Hek is het vijf graden koeler en het gras is er nat van de sproeiers die in de verte nog steeds aanstaan, ik kan de glinsterende waaiers zien en het geklop horen.

In deze tussenintijd zijn er geen Kinderen op de Club, de Kinderen die hier blijven eten zijn zich thuis aan het omkleden, dus hoef ik nergens te zijn en is er ook niemand om BIJ te zijn, en kan ik niet worden buitengesloten want er is niks om buiten te WORDEN gesloten. Ik ben ALLEEN EN KALM en die combinatie is zo ongebruikelijk, het is alsof ik iemand voor het eerst ontmoet. Ik trek mijn sandalen uit en loop op blote voeten door het vochtige gras langs het Peuterbad waar ik met zwembandjes met mam heb gezwommen en de Speeltuin waar ik heb geleerd van een glijbaan te glijden, dat was allemaal Vroeger, en ik glip tussen de bomen door naar de Golfbaan wat om veiligheidsredenen verboden is maar het is nu al te donker om te golfen. Als ik tussen de bomen uit kom vouwt het landschap open alsof ik in een ander Land ben aangekomen, alsof je in een ogenblik van Ervoor naar Erna gaat, de bunkers zijn roze in de ondergaande zon en het gras van de Golfbaan is warm en sponzig onder mijn voeten, en ik ga op het gras zitten en ben van *Hallo Molly, leuk hier zo met jou te zitten*, ik zeg het echt hardop maar heel zachtjes, en ik sla mijn armen om mijn warme knieën en kijk omhoog naar de lucht en daar hangt de maan die Lulu aanwees alleen is hij nu groter maar hij ziet er nog steeds breekbaar uit, alsof hij van suiker of papier is en zo kan breken of scheuren, maar hij is al feller dan eerst, en het is nog niet eens nacht.

Lulu de Spion, 2032

1

Mensen zien er zelden zo uit als je verwacht, zelfs als je ze op foto's gezien hebt.

De eerste dertig seconden in iemands aanwezigheid zijn het belangrijkst.

Als je moeite hebt met waarnemen en projecteren, richt je dan op het projecteren.

Noodzakelijke ingrediënten voor een succesvolle projectie: gegiechel, blote benen, verlegenheid.

Het doel is tegelijkertijd onweerstaanbaar en onzichtbaar te zijn.

Als je slaagt, worden zijn ogen net iets minder scherp.

2

Sommige machtige mannen noemen hun schoonheden ook echt 'Schoonheid'.

Ondanks hun reputatie is er sprake van grote kameraadschappelijkheid onder schoonheden.

Als jouw Toegewezen Partner alom gevreesd wordt, zijn de schoonheden op het feestje waar je hem undercover gaat ontmoeten bijzonder vriendelijk.

Vriendelijkheid voelt goed, ook als die voortkomt uit onjuiste kennis over jouw identiteit en doelstellingen.

3

Je voordoen als schoonheid betekent dat je niet leest wat je graag zou willen lezen aan een rotskust in Zuid-Frankrijk.

Zonlicht op blote huid kan even voedzaam zijn als eten.

Zelfs een machtige man zal even onzeker zijn als hij zich voor het eerst in zwembroek vertoont.

Het is technisch onmogelijk voor een man om er beter uit te zien in een strakke zwembroek dan in een losse.

Als je houdt van iemand met een donkere huid, dan lijkt een witte huid iets vitaals te missen.

4

Als je weet dat iemand gewelddadig en meedogenloos is, dan zie je dat gewelddadig meedogenloze zelfs af aan eenvoudige dingen, zoals zijn manier van zwemmen.

Als je Partner je tussen de woelige golven 'Wat ben je aan het doen?' vraagt, nadat hij je de zee in is gevolgd, dan kan dat al dan niet een teken van wantrouwen zijn.

Jouw antwoord 'Aan het zwemmen' kan al dan niet worden opgevat als sarcastisch.

'Zullen we samen naar die rotsen toe zwemmen?' kan al dan niet een vraag zijn.

'Helemaal daarheen?' klinkt hopelijk onschuldig.

'Daar zijn we op onszelf,' kan wellicht onverwacht omineus klinken.

5

Dertig meter blauwzwarte Middellandse Zee geeft je heel wat tijd om jezelf streng toe te spreken.

Op dergelijke momenten is het wellicht nuttig om je je training voor de geest te halen:

'Je zult infiltreren in de levens van criminelen.

Je zult voortdurend in gevaar verkeren.

Sommigen van jullie zullen het niet overleven, maar zij die wel overleven, worden helden.

Enkelen van jullie zullen levens redden, of zelfs de loop der geschiedenis veranderen.

We vragen van jullie een onmogelijke combinatie van eigenschappen: ijzersterke principes en de bereidheid die te overtreden;

Een niet-aflatende liefde voor jullie vaderland en de bereidheid om te gaan met individuen die dat land actief kapot trachten te maken;

De instincten en intuïtie van een expert, en de zuivere achtergrond en waarachtige reinheid van nieuwelingen.

Jullie zullen deze dienst ieder slechts eenmaal verlenen, waarna jullie je oude leven weer zullen oppakken.

We kunnen niet beloven dat jullie dezelfde persoon zijn wanneer je terugkeert naar dat oude leven.'

6

Gretigheid en meegaandheid kun je zelfs laten blijken uit de manier waarop je vanuit de zee de gele kalkrotsen opklimt.

'Wat kun jij snel zwemmen', uitgesproken door een man die nog in zee dobbert, hoeft niet bedoeld te zijn als compliment.

Giechelen is soms beter dan antwoord geven.

'Je bent een prachtmeid' kan rechttoe, rechtaan bedoeld zijn.

'Nu wil ik je neuken' idem dito.

'Nou? Wat zeg je daarvan?' wijst op een voorkeur voor directe verbale respons in plaats van gegiechel.

'Dat vind ik wel leuk' moet met voldoende animo worden uitgesproken om het gebrek aan bloemrijke taal te compenseren.

'Klinkt alsof je het niet zeker weet' wijst op onvoldoende animo.

'Ik wéét het ook niet zeker' is alleen aanvaardbaar als het op schalkse toon wordt gevolgd door 'Je zult me moeten overtuigen'.

Met gesloten ogen je hoofd achterover werpen wekt de indruk van seksuele bereidheid en verbergt afkeer.

7

Als je alleen bent met een gewelddadige, meedogenloze man en omringd door water, dan kan de kust heel ver weg lijken.

Wellicht ervaar je op zo'n moment een verbondenheid met de schoonheden die in hun felgekleurde bikini's net te zien zijn.

Wellicht begrijp je, op zo'n moment, waarom je niet betaald krijgt voor dit werk.

Jouw vrijwillige inzet is de hoogste vorm van vaderlandsliefde.

Denk eraan dat je niet betaald krijgt wanneer hij uit het water komt klimmen en op je af sjokt.

Denk eraan dat je niet betaald krijgt wanneer hij je meeneemt achter een rotsblok en je op zijn schoot trekt.

De Dissociatietechniek is net een parachute – je moet op het juiste moment aan het koordje trekken.

Te vroeg, en je belemmert je vermogen op cruciale momenten te handelen;

Te laat, en je zit te zeer klem in het gebeuren om je los te wurmen.

Je zult in de verleiding komen aan het koordje te trekken als hij je opsluit in zijn armen, zo fors en krachtig dat ze je even aan die van je man doen denken.

Daarna zul je in de verleiding komen te trekken zodra je hem van onderen tegen je aan voelt bewegen.

Je zult in de verleiding komen te trekken wanneer je omhuld wordt door zijn stank: metalig, als een warme hand vol muntjes.

De aanwijzing 'Kalm maar' wijst erop dat je ongemak voelbaar is.

'Niemand kan ons zien' wijst erop dat jouw ongemak wordt opgevat als angst voor blikken van vreemden.

'Kalm maar, kalm maar', op ritmische, schorre toon uitgesproken, wijst erop dat jouw ongemak niet ongewenst is.

8

Begin enkel met de Dissociatietechniek wanneer er fysiek geweld dreigt.

Sluit je ogen en tel langzaam af van tien.

Stel je bij ieder getal voor dat je opstijgt uit je lichaam en er een stap bij vandaan doet.

Bij acht moet je vlak naast je eigen huid drijven.

Bij vijf moet je een meter of wat boven je lichaam zweven, en voel je slechts vage onrust over wat er zo direct mee gaat gebeuren.

Bij drie moet je je volledig los van je fysieke zelf te voelen.

Bij twee moet je lichaam in staat zijn zonder jouw tussenkomst te handelen en te reageren.

Bij één moet je geest zodanig ontkoppeld zijn dat je niet meer merkt wat er beneden gebeurt.

Witte wolken wentelen en krullen.

Een blauwe lucht is even peilloos diep als de zee.

Het geluid van golven op de rotsen bestond al millennia voor er wezens waren die het konden horen.

Rotsen en kloven vertellen van een geweld dat de aarde zelf allang is vergeten.

Jouw geest zal zich weer bij je lichaam voegen zodra dat veilig kan.

9

Keer langzaam in je lichaam terug, alsof je na een orkaan je huis binnentreedt.

Verzet je tegen de aandrang te reconstrueren wat er zojuist is gebeurd.

Richt je in plaats daarvan op het peilen van de reactie die jouw Toegewezen Partner heeft op deze nieuwe intimiteit tussen jullie beiden.

Bij sommige mannen zorgt intimiteit voor hardvochtige onverschilligheid.

Bij anderen kan intimiteit een problematische nieuwsgierigheid naar jou veroorzaken.

‘Waar heb jij zo leren zwemmen?’ op luie toon en op de rug liggend uitgesproken, met twee vingers in je haar, wijst op nieuwsgierigheid.

Geef naar waarheid antwoord, zonder specifiek te zijn.

‘Ik ben bij een meer opgegroeid’ is zowel waar als vaag.

‘Waar was dat dan?’ drukt ontevredenheid uit met die vaagheid.

‘Op het platteland van New York’ lijkt een specifiek antwoord, terwijl het dat niet is.

‘In Manhattan?’ verraadt onkunde rond de geografie van New York State.

Spreek je Toegewezen Partner nooit tegen.

‘Waar ben jíj opgegroeid?’ als vraag aan een man die jou zojuist dezelfde vraag heeft gesteld, staat bekend als ‘spiegelen’.

Spiegel de houding, interesses, verlangens, en smaak van je Toegewezen Partner.

Je doel is onderdeel van zijn atmosfeer te worden: een bron van comfort en rust.

Dan pas zal hij niet meer op zijn hoede zijn als jij in de buurt bent.

Dan pas zal hij op gehoorsafstand gesprekken van belang voeren.

Dan pas zal hij zijn bezittingen in onbeheerde staat achterlaten.

Dan pas kun je beginnen met het systematisch verzamelen van informatie.

10
‘Kom, we gaan terug’, op bruuske toon uitgesproken, wijst erop dat jouw Toegewezen Partner evenmin als jij over zichzelf wil praten.

Weersta de verleiding zijn humeur en bevliegingen te analyseren.

Zout water heeft een reinigend effect.

11
Aan de ogen van iedere schoonheid aan het water zul je zien dat zij weet van jouw nieuwe intimiteit met je Toegewezen Partner.

'We hebben wat te eten voor je bewaard' is waarschijnlijk een verwijzing naar de reden van jouw afwezigheid.

Koude vis is onsmakelijk, zelfs in lekkere citroensaus.

Wees aardig tegen andere schoonheden, maar niet opdringerig.

Tijdens een gesprek met een schoonheid is het van essentieel belang dat jij wordt beschouwd als niet meer of minder dan zij.

Wees eerlijk over ieder onderdeel van je leven, behalve je huwelijk (als je getrouwd bent).

Als je getrouwd bent, zeg dan dat je bent gescheiden, om een indruk te wekken van onbelemmerde vrijheid.

'Ach, wat jammer!' wijst erop dat jouw ondervraagster graag zou trouwen.

12

Als je Toegewezen Partner plots in de richting van de villa zwenkt, loop dan achter hem aan.

Wanneer je zijn hand pakt en glimlacht, schept dat een gevoel van ongedwongen kameraadschappelijkheid.

Een vage glimlach in reactie daarop kan wijzen op dringende kwesties.

De kwesties van jouw Toegewezen Partner zijn onze kwesties.

13

De kamer die is toegewezen aan een machtige man zal luxueuzer zijn dan de kamer waarin jij sliep terwijl je zijn komst afwachtte.

Ga nooit op zoek naar verborgen camera's: het feit dat je zoekt verraadt je al.

Bepaal of jouw Toegewezen Partner behoefte heeft aan lichamelijke intimiteit; zo niet, doe dan alsof je een dutje wilt doen.

Jouw zogenaamde slaap doet hem denken dat hij alleen is.

Je oprollen onder het beddengoed, zelfs dat van een vijandig doelwit, kan kalmerend zijn.

Als je ogen dicht zijn, zul je zeer waarschijnlijk zijn handset horen trillen.

14
Een deur die openschuift duidt op zijn wens op het balkon te telefoneren.

De belangrijkste gesprekken van jouw Toegewezen Partner zullen altijd buiten plaatsvinden.

Als je je op gehoorsafstand van het gesprek bevindt, neem het dan op.

Aangezien schoonheden portemonnees noch horloges hebben, is het niet mogelijk zonder verdenking een opnameapparaat bij je te dragen.

Een microfoon is vlak achter de eerste bocht van je rechtergehoorkanaal geïmplanteerd.

Activeer deze door op het driehoekje van kraakbeen voor je gehooropening te drukken.

Je zult een zacht gezoem horen als de opname begint.

In volkomen stilte, of voor een persoon die zijn hoofd naast het jouwe houdt, kan dit gezoem hoorbaar zijn.

Mocht het gezoem worden opgemerkt, sla dan tegen je oor alsof je een mug wegjaagt, zodat je het aan/uit-kraakbeen raakt en de microfoon deactiveert.

Je hoeft de taal die je doelwit spreekt niet te verstaan.

Jouw werk is in de buurt blijven; als je nabij je Toegewezen Partner bent en zijn privégesprekken opneemt, dan heb je je doel bereikt.

15
Gevloek klinkt in iedere taal hetzelfde.

Een kwaad doelwit zal minder goed op zijn woorden passen.

Wanneer je doelwit kwaad is, verlaat dan je verdekte positie en ga bij hem in de buurt staan, om de opnamekwaliteit te verbeteren.

Je voelt je misschien angstig wanneer je dit doet.

Je bonzende hartslag zal niet worden opgenomen.

Wanneer je Toegewezen Partner op een balkon staat, begeef je dan naar de deuropening, vlak achter hem.

Als hij zich omdraait en jou daar ontdekt, doe dan alsof je net naar hem toe wilde lopen.

Woede verdrijft vaak de achterdocht.

Wanneer je doelwit langs je heen de kamer uit stormt en de deur dichtknalt, dan kun je aannemen dat je niet ontmaskerd bent.

16

Als je Toegewezen Partner je voor een tweede maal alleen laat, loop hem dan niet achterna.

Deactiveer je oormicrofoon en ga door met je 'dutje'.

Een rustpauze is een goed moment om je naasten gerust te stellen.

Genuanceerde communicatie wordt al te gemakkelijk onderschept door de vijand.

Jouw Onderhuidse Pulssysteem zendt signalen uit die zo generiek zijn dat bij onderschepping bron noch inhoud te bepalen zijn.

Aan de binnenkant van je rechterknie zit een knop ingebed (als je rechtshandig bent).

Druk deze tweemaal in om je naasten te laten weten dat het goed met je gaat en dat je aan ze denkt.

Dit signaal mag je maar eenmaal per dag versturen.

De knop ingedrukt houden duidt op een noodtoestand.

Iedere dag zul je twijfelen wat het beste moment is om jouw signaal te versturen.

Je zult bedenken dat jouw echtgenoot, die uit een hechte, tribale cultuur komt, jouw vaderlandsliefde begrijpt en waardeert.

Je zult denken aan het afgeschermde, gelukkige leven dat jullie sinds je studie delen.

Je zult bedenken dat jouw echtgenoot voor Amerika heeft gekozen en dat hij houdt van dat land.

Je zult bedenken dat jullie er allebei van overtuigd waren dat je jouw dienst moest doen vóór jullie kinderen zouden nemen.

Je zult bedenken dat je drieëndertig bent en dat je je hele beroepsleven hebt besteed aan het aanjagen van muziektrends.

Je zult bedenken dat je altijd dacht dat je belangrijker werk zou doen.

Je zult bedenken dat al te veel nadenken zinloos is.

Je zult bedenken dat deze Praktijkinstructies gestaag minder instructief worden.

Jouw Praktijkinstructies, opgeslagen in een snuitkever in je schedel, zullen dienen als een verslag van jouw handelingen, en een gids voor jouw opvolgers.

Als je met je linkerduim (als je rechtshandig bent) tegen de top van je linkermiddelvinger duwt, begint de opname.

Spreek voor het beste resultaat de gedachte hardop tegen jezelf uit.

Haal je observaties altijd door een filter van instructieve waarde.

Jouw training loopt nog; je moet leren van iedere stap die je neemt.

Zodra je missie is afgerond en de snuitkever verwijderd, kun je de inhoud doornemen voordat je jouw Praktijkinstructies aan je missiedossier toevoegt.

Mochten er willekeurige of persoonlijke gedachten zijn binnengeslopen, dan kun je deze wissen.

Vanwege de geheime aard van dit werk is het streng verboden tijdens jouw leven (een deel van) jouw bewustzijn te uploaden of te delen.

17
Geveinsde slaap kan tot echte slaap leiden.

Douchegeluiden wijzen erop dat jouw Toegewezen Partner is teruggekeerd.

Schoonheden worden geacht zich geregeld op hun kamer om te kleden; een fris uiterlijk tijdens de maaltijd is van essentieel belang.

Het doel is een lieflijke, onschuldige, steeds andere verrassing te bieden.

Een frisse witte zomerjurk tegen een gebruinde huid wordt alom als aantrekkelijk beschouwd.

Vermijd al te felle kleuren; die trekken de aandacht en hinderen de camouflage.

Wit is technisch gesproken geen felle kleur.

Wit is niettemin fel.

Verfijnde gouden sandaaltjes kunnen je vermogen tot rennen of springen hinderen, maar ze staan goed aan gebruinde voeten.

Drieëndertig is nog altijd jong genoeg om als 'jong' te boek te staan.

Als 'jong' te boek staan is bijzonder welkom voor hen die wellicht niet lang meer als 'jong' te boek zullen staan.

Als jouw Toegewezen Partner je met een arm om je middel naar het diner leidt, neem dan aan dat het omkleden succes heeft gehad.

18

Als mannen aan een serieus gesprek beginnen, worden schoonheden aan hun lot overgelaten.

'Hoe lang ben je al gescheiden?' duidt op het verlangen een eerder gesprek voort te zetten.

'Een paar maanden', indien onwaar, dient gezegd te worden zonder oogcontact te maken.

'Wat was het voor iemand, je man?' mag eerlijk beantwoord worden.

'Hij kwam uit Afrika. Uit Kenia' kan een verlangen bevredigen om over jouw echtgenoot te praten.

'Zwart?', met opgetrokken wenkbrauwen, kan op racisme wijzen.

'Ja. Zwart', op afgemeten toon, zou een milde berisping over moeten brengen.

'Hoe Zwart?' wijst erop dat dit niet heeft gewerkt.

'Heel Zwart' is wat minder mild, zeker in combinatie met een strenge blik.

'Mooi dan' wijst op persoonlijke ervaringen.

'Ja. Het is mooi' weerspreekt de zogenaamde scheiding en dient snel te worden gecorrigeerd tot 'Wás mooi'.

'Maar niet mooi genoeg?' begeleid door gelach, wijst op vriendelijke vertrouwelijkheid. Zeker wanneer het wordt gevolgd door 'Of te mooi!'

19

Gastheren op feestjes zijn er altijd op gebrand hun gasten te doen eten.

Voor de meeste schoonheden zijn de verlokkingen van voedsel riskant; als kortetermijnschoonheid kun je eten wat je wilt.

Een duif kun je eten door de vogel stuk te scheuren met je handen en het vlees van de botten te zuigen.

Verbijstering wijst erop dat jouw gastheer had verwacht dat je bestek zou gebruiken.

Het feit dat zijn stoel naast de jouwe staat kan een voorteken van vertrouwelijkheid zijn.

Wanneer je je oor naar de mond van je gastheer draait, hoef je zijn adem niet te ruiken.

Oren moeten te allen tijde schoongehouden worden.

Wanneer je gastheer je waarschuwt dat jouw Toegewezen Partner een gevaar voor jou kan zijn, kun je aannemen dat hij niet meer in dezelfde ruimte is.

20

Een bezoek aan het toilet is de meest efficiënte manier om jezelf aan direct gevaar te onttrekken.

Laat hoge nood nooit blijken, zelfs niet in een lege gang.

Als je geen idee hebt waar je Toegewezen Partner naartoe is, blijf dan staan.

Wanneer je jezelf naast een glazen deur bevindt, kun je die openen en naar buiten kijken.

Zuid-Franse nachten hebben een vreemde, donkerblauwe, indringende tint.

Een felle maan blijft verbluffend, hoe vaak je die ook eerder hebt gezien.

Wanneer je als kind al van de maan hield, zal kijken naar de maan je herinneren aan je kindertijd.

Meisjes zonder vader schrijven de maan wellicht een zekere vaderlijkheid toe.

Iedereen heeft een vader.

Een vaag verhaal als 'Jouw vader is gestorven voor jij werd geboren' kan zelfs een schrander kind een onwaarschijnlijk lange tijd tevredenstellen.

De waarheid over jouw vader, pas als volwassene ontdekt, zal die leugen met terugwerkende kracht bespottelijk doen lijken.

Persagenten gaan soms avontuurtjes aan met hun filmstercliënten.

Ontdekken dat je de dochter van een filmster bent hoeft niet iets prettigs te zijn.

Het is zeker niet prettig als de ster in kwestie zes andere kinderen heeft uit vier verschillende huwelijken.

De ontdekking dat je de dochter van een filmster bent kan ertoe leiden dat je meer dan zestig films uit het begin van zijn carrière kijkt.

Misschien denk je, terwijl je zijn films kijkt: *Jij weet niet dat ik besta, maar hier ben ik.*

Misschien denk je, terwijl je zijn films kijkt: *Ik ben onzichtbaar voor jou, maar hier ben ik.*

Een plotse herordening van je verleden kan jouw ervaring van je volwassen leven veranderen.

Misschien leidt het tot een breuk met je moeder, die alleen maar wilde dat jij gelukkig zou zijn.

Wanneer je echtgenoot zelf een grote transformatie heeft doorgemaakt, zal hij de jouwe begrijpen.

Vermijd al te veel zelfreflectie; jouw taak is naar buiten kijken, niet naar binnen.

21

'Daar ben je', achter je rug door jouw Toegewezen Partner gefluisterd, wijst erop dat hij naar je op zoek was.

'Kom mee', op zachte toon, kan een hernieuwd verlangen naar intiem contact aangeven.

Het kalme oppervlak van de maan zorgt ervoor dat jij je, vooraf al, begrepen en vergeven voelt.

De zee is hoorbaar lang voordat je hem kunt zien.

Zelfs 's nachts is de Middellandse Zee meer blauw dan zwart.

Als je lichamelijke intimiteit wilt vermijden, zorgt de verschijning van een speedboot voor opluchting, ondanks de ontelbare problemen die dit oplevert.

Wanneer jouw Toegewezen Partner en de bestuurder van de speedboot niets tegen elkaar zeggen, is de ontmoeting waarschijnlijk gepland.

Een man die bekendstaat om zijn wreedheid kan nog altijd met veel zorg zijn schoonheid een schommelende speedboot op helpen.

Hij zal haar aarzeling om aan boord te komen opvatten als angst om in het water te vallen.

Geef niet toe aan de impuls te vragen waar jullie heen gaan.

Probeer, als je nerveus bent, een dom lachje uit te brengen.

Zoek je Persoonlijke Bron van Kalmte en gebruik die.

Als jouw Persoonlijke Bron van Kalmte de maan is, wees dan dankbaar dat de maan zo helder schijnt.

Denk na over de vele redenen waarom jij nog niet mag sterven:

Je moet je man terugzien.

Je moet kinderen krijgen.

Je moet die filmster vertellen dat hij een zevende kind heeft, en dat zij een heldin is.

22

De maan lijkt misschien te bewegen, maar eigenlijk beweeg jij zelf.

Bij hoge snelheden klapt een speedboot tegen de toppen van de golven.

Angst en opwinding zijn soms niet van elkaar te onderscheiden.

Als de bestuurder van de boot zijn koers aanpast aan de hand van bevelen van jouw Toegewezen Partner, dan weet hij misschien niet waar hij je heen brengt.

Als jouw Toegewezen Partner steeds omhoogkijkt, navigeert hij waarschijnlijk op de sterren.

De Middellandse Zee is voldoende uitgestrekt om ooit oneindig te hebben geleken.

Een schoonheid dient geen verdere context nodig te hebben dan de aanwezigheid van haar Toegewezen Partner.

Het moet lijken alsof ze geniet van ieder tochtje dat hij onderneemt.

Veins dergelijk genot door je arm liefdevol om hem heen te slaan en je hoofd naast het zijne te nestelen.

Met je hoofd naast dat van je Toegewezen Partner kun je met hem meekijken en jullie route bepalen.

’s Nachts, ver van de kust, flonkeren de sterren met een felheid die in nabijheid van licht onvoorstelbaar is.

Jouw locatie zal voor ons nooit een mysterie zijn; jij zult zichtbaar zijn als een lichtpuntje op de schermen van hen die over jou waken.

Jij bent een van de honderden mogelijke helden.

De technologie heeft gewone mensen de kans geschonken te stralen in de kosmos der menselijke verworvenheden.

Door jouw gebrek aan
spionagetraining is jouw dossier
schoon en neutraal.

Jij bent een gewoon iemand, die
met een buitengewone opdracht
bezig is.

Je hoeft niet uit te blinken in
vaardigheden, enkel in moed en
gelijkmoedigheid.

De wetenschap dat jij een van de
honderden bent maakt jou niet
minder.

Binnen het nieuwe heldendom
is het doel samen te vloeien met
iets wat groter is dan jijzelf.

Binnen het nieuwe heldendom
is het doel het juk der
zelfbetrokkenheid af te werpen.

Binnen het nieuwe heldendom
is het doel de hedendaagse
obsessie met gezien en herkend
worden te verwerpen.

Binnen het nieuwe heldendom
is het doel onder je glanzende
imago te wroeten.

Het zal je verrassen wat zich
daaronder bevindt: een
rijke, diepe kruipruimte vol
mogelijkheden.

Sommigen vergelijken die
ontdekking met een droom
waarin een vertrouwd huis
nieuwe vleugels en kamers heeft
gekregen.

De individuele
aantrekkingskracht verzinkt
in het niet bij de kracht van
gezamenlijke, onbaatzuchtige
inspanning.

Misschien lever je verbijsterende
persoonlijke prestaties, maar
Burgeragenten malen niet om
erkenning.

De behoefte aan
persoonlijke roem is als een
sigarettenverslaving: een
gewoonte die levensverlengend
lijkt, terwijl je eraan doodgaat.

Kinderachtig gezeur om aandacht
wordt meestal bevredigd ten
koste van waarachtige macht.

Een staatsvijandig individu zou
geen betere manier beramen
om ons te ontwapenen en af te
leiden.

Ons beruchte narcisme is nu onze camouflage.

23

Na een schokkerige tocht van vele uren heb je misschien niet direct door dat de boot land nadert.

Aan de verlaten kust staat één grimmig, verlicht gebouw.

De stilte nadat een bulderende motor is afgezet vormt een geluid op zichzelf.

Het onmiddellijke vertrek van de speedboot duidt erop dat je hier wel even zult blijven.

De lengte- en breedtegraad kennen is niet hetzelfde als weten waar je bent.

Door een nieuwe afgelegen, onbekende plek kan de vorige afgelegen, onbekende plek als thuis gaan voelen.

Het kan merkwaardig geruststellend zijn jezelf als een lichtpuntje op een scherm voor te stellen.

Omdat jouw echtgenoot een visionair is binnen de wereld van de binnenlandse veiligheid, heeft hij soms toegang tot dat scherm.

Als het kalmerend werkt je voor te stellen dat jouw echtgenoot dat lichtpuntje volgt, stel het je dan zo voor.

Maar doe niet je ogen dicht wanneer je op sandalen met dunne bandjes in het volslagen duister over een rotspad loopt.

Op Breedtegraad X, Lengtegraad Y is de begroeiing droog en verkruimelt ze onder je voeten.

Een stem van boven duidt erop dat jullie aankomst verwacht en opgemerkt is.

Een lege kustlijn betekent niet altijd dat er geen bewaking is.

De beste bewaking is onzichtbaar.

24

Een stijve handdruk tussen je nieuwe gastheer en jouw Toegewezen Partner kan betekenen dat ze elkaar voor het eerst ontmoeten.

Bij bepaalde rijke, machtige mannen lijkt hun kleine gestalte een bron van kracht.

Het feit dat je nieuwe gastheer jou negeert kan erop duiden dat vrouwen in zijn blikveld niet worden opgemerkt.

Onzichtbaar zijn betekent dat er niet goed op je gelet zal worden.

Jouw taak is vergeten worden, terwijl je nog aanwezig bent.

Een sprankelend witte villa in al dat morsige donker zal iets van een luchtspiegeling hebben.

Een man voor wie vrouwen onzichtbaar zijn kan nog altijd vele schoonheden binnen zijn domein hebben.

Deze verwaarloosde schoonheden zullen om zijn schaarse aandacht wedijveren.

Onder verwaarloosde schoonheden is er meestal een alfaschoonheid die de leiding neemt.

Wanneer jij de villa binnengaat, zal haar koele blik door de andere schoonheden heen golven en zich rond jou samentrekken.

Die gewaarwording zal je doen denken aan de keren dat je als kind naar een school ging, of een countryclub, waar je bijna niemand kende.

Het gevoel dat je was overgeleverd aan degenen om je heen wekte een inwendige seismische reactie op.

De drang tot integreren en gedijen onder deze vreemden leek sterker dan jezelf.

Je bent nooit kinderachtig geweest, zelfs niet als kind.

Jouw onkinderachtigheid is iets wat je echtgenoot altijd in jou heeft gewaardeerd.

Toen de nieuwe kinderen eenmaal jouw bondgenoten waren geworden, was het hartverscheurend bij ze weg te gaan.

25

Een tafeltje en stoelen die zijn uitgehakt in een spichtige rotskaap zijn ongetwijfeld bedoeld voor privégesprekken.

Als jouw Toegewezen Partner je meeneemt naar die plek, is hij misschien niet volledig op zijn gemak bij jullie nieuwe gastheer.

Wanneer jullie nieuwe gastheer zijn alfaschoonheid wegstuurt, volgen er waarschijnlijk belangrijke zaken.

Een alfaschoonheid accepteert het niet te worden uitgesloten wanneer een andere schoonheid wel mag blijven.

Wanneer je nieuwe gastheer met een wegwuivend gebaar voor het eerst blijk geeft dat hij zich bewust is van jouw aanwezigheid, kijk dan naar jouw Toegewezen Partner.

Neem alleen bevelen aan van jouw Toegewezen Partner.

Wanneer jouw Toegewezen Partner een arm om je heen geslagen houdt, terwijl jullie nieuwe gastheer je zojuist heeft weggewuifd, dan ben je de inzet geworden van een machtsspelletje.

Als jullie nieuwe gastheer recht in jouw gezicht spreekt, van vlakbij, dan controleert hij waarschijnlijk jouw gebrek aan kennis van zijn taal.

Als jouw Toegewezen Partner achter je verstijft, dan zegt jullie nieuwe gastheer waarschijnlijk iets beledigends.

Niet-begrijpend gegiechel is voor een schoonheid het meest betrouwbare middel om een conflict te sussen.

Als de mannen zich weer ontspannen in hun stoelen, dan is jouw neutralisatie een succes.

Jullie nieuwe gastheer heeft jou beledigd en daarmee ook jouw Toegewezen Partner.

Jouw Toegewezen Partner heeft gelijk gekregen; jij bent te onschuldig om weg te sturen.

Wees trots dat je jouw nabijheid hebt weten te handhaven en activeer je oormicrofoon.

26

Straal tijdens een zakengesprek een volslagen gebrek aan interesse en nieuwsgierigheid uit.

Wees je voortdurend ervan bewust waar je bent.

Op een hoge, smalle kaap op Breedtegraad X, Lengtegraad Y flonkeren de zee en de hemel in alle richtingen.

Er zullen momenten zijn tijdens je missie waarop je aanvoelt dat er cruciale informatie aankomt.

Dat gevoel kan in de vorm van aanzwellende vreugde komen.

Die vreugde kan voortkomen uit jouw ontdekking dat de maan, hard en stralend, nog altijd niet onder is.

Ze kan ook voortkomen uit de gewaarwording dat je een sprookjesrijk bent binnengegaan, waar kinderverhalen plaatsvinden.

Ze kan ook voortkomen uit de wetenschap dat je, zodra jouw taak volbracht is, zult terugkeren naar je echtgenoot, die jij aanbidt.

Ze kan ook voortkomen uit de extreme schoonheid van de jou omringende natuur, en het besef dat jij hier en nu in leven bent.

Ze kan ook voortkomen uit de wetenschap dat je ieder doel hebt bereikt dat je jezelf sinds je kindertijd gesteld hebt.

Ze kan ook voortkomen uit de wetenschap dat je, eindelijk, een doel hebt gevonden dat jouw ontzaglijke energie waard is.

Ze kan ook voortkomen uit de wetenschap dat je, als je dit doel hebt bereikt, zult hebben bijgedragen aan het behouden van het Amerikaanse leven zoals jij dat kent.

27
Aanzwellende vreugde kan stilzitten lastig maken.

Pas op voor een innerlijke toestand – positief dan wel negatief – die de gebeurtenissen om je heen verdoezelt.

Wanneer twee doelwitten schetsjes beginnen te maken, dan is het concrete plannen begonnen.

De camera die in je linkeroog is geïmplanteerd bestuur je door op je linkertraanbuis te drukken.

Bij slecht licht kun je de flits inschakelen door op de buitenste punt van je linkerwenkbrauw te drukken.

Dek bij gebruik van de flits altijd je niet-cameraoog af om tijdelijke verblinding te voorkomen.

Gebruik de flits nooit in het bijzijn van anderen.

28

Als je snakkend naar adem opspringt uit je stoel, turend naar de villa, dan zullen ook de anderen hun aandacht daarop richten.

'Wat? Wat hoorde je?', vlak bij je gezicht uitgesproken door je Toegewezen Partner, wijst erop dat jouw afleidingsmanoeuvre geloofwaardig is.

Wacht tot hun verlangen het te weten de woede nadert, en zeg dan op zwakke toon: 'Ik hoorde geschreeuw.'

Gewelddadige mannen leven in voortdurende angst voor vergeldingen.

Jullie nieuwe gastheer zal als eerste naar zijn huis toe sprinten.

De vlugge blik van jouw Toegewezen Partner op de aanlegsteiger in de diepte wijst erop dat zijn belangen niet geheel op één lijn liggen met die van jullie nieuwe gastheer.

Zijn onmiddellijke aandacht voor zijn telefoon kan erop wijzen dat hij contact opneemt met de bestuurder van de speedboot.

De gewelddadigen hebben altijd een ontsnappingsplan.

29

Een felverlichte telefoon zal de gebruiker ervan hopelijk afleiden van een cameraflits op korte afstand.

Ga zo dicht bij de schetsen zitten die je wil fotograferen dat ze je hele blikveld vullen.

Blijf heel stil zitten.

Een flits is veel dramatischer in het volslagen duister.

Een scheldwoord, gevolgd door 'Wat was dat, godverdomme?' wijst erop dat je de mate van telefoonabsorptie bij je Toegewezen Partner hebt overschat.

Een felle, bonzende verblinding wijst erop dat je bent vergeten je niet-camera-oog af te dekken.

Distantieer jezelf van jouw betrokkenheid bij die flits door, naar waarheid, uit te roepen: 'Ik zie niets meer!'

Het is lastig rennend de weg te vinden over een rotskaap wanneer je verblind bent.

Het is onmogelijk op te houden met rennen wanneer je Toegewezen Partner je krachtig meesleurt aan je hand.

Gezoem kondigt het naderen van een speedboot aan.

Wanneer je in staat van verblinding (en op hoge hakken) een brokkelig, begroeid pad tracht af te dalen, leidt dat tot struikelen en vallen.

Wegstervende voetstappen wijzen erop dat jij jouw beperkte waarde voor je Toegewezen Partner hebt overschat.

Door je verblinding en desoriëntatie kun je wellicht niet meer doen dan liggend op de grond naar hem roepen.

Een boot die met hoge snelheid vertrekt veroorzaakt een trilling die via de grond omhoogstijgt.

30

Tijdelijke verblinding versterkt de waardering voor het niet blind zijn.

Bij het wegtrekken van de verblinding kan een verzameling voorwerpen om je heen bijna iets sensueels krijgen.

De wetenschap dat je Toegewezen Partner er niet meer is zal langzaam en kil bij je indalen.

Iedere nieuwe fase van alleen-zijn onthult dat je eerder minder alleen was dan je dacht.

Deze nog vollediger isolatie kan, in eerste instantie, verlammend werken.

Als het kalmerend werkt om languit op de grond te gaan liggen, doe dat dan.

De maan schijnt overal.

De maan kan evenveel uitdrukking hebben als een mensengezicht.

Mensen zijn fel en instinctief veerkrachtig.

De mythische heldendaden waar je als kind zo graag over las stellen niets voor bij wat mensen op aarde tot stand hebben gebracht.

31

De ontdekking dat er iemand anders in de buurt is, terwijl je dacht dat je alleen was, kan angst opwekken.

Opspringen vanuit een liggende naar een staande positie kan duizeligheid veroorzaken.

'Ik kan je zien. Kom tevoorschijn' moet kalm worden uitgesproken, vanuit de Parate Positie.

Als je een man verwachtte, kan het verschijnen van een vrouw opluchting geven, ondanks alles wat je weet, en bent.

'Wat doe jij hier?', indien uitgesproken door de alfaschoonheid van je nieuwe gastheer, is waarschijnlijk vijandig bedoeld.

Geef op abstracte vragen zo letterlijk mogelijk antwoord: 'Hij heeft me achtergelaten.'

'Klootzak', gemompeld op bittere toon, wijst op bekendheid met het fenomeen 'achtergelaten worden'.

Sympathie van een onverwachte kant kan een golf van emotie veroorzaken.

Overweeg voor- en nadelen van het huilen voordat je je tranen laat stromen.

De geparfumeerde armen van een schoonheid kunnen kracht en hoop rechtstreeks je huid in doen stromen.

32

De luxueuze villa boven op de kaap kan bij een tweede aanblik nog meer op een luchtspiegeling lijken.

Op een afgelegen plek vereist het in stand houden van een air van luxe een enorme hoeveelheid geld.

Net als georganiseerd geweld.

Jouw taak is het volgen van het geld naar de bron.

Een machtig man wiens compagnon het terrein na een vals alarm is ontvlucht, zal waarschijnlijk niet opgetogen zijn.

De terugkeer van de gestrande schoonheid van zijn verdwenen compagnon zal hem waarschijnlijk versteld doen staan.

Verbazing is bevredigend om te zien, op welk gezicht dan ook.

'Waar is hij godverdomme heen?' kan zelfs uit een jou onbekende taal ontcijferd worden.

De schouders ophalen is internationaal.

Onverschilligheid van een alfa-schoonheid ten overstaan van de consternatie van haar partner kan betekenen dat hij wellicht gemakkelijk te consterneren is.

Het kan ook betekenen dat hij haar partner niet is.

33

Van een schoonheid wordt soms verwacht dat ze van eigenaar wisselt.

Over het algemeen van een minder machtige naar een machtiger eigenaar.

Jouw taak blijft hetzelfde, wie je eigenaar ook is.

Wanneer je de bron van geld en macht dichter nadert, is dat vooruitgang.

Als jouw kwetsbaarheid en hulpeloosheid de interesse van een vijandig doelwit hebben gewekt, benadruk die dan.

Vuile, bloedende knieën kunnen jouw kwetsbaarheid zodanig benadrukken dat het afkeer opwekt.

Maar ze leveren je misschien wel een hete douche op.

34

In de woningen der gewelddadige rijken bevinden zich uitstekende medicijnkastjes.

Als je, nadat je schrammen zijn verzorgd, naar een badruimte met waterval wordt gebracht, ga er dan van uit dat je niet lang alleen zult zijn.

Het feit dat een man jou heeft genegeerd en beledigd betekent niet dat hij niet wil neuken.

Slanke, machtige mannen bewegen zich vaak met katachtige vlugheid.

Begin al vroeg met aftellen – zodra hij zich in het water laat zakken.

Wanneer hij je arm beetpakt, moet je bij vijf zijn.

Wanneer je voorhoofd tegen een rots wordt geperst, moet je je nog maar vaag bewust zijn van je lichaam, van bovenaf.

35

Als je bij terugkeer in je lichaam het idee hebt dat er veel tijd is verstreken, probeer er dan niet achter te komen hoeveel tijd.

Als je ledematen pijn doen, en je voorhoofd geschramd en rauw aanvoelt, probeer dan niet te bedenken waarom.

Wanneer je uit een warm bubbelbad komt waarin je een onbepaalde tijd hebt doorgebracht, zul je je trillerig en zwak voelen.

Denk eraan dat je niet betaald krijgt, noch in valuta, noch in natura, voor deze en alle andere handelingen die je hebt verricht.

Deze handelingen zijn een soort offer.

Een overvloed aan doorschijnende badmantels wijst erop dat deze badruimte geregeld door vrouwen wordt bezocht.

Een besmeurde, gerafelde witte zomerjurk kan een merkwaardige troost bieden, als je niets anders hebt.

Hou belangrijke dingen bij je – je kunt ze niet later ophalen.

36

Als je naar een piepklein kamertje met een heel groot bed erin wordt gebracht, is jouw bruikbaarheid voor je nieuwe gastheer misschien nog niet uitgeput.

Soms kun je de maan beter mijden.

De maan kan op een afluisterapparaat lijken, dat jouw bewegingen volgt.

Slaap wanneer dat veilig kan.

37

Jouw plotse ontwaken kan voelen als een reactie op een geluid.

Op momenten van extreme eenzaamheid kun je denken dat je je naam hoorde roepen.

We stellen onszelf gerust door, in onze dromen, degenen die we missen en van wie we houden te laten verschijnen.

Als we bij het wakker worden ontdekken dat ze er niet zijn, hebben we misschien toch het gevoel dat we met ze hebben gesproken.

Ook de best beveiligde huizen verzinken, diep in de nacht, in een staat van betrekkelijke bewusteloosheid.

Een schoonheid in een doorzichtige lila badmantel kan overal komen, zolang het er maar op lijkt dat ze door iemand besteld is.

De algemene principes binnen het huizenontwerp maken het mogelijk te weten welke deur naar de grote slaapkamer leidt.

Linnenkasten kunnen, met gesloten deuren, op grote slaapkamers lijken.

Badkamers ook.

Blote voeten maken geen geluid op een stenen vloer.

Een slanke, katachtige man kan nog altijd snurken.

Wanneer je zonder toestemming de slaapkamer van een slapende man binnengaat, loop dan direct naar zijn bed, alsof je naar hem op weg bent.

38

Een alfaschoonheid die geen band met jouw nieuwe gastheer leek te hebben, kan alsnog intiem met hem blijken te zijn.

Hun slapende verstrengeling kan alle eerdere interactie tussen hen beiden weerspreken.

Menselijke wezens zijn onkenbaar; vandaar de faustiaanse verlokking van de bewustzijnsdeling.

Een wiegje naast het bed duidt op de aanwezigheid van een baby.

Vermijd overgave aan je eigen verbazing; dat is tijdverspilling.

39

Vijandelijke doelwitten bergen hun telefoons elders op voor ze gaan slapen.

De kledingkast van een schoonheid is niet over het hoofd te zien, als een koker vol felgekleurde pijlen.

Wanneer je de privéruimte van een man hebt gevonden, ga dan op zoek naar de Sweet Spot waar hij aan het einde van de dag zijn zakken leegt.

Als zijn telefoon op die Sweet Spot ligt, overweeg dan het gebruik van Data Surge om de inhoud vast te leggen.

Een Data Surge moet alleen worden gebruikt als je een sterk vermoeden hebt dat het een rijke vangst kan opleveren.

Het ordenen en verwerken van de hoeveelheid buitgemaakte informatie zal enorm veel werk kosten.

De verzending ervan zal op alle vijandelijke spionageapparatuur zichtbaar zijn.

Wij kunnen de effectiviteit ervan maar één keer garanderen.

40

Steek je vingers tussen je rechter kleine teen en de teen links daarvan (als je rechtshandig bent) en haal de Data Plug uit je Universal Port.

Steek de magnetische draad van de plug in een van de

aansluitingen van de telefoon van je doelwit.

Ga op de vloer zitten, uit de buurt van scherpe hoeken, en zet je rug schrap tegen de muur.

In je Universal Port zit een rood lint; hou dat in een van je handen geklemd.

Spreid je tenen en schuif de plug – die nu magnetisch verbonden is met de telefoon van je doelwit – voorzichtig terug in de Universal Port.

Je zult een schok voelen wanneer de data je lichaam beginnen in te stromen.

Het kan een schok van herinnering, warmte, kou, verlangen, pijn, of zelfs vreugde zijn.

De data zullen je vreemd zijn, maar de losgemaakte herinneringen zijn de jouwe:

Voor je man een sinaasappel pellen, 's zondags in bed, met spetters zonlicht op de lakens;

De rokerige, gronderige geur van de vacht van de kat uit je kindertijd;

De smaak van de pepermuntjes die je moeder voor jou in haar bureau bewaarde.

De schok van een Data Surge kan bewusteloosheid of kortetermijngeheugenverlies veroorzaken.

Het rode lint is ter oriëntatie; als je wakker wordt met een lint in je hand geklemd, kijk dan naar je voet.

Als je lichaam is gekalmeerd, ontkoppel dan de telefoon van het doelwit en leg die terug op zijn oorspronkelijke plek.

41
Een Data Surge veroorzaakt oorsuizen, waardoor je een andere persoon wellicht niet hoort aankomen.

Een gezicht dat eenmaal voor opluchting heeft gezorgd, kan dat nogmaals doen.

Wanneer een alfaschoonheid in een onbekende taal tegen jou

schreeuwt, kan dat betekenen dat ze te slaperig is om zich te herinneren wie jij ook weer bent.

Het kan ook betekenen dat ze iemand anders roept.

Je status als schoonheid is geen excuus voor het feit dat je ergens bent waar je niet hoort te zijn.

Bereid jezelf erop voor je te verdedigen bij het eerste teken van fysieke bedreiging.

Als je nieuwe gastheer op je af duikt en schreeuwt: 'Wat spook jij godverdomme uit?' dan valt dat onder fysieke bedreiging.

Een stoot met je elleboog in de zachte holte onder zijn kin doet hem achterovervallen.

Het gehuil van een pasgeboren baby lokt een moeder weg, zelfs als haar partner in lichamelijke nood verkeert.

Een man die verdoofd is door een elleboogstoot zal amper reageren op het gehuil van een pasgeborene.

42

Wanneer je vechtsportvaardigheden duidelijk worden, zal een man die jou enkel als een schoonheid beschouwde een nieuwe kijk op jouw doeleinden krijgen.

Een directe aftocht is aan te raden.

Een slanke, katachtige man kan best weer opveren voor jij haastig hebt kunnen vertrekken.

Let op zijn ogen: hij meet de afstand tot zijn dichtstbijzijnde vuurwapen.

Een schop tegen zijn keel, zelfs met een blote voet, zal zijn luchtpijp tijdelijk blokkeren.

De alfaschoonheid van een gewelddadige man zal weten waar hij zijn vuurwapen bewaart en hoe ze het moet gebruiken.

Een vrouw die een wapen en een baby vasthoudt valt niet meer onder de noemer schoonheid.

Geen enkele schoonheid is werkelijk een schoonheid.

Het uitschakelen van een gewapende vrouw zal waarschijnlijk de baby die ze vasthoudt schaden.

Als Amerikanen prijzen wij boven alles de mensenrechten, en kunnen wij niet toestaan dat die geschonden worden.

Maar wanneer ónze rechten bedreigd worden, is meer speelruimte noodzakelijk.

Volg je intuïtie, maar denk eraan dat we ons aan onze principes moeten en zullen houden.

Een vrouw met een worstelende baby in de ene arm kan slecht mikken met de andere.

In een binnenruimte fluiten kogels echt.

Als iemand eenmaal op je heeft geschoten, en heeft gemist, maak haar dan onschadelijk voor ze opnieuw kan schieten.

Personen die ons aan onszelf doen denken, doen we slechts met de grootste tegenzin iets aan.

43

Er zit een vertraging tussen geraakt worden en weten dat je geraakt bent.

Wanneer er geen slagaderen bij betrokken zijn, zijn wonden in de bovenste ledematen verkiesbaar.

Lichaamsdelen met veel bot en pezen bloeden minder, maar zijn moeilijker te repareren als ze worden verbrijzeld.

De rechterschouder zit vol bot en pezen.

Wanneer er in het huis van een machtige man schoten zijn gelost, heb je een paar minuten, zo niet een paar seconden, voor de beveiligers arriveren.

Jouw lichaam is je Black Box; zonder je lichaam hebben we geen gegevens over wat er tijdens je missie is gebeurd.

Het is van essentieel belang dat je jezelf uit handen van de vijand houdt.

44

Mocht je in het nauw gedreven en in de minderheid zijn, dan kun je, als laatste redmiddel, je Oerkreet inzetten.

De Oerkreet is het menselijk equivalent van een ontploffing, een geluid waarin schreeuwen, brullen en gillen samenkomen.

De Kreet moet vergezeld gaan met woeste gezichtsstuipen en krampachtige lichaamsbewegingen, die een verwilderde, losgeslagen toestand suggereren.

De Oerkreet dient jou van een schoonheid in een monster te veranderen.

Het doel is je tegenstander afschuw in te boezemen, zoals vertrouwde, maar kwaadaardig geworden figuren dat doen in kinderverhalen en nachtmerries.

Gebruik tijdens de Kreet meermalen je flits.

Bij nadering van een brullend, stuiptrekkend, flitsend monster stapt een vrouw die een baby vasthoudt snel opzij.

Houd op met de Kreet zodra je geen direct gevaar meer loopt.

Zij die komen aandraven om een machtig man te hulp te schieten, zullen amper aandacht besteden aan een verfomfaaide schoonheid in de gang.

Als je geluk hebt, geeft dat je de tijd het huis te ontvluchten.

Neem onder het rennen je rol van schoonheid weer aan: strijk je haar glad en bedek je bloedende wond met de zomerjurk die in je zak gepropt zat.

Het feit dat je geen alarmen hoort, betekent niet dat er geen zijn afgegaan.

45

Na geweld in een afgesloten ruimte zal koele nachtlucht verhelderend werken.

Zorg dat je onder aan een steil, onverhard pad komt, ook als je daarvoor moet glijden en rollen.

Bij alle toegangen van de woningen der gewelddadige rijken zal altijd minstens één bewaker staan.

In het holst van de nacht, als je extreem veel geluk hebt (en stil bent), zit die bewaker te slapen.

Neem zo goed als je kunt de houding aan van een schoonheid die onbezorgd ronddartelt.

Mocht je, blootsvoets rennend over een steiger, je kindertijd herbeleven, dan kan de pijn je doen hallucineren.

Je lag op een warme steiger vlak bij een countryclub en hield voor de allereerste keer een jongenshand vast, een sensatie die je je na vele jaren nog altijd herinnert.

Achteraf gezien kan het lijken alsof je leven onvermijdelijk tot dit moment heeft geleid.

Geloven dat alles voorbestemd is, is makkelijker dan accepteren dat ons leven door willekeurig toeval wordt bepaald.

Per ongeluk binnenlopen bij een college robotica, omdat er van lokaal is gewisseld met je college Homerus, is willekeurig toeval.

Een vrije plek vinden naast een jongen met een donkere huid en mooie handen is willekeurig toeval.

Wanneer iemand eenmaal essentieel is geworden, zul je versteld staan dat je op een warme steiger kon liggen zonder dat je hem kende.

Ga ervan uit dat de herintegratie in je oude leven moeilijk zal zijn.

Ervaringen laten littekens achter, wat de redenen en principes erachter ook mogen zijn.

Onze Burgeragenten hebben vaak het meeste baat bij het verstrijken van de tijd.

Onze Therapeuten zijn de eerste twee weken van je herintegratie vierentwintig uur per dag beschikbaar en daarna op werktijden.

Het beschrijven van je missie, welk aspect dan ook, aan burgers is streng verboden; daaronder vallen ook geestelijke gezondheidswerkers en spirituele therapeuten.

Wees gerust; we hebben alle middelen beschikbaar om in jouw behoeften te voorzien.

46

Zelfs met bovennatuurlijke zwemkracht kun je een blauwzwarte zee niet doorkruisen.

Wanneer jouw lichaam buitengewone krachten zijn geschonken, is het schokkend op een kloof tussen je wensen en vermogens te stuiten.

Al duizenden jaren lang stellen uitvinders mensen in staat mythische prestaties te verrichten.

Jouw echtgenoot is een uitvinder.

Kinderen die tussen roofdieren worden opgevoed leren naar ongewone vormen en bewegingen in het landschap te speuren.

Intimiteit met een ander mens kan jou in staat stellen je omgeving te bestuderen zoals hij dat zou doen.

Aan een maanverlichte rotskust is de ongewone vorm een rechte hoek die met de golven meedeint, onder overhangende struiken.

Jouw nieuwe gastheer heeft zeer waarschijnlijk een speedboot verborgen, voor ontsnappingen uit noodsituaties.

De sleutel zal in het contact zitten.

47

Glibber tussen de takken door omlaag en klim de boot in; maak de touwen los en laat de motor in het water zakken.

Wees dankbaar voor de meren op het platteland van New York, waar jij hebt geleerd buitenboordmotoren te bedienen.

Ploef met je goede arm je haar op en dwing jezelf tot een brede, zorgeloze glimlach.

Een glimlach is als een schild: die doet je gezicht verstijven tot een masker waarachter je je kunt verbergen.

Een glimlach is een deur die zowel open als dicht is.

Draai de sleutel om en trek aan het koord van de motor, stuur de boot dan de blauwzwarte zee op en geef gas.

Zwaai en giechel opzichtig naar de verbijsterde, slaperige bewaker.

Vaar zigzaggend tot je buiten bereik van vuurwapens bent.

48

De opgetogenheid om je ontsnapping zal bijna direct worden gevolgd door een verpletterende pijnaanval.

De villa, de bewoners ervan, zelfs de schoten zullen onwerkelijk lijken bij deze nieuwe, urgente kwestie.

Als de pijn denken onmogelijk maakt, concentreer je dan op het sturen.

Wij kunnen alleen op bepaalde Geografische Hotspots ingrijpen.

Wanneer je op weg bent naar een Hotspot, geef dan aan dat het een noodsituatie betreft, door dertig seconden achtereen op de knop aan de binnenkant van je knie te drukken.

Je moet bij bewustzijn blijven.

Als dat helpt, stel je dan voor dat je in de armen van je echtgenoot ligt.

Als dat helpt, stel je dan voor dat je in jullie flat bent, waar het jachtmes van zijn grootvader in een plexiglazen vitrine tentoongesteld staat.

Als dat helpt, stel je dan voor dat je de tomaatjes plukt die 's zomers op jullie vensterbank groeien.

Als dat helpt, stel je dan voor dat de inhoud van de Data Surge een aanslag zal voorkomen die duizenden levens zou hebben gekost.

Zelfs zonder augmentaties ben je half bewusteloos in staat de boot te besturen.

Menselijke wezens zijn bovenmenselijk.

Laat de maan en de sterren je de weg wijzen.

49

Als je ongeveer op de plek van de Hotspot bent aangekomen, zet dan de motor af.

Het zal volkomen donker zijn, en volkomen stil.

Als je dat wilt, kun je op de bodem van de boot gaan liggen.

Het feit dat het voelt alsof je doodgaat, betekent niet dat je dood zult gaan.

Denk eraan dat jouw lichaam, mocht je doodgaan, een schatkist aan cruciale data zal opleveren.

Denk eraan dat jouw Praktijkinstructies, mocht je doodgaan, een verslag van jouw missie en lessen voor hen die jou volgen zullen opleveren.

Denk eraan dat jij, mocht je doodgaan, gewonnen zult hebben, puur door ons jouw stoffelijk overschot te verstrekken.

Het schommelen van de boot in zee zal je doen denken aan een wieg.

Je zult je herinneren hoe jouw moeder je in haar armen wiegde toen je klein was.

Je zult je herinneren dat zij altijd vurig en volkomen van jou gehouden heeft.

Je zult ontdekken dat je haar vergeven hebt.

Je zult begrijpen dat zij geheimhield wie jouw vader was, omdat ze erop vertrouwde dat haar eigen, oneindige liefde voldoende zou zijn.

De wens jouw moeder te vertellen dat je haar hebt vergeven is nog een reden dat jij levend thuis moet zien te komen.

De gedachte dat jouw vader nooit zal weten wat hij is kwijtgeraakt is nog een reden dat jij levend thuis moet zien te komen.

De behoefte hem te vertellen wat hij bijna is kwijtgeraakt is nog een reden dat jij levend thuis moet zien te komen.

Je zult niet kunnen wachten, maar je zult moeten wachten.

Wij zijn er altijd in geslaagd Burgeragenten op te pikken die, dood of levend, een Hotspot bereikt hadden.

50
Op Hotspots is het niet warm.

Zelfs op een warme nacht wordt het kil op de natte bodem van een boot.

Wanneer je omhoogkijkt naar de verstrooide, flonkerende sterren, kan het voelen alsof je boven ze zweeft, en omlaagkijkt.

Het zal lijken alsof het heelal onder je hangt, in melkachtige, glinsterende raadselachtigheid.

Pas wanneer je een vrouw net zoals jij verfomfaaid en bloedend op de bodem van een boot ziet liggen, zul je beseffen wat er is gebeurd.

Je hebt zonder het te willen de Dissociatietechniek ingezet.

Dit kan geen kwaad.

Vrij van pijn kun je door de nachthemel zweven.

Vrij van pijn kun je de vliegdroom uitleven waar je als kind zo dol op was.

Hou altijd je lichaam in zicht; wanneer je geest je lichaam kwijtraakt, kan het moeilijk of zelfs onmogelijk worden om ze te herenigen.

Terwijl je door de nachthemel zweeft, valt je misschien tussen de windvlagen door een gestaag, ritmisch wieken op.

Het geluid van een helikopter is inherent angstaanjagend.

Een helikopter met de lichten uit is als een mengsel van een vleermuis, een vogel en een monsterlijk insect.

Verzet je tegen de aandrang voor deze verschijning te vluchten; hij komt je redden.

51
Weet dat je, als je terugkeert in je lijf, akkoord gaat met ontstellende lichamelijke pijn.

Weet dat je, als je terugkeert in je lijf, akkoord gaat met een schokkende herintegratie in een veranderd leven.

Sommige Burgeragenten hebben ervoor gekozen nooit meer terug te keren.

Ze hebben hun lichaam achtergelaten, en nu glinsteren ze verheven aan de hemel.

Binnen het nieuwe heldendom is het doel het individuele leven te overstijgen, met zijn onbenullige pijntjes en liefdes, en in plaats daarvan voor het sublieme collectief te kiezen.

Je kunt je iedere flonkerende ster voorstellen als de heldhaftige geest van een voormalige agent-schoonheid.

Je kunt je de hemel voorstellen als een gigantisch scherm, gevuld met hun lichtpuntjes.

52

Als je wilt terugkeren in je lichaam, dan is het essentieel dat je dat doet vóór de helikopter arriveert.

Als dat helpt, tel dan terug.

Bij acht moet je zo dichtbij zijn dat je je blote, vuile voeten kunt zien.

Bij vijf moet je zo dichtbij zijn dat je de bebloede jurk kunt zien die om je schouder zit gewikkeld.

Bij drie moet je zo dichtbij zijn dat je de kuiltjes in je wangen kunt zien, waar je als kind complimenten voor kreeg.

Bij twee moet je het gegier van je snelle ademhaling kunnen horen.

53

Wanneer je teruggekeerd bent in je lichaam, kijk dan toe hoe de helikopter traag bonzend neerdaalt.

Het lijkt misschien alsof het een contraptie is uit een zuiver mechanische wereld.

Het lijkt misschien alsof hij je komt wegvagen.

Het kan moeilijk te geloven zijn dat er menselijke wezens in zitten.

Je zult het niet zeker weten tot je ze gehurkt boven je ziet zitten, hun gezicht strak van hoop, klaar om te springen.

De scheidslijn:

Ervoor

'Hoe weten we nou of die man echt haar broer is?' vraagt moeder op een avond na het eten, als Brian en Molly naar boven zijn gegaan om huiswerk te maken en ik haar help de vaatwasser in te ruimen.

'Welke man?' zegt vader vanuit zijn leunstoel in de studeerkamer naast de keuken. 'Wie z'n broer?'

'Het lijkt me een beetje... toevallig,' zegt ze. 'Hij trekt daar in en negen maanden later: boem. De echtgenoot vertrekt.'

'Ah,' zegt vader. Niet omdat hij het eens is met moeders nieuwste complottheorie – dat is hij nooit, wij geen van allen – maar omdat hij begrijpt over wie ze het heeft: onze buren, de Salazars.

Moeder komt de keuken uit en gaat naast vaders leunstoel op hem neer staan kijken. 'Ze lijken in de verste verte niet op elkaar,' zegt ze. 'Zie je ergens een familiegelijkenis?'

'We hebben nooit op zo'n goede voet met elkaar gestaan dat ik zijn gezicht goed heb kunnen bekijken,' zegt vader.

'Ik denk dat hij de journalistiek heeft opgegeven,' zegt moeder. 'Hij is wel erg veel thuis.'

'Jij bent ook veel thuis,' merkt vader op.

'Ik hou hem in de gaten.'

Vader legt behoedzaam zijn krant neer, wat voor vader hetzelfde is als opstaan en moeder strak in haar ogen kijken. 'Kom niet op hun terrein, Noreen,' zegt hij. 'Als je weer op hun terrein komt, sta je er alleen voor. Hannah, hoor je het?' roept hij door de keukendeur naar mij. Ik sta altijd te luisteren. 'Jij bent mijn getuige.'

‘En als híj dat doet?’ vraagt moeder.

Een paar maanden nadat de broer van Stephanie Salazar bij Mr en Mrs Salazar was ingetrokken, zag moeder hem hun huis binnenklimmen door een raam (hij was zijn sleutels vergeten) en had ze de politie gebeld om een inbraak te melden. Ze wist heus wel wie hij was maar ze vertrouwde hem niet, zei ze tegen vader (die het tegen mij zei), nadat hij haar vijandig had aangekeken toen ze in de tuin bezig was bij de houten schutting tussen onze tuin en die van de Salazars. Wat moeder niet wist, is dat Stephanies broer voorwaardelijk vrij was, met als gevolg dat de politie hem in handboeien afvoerde. Die avond kwamen de Salazars bij ons om met moeder en vader te praten over Stephanies broer en zijn geestelijke gezondheid. Bennie Salazar ontdekte wat vaders lievelingspopgroep was, The Conduits, en zong al hun nummers, zodat vader de whiskey tevoorschijn haalde en meevoelend zat te knikken terwijl moeder uit het raam keek alsof ze werd afgeleid door een geluid dat verder niemand kon horen. Inderdaad bleek tijdens dat gesprek dat een deel van de schutting tussen onze tuinen radicaal in onze richting was opgeschoven, waardoor onze ‘leefruimte’, zoals moeder het noemde, werd aangetast en een bed van haar roze floxen werd ‘overmeesterd’. Een paar weken later groef moeder een van de schuttingpalen uit met een elektrische tuinspade die ze bij Ace Hardware had gehuurd en schoof de paal vijftien centimeter het terrein van de Salazars op. Ze was giechelig toen wij uit school kwamen. Ze zong tijdens het koken en gniffelde toen ze de was opvouwde. Die avond deed ik open toen er gebeld werd en Stephanie Salazars broer stond op de stoep, bleek en trillend van woede, met een rolmaat in zijn hand. Ik riep vader erbij en ze gingen samen de achtertuin in om naar de schuttingpaal te kijken. Vader gaf toe dat die verplaatst was en liet hem door een klusjesman terugzetten.

Dat was twee jaar geleden, ik zat in mijn eerste studiejaar. We vonden het allemaal erg toen de Salazars uit elkaar gingen, vooral vader. Bennie Salazar verhuisde naar Manhattan, en nu zien we hem alleen nog als hij zijn zoon Christopher komt halen of brengen, die een jaar ouder is dan Molly. Dan zwaait Bennie Salazar naar ons vanuit het raampje van zijn sportwagen. 'Wat een verlies,' zegt vader altijd.

Als moeder en ik klaar zijn met schoonmaken, blijf ik beneden bij vader om voor mijn examen van de gevorderdenleergang te studeren, terwijl moeder boven Brian en Molly gaat helpen met de vele dingen waarbij ze hulp nodig hebben. Brians versterkte ondergoed zit niet lekker meer en morgen heeft hij een honkbalwedstrijd, en dus rijdt moeder naar de Modell's vier dorpen verderop, die laat open is, om nieuw versterkt ondergoed te kopen, een maat groter, en daarna helpt ze Brian met zijn wiskunde (moeder is griezelig goed in wiskunde). Later hoor ik Molly huilen bij moeder om alle perikelen met vriendinnen die maar niet ophouden. Ik ga al een paar jaar niet meer met mijn problemen naar moeder, zoals ze had voorspeld: 'Ik kan je niet langer helpen dan tot je naar de middelbare school gaat, Hannah, of misschien wel eerder, en daarna moet je het zelf oplossen,' zei ze altijd als ik met bezwaren en ontkenningen kwam. Maar ze had gelijk: eenmaal op de middelbare school ging ik moeder anders zien. Nu ga ik naar vader.

Toen ik klein was, was ik bang dat ik in mijn slaap zou sterven. Moeder zei nooit: 'Onzin. Jij blijft eeuwig leven, schat, en ik ook en ons hele gezin en iedereen van wie we houden ook.' In plaats daarvan pakte ze haar stethoscoop, professionele thermometer en bloeddrukmeter en onderzocht me.

'Normaal,' zei ze dan. 'Vannacht ga jij niet dood.'

Volgens moeder moet je voorzichtig zijn, anders roep je duistere krachten op. Alles hangt meer onderling samen dan het lijkt. De wereld is wreed en redeloos, de sterken floreren ten koste van de zwakken en een gelukkige afloop is maar hoe je het bekijkt. Dat punt benadrukte ze aan het slot van elk sprookje dat ze ons voorlas:

'We zullen moeten afwachten of de prins nog steeds van haar houdt als ze middelbaar is en zwangerschapsstriemen heeft, of dat hij haar dan inruilt voor een nieuwer model.'

'Ja hoor, de prins erft het rijk dat hem toekomt, tot er een vijandelijke prins binnenvalt en iedereen afslacht.'

'"Lang en gelukkig" zolang er maar honderden slaven het land bewerken en tientallen lijfeigenen zich afsloven om een kasteel bewoonbaar te houden.'

'In de echte wereld is er maar één einde en dat is geen gelukkig einde,' vertelde moeder ons zo lang ik me kan herinneren. En als we moesten huilen om haar grimmige uitspraken, sloeg ze haar armen om ons heen en fluisterde: 'Mijn geliefde kinderen, alles hangt samen op een manier die wij niet begrijpen. Er zijn samenzweringen. Er zijn complotten. Ik ben jullie moeder. Jullie komen uit mijn baarmoeder. En om jullie te beschermen vermoord ik iedereen die ik moet vermoorden.'

Tegenwoordig vind ik het pijnlijk dat ik een moeder heb die algemeen als doorgeslagen wordt beschouwd, een moeder om wie mijn vriendinnen lachen. Maar toen ik klein was en ik alleen haar kende, leefde ik binnen een krachtenveld dat me afschermde van ieder gevaar zonder het te verhullen. Zij heeft me sterk gemaakt.

Soms denk ik dat moeder een figuur uit een sprookje is, die me beheerste tot ik te groot was voor zulke verhalen. Nu wil ik andere dingen lezen.

De avond daarop, Brian en Molly zitten aan de eettafel, zegt moeder: 'Hij mag me niet.'

'Niemand mag jou,' zegt vader met dat halve glimlachje dat vaders versie van een grijns is. 'Behalve wij.'

'Wij houden van je,' zegt Molly.

In de moederwereld is onze moeder een eenzaat. Ze wordt niet uitgenodigd op moedervergaderingen of moederfeestjes, gevraagd voor moederleesclubs of wijnproeverijen of *sample sales* of theatervoorstellingen of wellnessweekends of zelfs niet op moedertennistoernooitjes, hoewel ze vroeger jeugdwedstrijden heeft gespeeld.

‘Het is een veroordeelde misdadiger,’ zegt ze.

‘Hou nou maar op,’ zegt vader. ‘Het is een gewone jongen die van het pad is geraakt. Zeker jij zou dat moeten begrijpen.’

‘Ik ben nooit van het pad geraakt.’

‘Misschien ben je wel nooit óp het pad geweest,’ zegt vader met een knipoog naar mij.

‘Bruce,’ zegt moeder heel zachtjes. ‘Dat is kwetsend.’

Ze staat op van tafel en zweeft de trap op met haar naaimandje, waar wit pluisgaren in zit voor het poezenoortjesmutsfeestje dat ze heeft georganiseerd voor Molly, die haar afstotelijke beste vriendin wil terugwinnen, en een paar overhemden met labels die Brian eraf wil hebben omdat ze hem in zijn nek kriebelen. Een label kun je er niet zomaar afknippen, want dan blijft er een stukje achter dat nog erger prikt dan het label zelf. Moeder verwijdert elk praktisch onzichtbaar naadje waarmee het label vastzit met een piepklein schaartje dat speciaal uit Duitsland moest worden besteld en bewaard wordt in een gedemineraliseerd glazen buisje omdat het anders zomaar stomp kan worden.

Brian, Molly en ik ruimen de tafel af en maken schoon terwijl vader in zijn leunstoel *The Wall Street Journal* zit te lezen. Nu moeder er niet bij is wordt de stilte drukkend.

‘Vader,’ zeg ik, boven zijn leunstoel hangend, ‘bied je excuses aan.’

‘Niet die toon, Hannah,’ antwoordt hij mild.

Even later klimt Molly op zijn schoot, verkreukelt zijn krant en kust hem op zijn wang; als je negen bent kun je je dat veroorloven. ‘Zeg nou maar sorry tegen mama,’ fleemt ze.

‘Ik zal erover nadenken, pop.’

Brian, die altijd al zwijgzaam was en dat met de minuut meer wordt, staat een meter van vaders stoel en frummelt met zijn teen aan het kleed. Ten slotte mompelt hij: ‘Pap?’

‘Ja, Brian?’

‘Toe nou.’

‘Wat nou?’

‘Weet je wel.’

'Wat weet ik?'

'Tóé nou.'

'Het ontgaat me waar het over gaat, Brian.'

'Nu, pap.'

'Wát nu?'

Brian haalt diep adem en brult vader in zijn gezicht: 'ZEG SORRY TEGEN MOEDER!!!'

Vader zet zijn leunstoel langzaam in de rechte stand – voor vader hetzelfde als opspringen uit zijn stoel. 'Dat wou ik net gaan doen, jongen,' zegt hij en hij loopt kalm naar de trap. 'Goed dat je me eraan herinnert.'

***

Moeder schrijft haar uitsluiting door de andere moeders toe aan de verderfelijke invloed van één centrale moeder: Kathy Bingham, door moeder aangeduid als de Hogepriesteres der Loeders. Kathy heeft vijf kinderen, allemaal misdadig verwaarloosd (volgens moeder), en ze tennist fanatiek op de Crandale Country Club, waar ze de afgelopen acht jaar kampioen damesenkelspel én damesdubbelspel was. Volgens moeder overheerst Kathy elk onderdeel van het damestennis op de CCC met de moorddadige wreedheid van een maffiabaas. Kathy gunt moeder geen blik en zegt geen woord tegen haar, hoewel moeder volhoudt dat ze nooit iets heeft gedaan om Kathy's haat te rechtvaardigen. 'Ik denk dat het aan mijn haar ligt,' zegt ze, en het is waar dat ze haar haar veel lichter bleekt dan de subtiele highlights van de andere moeders.

'Begrijp me goed, ik ga er nog eens aan kapot,' heeft ze ons verteld. 'En als je bedenkt wat er in die waterstofperoxide zit kon dat wel eens eerder dan verwacht zijn.'

Toen we haar smeekten te stoppen met die peroxide, zei moeder: 'Vergeet het maar. Het leven is geven en nemen en ik wil best een paar jaar opgeven als ik haar als Marilyn Monroe kan hebben.'

Een paar avonden later, als vader na het eten aan de tafel mijn proefexamen nakijkt, zegt moeder: 'Bruce, het zit me dwars dat je zo onverschillig doet over de zware dreiging waaronder ik leef.'

Vader schuift zijn stoel achteruit. Vader is jurist. 'Heeft hij je bedreigd?'

'Hij kijkt me kwaad aan van over de schutting.'

Vader zet zijn leesbril af en kijkt op naar moeder. 'Waarom ben je zo vaak bij die schutting, Noreen?'

'Ik werk in de tuin. Het is mei, topmaand voor tuinieren.'

'Blijf alsjeblieft aan onze kant,' zei vader. 'Dat geldt voor jou én voor de schutting.'

'Dat zeg je nou steeds, Bruce.' Moeder noemt vader bij zijn naam als ze ontevreden over hem is. 'Ik luister niet meer.'

'Je doet maar wat je wilt. Als je de perceelgrens maar niet overgaat.'

'Nou zeg je het weer.'

'Ik kan het niet vaak genoeg zeggen.'

'Jawel, Bruce,' zegt moeder. 'Op dit moment zeg je het te vaak.'

Ze staren elkaar aan. Dan draait moeder zich om en loopt de achterdeur uit, de tuin in. Vader buigt zich weer over mijn examen, doet of het hem niks kan schelen, maar het laat hem niet los. Hij gaat uit het keukenraam staan kijken en beent dan ferm de achterdeur uit; voor vader hetzelfde als een sprintje trekken. Door het keukenraam zie ik dat moeder over de schutting tussen onze tuin en die van de Salazars is gesprongen en op hun gazon staat. Haar platinablonde haar glanst in het donker.

'Ik ben de perceelgrens over, Bruce,' roept moeder. 'Wat gaat er nu gebeuren?'

'Dat bepaal ik niet,' zegt vader vanaf onze schuttingkant. 'Je valt nu buiten mijn beschermingsgebied.'

'Je hebt me nooit beschermd.'

'Ik bescherm jou terwijl jij het nauwelijks doorhebt,' zegt vader, 'maar ik kan je niet tegen jezelf beschermen.'

Ik duik weg van het raam als ik Stephanie Salazar naar buiten zie komen, maar ik kan me er niet van weerhouden om de achterdeur uit te sluipen en achter vaders barbecue met de fladderende regenhoes te hurken. Stephanie heeft kort zwart haar en lijkt in niets op de andere moeders. Een paar maanden nadat de Salazars hier kwamen wonen is ze dubbelspelpartner geworden van Kathy Bingham, de Hogepriesteres der Loeders. Ze wonnen vaak, totdat Bennie Salazar uit huis ging, waarop Stephanie en Kathy geen partners meer waren en ook niet meer met elkaar spraken. Dat leidde tot gefluister dat Kathy iets te maken had met de scheiding van de Salazars, maar het was heel zacht gefluister omdat (volgens moeder) niemand het risico wil lopen door Kathy afgeschreven te worden.

En toen vond vorig jaar tijdens het Damestennistoernooi 2006 op de Crandale Country Club de wedstrijd enkelspel plaats tussen Stephanie en Kathy. De partij duurde bijna vijf uur. Elke game duurde eindeloos, elke set eindigde in een tiebreak die weer tot nieuwe tiebreaks leidde. Op het laatst stroomden tientallen mensen uit de hele club toe om te kijken. Toen Kathy uiteindelijk won, liet Stephanie zich op het court vallen met haar gezicht in haar vuisten, slaakte een dierlijke kreet en begon te snikken. Tot ieders verbijstering liep Kathy om het net heen, knielde naast Stephanie en sloeg haar armen om haar heen – niemand kon het geloven en later dachten ze allemaal dat ze het niet echt hadden gezien; het moest aan de invallende schemer hebben gelegen. Maar het was wel gebeurd: ik heb het gezien. Kathy trok Stephanie overeind en ze liepen samen naar de kleedkamer. Daarna werden ze weer partners in het dubbelspel. Nooit hebben ze een partij verloren.

'Hoi, Noreen,' zegt Stephanie vriendelijk, en ze steekt het gazon over naar moeder. 'Alles goed hier?'

'Ik wil alleen maar iets demonstreren,' zegt moeder.

'Nou,' zegt Stephanie. 'Het is een mooie avond.'

'Zeker,' beaamt vader van over de schutting, en het is waar:

de hemel is donker en helder en alles ruikt fris na de regenbui eerder op de dag.

'Je seringen doen het krankzinnig goed,' zegt Stephanie tegen moeder. 'God, die geur – ik wou dat ik daarin kon wonen.' Ze kan moeder goed manipuleren, maar manipuléért ze moeder of is ze gewoon aardig, denk ik.

'Dank je wel,' zegt moeder, en ze trekt zich alweer terug in de richting van de schutting.

Op dat moment vliegt de deur van hun huis open en Jules, de criminele broer, stormt het gazon op met Stephanies zoon Chris en een meisje dat Lulu heet en dat om een of andere reden bij hen logeert. Jules is niets veranderd sinds ik hem twee jaar geleden op onze stoep zag staan: hij is bleek, te dik en zijn overhemd hangt uit zijn broek. Hij ziet er normaal uit, afgezien van zijn ogen, die woest staan.

'Wat doe je hier buiten?' vraagt hij aan Stephanie. 'Wat moet zíj op ons terrein?'

'We hebben het over de seringen,' zegt Stephanie.

'Ze staat op ons gazon. Daar heeft ze geen enkele reden voor.'

'Noreen,' zegt vader, 'zou je niet...'

'Ga van ons erf,' beveelt Jules. 'Nu.'

Stephanie keert zich om naar haar broer. 'Zo praat je niet tegen haar, Jules! Dat is onze buurvrouw. Jezus.'

'Het is jouw erf niet,' wijst moeder Jules terecht. 'Het is van je zus en haar man.'

'En we zijn gescheiden,' zegt Stephanie. 'Dus is het mijn erf.'

'Ik ben haar broer,' zegt Jules. 'Ga weg.'

'Jules, hou op!'

'Jullie lijken niks op elkaar,' zegt moeder.

'Ze is gestoord,' zegt Jules tegen Stephanie. 'Jij laat een gestoord mens op ons gazon staan. Waarom?'

Vader en Stephanie lopen elk aan hun kant van de schutting op moeder toe. 'Noreen, kom alsjeblieft terug,' zegt vader en in zijn stem hoor ik de bezorgdheid die hij voelt als hij denkt dat er wetten overtreden gaan worden.

'Mijn excuses dat mijn broer zo grof was,' zegt Stephanie.

'Hij is grof maar hij heeft gelijk,' zegt vader.

'Een weldenkend mens!' roept Jules uit. 'Dank je wel!'

'Jij bent hopeloos,' zegt moeder tegen vader.

'Noreen, zoek je hier soms iets?' vraagt Stephanie, en ik besef dat ze moeder inderdaad manipuleert, en dat ze zo goed is in het manipuleren van moeder omdat ze haar broer elke dag moet manipuleren. 'Want zo niet, dan denk ik dat Jules meer op z'n gemak zou zijn als je...'

'GA. VAN. ONS. ERF. AF!' brult Jules uit volle borst. Het geluid kaatst heen en weer tussen onze huizen.

'Er wordt niet tegen mij geschreeuwd,' zegt moeder ferm.

'Laat haar daar maar,' zegt Stephanie tegen Jules. 'Wat maakt het uit?'

'Jij bent gek geworden, Steph. Waarom pik je dat van haar?'

'Jezus christus, Jules, het gaat verdomme over een stomme schutting,' zegt Stephanie, voor het eerst met stemverheffing. 'Het Midden-Oosten staat in brand, vluchtelingen moeten hun kinderen opvoeden onder plastic zeilen, zonder stromend water – ik bedoel: overal op de wereld zijn territoriale conflicten, maar een hekje in onze woonwijk valt daar niet onder.'

Ik luister naar Stephanie Salazar en ik aanbid haar. Vader aanbidt haar. Haar zoon Chris aanbidt haar, en Lulu ook. Stephanie is persagent van rocksterren, maar ze zou zelf een rockster moeten zijn.

'Als meer mensen elkanders schuttingen zouden respecteren, zouden we die problemen niet hebben,' snuift Jules.

'Ik geef het op,' zegt Stephanie en ze loopt terug naar haar huis. 'Chris, Lulu, kom, we gaan naar binnen.' En dat doen ze. Stephanie draait zich niet meer om. Ze zegt dat ze naar binnen gaat en dat doet ze.

Er volgt een lange stilte. Vader, moeder en Jules staan als schaakstukken in hun positie. Ten slotte zegt vader: 'Ik ga ook naar binnen, Noreen', en ik schiet voor hem uit het huis in.

Vader zit in zijn studeerkamer naar het nieuws van elf uur

te kijken, maar eigenlijk op moeder te wachten. Ik kijk vanuit het keukenraam naar de zwijgende confrontatie tussen haar en Jules. In het donker zien ze er griezelig uit, als standbeelden van mensen. Jules is niet dichter bij moeder gekomen. Hij is bang voor haar. En zij is bang voor hem.

'Er is een comedyserie waarin dit verhaal zit,' zeg ik tegen vader. 'Misschien hebben we die aflevering wel gezien.'

'In comedy's laten ze veel weg,' zegt vader. 'Daarom zijn ze om te lachen.'

'Wat gaat er nu gebeuren?'

'Ik weet het niet, Hannah,' zegt hij. 'Maar ik word er zo moe van.'

Als vader en ik door de achterdeur welterusten roepen naar moeder is Jules naar binnen gegaan. Moeder staat alleen in de maanverlichte tuin van de Salazars.

De volgende morgen schudt moeder bladeren uit haar haar in de gootsteen voor ze kaasomeletten voor ons gaat bakken en de schoollunch voor Brian en Molly klaarmaakt.

'Heb je in hun tuin geslapen?' vraag vader. 'Ben je gaan liggen?'

'Ik heb wat gedommeld.'

'Je boft dat hij de politie niet gebeld heeft.'

'Criminelen bellen de politie niet.'

'Ben je nou tevreden over jezelf? Zie je dit als een overwinning?'

'Je hoeft je daar niet meer druk over te maken, Bruce,' zegt moeder. 'Over wat ik voel.'

Moeder heeft het opeens erg druk. De Jules Jones-affaire heeft geen vervolg gekregen, maar zo nu en dan glijdt er een vaag glimlachje over haar gezicht als haar ogen de kant van het huis van de Salazars op schieten.

'Wat nou?' vraagt vader na zo'n glimlachje,

'Wat nou wat?' Moeder zet overdreven onschuldige grote ogen op.

'Ik voel dat er iets illegaals staat te gebeuren.'

'Nou, als dat zo is,' zegt moeder sluw, 'en ik suggereer echt niet dát het zo is, dan is het toch beter dat jij er als advocaat niks van afweet?'

Op een avond, nadat moeder ons heeft opgehaald van scouting (Molly), honkbaltraining (Brian) en jaarboekvergadering (ik), rijdt ze om naar een winkelcentrum en zegt: 'Ik moet even iets halen bij de Ace Hardware.'

'Mag ik mee?' vraagt Brian. Hij is gek op de Ace Hardware.

'Liever niet, deze keer.'

Na een hele tijd verschijnt ze weer, met een onhandige bultige zak die zo is ingepakt dat we niet kunnen zien wat erin zit. Ze vraagt of ik achterin wil gaan zitten en zet de zak naast haar voorin, met een veiligheidsgordel eromheen.

'Wat heb je gekocht?' vraagt Brian.

'Persoonlijke dingen.'

'Zo persoonlijk dat ze een autogordel nodig hebben?' vraag ik.

'Dat is omdat dat ding anders gaat piepen.'

'Jij vertelt ons nooit meer iets,' zegt Molly.

'Dat heb ik nooit gedaan,' zegt moeder. 'Jullie vertelden mij dingen.'

'Wij zijn eenzaam,' zeurt Molly. 'We voelen ons buitengesloten.'

'Ja,' zegt Brian.

Moeder draait zich om naar ons drieën op de achterbank. 'De wereld is een eenzame plek,' zegt ze. 'Dat heb ik nooit voor jullie willen verbergen.'

Een week na mijn examen zit moeder onder het eten uit het achterraam te kijken en zegt: 'Hij houdt ons in de gaten.'

We kijken allemaal naar buiten. De dagen worden langer en de lucht is nog helder. Overal op ons gazon zitten roodborstjes. 'Waar?' vraag ik.

'Hij staat in zijn huis te kijken naar ons in ons huis.'

'Dat vermogen heeft hij niet,' zegt vader. 'Dat is fysiek onmogelijk.'

'Hij kan een apparaat gebruiken.'

Vader legt zijn vork neer; voor vader hetzelfde als opstaan en zijn keel schrapen. 'Ik geloof dat ik jou een beetje kwijtraak, Noreen,' zegt hij. 'Je doet niks meer. Er ligt een enorme berg wasgoed. Ik heb geen schone sokken.'

Als moeder het wasgoed en de sokken hoort noemen, concentreert ze zichtbaar haar dolende aandacht, en dus gaat vader door en wij gaan meedoen: mijn lichtgroene hoodie ligt niet in mijn kast en Molly's handpoppen hebben gaatjes in de vingers, en moeder heeft de Seattle Seahawks niet gebeld om te vragen of ze hun handtekeningen op Brians shirt willen zetten en het terugsturen als ze een gefrankeerde envelop bijsluit, en onze hamburgerbroodjes waren niet geroosterd en ze heeft geen chocoladevlokken gekocht om boterkoekjes te bakken voor Molly's scoutingfeestjes, en ze heeft twee afspraken met de dierenarts gemist en nu is Fizzy niet gesteriliseerd en ze is kennelijk loops, en in het benedentoilet moet een nieuw peertje en er zijn geen AA-batterijen meer voor de afstandsbediening en de pingpongtafel zakt door en ze zou die jongen voor de tuin toch vragen om eens naar die gele plekken in het gras te kijken en zou ze niet uitvogelen waar die drie schroeven die Molly op de keukenvloer vond eigenlijk vandaan kwamen? En moeten de keukenbladen niet om het halfjaar opnieuw gelakt worden en is dat gebeurd? Want er komen eerder vlekken op als we donker spul morsen, koffie of bessensap, en we hebben geen kaas meer en nauwelijks nog kattengrit en de naaimand zit overvol en de houtlijm die ze gebruikt heeft om Brian te helpen toen hij die glijplank moest maken voor natuurkunde heeft niet gehouden, hij had nog zo gezegd dat het met spijkers moest, en konden ze hem nou vanavond niet repareren met echte spijkers?

Moeder gaat rechtop zitten met wijd open ogen. 'Zeker,' zegt ze. 'Dat kan.'

'Twee jaar geleden dat ze die lieve man van haar eruit geschopt heeft,' zegt moeder als de uitnodiging binnen is gekomen. 'Is dat nou iets om te vieren?'

'Je weet helemaal niet of zij hem eruit geschopt heeft,' zegt vader. 'Misschien is hij ervandoor gegaan. Misschien geeft ze een feestje om zichzelf te troosten na twee zware jaren.'

'Geloof me nou maar, hij is eruit gegooid. En daar zit die zogenaamde broer van haar achter.'

'Jij bent geen betrouwbare bron.'

Maar een dag of twee later komt vader er zelf op terug als moeder de keukenkastjes aan het herinrichten is en ik mijn huiswerk maak op de computer in de studeerkamer.

'Noreen, in het licht van wat er allemaal voorgevallen is,' zegt hij, 'lijkt het me essentieel dat we gaan.'

'Gaan?'

'Naar Stephanies feestje.'

'Moet ík gaan?' vraagt moeder.

'Dat bedoel ik met "we".'

'Bruce, zie je dan niet dat het een valstrik is?'

'Ik maak me zorgen als je zo praat.'

'Je hoort je ook zorgen te maken!'

'Ik maak me niet alleen zorgen omdat het een waanidee is, maar ook omdat we de neiging hebben onze eigen preoccupaties op anderen te projecteren. Daarom wijst het feit dat jij gelooft dat onze buren het op ons gemunt hebben erop dat jij het mogelijk op hen gemunt hebt.'

'Onze schutting onder stroom zetten doet ze alleen maar pijn als ze eraan zitten,' zegt moeder.

'Jij gaat onze schutting niet onder stroom zetten.'

'Nog niet; ik moet nog wat meer lezen over elektrostatische energie,' zegt moeder. 'Maar ik heb alle spullen gekocht.'

Vader sluit zijn ogen; voor vader hetzelfde als zijn gezicht in zijn handen leggen.

'Ga jij maar,' zegt moeder. 'De kinderen en ik blijven thuis.'

'Nee, moeder,' roep ik vanuit de studeerkamer, waar ik ze

heb af zitten luisteren. 'Wij gaan wel. Onze vrienden zijn er ook.'

'Jij noemt ze dan vrienden, Hannah,' valt moeder uit, staand in de deuropening met haar handen in haar zij. 'Maar je hebt alleen maar iets met ze omdat ze hier wonen. Als je over een paar jaar terugkijkt, vraag je je af wat je in de meesten ervan gezien hebt.'

'Je hebt vast wel gelijk,' zeg ik, omdat moeders voorspellingen verrassend vaak uit blijken te komen. 'Maar dat feestje is over drie weken en dan zijn het nog steeds onze vrienden.'

Stephanies cocktailparty is op een warme avond half juni, niet lang voor het eind van het schooljaar. Mijn examen is achter de rug, de uitslag is nog niet binnen en de hemel is nog bleek zomerblauw. Ik ben altijd dol geweest op feestjes voor alle leeftijden, zelfs nog vóór ik en mijn vrienden samen met de ouders dronken werden. Dit is de wereld waarin ik gevormd ben: een fantasie waarin ik nog één jaar zal geloven, volgens moeder. Ook dit is een sprookje, en als ik eenmaal volwassen ben, worden die feestjes onderdeel van het verloren legendarische land van mijn jeugd.

Moeder wacht ons op aan de keukentafel in een zwarte jurk met grote witte stippen, een merkwaardige keuze voor iemand die beweert niet te willen opvallen. In elke hand houdt ze een flesje spuitwater.

Vader komt de trap af, hij draagt een van zijn parmantige vlinderstrikjes, zoals altijd op feestjes. 'Ik denk dat ze wel spuitwater hebben,' zegt hij tegen moeder.

'Misschien zorgt híj voor de drank,' zegt moeder. 'En ik drink niks van die man.'

We verlaten allemaal het huis via de voordeur alsof we naar de kerk gaan. Ik loop gearmd met vader voorop. We lopen ons grindpad af en draaien dan het witte plaveisel op dat naar de voordeur van de Salazars leidt.

'We hadden ook over de schutting kunnen klimmen,' zegt moeder, vader kijkt haar streng aan en ze glimlacht. 'Geintje.'

De voordeur staat open. Erachter lopen mensen door elkaar, de vrouwen in kleurige zomerjurken, de mannen in luidruchtige shorts of geruite golfbroeken, een gin-tonic in de hand. Ze werken allemaal in de stad en iedereen weet wie de rijksten zijn. Wij worden nooit echt rijk, volgens moeder, omdat advocaten per uur worden betaald. 'Maar als de zeepbel barst, en dat duurt vast niet lang meer,' heeft ze laatst gezegd, 'dan heeft je vader nog steeds werk.'

Je kunt je Bennie Salazar moeilijk voorstellen in dit gezelschap, met zijn donkere huid en zijn woeste haar, maar tot twee jaar geleden was dit zijn huis. *Wat een verlies.*

Stephanie begroet ons aan de deur in een mouwloze zalmkleurige jurk. Haar schouders zijn hard en gebruind; al dat getennis. 'Echt fijn dat je komt, Noreen,' zegt ze en ze pakt de spuitwaterflesjes uit moeders gebalde vuisten. 'Zal ik die naar de bar brengen en je wat inschenken?'

'Dank je,' zegt moeder stijfjes. 'Dat is goed.'

Vader verdwijnt. Een paar minuten later hoor ik hem lachen, wat betekent dat hij bourbon drinkt. Brian en Molly zijn naar boven gegaan, waar de kinderen zijn. De Hogepriesteres der Loeders, Kathy Bingham, resideert naast een raam in een witte mouwloze japon, haar gespannen schouders zijn een blekere versie van die van Stephanie. Moeder wendt haar blik met een ruk af van Kathy en ik kan het niet opbrengen om haar achter te laten.

'Ik zie je broer nergens,' merkt moeder op tegen Stephanie terwijl een man achter de bar spuitwater uit een van haar flesjes in een glas schenkt.

'Ach,' zegt Stephanie ernstig. 'Ik denk dat Jules dit feestje misschien overslaat.'

Ik voel dat moeders hele lijf verstrakt, zoals dat van Fizzy als er een havik neerstrijkt in de boom achter ons huis. 'En waarom is dat?' vraagt moeder voorzichtig.

Stephanie dempt haar stem. 'Ik heb de fout gemaakt zijn ex uit te nodigen.'

'Zijn ex!' Moeder is gefascineerd. 'Wie is dat?'

'Die daar.' Stephanie wijst met haar elleboog zonder haar hoofd om te draaien. 'Die met de blauwe trui. Ze heet nu Janet Green-Kramer. Zij en haar man zijn onlangs hier in de buurt komen wonen en ze kent niet veel mensen. Jules vond het goed, maar nu ze er is, is hij er helemaal niet blij mee.'

Janet Green-Kramer heeft een langgerekt middel, een gebronsde huid, donkerblond haar met highlights en een scheve glimlach. Ze ziet eruit als een willekeurige moeder. Maar als ik haar een slok witte wijn zie nemen moet ik desondanks denken: Gekke Jules was verliefd op die vrouw. Zij zijn een stél geweest. Janet Green lijkt er diepzinnig en mysterieus door.

'Moeilijke scheiding?' vraagt moeder.

'Voor hem een ramp. Alles kwam daardoor: zijn instorting, de geweldpleging...' Stephanie schudt haar hoofd. 'Wat had ik ook gedacht?'

'Is Jules hier?' vraagt moeder. 'In huis?'

Stephanie is meteen op haar hoede. 'Hij wil alleen zijn, Noreen.'

Er komt een golf mensen de voordeur binnen en moeder en ik lopen erheen achter Stephanie aan. Maar zodra Stephanie haar gasten begint te begroeten, zwenkt moeder in de richting van de trap. 'Moeder!' zeg ik, en ik weet Stephanies aandacht te trekken. Ze draaft terug. Moeder loopt al de trap op maar Stephanie grijpt haar bij haar arm en dwingt haar zich om te keren. 'Noreen,' zegt ze, en ze kijkt moeder aan vanaf een tree lager, 'om een of andere reden heb je Jules opgefokt, en als hij opgefokt is kan hij gevaarlijk labiel worden. Ik moet je vragen: laat hem alsjeblieft met rust.' Ze kijkt moeder recht in haar gezicht. Dan gaat ze zonder omkijken weer haar gasten begroeten.

Moeder loopt verder de trap op. 'Je had het beloofd,' zeg ik en ik klim achter haar aan.

'Ik heb niks beloofd,' zegt moeder. 'Ik heb niks gezegd.'

Boven gaat ze op deuren kloppen en ze duwt ze meteen open.

'Als je geklopt hebt, moet je wachten,' sis ik. 'Daarom klop je eerst.'

'Hannah,' zegt ze zonder te vertragen, 'je gaat steeds meer op je vader lijken.'

'Mooi,' zeg ik scherp. 'Ik wil jurist worden.'

Moeder schiet een kleinere trap naar de tweede verdieping op, waar het galmt van het geluid van rennende voeten op de zolder, waar de kinderen zijn. Op die verdieping zijn maar twee deuren. Moeder bonst op de eerste en we horen een schorre kreet van binnen: 'Nee!'

Ze zwaait de deur open. Jules Jones staat blootsvoets in iets als een vechtsporthouding midden in de kamer klaar. Zodra hij moeder ziet gilt hij, alsof hij tegenover een demon staat. 'Jij! Wegwezen!'

Hij draagt een kaki broek en een lila overhemd met de vouwen er nog in, alsof hij zich voor het feestje wilde kleden voor hij van gedachten veranderde. In een hoek staat een opgemaakt eenpersoonsbed. Bij het raam een groot bureau, bezaaid met boeken en papieren en een laptop.

'Rustig aan,' zegt moeder. 'Ik kom in vrede.'

'Dat zal verdomme wel.' Op blote voeten stormt Jules naar het raam en loert omlaag naar onze twee tuinen. Hij is op de vaders van Crandale gaan lijken, maar niet helemaal, zoals moeder een beetje op de andere moeders lijkt zonder er ooit helemaal bij te horen.

'Ik heb de schutting niet aangeraakt,' zegt ze. 'Ik zweer het.'

'Wat jij zweert zegt me niks,' zegt hij. 'Minder dan niks.' Hij kijkt weer uit het raam, alsof hij zichzelf er niet van kan weerhouden. Ik zie een rolmaat op de vensterbank liggen, dezelfde waarmee hij bij ons kwam toen moeder twee jaar geleden de schuttingpaal verplaatst had.

'Zullen we het beneden op gaan meten?' zegt moeder. 'Kom mee.'

Jules schudt zijn hoofd. 'Ik kan nu niet.'

'Natuurlijk wel. Wat maakt het uit dat je ex beneden is? Je hebt nu een nieuw leven.'

'Nee,' zegt Jules. 'Zij heeft een nieuw leven.'

'Toe nou, het is jaren geleden dat je met die vrouw was. En eerlijk gezegd is ze goed oud aan het worden.'

Er volgt een lange stilte. 'Ik had kinderen willen hebben,' zegt Jules. 'Maar die heeft ze met een ander gekregen.'

'Nou en? Jij kan ze ook met een ander krijgen.'

'Lach je me uit?'

'Hoor eens even, Jules,' zegt moeder. 'Ik moet je iets belangrijks vertellen.'

Ze komt dichterbij, en hij beloert haar argwanend, zweet parelt op zijn bleke voorhoofd. De kamer is vreemd stil, zwevend tussen het voetengebonk boven en het gelach beneden.

'Ik heb drie kinderen,' zegt moeder. 'Dit is Hannah, mijn oudste. Over een jaar is ze weg en de andere gaan ook snel genoeg. Zij zijn het beste en het enige wat ik in deze wereld tot stand heb gebracht. Ik heb geen vrienden en god mag weten hoe lang Bruce nog blijft als Hannah eenmaal weg is. Ik ben niet de vrouw met wie hij getrouwd is, dat zegt hij me vaak genoeg.'

'Moeder, hou op,' zeg ik. Maar ik zie dat ze het meent en ik voel een strop om mijn nek.

'Als ik dat kan, dan kan iedereen het,' zegt moeder tegen Jules. 'En jij zeker. Jij hebt talent, een vak, een plek in de wereld.'

Mijn aanwezigheid in de kamer schijnt Jules nu pas op te vallen. Dan kijkt hij weer naar moeder. Ik kijk naar wat hij ziet: een magere, gespannen vrouw met gebleekt haar in een jurk met stippen.

'Jij hebt de schutting verplaatst,' zegt hij. 'Daar gaat dit om.'

'Kom mee,' zegt moeder.

Jules pakt zijn rolmaat en ze lopen naast elkaar de kamer uit, ik vlak achter ze aan. 'Ben je... een artikel aan het schrijven?' vraag ik om de stilte te doorbreken. 'Ik zag al die papieren op je bureau.'

'Een boek,' zegt Jules somber. 'Over de leadzanger van The Conduits, Bosco Baines. Die is op tournee, en dat zou zijn dood moeten worden, maar hij gaat maar niet dood.'

'Als jij hem nou eens vermoordt,' stelt moeder voor en Jules gaapt haar aan. 'Geintje,' zegt ze.

Op de eerste verdieping blijf ik staan en laat ze zonder mij verder gaan. Ze merken het kennelijk niet. Net als Stephanie heb ik alles gedaan wat ik kon. Nu wend ik me af, net zoals zij deed.

In de speelkamer van de Salazars hangt een enorm tv-scherm met surround-geluid, waarop Bennie Salazar vroeger concertopnamen vertoonde van artiesten met wie hij gewerkt had. Een paar keer heeft hij vader uitgenodigd om naar oude optredens van The Conduits te kijken, en dan kwam vader grijnzend en stinkend naar bourbon terug. Nu spelen Chris Salazar en Brian en de andere jongens met de Wii op dat scherm, en Molly en de meiden spelen bordspellen. Mijn vrienden liggen onderuit op een L-vormige bank, jongens en meiden door elkaar drinken blikjes fris met gin en wodka erin die ze van de bar hebben gesnaaid. Iemand geeft me een blikje en we praten over open dagen en zomerstages. Binnenkort zitten we in de hoogste.

Ik loop door naar het raam om moeder te volgen, maar de tuin ligt zo diep dat ik op een krukje moet staan om haar te zien. 'Waar staat Hannah naar te kijken?' vraagt iemand.

'Mijn moeder,' zeg ik en ze lachen allemaal.

De eerste keer dat ik kijk zitten moeder en Jules gehurkt op de aarde met de rolmaat uitgerold.

De tweede keer staan ze allebei rechtop met elk een glas spuitwater.

De derde keer leunen ze naast elkaar tegen de schutting en kijken naar de hemel. De schemer is elektrisch.

Het geheim van een happy end, zei moeder altijd tegen ons, *is weten wanneer je moet stoppen.*

Nu ik moeder met Jules tegen de schutting heb zien leunen, dwing ik mezelf niet meer te kijken.

Zie onder

1

Joseph Kisarian → Henry Pomeranz

GEHEIM

Geachte heer Pomeranz,
Nu mijn periode van afwezigheid eindigt, is het mijn plicht te wijzen op mijn voortdurende zorg betreffende de geestelijke en lichamelijke gezondheid van mijn vrouw Lulu Kisarian (Burgeragent 3825), die haar missie bijna twee jaar geleden afsloot.

Een deel van de problemen komt voort uit een aantal operaties die Lulu heeft ondergaan om de schade te herstellen van de schotwond in haar rechterschouder (ze is rechtshandig), die haar hindert bij de verzorging van onze acht maanden oude tweeling, die ze slechts met moeite kan optillen. Meer zorgen maak ik me over haar geestelijke toestand. Ze is ervan overtuigd dat er spyware in haar lichaam is achtergebleven, waarvoor ze als bewijs de volgende symptomen noemt:

- De neiging om te denken in uitspraken in de tweede persoon, zoals vereist volgens de Praktijkinstructies voor haar missie (bijv. 'Sokken verdwijnen in de was, al doe je nog zo je best om ze op te sporen', 'Boeken lezen over slaapgedrag van baby's hoeft er niet toe te leiden dat je baby meer slaapt').
- Een aanhoudend verlangen om weer op haar missie te gaan, ondanks de ontberingen, als een terugkeer naar een legendarisch land uit een droom of een boek.
- De overtuiging dat zij – en ik – 'beter af' zouden zijn geweest als ze aan het eind van haar missie omgekomen was in plaats van terug te keren.

Wij hebben onze toevlucht genomen tot alle beschikbaar gestelde hulpmiddelen, wat betreft therapie en bodyscans, maar Lulu's huidige wantrouwen in onze organisatie ontkracht deze inspanningen. Ik heb begrepen dat het, na de onthullingen in het afgelopen najaar en de daaruit voorvloeiende opschorting van het Burgeragentenprogramma, dubbel onmogelijk is om buiten de instelling om een consult te vragen. Dit stelt ons echter voor een probleem.

Door Lulu's achterdocht en bezorgdheid zijn we niet in staat kinderopvang in te schakelen. Zelfs bij de meest betrouwbare informatie en referenties betreffende oppassen of dagopvang citeert ze uit haar eigen indoctrinatie: 'Door jouw gebrek aan spionagetraining is jouw dossier schoon en neutraal.' En natuurlijk heeft ze gelijk.

Doordat Lulu's missie geheim was, is ze vervreemd geraakt van oude vrienden, en ze vermijdt het gezelschap van andere jonge moeders. Om die reden zal mijn terugkeer voorwaardelijk zijn. Ik maak mij geen zorgen om de lichamelijke veiligheid van de kinderen of Lulu zelf; als dat het geval was zou ik helemaal niet terugkomen. Maar als haar toestand niet verbetert zal ik definitief ontslag moeten nemen om haar bij te kunnen staan.

Hoogachtend,
Joseph Kisarian

Henry Pomeranz → Joseph Kisarian
Wat een kutzooi, Joe. Ik vind het ellendig.

Joe → Henry
We hebben fijne momenten met de kinderen, maar Lulu is niet zichzelf.

Henry → Joe
Kan ik iets voor je doen? Behalve deze brief registreren?

Joe → Henry
Ik wilde dat ze op een of andere manier met andere Burgeragenten kon communiceren. Haar isolement lijkt me schadelijk.

Henry → Joe
Dan zouden we te veel firewalls moeten omzeilen, dat weet je wel.

Joe → Henry
Daar heb ik zelf aan mee gebouwd, maar ik kan ze niet afbreken.

Henry → Joe
Denkt ze dat we haar gebruiken om jou in de gaten te houden? Is dat het?

Joe → Henry
Over dat onderwerp zwijgt ze, alsof er een vijand meeluistert. Dat schept een afstand tussen ons.

Henry → Joe
Jezus.

Joe → Henry
Mijn hoop is dat Lulu zelf een oplossing zal vinden en dat kan niet als ik dag en nacht bij haar ben. Ik heb enorm veel vertrouwen in haar vindingrijkheid.

Dolly Peale → Joseph Kisarian
Lieve Jojo,
Ik verheug me erop de eerste twee weken dat je weer aan het werk bent bij jullie te zijn en Lu te helpen met de baby's. Maar ik zou ook dolgraag jouw advies hebben over hoe ik Lu beter kan bereiken. Er is een kloof tussen ons, die te maken moet hebben met haar werk, en ik weet dat ze daar niet over kan praten. Maar achteraf gezien vraag ik me af of die kloof niet al bestond voordat ze wegging. Ik word geplaagd door zorgen en schuldgevoel over keuzes die ik lang geleden gemaakt heb en vraag me af wat ik kan doen om Lu te helpen – en ons.

Ik vertrouw op jouw intuïtie en zal je raad opvolgen.

Liefs, Dodo

Joseph Kisarian → Dolly Peale
Lieve Dodo,
Lulu heeft zich haar hele leven gekoesterd in jouw liefde, en daar gaat het om. Wees gerust. Jouw hulp met de baby's is onschatbaar, die zal Lulu de tijd geven om (hopelijk) weer contact op te nemen met oude vrienden, online en misschien zelfs in het echt. Ik ben je hier heel erg dankbaar voor. Omar en Festa zijn gek op hun oma, net als wij.
Liefs, Jojo

2

Lulu Kisarian → Kitty Jackson
Beste Kitty Jackson,
We hebben elkaar in geen tientallen jaren gezien, maar we kennen elkaar wel. Misschien herinner je je mij als het meisje van negen dat je 26 jaar geleden (!) vergezelde bij een geheim bezoek aan X, toen onder het gezag van generaal B, met mijn moeder, Dolly Peale. Mijn moeder en ik hebben al je professionele triomfen sinds die vreemde, onaardse reis gevierd.

Ik weet dat ik je zonder aanleiding schrijf. Ik had een sterke behoefte om weer contact met je op te nemen sinds ik twee jaar geleden terug ben gekeerd van een zware klus in het buitenland, waardoor ik weer moest denken aan jouw reis naar X en me ging voorstellen hoe dat voor je moet zijn geweest. Maar ook zag ik vorige week je laatste film, *Dazzle Me Sideways* met Jazz Attenborough. Ik moet dringend corresponderen met Mr Attenborough. Kun je me alsjeblieft met hem in contact brengen?

In afwachting van je antwoord, Lulu Peale Kisarian

Ashleigh Avila → Lulu Kisarian
Beste Ms Kisarian,
Namens mevrouw Jackson dank ik u voor uw e-mail. Helaas kan ze u niet in contact brengen met medeacteurs, en ze raadt u aan de heer Attenborough te benaderen via zijn persagent, of misschien zijn socialmedia-accounts.

Met de beste wensen, Ashleigh Avila

Lulu Kisarian → Kitty Jackson
Beste Kitty,
Ik ben geen geëxalteerde fan die afgescheept kan worden met een antwoordje van een assistente. Ik ben de dochter van Dolly Peale, de persagent die in 2008 persoonlijk voor je comeback heeft gezorgd. Verder heb ik, als 35-jarige, vele jaren ervaring in de muziekindustrie, onder meer als medeproducente van Scotty Hausmanns Footprint Concert, veertien jaar geleden.

Ik vraag je beleefd en met alle respect om je hulp bij het bereiken van Mr Attenborough. Dat lijkt me niet veel gevraagd, gezien wat mijn moeder voor je gedaan heeft.

In afwachting van je antwoord, Lulu Kisarian

FWD: Ashleigh Avila → Kitty Jackson
Zie onder. Een beleefd 'nee'?

Kitty → Ashleigh
Besef nu pas wie ze is. Ik regel het.

Kitty Jackson → Lulu Kisarian; bcc: Ashleigh Avila
Beste Lulu,
Wowowowowowow... ben jij het echt?!? Mijn excuses dat je in de klauwen van mijn manager/persagent/assistente/moederbeer verzeild bent geraakt, die probeert zaken (en mensen) te laten verdwijnen zonder dat ik weet dat ze er zijn!

Ik ben een kwartier bezig geweest met uit te zoeken wat je allemaal gepresteerd hebt. Scotty Hausmanns Footprint Concert... Wat???? DIEP ONDER DE INDRUK!!! Ik heb gesuggereerd dat ik bij dat concert ben geweest, maar daar hoef ik bij jou niet mee aan te komen! Ik neem aan dat het goed gaat met je moeder? Hou me op de hoogte! En vertel me natuurlijk hoe ik je kan helpen.

Xxxxxxx liefs, Kitty.

Lulu → Kitty

Beste Kitty,

Fijn dat ik weer je stem hoor zoals ik me die herinner. Ik ben nog aan het herstellen van een periode in het buitenland, waaraan ik een operatie aan mijn rechterschouder heb overgehouden. Daardoor ben ik een paar dingen gaan beseffen die je misschien wel zult herkennen: ik kan niet terug naar het leven dat ik daarvoor had, maar ik kan ook niet verder zonder eerst wat persoonlijke zaken op te lossen.

Dat alles brengt me op Jazz Attenborough. Misschien kun je me om te beginnen vertellen wat voor soort man hij is. Hij geeft kennelijk geen interviews, zodat ik online moeilijk iets over hem te weten kom. Omdat jullie een geschiedenis delen, zou jouw indruk veel voor me betekenen.

In afwachting van je antwoord, Lulu

Kitty → Lulu; bcc: Ashleigh Avila

Beste Lulu,

Door jou ben ik voor het eerst in zóveel tijd weer terug gaan denken aan die krankzinnige reis naar X. Maar ho even... hoe kan ik 26 jaar geleden volwassen zijn geweest als ik nu pas 26 ben? ;-) Ik kan niet ontkennen dat jouw moeder me gered heeft. Geef je haar een smakkerd van me?

Goed, Jazz. Een berucht schuinsmarcheerder, dat weet je vast wel. Bepaald geen groen blaadje, maar nog steeds sexy en in prima conditie. Zoals alle verstokte versierders is hij een leugenaar: hij vertelde me dat ik door HEM die rol aangeboden kreeg (later kwam ik erachter dat hij Anne Hathaway had willen hebben). Hij zei ook dat hij al jaren had geprobeerd om met mij te werken (niet waar). Maar toen al die onzin uit de weg geruimd was, was ik gek op hem. We zijn allebei dol op The Conduits en van elk nummer dat ik noem kent hij de tekst en hij zingt het volmaakt!

Wil je meer weten? Kun je me iets zeggen over WAAROM je het wilt weten? Wat een klotegedoe met die schouder. Trouwens: heb je kinderen?

Xxxxxx Kitty

Ashleigh Avila → Kitty Jackson
Tenzij je levensmoe bent schrijf je NOOIT MEER zo'n e-mail. Als die zogenaamde 'Lulu' echt is wie ze is – en we hebben geen idee – dan mag god weten waar ze op uit is. 'Periode in het buitenland'? 'Schouderoperatie'? WAT NOU!!! Als puntje bij paaltje komt stuurt ze jouw mijmeringen over JA naar vijf vrienden en dan kun je je carrière schudden.

Kitty → Ashleigh
Rustig maar. Een carrière gaat niet zomaar stuk. Ik heb het eerder meegemaakt, weet je nog?

Ashley → Kitty
Ja, toen was je 22 en beeldschoon. Nu ben je, eh, 51 en beeldschoon. [Invoegen: nietszeggend gevlei over hoe fantastisch je eruitziet voor je leeftijd.]

Kitty → Ashley
Bedankt voor je eerlijkheid. Val maar dood.

Ashley → Kitty
Overigens, ik ben even je bezoek aan X in 2008 nagegaan. Niets over ene Lulu, maar er wordt wel een 'persagent Dolly Peale' genoemd. Wist je dat zij degene was die in 2007 vastgezeten heeft nadat bij haar de verlichting doorbrandde en 700 mensen kokende olie over zich heen kregen????

Kitty → Ashleigh
Kom nou toch. DAAROM nam ze het op zich om de wreedheden van generaal B weg te poetsen. Ze had een kind te voeden, enz.

Ashleigh → Kitty
Heb je ooit een boek of documentaire over dat verhaal overwogen?

Kitty → Ashleigh
Ik heb meer dan eens een geheimhoudingsverklaring moeten tekenen. En ik heb een slecht geheugen (ik was zwaar aan de drank toen).

Ashleigh → Kitty
Generaal B is twee jaar geleden gestorven, dus wat je ondertekend hebt geldt niet meer. *Greep op uw onbewuste* kan de geheugenproblemen oplossen. Is een documentaire niks? Het onbekende verhaal van Kitty Jacksons affaire met generaal B, en hoe X daardoor een democratie werd??? Ga je het helemaal mee maken!!!

Kitty → Ashleigh
O ja, je laatste lumineuze documentaire-idee is alweer een jaar geleden. Ik had het kunnen verwachten. [Invoegen: nietszeggende verzekering dat ik je creatieve dromen steun en volledig vertrouwen heb in je cinematografische genialiteit.]

Kitty Jackson → Jazz Attenborough
Hoi Jazzy,
Hoe zit het met ons plannetje om na de opnamen aan de oesters en witte wijn te gaan? Dat zeg je vast tegen alle meiden met wie je liedjes zingt.

Iets heel anders: een vriendin van me, muziekproducer, heeft me gevraagd of ik haar met jou in contact wil brengen. Mag dat?

Xxxxxxx liefs, Kitty

Jazz Attenborough → Kitty Jackson
Lieverd, zeg alsjeblieft nee tegen haar. Oesters en witte wijn kunnen altijd. Tot eind mei in Belize. Knuffel, JA

Lulu Kisarian → Kitty Jackson
Beste Kitty,
Wat je tweede vraag betreft: ik heb een tweeling van acht maanden, een jongen en een meisje, Omar en Festa. Het zijn verrukkelijke wezentjes die me vaak aan het huilen maken, misschien omdat ZIJ zoveel

huilen, zoals baby's doen, en ook vanwege mijn pijnlijke schouder.

Zou jij de gegevens van Jazz Attenborough aan me willen doorgeven zodat ik hem rechtstreeks kan benaderen? Hij komt nooit te weten dat ik ze van jou heb, beloofd.

In afwachting van je antwoord, Lulu

Kitty → Lulu; bcc: Ashleigh Avila

Een tweeling!!! OMG, ik hoop dat je supernanny's hebt. Ikzelf heb nu acht paarden. Je zou ze mijn baby's kunnen noemen. Weet niet zeker of ik JA's mailadres heb, ik zal kijken, maar reken er niet op.

Xxxxxx liefs, Kitty

Ashleigh Avila → Kitty Jackson

Kitty, geef haar JA's adres maar. Als je voor die documentaire voelt, hebben we haar en vooral haar moeder nodig voor medewerking.

Kitty→ Ashleigh

Zal niet gaan. Ik heb het JA al gevraagd en hij zei nee.

Ashleigh → Kitty

Hij zal echt het verband niet leggen. Hij is minder met jou bezig dan je denkt.

Kitty → Ashleigh

Hij is misschien meer met mij bezig dan JIJ denkt!

Ashleigh → Kitty

!!! Heb ik wat gemist?

Kitty → Ashleigh

Ik klap NOOIT uit de school, dat moet je onderhand weten.

Ashleigh Avila → Lulu Kisarian

Beste Ms Kisarian,

Ik hoop niet dat u het verkeerd opvat dat mijn cliënt Kitty Jackson mij ge-bcc'd heeft in uw correspondentie. Dit is Jazz Attenboroughs persoonlijke mailadres, maar u hebt het niet van mij! Kitty zou razend zijn als ze wist dat ik dit achter haar rug om doe, dus zegt u het haar alstublieft niet!

Met de beste wensen, Ashleigh Avila

Lulu → Ashleigh

Beste Ashleigh,

Enorm bedankt! Hierbij ontken ik iets te weten van waar deze informatie vandaan komt.

In dankbaarheid, Lulu

Ashleigh → Lulu

Beste Lulu,

Nu wij ons eigen communicatiekanaal hebben en ik op de hoogte ben van de bijzondere geschiedenis die jij en Kitty delen, heb ik een vraag die daar los van staat: wat zouden jij en je moeder zeggen van het idee een documentaire te maken over jullie reis naar X, Kitty's relatie met generaal B en de geopolitieke gevolgen daarvan?

Met de beste wensen, Ashleigh

Lulu → Ashleigh

Beste Ashleigh,

Ik betwijfel of mijn moeder dat zou willen, omdat dat een HEEL zware episode uit haar leven was. We hebben er in geen jaren over gesproken.

Lulu

Ashleigh → Lulu

Begrepen. Laat me weten of het opschiet met JA, en als ik kan helpen, altijd.

Met de beste wensen, Ashleigh

Lulu Peale → Jazz Attenborough
Beste Mr Attenborough,
Ik moet u dringend spreken om redenen die duidelijk zullen worden als ik het uitleg. Maar dat moet wel onder vier ogen. Ik woon in New York, maar ik ben bereid u waar dan ook te ontmoeten. Zegt u alstublieft dat het kan.

In afwachting van uw antwoord, Lulu Peale

Eric Platt → Lulu Peale
Beste Ms Peale,
Helaas kan de heer Attenborough niet reageren op de velen die rechtstreeks met hem willen communiceren. Namens zijn team wens ik u veel succes met uw ondernemingen in de toekomst.

Met hoogachting, Eric Platt
3de assistent van Jazz Attenborough

FWD: Lulu Kisarian → Ashleigh Avila
Beste Ashleigh,
Zie onder. Ik denk dat we dit als 'het schiet niet op' kunnen betitelen. Ik zou het waarderen als je ideeën hebt over hoe ik Mr Attenborough kan bereiken, al kan ik je de redenen niet noemen, omdat die persoonlijk zijn.

In afwachting van je antwoord, Lulu

Ashleigh → Lulu
Wat zou je het liefste hebben?

Lulu → Ashleigh
Een persoonlijk gesprek met hem.

Ashleigh → Lulu
Als je hem nu eens als journalist interviewt? Je achtergrond in de muziekwereld kan dat aannemelijk maken.

Lulu → Ashleigh
Heb ik aan gedacht, maar hij schijnt geen interviews te geven.

Ashleigh → Lulu
Hij is vorige week zeventig geworden, zware mijlpaal voor een filmster. We zouden een stuk over zijn 'bijzondere passies' kunnen voorstellen (te weten: wijn, sigaren), dat slaat misschien aan. Ik zal wat snuffelen. Kun jij intussen je moeder vragen wat ze vindt van het idee van een generaal B-documentaire?
Hartelijk, Ash

Lulu Kisarian → Dolly Peale
Hoi mam. Enorm bedankt dat je bent komen helpen. Omar en Festa missen je nu al. Moet je horen: ik werd zomaar benaderd door een assistente van Kitty Jackson met de vraag of wij mee zouden willen werken aan een documentaire over onze reis met Kitty naar X, in 2008. Natuurlijk een afschuwelijk idee, maar die vrouw helpt me op dit moment met iets anders (misschien een baan), dus ik wil nog even doen alsof we daarvoor openstaan. Is het goed dat ik haar met jou in contact breng, om het spel een beetje mee te spelen?

FWD: Dolly Peale → Joseph Kisarian
Jojo, zie onder. Enig idee wat 'misschien een baan' kan zijn?

Joseph Kisarian → Dolly Peale
Geen idee. Maar sinds je bezoek gaat het aanzienlijk beter met Lulu! Als je tegen een beetje huichelarij kunt, is die hier misschien even gerechtvaardigd? ;-)

Dolly → Joe
Niks tegen huichelarij (ik ben persagent geweest, weet je nog?). Ik zie je zaterdag om op te passen, ik zal op tijd zijn voor jullie avondje samen!
Liefs, Dodo

Lulu Kisarian → Ashleigh Avila
Beste Ashleigh,
Mijn moeder is bereid met je te praten over de documentaire. Maar voordat ik je met haar in contact breng wil ik even iets heel duidelijk maken: mijn moeder weet niet, en MAG niet weten, dat ik contact zoek met Jazz Attenborough. Je moet me honderd procent garanderen dat zijn naam in jullie gesprek niet zal vallen.
In afwachting van je antwoord, Lulu

Ashleigh → Lulu
Ik garandeer het. En nu we toch geheimzinnig doen: denk eraan dat Kitty geen idee heeft dat wij een strategie aan het zoeken zijn om jou met JA in één kamer te krijgen, en dat ze woedend op ons allebei zou zijn als ze daarachter kwam.
Hartelijk, Ash

Ashleigh → Lulu
Andere ingang: speedboten!! Die verzamelt JA en hij suist er graag krankzinnig hard mee langs de kust van Zuid-Californië (drie keer problemen met de kustwacht in de afgelopen tien jaar). Er is een kleine kans dat een interview/artikel over speedboten goed zal vallen bij een zeventigjarige filmster die per se sexy wil blijven en geen oparollen wil spelen. Is dat iets?

Ashleigh Avila → Kitty Jackson
Lieve Kit Kat: Lulu, Dolly, etc. zijn er helemaal voor in om mee te werken aan een documentaire over jouw relatie met generaal B en je positieve invloed op de mensheid! Denk er ASJEBLIEFT over na. Even ter herinnering: ik heb hier niets bij te winnen. Ik bekommer me alleen om je toekomst en jouw wens om geen omarollen te spelen.

Kitty → Ashleigh
Je liegt, kreng. Doe niet net of je niet op de titelrol wilt staan.

Ashleigh → Kitty
Nou ja, ik produceer de film.

Kitty → Ashleigh
Ter herinnering: er komt geen film. Er is geen 'relatie' geweest waarover ik wil praten. Ik ben een B-actrice van middelbare leeftijd en jij bent de zoveelste filmacademiestudente die niks gepresteerd heeft.

Ashleigh → Kitty
C-actrice. Val jij ook maar dood.

Ashleigh → Kitty
Ik ben echt laaiend op je, kreng.

Kitty → Ashleigh
Ik hoor het wel als je pestbui over is. Ik vraag me af of ik wel een assistente nodig heb, vooral een die niks van paardendressuur weet.

Kitty → Ashley
Halloooo? Nog steeds de pest in?

Kitty → Ashley
Vraag mezelf af: als we niet meer met elkaar praten, waarom betaal ik je dan nog?

Ashleigh → Kitty
Omdat niemand anders zo'n trut als jij kan verdragen.

Kitty → Ashleigh
Ik ook van jou.

3

Lulu Kisarian → Jules Jones
Beste Jules Jones,
Ik bewonder uw werk al tijden, vooral *Suicide Tour*, het meest overdonderende rock-'n-roll-journalistieke boek dat ik gelezen heb. Ik ben ook een bekende van uw familie: uw zus Stephanie Salazar heeft vele jaren met mijn moeder Dolly Peale gewerkt en u hebt me Dungeons & Dragons leren spelen met Chris en Colin (RIP), als ik soms meespeelde. Vanaf mijn studietijd heb ik Bennie Salazars marketingteam geleid en onder andere meegewerkt aan de productie van Scotty Hausmanns Footprint Concert.

Mijn verzoek aan u komt uit de lucht vallen: zou u erin geïnteresseerd zijn Hollywood-icoon Jazz Attenborough te interviewen over zijn passie voor speedboten? Ik ken uw afkeer van de beroemdhedencultus, maar Attenborough is kennelijk een groot fan van The Conduits, hij kent al hun teksten en heeft ongetwijfeld *Suicide Tour* gelezen. Wilt u het me laten weten?

In afwachting van uw antwoord, Lulu Peale Kisarian

Jules Jones → Lulu Kisarian
Beste Lulu,
Ik herinner me je. Kuiltjes in je wangen, toch? Was jouw karakter niet een spion?

Paar vragen:

1. Welk tijdschrift wil een interview met Jazz Attenborough?
2. Voor wie werk jij?

Het beste, JJ

Lulu → Jules
Beste Jules,
Die informatie heb ik weggelaten uit vrees dat het je niet zou bevallen. Eerlijk antwoord: er is nog geen tijdschrift. Mijn plan is het project voor te leggen aan Jazz Attenborough NADAT jij ermee instemt. Met andere woorden: jouw naam en invloed zijn essentieel voor het welslagen van deze onderneming.

In de hoop dat vleierij en nieuwsgierigheid opwegen tegen frustratie en ongeduld.

In afwachting van je antwoord, Lulu

Jules → Lulu

Je hebt mijn tweede vraag nog niet beantwoord: wat is jouw aandeel hierin? Denk je er geld mee te verdienen (moeilijk te geloven)?

Als ik even openhartig mag zijn: na enig zoekwerk ontdekte ik dat je man Joseph Kisarian van de Nationale Veiligheidsdienst is. Als dit 'interviewidee' een list is om in mijn leven rond te spieden, zeg het dan maar. Ik heb psychische problemen die me ontvankelijk maken voor paranoia, en op dat gebied kan ik geen onzekerheden aan. Als de regering me wil verhoren zijn ze altijd welkom.

Groeten, JJ

Lulu → Jules

Beste Jules,

Sorry dat ik je heb laten schrikken! Dit heeft niets te maken met de NSA of met Joe, die sinds kort weer aan het werk is na een verlof van negen maanden vanwege de geboorte van onze tweeling (nu acht maanden oud). Dit journalistieke project is voor mij een sprong in het duister (het is op dit moment drie uur in de nacht!) en Joe weet er niets van. Die heeft meer dan genoeg aan zijn hoofd.

Dat ik Jazz Attenborough wil ontmoeten heeft een privéreden, maar die zal hem niets zeggen, en daarom neem ik deze ingewikkelde omweg.

In afwachting van je antwoord, Lulu

FWD: Jules Jones → John Hall

Zie onder. Als Jazz Attenborough toehapt, zit er dan iets voor mij in? Ik haal mijn boekdeadline makkelijk en dit zit het niet in de weg.

JJ

John Hall → Jules Jones

Zeker; laat iedereen eerst maar eens weten dat jij alles kunt maken, ook in speedboten racen met beroemdheden (ook al heb je gezeten voor geweldpleging tegen ze). Probeer het maar bij dure glossy's, daar heb je het meeste aan. Ik wil wel eens zoeken.

Jules → John Hall
Vinden ze dat niet hypocriet?

John Hall → Jules
Jij bent te oud voor hypocrisie. Hang maar de ironische gegeneerde wijze man uit.

Jules → John Hall
Jij zei toch dat schrijvers nooit oud zijn?

John Hall → Jules
Tot hun zeventigste. Daarna is iedereen oud.

Jules Jones → Lulu Kisarian
Beste Lulu,
Mijn agent wil het idee aankaarten bij wat dure glossy's, zodra we toestemming van Jazz Attenborough hebben. Jij weet vast wel hoe hij te bereiken is?
Groeten, JJ

Lulu → Jules
Beste Jules,
Ik weet hoe Jazz A en ook zijn 3de (!) assistent te bereiken zijn, maar een verzoek van mij zal niets opleveren. Heb ik al geprobeerd.

Nog een ideetje op de late avond: zou Bosco van The Conduits eraan mee willen doen? Geen idee wat hij tegenwoordig uitspookt (hij leeft toch nog wel?), maar omdat Jazz A een fervent Conduits-fan is, kan het hem misschien over de streep trekken als Bosco meedoet. Of zijn dit krankzinnige middernachtelijke ideeën van een vrouw met een snuitkever in haar hersens, die erin gestopt is door een regering waar ze bijna haar leven voor gegeven heeft? Ik druk maar op 'verzenden' voor ik dit ga wissen.

Jules → Lulu

Beste Lulu,

Druk de volgende keer maar op DELETE. Ik word ziek van gelul over snuitkevers. Ik ben vaak genoeg door een underground'schoonmaker' gescand op inwendige hardware. Zelfs als het als grapje is bedoeld krijg ik de zenuwen van zulke opmerkingen, en dan doemt de spookgedachte op dat jij deel uitmaakt van een regeringscomplot om mijn brein over te nemen.

Wat Bosco betreft: gek idee. Moet ik over nadenken. Ja, hij leeft nog.

JJ

Lulu → Jules

Beste Jules,

Kan ik je overtuigen van mijn goede bedoelingen als ik je beloof over die dingen zelfs geen grapjes te maken?

In afwachting van je antwoord, Lulu

PS Zou je het erg vinden om wat informatie te geven over de reinigingsdienst die je noemde? Ik heb een jurk die onder de vlekken zit en ik wil hem heel graag weer in de oude staat herstellen.

Jules → Lulu

Ik denk dat we elkaar maar persoonlijk moeten ontmoeten (aangenomen dat je je bewustzijn niet oplaadt naar het collectief). Je zit toch in NYC? Ik wil best ergens volgende week bij je komen.

JJ

Ashleigh Avila → Dolly Peale

Beste Dolly Peale,

Ik was wildenthousiast toen ik van je dochter Lulu Kisarian hoorde dat je bereid bent mee te werken aan een documentaire over Kitty Jacksons relatie met generaal B en de historische gevolgen daarvan. Ik vraag me nu af hoeveel betrokkenen uit 2008 we kunnen verzamelen. Ik stel me voor: jij, Kitty, Lulu, de fotografen die beelden van generaal B en Kitty samen hebben gemaakt, en militaire en politieke deskundigen die iets kunnen zeggen over de wending van generaal B naar de democratie.

We missen nog iemand uit de kring rond generaal B die de gebeurtenissen van zijn kant kan belichten. Zou jij je contacten binnen het vorige regime kunnen nagaan om te zien of er daarvan nog mensen leven en bereikbaar zijn?

Met de beste wensen, Ashleigh Avila

Lulu Kisarian→ Ames Hollander

Beste Ames Hollander,

Journalist Jules Jones stuurde mij uw e-mailadres door. Ik heb begrepen dat u een reinigingsdienst hebt die gespecialiseerd is in het verwijderen van hardnekkige vlekken. Een vriend van me is op zoek naar zo'n behandeling. Hoe kan ik hem met u in contact brengen?

In afwachting van uw antwoord, Lulu Kisarian

Ames Hollander → Lulu Kisarian

Beste Lulu:

Uw vriend kan contact met me opnemen via Mondrian, een meer beveiligd netwerk dat hem een aantal kunstjes zal laten uitvoeren om te garanderen dat onze communicatie privé is.

Ames Hollander

Lulu → Ames VIA MONDRIAN

Hoi Ames, dit is Lulu Kisarian. Hoe kan mijn vriend zijn reinigingsproblemen beschrijven als hij van binnenuit in de gaten wordt gehouden?

Ames → Lulu VIA MONDRIAN

Lulu, zeg tegen je vriend dat hij ZIJN OGEN DICHT MOET DOEN als hij zijn stomerijwensen uittikt, en op 'verzenden' moet drukken VOORDAT hij ze opendoet.

Ames Hollander

Lulu → Ames VIA MONDRIAN

Ok korte vrsie sory voor typfouten ik ben zes mnden burgagent gweest gwond geraakt en evacatie vermoed nog steds gevolgd voel andere ogn door mij ogen kijken andre luiteren in mijn hofd afscuwelijk wil ervn af zlfs zelfmord plegen maar zou andren tveel pijn doen we hebben tweeling acht mnden reinigig is ndig echtgnoot Jospeh Kisarina wekt voor NSA kan zijn dt ze hem bespionern

Ames → Lulu VIA MONDRIAN

Beste Lulu,

Ik kan je vriend zeker helpen met die vlekken maar ik woon niet in de stad en kom maar een paar dagen per maand in New York. Mijn bedrijf is lastig te vinden, maar aangezien Jules er eerder geweest is zal ik de afspraak rechtstreeks met hem maken. Laat je vriend het maar direct met Jules regelen.

Bedankt voor het doorsturen!

Ames Hollander

Jules Jones → Bosco Baines

Beste Bosky, lang geleden. Alsnog bedankt voor het ijs, waar ik elke Kerstmis meer naar uitkijk dan ik wil toegeven. Geen idee hoe je die chocoladevlokken zo smeuïg krijgt, niet deegachtig. Zoveel mysteries!

Lichamelijk alles goed? Dat neem ik maar aan en ik vraag me af of je in de markt bent voor een stukje betrokken journalistiek, inclusief reizen, speedboten en een filmicoon die blijkbaar al jouw teksten kent. Interesse?

Groet, JJ

Bosco → Jules

Gezondheid puik. Voel me weer dartel met mijn nieuwe heupen en knieën. 35 kilo afgevallen in tien jaar, nou jij weer. Onkosten voor de klus worden betaald, neem ik aan? Zou geinig zijn je weer eens te zien, gast, zelfs op een speedboot.

Jules → Bosco

Begin aan hongerdieet. Buikspieren-app gedownload. Klus is nog slag in de lucht, maar zo begint alles wat goed is, niet?

Love you, ouwe, JJ

4

Eric Platt → Jazz Attenborough
Geachte Mr Attenborough,
Wij hebben een verzoek om een interview ontvangen dat te intrigerend is om maar meteen af te wijzen, zoals ik meestal doe. Sterke punten: Bosco van The Conduits, Jules Jones (auteur van *Suicide Tour*), en speedboten. Interesse?

Hoogachtend, Eric Platt

3de assistent van Jazz Attenborough

Jazz Attenborough → Eric Platt
Klinkt als nep. Heb je het gecontroleerd?

Eric → Jazz
Geachte Mr Attenborough,
Sorry, was iets te enthousiast. Zal het checken.

Hoogachtend, Eric Platt

3de assistent van Jazz Attenborough

Jazz Attenborough → Carmine DeSantis
Nieuwe 3de assistent rampzalig. Zoek alsjeblieft een andere.

Carmine DeSantis → Jazz Attenborough
Zal kijken, maar achtergrondchecks kosten tijd.
Heb je de scripts gelezen?

Jazz → Carmine
Welke ook weer?

Carmine → Jazz
Opa, kerstman, onderzeese grottentovenaar.

Jazz → Carmine
Nee, nee en nee. Wil meer sexy rollen. Hoe kan ik met jongere sterren werken?

Carmine → Jazz
Opa, kerstman, onderzeese grottentovenaar!!

Jazz → Carmine
Facelift?

Carmine → Jazz
Valt te veel op. Hou het maar bij doorleefd.

Eric Platt → Jazz Attenborough
Geachte Mr Attenborough,
Het klopt allemaal. Die mensen zijn echt. Ik heb de schrijver gesproken, Jules Jones, die in nauw contact is gebleven met Bosco Baines (van The Conduits) sinds hij over hem geschreven heeft in *Suicide Tour*. Kan mooie publiciteit voor u opleveren.
Hoogachtend, Eric Platt
3de assistent van Jazz Attenborough

Jazz → Eric
Fwd naar Carmine, hij regelt het. 1ste en 2de assistent te druk.

FWD: Eric Platt → Carmine DeSantis
Geachte Mr DeSantis,
Hieronder mijn correspondentie met Mr Attenborough betreffende een mogelijk interview in een of meer van zijn speedboten. Ik heb de schrijver gesproken en het klopt allemaal. Ik denk dat we zo een eind kunnen maken aan het imago van grijze alfa-aap van Mr A.
Hoogachtend, Eric Platt
3de assistent van Jazz Attenborough

Carmine → Eric
Grijze alfa-aap, mooi gezegd. Je hebt de zeventigjarige Jazz vast niet in een zwembroek gezien.

Eric → Carmine
Jawel, hij was net wezen zwemmen toen ik voor mijn gesprek kwam. Ziet er prima uit voor een senior: gebruind, gespierd, overvloedig grijs borsthaar, harde pezige buikspieren.

Carmine → Eric
Kun je borsthaar verven?

Eric → Carmine
Ja. Mijn vriendin is grimeur. Zij doet het met een tandenborstel.

Carmine → Eric
Zeg maar akkoord tegen de schrijver. Eén probleem: Jazz wil dat ik jou vervang. Als jij de logistiek regelt, komt dat op mijn naam te staan.

Eric → Carmine
Met alle respect, Mr DeSantis, waarom zou ik daarmee akkoord gaan?

Carmine → Eric
Nou kom maar op: waar droom je van? In een paar woorden.

Eric → Carmine
Scenarist/regisseur

Carmine → Eric
Hierbij verklaar ik plechtig je volgende script te lezen en als het me bevalt als je agent op te treden.

Eric → Carmine
Dank u wel, Mr DeSantis. Kan ik daar even een handtekening voor krijgen?

Carmine → Eric
Je bent een snelle leerling.

Jules Jones → Ames Hollander VIA MONDRIAN
Beste Ames,
Ik stel je vertrouwen op prijs, maar ik moet me hier buiten houden. Voor het eerst sinds een jaar maak ik me bezorgd over snuitkevers, en ik heb op dit moment te veel op mijn bord om ook nog eens in te storten.
Groet, JJ

Ames → Jules VIA MONDRIAN
Beste Jules,
De angst voor snuitkevers is vijfduizendmaal sterker dan de kans erop, vandaar dat ze worden aangeduid als *Terroristenwapen* en niet als *Beveiligingsprogramma*. Niettemin kan er in het geval van je vriendin een kleine kans op een lek bestaan, dus zet ik haar boven aan mijn lijstje in New York. Ik ken haar man vaag van mijn eigen contacten met de NSA (prima vent) maar de regering hanteert strikte regels tegenover schoonmakers van buiten, dus hij mag er in geen geval bij betrokken worden of er zelfs maar van afweten. Jij bent de aangewezen persoon, Jules. Ik kan een 'onderhouds'-scan voor je regelen, als je daar wat aan hebt.
Ames Hollander

Jules → Ames VIA MONDRIAN
Barst. Ik ga een stukje hollen. Te opgefokt voor dit gesprek en ik wil afvallen.

Carmine DeSantis → Jazz Attenborough
Jazzy, ik raad je sterk aan dat speedbootprofiel te doen met Jules Jones (SUICIDE TOUR) en Bosco (CONDUITS) en ben zo vrij geweest 'ja' te zeggen namens jou.

Jazz → Carmine
Hoe lang werken we nu al samen, Carmine?

Carmine → Jazz
Mijn hele carrière, drieëntwintig jaar.

Jazz → Carmine
Als ik vanaf het begin één motto heb gehad, wat was dat dan?

Carmine → Jazz
Ja hoor, ik weet het: 'geen reünie'. Maar ik dacht dat dat alleen gold voor boze exen en waardeloze nazaten.

Jazz → Carmine
Het geldt voor iedereen.

Carmine → Jazz
Jij hebt Bosco Baines nooit ontmoet en Jules Jones evenmin, dus het wordt een reünie voor HEN maar niet voor jou. Iets anders: waarom wil je de 3de assistent ontslaan nu zijn voorstel bruikbaar is gebleken?

Jazz → Carmine
Ik kom nooit terug op besluiten. Vervangen.

Eric Platt → Jules Jones
Geachte Mr Jones,
Tot mijn genoegen kan ik u melden dat Mr Attenborough bereid is mee te werken aan het speedbootinterview met u en Bosco Baines, als hij volgende maand terug is uit Belize. Kunt u mij een idee geven hoeveel mensen erbij aanwezig zullen zijn, aangezien zijn landgoed streng beveiligd wordt? Het team moet zo klein mogelijk zijn, en iedereen zal een verklaring moeten tekenen dat de dag volledig zal worden verwijderd uit alle uploads naar het Collectief Bewustzijn.

Hoogachtend, Eric Platt
3de assistent van Jazz Attenborough

Jules → Eric
Beste Eric,
Schitterend nieuws. We zijn een team zonder franje, alleen ikzelf, Bosco, een fotograaf/cameraman en mijn maatje Lulu, doorgewinterd muziekproducer en manusje-van-alles.
Groet, JJ

Eric → Jules
Mr Attenborough heeft me in een opwelling ontslagen, maar Mr DeSantis heeft me in stilte aangehouden om dit project te leiden. Slag in de lucht: zou je vriendin Lulu misschien de rol van Mr Attenboroughs nieuwe 3de assistent willen spelen zolang de opnamen duren, zodat Mr DeSantis niet voor tussenpersoon hoeft door te gaan? Mr DeSantis zal Mr A van achtergrondchecks enz. voorzien.
Hoogachtend, Eric Platt
3de assistent van Jazz Attenborough

5

Lulu Kisarian → Jazz Attenborough
Beste Mr Attenborough,
Even voorstellen: Lulu Kisarian, uw nieuwe 3de assistent. Ik verheug me op alle opdrachten die u voor me hebt – en natuurlijk ook op een persoonlijke ontmoeting na uw terugkomst uit Belize. Hartelijk dank voor de eer voor u te mogen werken.
Hoogachtend, Lulu Kisarian

Jazz → Lulu
Je bent op proef aangenomen. Ik neem aan dat je grondig bekend bent met mijn werk?

Lulu → Jazz
Ik heb al uw films gezien.

Jazz → Lulu
Als bijlagen drie scripts om te lezen en te becommentariëren als proef. Stuur het resultaat maar naar mij en niet naar de 1ste of 2de assistent, zodat ik je werk persoonlijk kan beoordelen.

Dolly Peale → Arc
Beste Arc,
Ik vraag me af of dit bericht je zal bereiken – het is meen ik al tien jaar geleden dat we voor het laatst contact hadden! Alles goed hier; steeds meer mensen gaan buiten de stad wonen en ze schijnen dol te zijn op kaas. Ik heb een specifieke vraag voor je, maar om die nu te stellen, nadat we zo lang geen contact hebben gehad, lijkt zelfs mij wat te zakelijk. Als ik denk aan de nasleep van onze dolle acties voor generaal B, stroom ik vol met genegenheid, mooie herinneringen en nieuwsgierigheid naar jouw leven. Vertel me wat, als je dit door een wonder onder ogen krijgt!

Je toegenegen Dolly Peale

Arc → Dolly
Ach, Dolly, wat een bijzonder genoegen om iets van jou te horen. Herinneringen, wat je zegt.

Ik kan dankbaar zeggen dat alles goed is met mij en mijn gezin. Mijn dochters zijn allebei getrouwd en ik ben driemaal grootvader. De recente politieke veranderingen in ons land, hoe positief ook in het algemeen, zijn voor mij persoonlijk weinig gunstig geweest. Ik word te zeer in verband gebracht met de misdaden van de generaal, en ik mag niet meer naar het buitenland reizen, wat de voornaamste reden is dat ik geen contact met je heb gehad. Ik mis weliswaar mijn werk voor de regering, maar mijn productiebedrijf floreert, en de langdurige vrede en economische stabiliteit in ons land zijn natuurlijk voor iedereen gunstig.

Hoe is het met Lulu? En... jouw vraag?

Met de warmste gevoelens, Arc

Dolly → Arc

Beste Arc,

Geweldig iets van jou te horen! Alles goed met Lulu en ik ben grootmoeder van een prachtige tweeling van acht maanden, Omar en Festa.

Ik denk dat je mijn vraag al min of meer beantwoord hebt, maar vooruit maar: er is belangstelling voor een documentaire over Kitty's 'relatie' met generaal B. Het idee erachter is Kitty's carrière een oppepper te geven (ze is 51, ik bespaar je het rekensommetje) door haar af te schilderen als een heldin die de overgang van X naar de democratie heeft bewerkstelligd. Wel zouden jij en ik dan de boeven zijn: ons plan om het imago van de generaal te rehabiliteren via die nepaffaire zou dan uitkomen, net als het puur toevallige karakter van het politieke 'ontwaken' van generaal B. Je kunt je voorstellen dat ik daar allemaal voor huiver. Het zou ook noodzakelijk zijn dat je naar de VS zou komen. Wat zijn jouw onderbuikgevoelens hierover?

Je toegenegen Dolly

Arc → Dolly

Beste Dolly,

'Onderbuikgevoelens' klinkt wel erg Amerikaans: potsierlijk maar in zekere zin toepasselijk. Die van mij omvatten herinneringen aan de diepe, duistere stilte bij het meer waar jij woont en de spitse sparren eromheen. Die harslucht was zowel zoeter als zilter dan alles wat ik eerder of later geroken heb.

Daarmee wil ik maar zeggen dat ik onmiddellijk zou terugkomen naar de VS – in feite zou ik dat al gedaan hebben – als ik niet gekluisterd was. Helaas, het zal niet gaan. Mochten de filmers toestemming krijgen om hier naar X te komen (hoogst onwaarschijnlijk), dan zou ik er graag aan meewerken.

Met alle respect, Dolly, moet ik toch vriendelijk een correctie aanbrengen op jouw relaas van onze gezamenlijke motieven om in 2008 generaal B en Kitty Jackson met elkaar in contact te brengen. We hebben toch de schijn van een romantische relatie tussen hen bekokstoofd om die als een 'Trojan horse' in te zetten en zo een eind te maken aan de plunderingen van de generaal? Dat was in elk geval mijn plan – en het jouwe ook; ik weet nog dat je dat uitdrukkelijk gezegd hebt. Als je eens gaat speuren in de krochten van je geheugen (dat je misschien zoals zovelen hebt geëxternaliseerd) komen die lofwaardige details wel weer boven, daar ben ik van overtuigd.

Algemene erkenning van ons onorthodoxe en succesvolle plan om mijn land de democratie te schenken, zou mijn reputatie bij het huidige regime verbeteren, en ik wil niets liever dan de kans om er publiekelijk over te praten.

Met de warmste gevoelens, Arc

Dolly Peale → Ashleigh Avila

Beste Ashleigh,

Ik heb contact gehad met de man die in 2008 mijn contactpersoon was met het regime van generaal B. In principe is hij bereid mee te werken, maar helaas is hij uit de gunst bij het huidige regime en niet in staat het land te verlaten. Hij zal proberen een uitreisvisum aan te vragen, maar dat kan wel even duren. Ik hou je op de hoogte.

Beste wensen, Dolly

Ashleigh → Dolly

Beste Dolly,

ONGELOOFLIJK dat je die man hebt gevonden en dat hij mee wil werken!!! En verlies de hoop niet: ik heb een goede vriendin die als kind vanuit X is geïmmigreerd en die familieleden heeft in het huidige regime! Ik zal haar vragen of ze kan informeren naar toestemming om IN X te filmen, wat zoveel beter zou zijn wat betreft de originele locaties en de sfeer. Heb ik je verteld dat ik een opleiding tot documentairemaker heb gedaan (MFA/NYU)? Ik heb ervaring met het regelen van toestemmingen, en ik ken genoeg investeerders om een productie in het buitenland mogelijk te maken.

Vol hoop en verwachting, Ash

FWD: Dolly Peale → Joseph Kisarian

Jojo, HELP! Zie onder: ik heb een verschrikkelijke stommiteit begaan door te zeggen dat Arc in leven is en mee wil werken. Ik ben doodsbang om het verkeerd aan te pakken en Lu te dwarsbomen, maar die 'documentaire' moet afgeblazen worden voor er verdere stappen worden genomen! Geef me alsjeblieft advies!

Liefs, Dodo

Joe → Dolly

Dodo, maak je toch niet zo druk. Je kent mijn motto: 'Zolang iedereen nog in leven is, kan alles geregeld worden.'

Je zult komend weekend zelf merken dat Lulu enorm vooruit is gegaan! Ze slaapt goed en ik heb haar écht horen lachen, voor het eerst sinds ze terug is van haar opdracht. Soms zie ik een flits van de oude Lulu: bruisend, vrolijk en ongecompliceerd. Onze Lulu is ergens op uit, en daar heeft ze lol in.

Liefs, Jojo

6

Bosco Baines → Bennie Salazar

Hee, gast,

Jules heeft me ingezet voor een journalistiek plannetje met Jazz Attenborough (groot fan van The Conduits, wat dacht je daarvan?). Het idee is dat ik met Jazz volgende maand bij LA ga rond raggen in zijn supersonische speedboot en dan schrijft Jules erover en het wordt gefilmd, gememed en gestreamd, en dan verspreiden allerlei ouwe knarren hun herinneringen aan onze hoogtijdagen een millennium geleden en dan worden we weer hartstikke beroemd. Zouden we dat geintje kunnen inzetten voor een kleine Conduits-comeback? Nieuwe opnamen van oude nummers, zoiets? Ik vraag het maar.

Love you baby, Bosky

Bennie → Bosco

Bosky baby!! Goed van jou te horen. Nogmaals bedankt voor het ijs, hoewel de tiener en haar vraatzuchtige maatjes het meeste verslonden hebben. Ik zal onze Conduits-nummers nog eens doornemen en erover nadenken. Het meest melodieuze werk kan akoestisch knallen. Hoe is je stem?

B

Bosco → Bennie

Ik zou het echt niet weten. Ik zal er wat toonladders uitgooien, dan merk ik het wel. Ik leef tegenwoordig clean, dus dat is al wat.

Bosky

Bennie → Bosco

Heb eens geluisterd en de Conduits-klassiekers zijn verbijsterend sterk. Ook het juiste moment: de meeste fans van toen leven nog, en ik heb gehoord dat het Collectief een schat aan Conduits-herinneringen herbergt. Een frisse aanpak van het oude materiaal kan een jong publiek genereren. Laten we een dezer dagen bij elkaar komen, dan kunnen Melora en ik de stem eens beluisteren.

Bosco → Bennie

Heb wat meer tijd nodig om op te warmen.

Bennie → Bosco

Oké, maar even duidelijk, Bosky: een nieuwe opname moet GRANDIOOS worden, anders werkt het niet. Minder dan dat wordt het een klucht, en geen beste.

Bosco → Bennie

Is Melora ge-bcc'd?

Bennie → Bosco

Heel leuk. Melora is een hele vindingrijke zakenpartner met wie ik uiterst creatief samenwerk, en ze is ook de jongste dochter van mijn geliefde mentor Lou Kline.

Bosco → Bennie

Waarom heeft ze dan je bedrijf ingepikt en je naar LA laten verkassen om haar knechtje te worden?

Lulu Kisarian → Jazz Attenborough

Geachte Mr Attenborough,

Hierbij mijn proefbeoordeling van de drie scenario's die u me stuurde, in oplopende volgorde van kwaliteit:

1. GRANDPA GRUMP, komedie

U speelt een knorrige opa die ontdooit in een weekend vol grappen en grollen met vijf kleinkinderen die u helpen een moordzaak op te lossen. Die film hebben we al duizend keer gezien. Omdat u nooit een grootvader hebt gespeeld, zou ik me niet in die categorie laten plaatsen met dit clichématige project.

2. SANTA SENSATION, komedie

U speelt een drankzuchtige Santa Claus bij Macy's, die in een vrouw die haar kleinzoons bij hem op schoot zet het meisje herkent op wie hij op school verliefd was – inmiddels weduwe, wat goed uitkomt. Er zitten een paar intelligent geschreven scènes in waarin een dronken kerstman op jacht gaat naar zijn ware liefde (waarvan hij natuurlijk zal ontnuchteren), maar in het grootste deel van de film loopt u erbij als een clown.

3. MERMANCE, fantasy

Vreselijke titel maar de rol van de Onderzeese Grottentovenaar heeft mogelijkheden. U speelt een machtige tovenaar en hebt een romance met een ZeemeerVorstin die met de juiste actrice heel boeiend kan zijn. Als het goed gedaan wordt, kan het onderwaterdecor mooi en onaards zijn. Het overwegen waard.

Hoogachtend, Lulu Kisarian

3de assistent van Jazz Attenborough

Jazz → Lulu

Proef geslaagd. Zal eens kijken naar die grottentovenaar. Hou me intussen op de hoogte over het interview zodra ik terug ben. Het gaat ook over speedboten, die verzamel ik.

Lulu → Jazz
Ik meen dat u meer dan veertig speedboten hebt.

Jazz → Lulu
Je hebt je huiswerk gedaan. Ik praat zelden over mijn speedbotenverzameling.

Lulu → Jazz
Eerlijk gezegd voelde het niet als huiswerk.

FWD: Jazz Attenborough → Carmine DeSantis
Zie onder. Bezorgd dat de nieuwe 3de assistent een warhoofd is. Ze lijkt me wat TE gretig. Wie heeft de achtergrondcheck gecontroleerd?

FWD: FWD: Carmine DeSantis → Eric Platt
Zie onder

FWD: FWD: FWD: Eric Platt → Jules Jones
Beste Jules,
Zie onder. Wil je je vriendin Lulu vragen om een beetje gas terug te nemen (niet dat hij dan tevreden zal zijn)?
Bedankt, Eric

Bennie Salazar → Alex Applebaum
Hoi Alex,
Lang geleden, jongen! Moet je horen: er is een kans dat Bosco en ik een paar Conduits-klassiekers akoestisch gaan opnemen als hij over een paar weken naar LA gaat. Ik heb geen idee hoe hij klinkt – en eerlijk gezegd ook niet hoe hij eruitziet! Zou jij een dezer dagen daarheen kunnen rijden en hem een beetje voorbewerken? Hij kon er wel eens geen zin in hebben dat ik hem hoor, misschien wel omdat hij klote klinkt. Moet ik weten voordat ik op zoek ga naar muzikanten e.d.
Groet, Bennie

Alex → Bennie
Beste Bennie,
Leuk wat van jou te horen!

Bosco... grote god, is die nog niet dood? Die Suicide Tour heeft kennelijk het eeuwige leven! Wil graag meedoen en het komt mooi op tijd... het semester is net afgelopen.

Later meer, Alex

Alex Applebaum → Bosco Baines
Beste Bosco (als ik zo vrij mag zijn),
Ik doceer geluidsanalyse aan het Queens College en werk al lange tijd samen met Bennie Salazar, al sinds Scotty Hausmanns Footprint Concert, veertien jaar geleden. Bennie vertelde me dat je mogelijk een aantal Conduits-klassiekers akoestisch gaat opnemen en ik heb gevraagd of ik mee mocht werken. Ik speel dragelijk piano en gitaar en zou het een eer vinden om met je samen te werken als dat hoe dan ook dienstig kan zijn.

Je fan Alex

Bosco → Alex
Goeie timing. Kan je hulp goed gebruiken. Mijn stem is wat wankel, moet ik bekennen.

Jules Jones → Ames Hollander VIA MONDRIAN
Ik heb me erbij neergelegd dat ik je vriendin volgende week naar je kliniek zal brengen, maar hoe?? Ze heeft een tweeling van acht maanden en wantrouwt babysitters. Ikzelf ben bang voor kleine kinderen, omdat ze onvoorspelbaar zijn en me niet mogen.

JJ

Ames → Jules VIA MONDRIAN
Heb je iemand die je onvoorwaardelijk vertrouwt en die mee kan gaan om te helpen met de baby's? Liefst iemand die kinderen heeft.

Jules → Ames VIA MONDRIAN
Twee opties: mijn vriendin Noreen, een beetje labiel maar een zeer toegewijd meervoudig grootmoeder. Of mijn zus Stephanie, zeer betrouwbaar maar met maar één kleinkind, ver weg.

Ames → Jules VIA MONDRIAN
Doe Stephanie maar.

Alex Applebaum → Bennie Salazar
Beste Bennie,
Dit weekend tijd uitgetrokken om naar Bosco te gaan voor hij zich bedenkt. Hij woont op een kleine veeboerderij (mooie gele koeien met lange kromme horens). Ik herkende hem niet – hij is mager, zonder dollen, en in topconditie! Hij liet me al zijn gewichtheftoestellen zien in een oude schuur. Hij lijkt meer op de Bosco uit vervlogen tijden dan ooit sinds 2000 (zij het met rimpels en grijs haar).

Wat heel bizar is: zijn stem is hoger dan vroeger. Er zit iets krasserigs in (poliepen vermoed ik) dat voor mijn gevoel meer diepte geeft aan zijn quasifalsetstem.

Samengevat: ziet er prima uit, beweegt soepel, stem een beetje hoog maar we kunnen er vast wel wat mee. Geluidsopname in bijlage.

Alex

Bennie → Alex
Quasifalsetstem? Wat is dat nou weer? Ik luister op dit moment.

7

Stephanie Salazar → Bennie Salazar
B,
Ik weet niet wat het zegt over mijn leven dat de enige die iets zal begrijpen van de dag die ik achter de rug heb nou net degene is van wie ik bijna dertig jaar geleden gescheiden ben. Maar maak je geen zorgen, ik barst maar al te graag los.

Jules stuurt me de vraag of ik hem over een paar dagen in Lower

Manhattan wil ontmoeten om hem te helpen met een 'project'. Het is dringend, maar er is niks mis mee. Hij heeft aan zijn nieuwe boek gewerkt en is in goede conditie (7 kilo afgevallen!), dus ik ga akkoord en vraag niet verder.

Twee dagen later tref ik hem 's morgens voor een flatgebouw in Tribeca: zwetend, grauw gezicht, zijn kraag doorweekt. Ik zeg: Jules, moeten we niet naar het ziekenhuis? Nee, zegt hij, alles is prima, hij maakt zich alleen zorgen. De komende uren zal het misschien vreemd zijn, zegt hij, maar er is niks aan de hand. O ja, mijn taak wordt op een tweeling van acht maanden passen!

We gaan het pand in en nemen de lift. Jules doet de deur van een flat open en ik tref een schattig jongetje en meisje aan die in een dubbele wandelwagen zitten gegespt, en beginnen te drenzen. Er ligt wat speelgoed, dus ik ga op de grond zitten en rammel wat met een speeltje tot ze stil zijn. Intussen loopt Jules een andere kamer in en komt terug met aan zijn hand (buiten het zicht van de baby's) een vrouw met een zwarte kap over haar hele hoofd en een arm in een mitella! Ze is kalm en zwaait zelfs naar me met haar goede arm, de enige reden dat ik niet het alarmnummer bel.

Jules gebaart naar me dat ik voorop moet met de wandelwagen als we de flat uit gaan. Hij heeft een auto gehuurd met twee kinderzitjes. De vrouw met de kap blijft uit het zicht tot ik de baby's erin heb gegespt. Dan gaat ze voorin zitten, ze draagt een hoed met een brede rand en een zonnebril, zodat de kap op een gezichtsmasker lijkt. Niemand zegt een woord. De tweeling zeurt een beetje, maar ik weet ze af te leiden met wat gerammel.

We stoppen voor een sjofele kroeg in de buurt van Penn Station. Ik hoor Jules hijgen of hij een paniekaanval heeft. Ik zet de tweeling weer in de wandelwagen en Jules geeft aan dat ik voorop moet gaan, die louche bar in. Ik denk nog: dit kan niet goed zijn, maar de barman kijkt me aan en wijst met zijn kin naar achter in de bar. Ik duw de wagen naar een vettige deur waarachter naar ik aanneem een levensbedreigend toilet zit, ik kan het haast ruiken, maar ik zet me schrap tegen de deur en duw hem open.

Dan is het alsof we door zo'n portal in een van die oude videogames van Chris gaan: we staan in een kliniek en een gelooide vent met een militaire uitstraling begroet ons zwijgend. Hij draagt een chirurgenmasker. We lopen met hem mee een kamer in, stikdonker, op een lichtgevende paarse cirkel midden op de vloer na. Ik probeer het tafereel te interpreteren: is het een spel? Een voorstelling? Een proef? Maar Jules is akelig serieus en niemand zegt iets, dus doe ik dat ook niet en speel maar mee.

Jules en ik gaan naast de wandelwagen op een bank tegen de muur zitten. De tweeling is gehypnotiseerd door de paarse ring. De militairachtige man zet de vrouw midden in die ring, zet haar zonnebril en hoed af, maar laat de kap op haar hoofd. Dan verdwijnt hij. Ik hoor een gezoem en de ring wordt door een mechanische arm langzaam van de vloer getild, Hij glijdt over de voeten van de vrouw, haar scheenbenen, dijen, heupen, bovenlichaam en ten slotte haar hoofd. Het paarse licht heeft een bedwelmend effect: de tweeling valt meteen in slaap, ik voel Jules tegen me wegzakken en ik ben min of meer in trance, denk ik, door het staren naar dat paarse licht.

Als de ring over het hele lichaam van de vrouw is gegleden dooft het paarse licht en die legerman komt weer binnen en leidt haar naar een stoel. Dan gaat hij achter een scherm zitten en blijft het een hele tijd bestuderen. Het enige licht in de kamer is een groenblauw schijnsel op zijn gezicht en boven zijn masker kan ik alleen zijn ogen zien.

Ten slotte wordt het licht langzaam sterker en de man staat op. Hij kijkt om zich heen en ziet dat ik wakker ben. Als we elkaar aankijken zegt hij: 'Je wordt niet wagenziek', en ik besef dat ik voor het eerst sinds ik Jules die morgen zag weer een stem hoor.

'Nooit,' zeg ik.

Hij loopt naar de vrouw in de stoel en trekt voorzichtig de kap van haar hoofd. Zij slaapt ook. De man hurkt achter haar stoel en zegt dicht bij haar gezicht: 'Je bent schoon, Lulu. Er zit niets.'

Ze schrikt op en dan herken ik haar: het is Lulu. Ik bedoel ONZE Lulu, de dochter van Dolly. HET IS LULU!!

Dan lijkt de betovering verbroken: de tweeling begint te jammeren en Lulu buigt zich over de wandelwagen, geeft ze allebei een kus en zij huilt ook. Ze kijkt verwilderd en haar ene arm hangt slap langs haar zij alsof ze hem niet goed kan gebruiken. Jules stelt de militaire man voor als 'A', een 'schoonmaker', en hij bedoelt iemand die snuitkevers kan opsporen. Hij heeft Jules een scan beloofd (kennelijk niet zijn eerste), die natuurlijk niets oplevert.

Lulu en ik wachtten met de tweeling in een andere kamer terwijl Jules aan de beurt was in de paarse ring. Ik vroeg haar naar haar gewonde arm, maar ze was er vaag over. Ze kon haast niet ophouden met huilen, dat was een vreemde ervaring. Voor mij is Lulu altijd zo stoïcijns en competent. De arme schat heeft blijkbaar iets verschrikkelijks meegemaakt, maar ik wilde niet gaan neuzen. Ik vraag me af of Chris het weet.

Tot zover mijn dag. Hoe was de jouwe?

S

Bennie → Stephanie

Steph, weet je zeker dat je het niet gedroomd hebt?

Stephanie → Bennie

Wat was de eerste regel die ik stelde toen je me in bed had gelokt? Die OOK in onze huwelijksbeloften stond?

Bennie → Stephanie

Ik weet het: de ander niet lastigvallen met je dromen. Maar... Lulu en Jules? Sinds wanneer hebben die weer contact?

Stephanie → Bennie

Blijkbaar werken ze samen aan een interview met een of andere beroemdheid, waar Bosco ook mee te maken heeft. In Los Angeles...!?

Bennie → Stephanie

Interessant. Van Bosco hoorde ik al over dat project. Wist niet dat Lulu erbij betrokken was. Toeval, of komen na je zeventigste alle wegen samen?

Jules Jones → Stephanie Salazar
Zusje, wat kan ik zeggen? Ik zou niet zonder je kunnen.
Je liefhebbende broer Jules

Stephanie → Jules
Graag gedaan. Dat weet je.

Jules → Stephanie
Ik wou dat je Ames' aanbod van een scan had aangenomen. Dat is HEEL moeilijk te regelen.

Stephanie → Jules
Tenzij iemand de damessenioren van de Westchester Tennisclub wil infiltreren ben ik vast wel veilig.

Jules → Stephanie
Is het nooit bij je opgekomen dat er misschien een andere entiteit door jouw ogen kijkt, met jouw oren luistert of woorden via jouw mond uit?

Stephanie → Jules
Nooit. Maar er is wel bij me opgekomen dat de aanschaf van een lichtgevende ring en het aanbieden van 'scans' een lucratief handeltje zou kunnen zijn. Heeft die 'Ames' ooit een snuitkever gevonden?

Jules → Stephanie
Er zat er een in zijn eigen hersens!

Stephanie → Jules
Waaaat?

Jules → Stephanie
Ik heb hem gezien. Ziet eruit als een smal, puntig kevertje met beweegbare synthetische schubben.

Stephanie → Jules
Dat had ik liever niet geweten.

Jules → Stephanie
Hij heeft bij Special Operations gezeten en daarna klussen aangenomen waar het leger zich buiten wilde houden. Kortom: mocht je ooit gaan vinden dat de uitroeiing van een groot deel van de mensheid goed zou zijn voor de bevolkingspolitiek, dan wil je jezelf misschien wel laten scannen.

Stephanie → Jules
Jeetje. Dat denk ik de hele tijd.

8

Ashleigh Avila → Dolly Peale
Beste Dolly.
ONGELOOFLIJK NIEUWS. Mijn vriendin in x heeft me in contact gebracht met een pr-manager in de hoogste kringen van het huidige regime. Ze zijn bereid om ons de documentaire daar te laten opnemen. Er is officiële toestemming!!!!! De financiering loopt goed – we zijn eigenlijk al over het bedrag heen. Laten we de agenda doorpraten.
Wauw toch? Ash

FWD: **Dolly Peale → Joseph Kisarian**
Jojo, zie onder. Ik weet me geen raad. Ashleigh wordt razend als ik de stekker eruit trek, en het laatste wat ik wil is natuurlijk Lulu's kansen vergooien, wat die ook mogen zijn. Maar heb ik een keus? Wachten maakt het alleen maar erger. Help!!
Liefs, Dodo

Joe → Dolly
Gisteravond heeft Lulu voor het eerst in drie jaar tomatenzaadjes geplant in potjes op onze vensterbanken. Ik was tot tranen toe geroerd toen ze me die liet zien. We mogen in geen geval haar ontluikende geluk in de weg staan.

Dolly → Joe
Goed, maar hoe draaien we hier nu een punt aan zonder iemand kwaad te maken of dwars te zitten? Kunnen we zeggen dat de NSA geen toestemming geeft...??

Joe → Dolly
Dat is niet waar. We zouden een betere relatie met het nieuwe regime in x verwelkomen.

Dolly → Joe
Ho even – wat??? Suggereer je nu dat Lulu en ik echt NAAR X MOETEN GAAN om die documentaire te maken?

Joe → Dolly
Ik kan makkelijk weer een kort verlof opnemen om voor de tweeling te zorgen als jij weg bent.

Dolly → Joe
Jojo, dat is UITGESLOTEN. Ik heb in dit alles een betreurenswaardige rol gespeeld, nog afgezien van het feit dat ik dan die kokendeolieramp weer over me heen krijg.

Joe → Dolly
Was jij niet degene die me als eerste uitlegde dat Amerikanen dol zijn op bekeringsverhalen, juist omdat ze zo onontkoombaar zijn aangetast door de erfzonde?

Dolly → Joe
Dit is geen bekeringsverhaal! Het is het verhaal over hoe ik zo diep ben gezonken dat ik een opdracht aannam om de wreedheden van een genocidale dictator te verbloemen!

Joe → Dolly
Was jij niet degene die me vertelde dat een goede pr-manager van een gewelddadige coup een humanitaire reddingsoperatie kan maken?

Dolly → Joe
Maar ik ben geen pr-manager meer – ik handel in gastronomische producten. Mijn goede naam gaat voor mij boven alles.

Joe → Dolly
Was jij niet degene die zei dat beroemdheid alles uitvergroot; positief, negatief, het maakt niet uit?

Dolly → Joe
Tjee, Jojo, ik sta versteld dat je je zoveel van mijn uitspraken herinnert. En ik geef toe: ik ben gevleid.

Joe → Dolly
Ik voorvoelde dat er een dag zou komen waarop het van essentieel belang zou zijn om me jouw woorden te herinneren.

9

Ashleigh Avila → Kitty Jackson
Verbijsterend nieuws, Kit Kat:

Alle puzzelstukjes liggen op hun plaats voor de documentaire, en het belangrijkste is de medewerking en zelfs – mag ik het zeggen? – het ENTHOUSIASME van het huidige regime in X. In regeringskringen heb je heel wat fans. Niet alleen zijn ze weg van je films, maar ze zien jou ook als iemand die cruciaal was voor de 'bekering' van generaal B (of de 'castratie' dan wel 'verlichting', afhankelijk van de vertaling). Natuurlijk hopen ze dat je bereid bent om nieuwe 'intieme' informatie over generaal B te delen, nu je handen niet meer wettelijk gebonden zijn; hoe schokkender, hoe beter, vanzelfsprekend, al zou ik je NOOIT aanraden om te overdrijven of te liegen (de gedachte alleen al!), hoewel de overleden generaal je niet echt zou kunnen tegenspreken en ik ben nagegaan of er geen Mandalakubus in de buurt is...

Ten slotte: ze vroegen of je soms zin had om te rijden op bijzondere paarden uit de wilde kudden die daar aan de kust leven. Ik stuur een kort filmpje mee; kijk die natuurlijk golvende manen eens!

Laat me alsjeblieft weten of ik ermee door kan gaan.

Xxxxxx Ash

Kitty → Ashleigh

Voor de duidelijkheid: er wordt mij gevraagd om sappige details over generaal B te verschaffen en mezelf dus als prostituee te presenteren in ruil voor de kans om een paard met golvende manen te berijden. En degene die dat allemaal bekokstooft is GEEN vijand die uit is op mijn ondergang, maar mijn trouwe hulp en manager die door mij wordt BETAALD om mijn reputatie en belangen te beschermen.

Heb ik iets gemist?

Ashleigh → Kitty

Ja, verwend kreng, je vergeet een paar dingen die in JOUW belang zijn (want verder doet niemand ertoe), te weten deze:

1. Uitgebreide bekendheid als iemand die tot ALLES bereid is in het belang van de democratie – een Burgeragent avant la lettre kun je zeggen – en een vrouw die zo betoverend is dat ze een despoot en massamoordenaar wist te bekeren/verlichten/castreren en zo een labiele regio om te vormen en miljoenen levens te redden.

2. De kans om je culturele status exponentieel te verhogen en alleen al bekend te zijn onder je voornaam, wat je anders nooit zou lukken omdat je a) te oud bent, en b) nooit een geweldige actrice bent geweest.

Die kansen heb ik voor je geschapen. Versmaad ze rustig, maar weet dan wel wat je opgeeft, trut.

Kitty → Ashleigh

Je maakt me aan het huilen. Ik haat je.

Ashleigh → Kitty

Ja of nee?

Kitty → Ashleigh
Ja, als ik maar zo ver mogelijk bij jou uit de buurt ben.

Ashleigh → Kitty
Gegarandeerd.

Lulu Kisarian → Jazz Attenborough
Beste Mr A,
Kunt u me laten weten hoeveel mensen er comfortabel in uw speedboten kunnen varen, zodat we de planning rond kunnen maken voor het artikel en de fotosessie met Bosco van The Conduits en Jules Jones, schrijver van SUICIDE TOUR?
Hoogachtend, Lulu Kisarian
3de assistent van Jazz Attenborough

Jazz → Lulu
Er is niks 'comfortabels' aan een tochtje in een speedboot, tenzij je het leuk vindt – zoals ik – om met veel geweld op de golven te klappen. De echte vraag is: kunnen deze oudere heren het wel aan? Mijn boten zijn uitzonderlijk lang, dus de ruimte is geen punt.

Lulu → Jazz
Beste Mr A,
Ik zal de oudere heren waarschuwen, maar hoe benauwder zij zijn, des te meer ontspannen lijkt u. Een geslaagd optreden in een maritieme omgeving kan ook bijdragen aan de voorpubliciteit voor uw rol als Onderzeese Grottentovenaar, mocht u die willen spelen.
Hoogachtend, Lulu Kisarian
3de assistent van Jazz Attenborough

Jazz → Lulu
Je ziet me dus in die rol. Waarom? (in hooguit vijf woorden)

Lulu → Jazz
U speelt de romantische held.

Jazz → Lulu
Kan het romantisch zijn als de ZeemeerVorstin niet zo jong is?

Lulu → Jazz
Hangt van de actrice af. Kitty Jackson heeft een fantastische conditie (prijswinnend amazone) en ik heb gehoord dat haar reputatie binnenkort een oppepper krijgt.

FWD: Jazz Attenborough → Carmine DeSantis
Zie onder. Wat bedoelt de 3de assistent met die opmerking over Kitty Jackson?

Carmine → Jazz
Het gerucht gaat dat Kitty Jackson meedoet aan een documentaire over deze gebeurtenissen in 2008. Zie link hieronder.

Jazz → Carmine
Waarom heb ik dat verhaal over Kitty niet gehoord voordat ik met haar in DAZZLE ging spelen??

Carmine → Jazz
Het is algemeen bekend, dus ik nam aan dat je het wist.

Jazz Attenborough → Lulu Kisarian
Moet een nieuwe manager hebben. Carmine is hopeloos. Liever niet via 1ste of 2de assistent, want die kennen hem goed. Informeer eens en geef me wat namen.

Lulu → Jazz
Geachte Mr A,
Het spijt me, maar Mr DeSantis heeft me aangenomen, dus het zou wel raar zijn als ik meewerk aan zijn vervanging.
Hoogachtend, Lulu Kisarian
3de assistent van Jazz Attenborough

Jazz Attenborough → Carmine DeSantis
Moet een nieuwe 3de assistent hebben. Lulu is hopeloos. En ga akkoord met de rol van Onderzeese Grottentovenaar in MERMANCE, als Kitty Jackson de rol van ZeemeerVorstin aanneemt.

10

Alex Applebaum → Bennie Salazar
Beste Bennie,
Eerst het goede nieuws: Bosco's stem oppeppen gaat prima. Warme melk, hier volop aanwezig (meer koeien dan mensen zeggen ze), haalt de schorre kantjes eraf. Ik heb nieuwe arrangementen voor de vijftien grootste Conduits-hits gemaakt voor zijn hogere bereik.

Slecht nieuws: Bosco alleen klinkt op z'n best goed (zelfs niet erg goed).

Bosco vertelde dat Jazz Attenborough (de acteur dus) van plan is zijn opnamesessie bij te wonen. Een enorme fan, naar het schijnt. Attenborough heeft in het begin van zijn carrière in muziekfilms gespeeld en zijn zangstem was krachtig en helder (zie onder voor links naar opnamen). Als we Attenborough nou eens vragen om samen met Bosco te zingen?

Maar zelfs als Attenborough akkoord gaat en goed klinkt (zeer de vraag) kan het alleen maar grandioos worden als de begeleiding en de context/het moment kloppen, zoals bij Scotty Hausmanns Footprint Concert. Hadden we Scotty en Lulu nog maar.

Alex
PS Waar ZIJN Scotty en Lulu tegenwoordig eigenlijk (serieuze vraag)?

Bennie Salazar → Jocelyn Li
Hoi Joc,
Moet je horen, ik heb een voorstel aan Scotty dat eigenlijk een voorstel aan jullie allebei is. Bosco komt naar LA om een paar Conduits-klassiekers akoestisch op te nemen en ik vroeg me af of Scotty hem op slidegitaar zou willen begeleiden.

XXB

Jocelyn → Bennie

Hoi Bennie, ja graag, zegt hij. We zijn dol op The Conduits! Ik was indertijd SMOOR op Bosco (niet tegen Scotty zeggen). xxJoc

Bennie Salazar → Jocelyn Li; Alex Applebaum

Joc, Alex,

Ik koppel jullie maar even aan elkaar zodat jullie de details van die opnamesessie kunnen uitwerken. Jocelyn en ik speelden (samen met Scotty) al op school, in die cultsensatie The Flaming Dildos. Joc heeft een fantastische stem, zoals ik laatst weer ontdekte toen we samen karaoke zongen. Alex was stille vennoot in het Footprint Concert, en daarmee cruciaal voor Scotty's wereldroem en de wederopstanding van de carrière van ondergetekende.

En nu zijn we dus weer aan het samenzweren om Scotty's roem op te vijzelen, plus die van Bosco en – om eerlijk te zijn – ook die van mij en van iedereen boven de zestig die er cultureel toe wil doen in een wereld die zich schijnt af te spelen op een niet-bestaande 'plek' die we niet eens kunnen vinden, tenzij onze kinderen (of kleinkinderen!) hem ons wijzen. De enige manier om op onze leeftijd nog iets te betekenen is door middel van ironische nostalgie maar dat is, voor alle duidelijkheid, niet waarnaar wij streven. Ironische nostalgie is eerder de portal, het snoephuis kun je zeggen, waardoor we een nieuwe generatie hopen binnen te lokken en te betoveren.

Iets wat alles anders maakt: is dat niet altijd het doel?

Goed, genoeg retoriek. Kunnen jullie het verder samen regelen?

B

11

Bennie Salazar → Stephanie Salazar

Steph,

Ik zit nu in precies dezelfde situatie als jij een paar weken geleden: ik popel om je het verhaal te vertellen over een dag waarvan alleen jij de verwikkelingen naar waarde zal weten te schatten. Betekent dat dat we getrouwd hadden moeten blijven? (Geintje! Als ik er nog was geweest, was je tenniscarrière nooit van de grond gekomen en Lupa houdt het nog steeds met me uit).

We hadden besloten de opname te maken in Lou Klines oude huis (het is nu van Melora, maar die was op reis) omdat er een privéstrand met een steiger is zodat we rechtstreeks van de speedboot de opnamestudio in konden. Ik betwijfelde of Jocelyn wel zin had om naar het huis van Lou te gaan – vanwege de slechte *vibes* – maar ze was zo sportief om te komen, als overlevende. Zij komt dus tegen de middag aan met Scotty, Lupa en ik waren er al met Alex, een geluidsman met wie ik sinds Footprint zo nu en dan heb gewerkt. Ter ere van Scotty gaan we aan de Jägermeister en klinken aan Lous grote tafel met die hopen kaarsvet in het midden (die staat er nog, geloof het of niet) onder die kroonluchter met al die kaarsen erin. Scotty is in topvorm – dat nieuwe gebit is een hele vooruitgang na die spierwitte tanden die hij had, en hij is gelukkig met Joc. Ik had er al een goed gevoel over voordat Scotty de nieuwe arrangementen op slidegitaar ging spelen, maar toen ik ze hoorde, dacht ik godsamme; ze klonken echt beter, eigentijdser en in alles gewoon beter dan het origineel. Toen wist ik dat het grandioos ging worden, hoe Bosco en Jazz Attenborough ook mochten klinken. Kat in het bakkie.

We hadden de jonge meid en haar vriendinnen bij ons en die hangen in hun bikini rond Lous zwembad, want de naam Jazz Attenborough zegt meiden van vijftien kennelijk nog steeds iets (goed teken!). Ten slotte gaan we allemaal die steiger op met uitzicht op zee, en daar flitst zowaar een lange, zwarte Go-fast-boat in het zicht, zo een waarvan je verwacht dat hij een lading cocaïne naar Miami smokkelt. Hij gaat zo snel dat je geen scherp beeld krijgt, maar Lupa heeft de camera bij zich waarmee ze vliegende insecten fotografeert en ze maakt series van de boot, die ze opknipt in stills, zodat we kunnen inzoomen en iedereen kunnen onderscheiden. De beelden zijn heftig: er is er een van Bosco, opspringend met een Munch-achtige kreet op zijn gezicht. Op een andere staat Jules over de reling te kotsen, en verdwijnt daarna. Nergens meer terug te vinden!

Jazz Attenborough heeft een vraatzuchtige grijns, alsof hij met genoegen iedereen tot aan de rand van de dood of eroverheen zou jagen (waar is Jules verdomme?). Na een tijdje scheuren ze weg en komen terug in een andere boot, nog langer en kanariegeel. Op die gele boot voeren Lulu en Jazz Attenborough een ernstig gesprek dat Jazz zo afleidt dat hij gas terugneemt zodat we iedereen duidelijk kunnen zien. Jules is er weer, doodsbleek. Attenborough geeft het roer over aan Lulu en gaat zitten met een uitdrukkingsloos gezicht. Lulu kan overweg met speedboten, ze draaien nog een paar rondjes en zetten dan koers naar Lous steiger.

Ik vraag me af of we Bosco en Jules van de boot moeten dragen en ook of Bosco als een gek heeft geschreeuwd. Maar Bosco en Jules stappen opgewonden kakelend de boot uit, allebei in zwembroek (Jules in een T-shirt en je hebt gelijk: hij is afgevallen!). De fotograaf en de videoman stappen ook uit en de tieners smiespelen en giechelen, een beetje onder de indruk van die antieke alfamannetjes, en nu wacht iedereen alleen nog op Jazz.

Hij stapt als laatste uit, met Lulu. Ik weet dat ze in de dertig is en moeder, maar in het gezelschap van die knarren lijkt ze wel weer 21. Jazz draait zich steeds naar haar om, bekijkt haar, buigt zich over haar gewonde arm en mijn maag draait zich om (je kent zijn reputatie). Dan pakt hij haar hand om haar uit de boot te helpen, en even zie ik hun gezichten vlak naast elkaar en besef ik dat het EEN EN HETZELFDE GEZICHT IS. Wangkuiltjes, jukbeenderen, kin. Denk daar eens over na, Steph. Ze is in wezen een kloon van hem.

Er is nog meer, dat heb je vast wel van Jules gehoord. Maar ik hou nu op en laat je dit even verteren.

Liefs, B

12

Lulu Kisarian → Chris Salazar en Molly Cooke, VIA MONDRIAN

Hoi allebei,

Ik heb jullie allebei geloof ik niet meer gezien sinds Colins rouwdienst (tien jaar geleden, hoe is het mogelijk), maar ik denk veel aan jullie, vooral aan de dag dat we wegfietsten van de countryclub en in slaap vielen op de steiger. Dat is een van die pleisterplaatsen waar ik steeds naar terugkeer, misschien vanwege Colin. Ik kan nog steeds niet geloven dat hij er niet meer is.

Hoe het ook zij: ik neem nu contact met jullie op, op aanraden van Ames Hollander, die onlangs uitstekend schoonmaakwerk voor me gedaan heeft. Kleine wereld, alle wegen, etc. Een Collectief Bewustzijn is nergens goed voor.

Ik ben vijfendertig, werkloos, en op zoek naar een manier om de wereld beter te maken en niet slechter. Ik weet iets van jullie werk, via Ames Hollander, van horen zeggen en via via (en van jouw moeder, Chris, die laatst met een lunch aankwam). Als jullie iets voor me hebben, zou ik graag voor jullie werken.

Ik hoor het graag, Lulu

Lulu Kisarian → Joseph Kisarian
Joseph, mijn liefste,

Het complex van de generaal ligt in puin, maar we mogen er rondlopen.

Midden in de kamer waar moeder en ik sliepen is een enorme boom met wasachtige bladeren opgeschoten.

Er is een feestdag naar Kitty vernoemd en ze hebben haar gefilmd op een wild paard bij zonsondergang. Ze komt op een postzegel te staan.

Kitty en mijn vader willen samen een western gaan maken. Paarden en speedboten hebben blijkbaar meer gemeen dan je zou denken.

Als ik diep in de nacht naar de geluiden van het regenwoud luister, is het of ik weer op mijn missie ben.

Maar het landschap is totaal anders.

Ik begrijp nu dat de plek waar ik zo naar verlangd heb mijn eigen verbeelding is.

Die vergezelde me vroeger al en zal dat altijd blijven doen. Ze huist in ieder kinderboek.

Geef onze kindjes duizend kussen van me en vergeet niet de zaailingen water te geven.

Ik tel de seconden af tot ik je weer zie, volgende week.

BUILD

Eureka Gold

1

Het werd aangekondigd als een van die ouderwetse sneeuwstormen, van het soort dat gedurende Gregory's achtentwintig levensjaren steeds voorspeld werd maar (volgens zijn vader) nooit helemaal waargemaakt; ze verpieterden altijd tot regen of natte sneeuw, het begon op te vriezen of vroegtijdig te verblubberen, en dat leidde, tijdens de zondagse familiemaaltijden die Gregory sporadisch bijwoonde, tot nostalgisch gemijmer van zijn vader – die voor hij beroemd was veel door New York had gedwaald – over de échte sneeuwstormen van vroeger: de zachtheid, de geluidloosheid, de hectische stad die in een wollig, fluisterstil gebied veranderde.

'Dat zeg je iedere keer, pa,' snoof Gregory dan. 'Precies hetzelfde.'

'Is dat zo?' Zijn vader leek altijd verbaasd.

Nu, vanaf zijn waterbed, kon Gregory zijn huisgenoot door hun huiskamertje horen drentelen, waar hij een lading last-minute-wietbestellingen inpakte om mensen door de 'sneeuwquarantaine' te helpen. 'Raad eens wie er op mijn lijstje staat,' riep Dennis. 'Athena.'

'Nee toch?' zei Gregory.

'Voor de derde keer. Ze is groot fan van dat antieke spul.'

Dennis verkocht ambachtelijke wiet: Humboldt Homegrown, Eureka Gold, wiet uit de tijd dat marihuana ruig was en vol blaadjes en zaadjes zat, maar een high opleverde die het wietequivalent van vinyl was: 'krullerig' en 'gearceerd', 'klankrijk' en 'gevuld' (Dennis was afgestudeerd op poëzie, wat goed te pas kwam bij die reclametaal) – met andere woorden, authentíék, anders dan de bloedeloze, geurloze aftreksels die vandaag de dag voor wiet moesten doorgaan.

'Hoe gaat het met onze Athena?' riep Gregory moeizaam in de richting van zijn open slaapkamerdeur. In de weken sinds een raadselachtige vermoeidheid hem aan bed gekluisterd hield hadden Gregory en Dennis de kunst van het converseren vanuit verschillende kamers vervolmaakt.

'Nog steeds dezelfde,' zei Dennis. 'Relevant. Angstaanjagend.' Hij stak even zijn hoofd door Gregory's deuropening.

'Giftig,' zei Gregory.

'Eèèèèè.' Dennis maakte het geluid van een zoemer. 'Hulswoord.'

'Klopt,' zei Gregory nadenkend. '"Giftig" is niet toxisch meer.'

'"Toxisch" is niet toxisch,' zei Dennis.

'"Toxisch" is een verdovingsmiddel,' stemde Gregory in. '"Robuust" is slap. "Katalyseren" zorgt niet voor een reactie.'

'De "silo's" en "emmers" zijn leeg,' zei Dennis.

'Hoe zit het met "leeg"?' vroeg Gregory. 'Is "leeg" leeg?'

'"Leeg" schijnt leeg te zijn,' zei Dennis. '"Leeg" werkt niet, omdat het vol is.'

'Maar drukt "leeg" voldóénde leegheid uit?'

Zo konden ze de hele dag doorgaan.

Athena had hen, tijdens het werkcollege waarbij Gregory en Dennis elkaar hadden ontmoet, voor het eerst bewust gemaakt van hulswoorden en hulsfrasen: uitgeholde taal die ze met proxy's vergeleek. 'Zoek de ontduiker,' instrueerde ze haar verrukte studenten, en staarde ze over de collegetafel aan met haar samengeknepen, goudgevlekte ogen. 'Ik wil woorden die nog leven, met een kloppend hart. Hete woorden, mensen! Geef me de kogel, niet de huls – en schiet die recht in mijn borst. Ik sterf met liefde voor verse taal.'

Ze had het over hun proza, niet hun spreektaal, maar

Gregory en zijn medestudenten deden tijdens de werkcolleges hun uiterste best om op vernieuwende wijze te zeggen dat een tekst sterk was ('gekluwd', 'obsidiaan', 'hegemonisch') of vlak ('wasachtig', 'korrelig', 'koffiedik'). Athena was de auteur van *Guts*, een verzameling erotische essays die haar studenten – van beiderlei kunne – tot manische lust opzweepte voor ze haar zelfs maar ontmoet hadden. Ze stond erom bekend dat ze naar bed ging met hen wier werk ze bewonderde. Gregory werd binnen hun werkcollege als eerste gelauwerd; nadat ze zijn roman in wording met lof had overladen, beloonde Athena hem met een pijpbeurt tussen de opgestapelde schildersdoeken van een galerie waar een liederlijke boekpresentatie aan de gang was. Na dat troebele, dronken avontuurtje was Gregory ervan overtuigd dat hij verliefd was op Athena, maar van vrienden die haar colleges tijdens het vorige semester hadden gevolgd wist hij dat de seks eenmalig zou blijven. Gregory droeg zijn onuitzonderlijkheid waardig, zo hoopte hij, maar een latere ontvanger van Athena's vrijgevigheid ging eraan kapot, verklaarde haar tijdens een college de liefde en vluchtte toen naar Stockholm, waar hij vandaan kwam. Het incident kwam het bestuur van de New York University ter ore, en Athena werd in stilte ontslagen. Maar haar nieuwe essaybundel, *Schimp*, bestormde vele bestsellerlijsten, en Gregory had gehoord dat ze een baan als docente aan Columbia had weten te bemachtigen.

Kort nadat Dennis zijn bestellingen was gaan bezorgen begon het te sneeuwen, nattige klodders die als een onsmakelijke sluikstort langs Gregory's raam vielen. Hij stelde zich de kritiek van zijn vader voor en voelde toen een schokje – alsof hij tegen een muur had willen leunen die er niet bleek te zijn. Zijn vader was twee maanden geleden aan ALS gestorven. De klachten over klimaatveranderingssneeuw waren voorbij, net als de zondagse familiediners, en binnenkort zou ook het huis in Chelsea voorbij zijn, want zijn moeder had al aangekondigd dat ze van plan was het te verkopen. 'Ik ben geen museumcurator,' had ze gezegd.

Het appartement dat Gregory en Dennis het afgelopen jaar hadden gedeeld bevond zich op de tiende verdieping van een flatgebouw in de East Village. Vanaf zijn waterbed kon Gregory een streepje lucht zien en acht kamerhoge ramen in het gebouw aan de overkant van de straat. Sinds de oververmoeidheid was begonnen was hij – vaak zwevend tussen slaap en alertheid – een reeks mensenlevens gaan volgen die zich achter die ramen ontvouwden. Hij had een man zien masturberen achter zijn laptop terwijl zijn vrouw/partner in de kamer ernaast hun peuterdochtertje voerde (Rukman). Dan had je Tuindame, die voor de twaalf onderling verbonden glazen bollen zorgde die voor haar raam hingen, met in ieder ervan een aparte plant. Cokestel, twee lesbiennes van middelbare leeftijd, snoof 's avonds lijntjes en maakte koortsachtig hun appartement schoon tot Loonslaaf, die met een pistool onder zijn kussen sliep in een anonieme slaapkamer in de flat ernaast, op de muur bonsde om ze stil te laten zijn.

Momenteel waren alleen de Skins te zien: een man en een vrouw, ongeveer zo oud als Gregory, die urenlang op een witleren bank doorbrachten met Mandalaheadsets op. Ze zaten altijd hand in hand, wat betekende dat ze waarschijnlijk de nieuwe Skin-to-Skin™-tool van Mandala gebruikten, waarmee mensen direct toegang hadden tot elkaars bewustzijn, zolang ze elkaars huid aanraakten. 'Het einde van de eenzaamheid,' aldus de reclames – je kon nu het lijden, de verwarring en de vreugde van een ander ervaren, direct en zonder te praten. Maar de Skins slaakten vaak gelijktijdig een kreet, waardoor Gregory vermoedde dat ze Skin-to-Skin gebruikten om streamers te volgen die hun waarnemingen live uitzonden, met gebruikmaking van eigenhandig geïmplanteerde snuitkevers. Social media waren dood, daar was iedereen het over eens; zelfrepresentatie was inherent narcistisch, propagandistisch of allebei, en schromelijk inauthentiek.

Gregory's vader werd beschouwd als degene die dit nieuwe tijdperk had ingeluid, en sommigen namen hem dat kwalijk, al had Mandala snuitkevers (afgedankte militaire apparatuur die op de zwarte markt werd verkocht) in de ban gedaan, en raadde het bedrijf het gebruik ervan met klem af. Gregory had zelfs de rituele 'baseline'-upload naar een Mandalakubus afgewezen, nu gebruikelijk na je eenentwintigste verjaardag, als voorzorg tegen hersenletsel. Daarmee was hij deel gaan uitmaken van een versnipperd verzet, met als symbolische leider Christopher Salazar, een raadselachtig personage van de Westkust, die tien jaar ouder was dan Gregory. Salazars non-profitorganisatie, Mondrian, beheerde een netwerk van roleplayinggames op afkickklinieken in de Bay Area, maar ze werden ook beschouwd, en sommigen namen hen dat kwalijk, als de coördinatoren van een web van bedotters en proxy's die mensen hielpen hun online identiteit te ontduiken, soms jarenlang. Mensen waren dol op rivaliteit, en Mandala versus Mondrian werd door de media gepresenteerd als een existentieel gevecht waarvan de hele inzet werd bepaald door het kamp waartoe je behoorde: Toezicht versus Vrijheid (Mondrian) of Samenwerking versus Uitstoting (Mandala). Gregory's oudere broer, Richard, de gedoodverfde troonopvolger binnen Mandala, had een jaar geleden hun vader zover gekregen een pr-campagne op te zetten om de wereld er nog eens aan te herinneren wat voor mirakelen Greep op uw onbewuste in de negentien jaar van zijn bestaan tot stand had gebracht: tienduizenden misdrijven opgelost, kinderporno zo goed als uitgebannen, alzheimer en dementie sterk verminderd door het inbrengen van opgeslagen, gezond bewustzijn, schier uitgestorven talen behouden en weer opgeleefd, een heel leger aan vermiste personen teruggevonden, en een wereldwijde groei aan empathie vergezeld van een drastische vermindering van halsstarrige rechtzinnigheid – die, zo wisten de mensen nu ze de merkwaardige kronkelgangen van elkaars gedachten hadden verkend, altijd al schijnheilig was geweest.

Gregory werd met een schok uit zijn gedoezel gewekt door Dennis' vroegtijdige terugkeer. Hij was met zijn fiets uitgegleden in de sneeuw en in een plas geduikeld, waarbij zijn bestelrugzak doorweekt was geraakt. De wiet zat veilig in luchtdichte doosjes, maar een paar van zijn rode katoensatijnen zakjes met logo erop moesten worden vervangen. Dennis was zenuwachtig en haastig bezig; hij moest vlug zijn bestellingen afleveren, zodat hij zich op tijd kon melden bij de veganistische keuken waar hij 's avonds werkte. In het weekend had hij nog een derde baan: boeken sorteren die aan de openbare bibliotheek waren geschonken. In het jaar sinds hun afstuderen was Dennis mager en nerveus geworden, want zijn studieschuld knaagde aan hem. Alleen in de kleine uurtjes na sluitingstijd van het restaurant had hij tijd om gedichten te schrijven. Gregory hoorde hem weleens door hun huiskamer ijsberen, waarbij hij soms de zaklamp op zijn telefoon aanzette om een zin op te krabbelen.

'Ik bezorg die bestelling voor Athena wel,' zei Gregory.

Dennis verscheen met een verbijsterde blik in de deuropening; Gregory was al meer dan twee maanden het appartement niet uit geweest. 'Echt?' vroeg Dennis. 'Je redt mijn leven.'

Gregory wilde best het leven van zijn vriend redden, maar de reden voor zijn ambitieuze aanbod was een plotse, overweldigende behoefte om hun voormalige docent te zien. Het was niet iets seksueels. Hij was te futloos om zelfs maar te fantaseren, en hij had een verontrustend gerucht opgevangen (dat hij niet aan Dennis had doorverteld) dat Athena ooit een man was geweest. Zijn verlangen haar te zien had meer te maken met het feit dat die twee studiejaren, vol schrijfworkshops en literatuurcolleges, de gelukkigste tijd van zijn leven hadden gevormd. Hij had voor een verhuisbedrijf met dozen gesjouwd, twee boeken per week gelezen, en was begonnen aan de roman die Athena, en nog een paar anderen ook, goed hadden gevonden. Op zaterdagavonden, in zelfverkozen eenzaamheid schrijvend aan een open raam in zijn studiootje, had Gregory een soort euforie ervaren: een aanzwellend, uitbarstend, hongerig verlangen dat iets met lust van doen had maar dat iedereen betrof, van de feestvierders onder zijn raam tot de dronkenlappen in de andere flatjes. Hij was waar hij zijn wilde, en had verder niets nodig.

'Het zal wel een schok voor haar zijn,' zei Dennis. 'Ze vroeg naar jou, en ik heb haar verteld hoe het met je ging. Ik hoop dat dat oké was.'

'Vroeg Athena naar mij?'

'Schat, iedereen vraagt naar je,' zei Dennis, en dat was ook zo. Men was erachter gekomen wie Gregory's vader was, al had hij daar zelf nooit iets over gezegd. 'Ze wilde weten of je nog schrijft.'

'En wat zei je?'

'Dat ik dat niet wist. Schrijf je nog?' Er klonk twijfel in zijn stem.

Gregory was opgehouden met schrijven op de dag dat hij zijn vaders diagnose had vernomen. Het was begonnen als een onderbreking, maar in de acht maanden die sindsdien waren verstreken was het verhard tot een verwerping. Hij betwijfelde of hij ooit weer zou beginnen. Niettemin deed hij soms alsof híj de alwetende verteller was van de scènes die hij door de ramen aan de overkant van de straat observeerde: een roman over de geheime levens van naburige New Yorkers. Hij had hem de titel *Belendend* gegeven.

'Ik schrijf in mijn hoofd,' zei hij.

Dennis lachte. 'Daar moet je bij Athena niet mee aankomen.'

Gregory sleurde zich van zijn waterbed en bleef ernaast staan wankelen, langzaam wennend aan de verticaliteit. In de badkamer moest hij leunen op de wastafel om zijn tanden te poetsen en koud water in zijn gezicht te kletsen. Die ochtend had hij gedoucht met behulp van een 'douchestoel', die Dennis bij een zaak voor medische hulpmiddelen had gekocht en zelf in elkaar had gezet (nadat hij 'Je stinkt, schat' tegen Gregory had gezegd). In de spiegel zag Gregory er min of meer normaal uit, vond hij: een lange, voorheen atletische (nu lichtjes uitgemergelde), etnisch ambigue jongen die ernstig naar de kapper moest. Volgens zijn vader had Gregory de Genegenheidsfactor, een chique manier om te zeggen dat hij voor Grieks, latino, Italiaans, Native American, Joods, Aziatisch en Midden-Oosters was aangezien, en daarnaast voor Zwart en wit, afhankelijk van de alchemie tussen waarnemer en context. Maar het wás geen alchemie, benadrukte zijn vader altijd; het kon worden voorspeld met de algoritmen van Miranda Kline, een antropoloog waar hij het tijdens zijn – zo bleek – laatste levensjaren hinderlijk vaak over had gehad. Zelfs Richard was de verhalen over Kline zat geweest (dat had Gregory wel gezien, al zei Richard het niet). Het was alsof Kline een overleden familielid was, dat hun vader in ere wilde houden. Maar één feit over haar interesseerde Gregory wel, en dat had niets met haar theorieën te maken: Kline was tien jaar geleden met succes ontdoken, halverwege de jaren 2020, toen ontduiken nog iets nieuws was. Ze was nooit teruggevonden.

Aan een haak bij de deur hing de anorak van Gregory, met in de zak nog altijd zijn wollen ijsmuts – dezelfde muts die hij had gedragen toen hij vijf dagen voor de dood van zijn vader op straat was ineengezakt. Dennis keek toe hoe hij de veters van zijn schoenen vastknoopte. 'Dat doe je zomaar even?' vroeg hij.

'Je hebt het niet van mijn kant gevoeld,' zei Gregory, en ze lachten – onder hun vrienden werd gegrapt dat het bewustzijn van Gregory, dat binnen in hem gevangen zat, een onpeilbaar mysterie vormde.

Gregory was een wandelingetje aan het maken op de dag dat hij was flauwgevallen, om aan de wake in zijn ouderlijk huis te ontsnappen. In het kingsize bed van zijn ouders lag een verschrompelde, gekreukelde, bewegingloze versie van zijn vader, weinig meer dan een hoofd met sensoren erop, om zijn bewustzijn naar een blauwe Mandalakubus te uploaden. De anderen was het allemaal gelukt van essentieel belang te lijken tijdens deze crisis: Gregory's twee zussen en zijn broer, Sasha, de oude vriendin van zijn moeder, was zelfs uit Californië overgekomen, nam de telefoon aan en zette potten thee terwijl haar man, Drew, de artsen werk uit handen nam. Alleen Gregory had geen rol. Iedere dag deed hij alsof hij druk bezig was en glipte vervolgens neerslachtig naar zijn vroegere slaapkamer, waar hij zijn oude Magic-kaarten doornam. Iedere ochtend zag hij meer op tegen de terugkeer naar Chelsea en het vervolg van de poppenkast. Er hielden te veel mensen van zijn vader. Er waren te veel broers en zussen, te veel kamers in het huis, te veel bezoekers: een eindeloos, eerbiedig defilé van vrienden, collega's, begunstigde journalisten en bewonderaars op zoek naar verlichting, inzicht, troost. Niemand wilde hem laten gaan. Voor het huis in Chelsea verzamelden zich de beterschapwensers in de regen en de natte sneeuw; ze hadden de haters weggejaagd (van wie de meeste al sinds het begin van de wake zwegen) en hielden spandoeken omhoog die door de ramen te zien waren. 'We houden van je, Bix.' 'Dank je wel, Bix.' 'Blijf bij ons, Bix.' Tientallen zorgvuldig getekende mandala's.

Gregory had net een fles mangosap gekocht en stond die voor een bodega op Seventh Avenue naar binnen te klokken toen hij in het midden van zijn blikveld een heldere, bonzende ring zag. Opeens lag hij op de stoep in de bezorgde gezichten van vreemden te staren. In het St. Luke's Roosevelt-ziekenhuis, waar hij per ambulance naartoe werd gebracht, werd bloedarmoede vastgesteld, waarschijnlijk door te weinig eten. Dennis kwam hem ophalen, en samen namen ze de metro naar huis – Gregory's familieleden hadden al genoeg aan hun hoofd. Maar toen hij de volgende morgen wakker werd was hij te zwak om naar de andere kant van de kamer te komen. De afstand van zijn waterbed naar het herenhuis in Chelsea leek zich oneindig op te splitsen, en hij werd teruggeworpen door een loodzware onmogelijkheid. Hij zei tegen zichzelf dat zijn aanwezigheid in dat huis geen verschil maakte – eentje meer of minder – maar hij wist dat alleen een totale verlamming zijn afwezigheid bij het sterfbed van zijn vader zou rechtvaardigen. En dus raakte hij verlamd, plaste de eerste twee weken in flessen, werd door Dennis verzorgd wanneer die thuis was, en kon hij de uitvaart niet bijwonen.

Na de uitvaart verschenen de artsen: het soort dat bloed afnam en het soort dat vragen stelde over zelfmoordgedachten (te vermoeiend om over na te denken). Zijn zussen, Rosa en Nadine, kwamen langs, ploften neer op de ene kant van Gregory's waterbed, waardoor ze vloedgolven veroorzaakten die hem bijna van de andere kant af kieperden. Ze spraken lange alinea's uit die neerkwamen op 'We maken ons zorgen' en aanvullende alinea's die neerkwamen op 'Je bent depressief'.

'Ik moet gewoon uitrusten,' zei Gregory.

Zijn broer, Richard, was veel te druk met Mandalazaken om op bezoek te komen (vertaling: Gregory kreeg straf voor zijn afwezigheid). Zijn moeder kwam wel langs, natuurlijk. Gregory was haar jongste en ze had hem zo lang de borst gegeven dat hij het zich zelfs kon herinneren. Ze keek hem doordringend aan, waarbij haar kritische blik haar respectvolle afstand tot het bed deed krimpen. 'Wat nou, ma?'

'Wat?'

'Je zit naar me te staren.'

'Wat moet ik anders?'

'Weet ik veel, een boek lezen. Op je telefoon kijken.'

'Ik kom hier om jou te zien.'

'Dat "zien" hoeft niet constant te zijn. Of letterlijk.'

'Ik ben een letterlijke dame,' zei zijn moeder. 'Goed, dan kijk ik wel uit het raam.' Dat deed ze, en Gregory sloot zijn ogen en liet zich wegglijden, maar toen hij ze weer opendeed, zat ze weer naar hem te kijken. 'Papa hield van jou,' zei ze. 'En hij wist dat jij van hem hield. Ik maak me zorgen dat jij dat bent vergeten.'

Gregory knikte. Haar woorden, goed bedoeld als ze waren, herinnerden hem onaangenaam aan wat ze allemaal wisten maar wat geen van hen uitsprak: Gregory had geen nauwe band met zijn vader gehad. Technologie, rijkdom, roem – voor Gregory hoorden die zaken bij een wereld waar de dingen die hij belangrijk vond, namelijk boeken en schrijven, er niet toe deden. Hij had zich al vroeg aan dat alles onttrokken. Zijn zussen en zijn broer gingen naar privéscholen en vervolgens naar een gerenommeerde universiteit, maar Gregory wilde per se naar een openbare middelbare school. Hij gebruikte zijn tweede voornaam, Cyrus, als achternaam, eerst op verzoek van de beveiligers van zijn vader (minder risico op ontvoering), en later omdat hij het zelf prettiger vond. Hij betaalde zelf voor zijn studie aan Queens College, door die zes jaar lang in deeltijd te doen en in de bouw te werken. Zijn vader, zo wist hij, was gekwetst door die keuzes. In 2016, toen Greep op uw onbewuste uitkwam, was Gregory negen, en hij had onmiddellijk tegen zijn vader verklaard dat hij het nooit zou gebruiken. ('Toe nou, lach er gewoon om,' had hij zijn moeder horen zeggen. 'Hij is nog maar een klein opdondertje.') Maar het kon Gregory's vader wel degelijk schelen wat hij dacht. 'Ik ben dol op boeken. Dat weet je toch?' had hij door de jaren heen steeds tegen Gregory herhaald, waarbij hij eenmaal zelfs een verkruimelde pocketuitgave van *Ulysses* tevoorschijn haalde om zijn literaire ernst te bewijzen. Maar niets kon Gregory ervan overtuigen dat Greep op uw onbewuste geen existentiële bedreiging voor boeken vormde.

Niettemin was Gregory er al die tijd, parallel daaraan, overtuigd van geweest dat hij ooit hecht zou zijn met zijn vader. Hij had zelfs een bepaald beeld voor ogen van die hereniging: lachend praten met zijn vader over een toneelstuk dat ze zojuist hadden gezien, als gelijken. En toen, zomaar opeens, was zijn vader ziek – lag hij te sterven aan een ziekte waar hij al maanden van had geweten en die hij niet langer kon verbergen. Gregory probeerde zich niet af te vragen wanneer hij het Richard had verteld. Gedurende de telescopische aftakeling van zijn vader hadden Gregory en hij de onontbeerlijke gesprekken gevoerd – Je-weet-toch-dat-ik-van-je-hou-Ja-en-ik-hou-van-jou – maar die waren geforceerd geweest, gehaast, en de opluchting op het gezicht van zijn vader als Richard de kamer binnenkwam was onmiskenbaar. Gregory had te lang gewacht. Hij had zijn kans verspeeld, en nu was die kans verdwenen.

2

Na twee keer overstappen in de metro bereikte hij de Upper West Side. Hij had het zwaar gehad toen hij op lijn 2 geen zitplaats kon vinden en met gesloten ogen aan een stang hing te zwaaien tot er een plek vrijkwam. Op de hoek van 110th Street en Broadway stapte hij het dikke pak sneeuw in dat het boomarme betonnen landschap accentueerde. Het adres dat Dennis hem had gegeven was op 107th Street, in de richting van Central Park. Terwijl hij voortliep begonnen de statige oude appartementengebouwen om hem heen hem vreemd bekend voor te komen – niet uit zijn eigen geheugen, besefte hij met een schok, maar uit dat van zijn vader! Zijn vader had Gregory en zijn broer en zussen bepaalde passages uit zijn bewustzijn getoond, meestal om een punt te illustreren of om hun een lesje te leren – al had Gregory zich onlangs gerealiseerd dat hun vader misschien gewoon wilde dat ze hem beter zouden leren kennen. Eén zo'n herinnering was de avond dat hij op het idee voor Greep op uw onbewuste was gekomen. De les, zei hij erbij, was dat inspiratie van overal kan komen, dat ze het nooit moesten opgeven. Ze bekeken het met het hele gezin, met zijn allen uitgestrekt op het gigantische bed van zijn ouders, ieder met zijn eigen headset. Gregory was tien. Zijn vader liet hun eerst iets zien wat hij de Anti-Visie noemde: een leegte waarin een nieuw idee weigerde te verschijnen. Eventjes vulde die het hele scherm, onpeilbaar en wit. Gregory was gefascineerd. Was het echt leeg?

Toen maakte de Anti-Visie plaats voor de straten van de Upper West Side, waar zijn vader naar een adres zocht terwijl de droge bladeren rond zijn schoenen tuimelden.

'Kun je even teruggaan naar de Anti-Visie?' vroeg Gregory.

Maar het ging niet om de Anti-Visie. Hun vader spoelde door naar delen van de bijeenkomst van academici en zijn gênante interactie met Rebecca, de mooie studente – eerst in de metro, daarna in de East Village, waar ze in het donker om elkaar heen draaiden. Gregory's zussen trokken gekweld hun headsets van hun hoofd.

'O mijn god, papa! Wat was jij een sukkel!'

'"Flirterig" noem je dat, geloof ik,' zei hun moeder, en prikte met een teen in hun vaders zij. 'Had ik geen idee van!'

Hun vader activeerde het gedachten-en-gevoelensgedeelte van zijn bewustzijn vlak voor het openbaringsmoment. Gregory voelde hoe hij zijn best deed om zich een jongen te herinneren die was verdronken, en daarna zijn grommende frustratie toen die herinnering ontoegankelijk bleek. Maar tussen alle frustratie was er een klik – een soort hikje, bijna – die een mogelijkheid in zich droeg. 'Daar. Dát!' zei zijn vader terwijl ze door zijn ogen naar de donkere golven op de rivier tuurden. 'Voel je dat moment waarop het gebeurt? Ik wist het pas later.' En Gregory voelde het – een gewaarwording alsof je door een valluik valt maar het nog niet doorhebt, en toch is alles anders.

'Mag ik de Anti-Visie nog eens zien?' vroeg hij en iedereen slaakte een kreun.

Op een andere avond speelde hun vader zijn terugkeer naar de flat van de professor voor hen af. Hier draaide het om de waarheid vertellen en dankbaarheid tonen, zelfs wanneer dat moeilijk was of – in dit geval – voor problemen zou zorgen. Een professor die Fern heette bleef hem maar onderbreken terwijl hij probeerde uit te leggen waarom hij die eerste keer een vermomming had gedragen. 'Je hebt tegen ons gelogen,' zei ze. 'Waarom zouden we je nu geloven?'

'Hou je kop,' schreeuwden Gregory's zussen tegen haar vanonder hun headsets. 'Laat hem uitspreken.'

Gregory's vader sloot af met zijn dank aan de groep voor de inspiratie tot een idee dat de volgende fase van zijn werk zou bepalen. De gastheer, Ted Hollander, die een oom bleek te zijn van Sasha, een vriendin van hun moeder, barstte los: 'Wat geweldig! We hebben bij jou een paradigmawisseling teweeggebracht zonder te weten wie je was, of waar je mee worstelde! Je had groot gelijk dat je het ons niet hebt verteld, roem leidt af.'

‘Nogal Bijbels allemaal, niet?’ zei de Man Met Brits Accent. ‘We laten een vermoeide reiziger binnen, en het blijkt de Here Jezus te zijn. Boffen wij even!’

‘We hebben hem niet “binnengelaten”,’ zei Kacia, de Braziliaanse hoogleraar dierstudies. ‘We kenden elkaar geen van allen, weet je nog?’ Gregory’s vader zou Kacia een paar maanden later aannemen, en ze zou een afdeling van Mandala gaan leiden.

‘Het is bijna alsof we een focusgroep voor Bix waren, of we niet allemaal gelijk waren,’ zei Portia, de vrouw van Ted.

Rebecca begon een beetje verlegen te praten. ‘Deze hele ervaring heeft me geholpen bij het kiezen van het onderwerp voor mijn proefschrift,’ zei ze. ‘De problematisering van authenticitéít in de digitale wereld. Bedankt dus, allemaal.’

Zij en hun vader zouden elkaar nooit meer terugzien, maar Rebecca Amari zou vele boeken schrijven – zij bedacht zelfs de term ‘hulswoorden’, in *Staarteters: Het verlangen naar authenticiteit in een hypermediale wereld*, dat in het werkcollege van Athena behandeld werd.

‘Jij moet eens met mijn zoon Alfred praten,’ zei Ted tegen Rebecca. ‘Die is geobsedeerd met authenticiteit. Hij schreeuwt in het openbaar, om te kijken hoe mensen reageren.’

‘Wauw,’ zei Rebecca. ‘Zeker weten.’

‘Wat wil je van ons?’ vroeg Fern Gregory’s vader nadrukkelijk.

‘Hij wilde meedoen aan een discussiegroep,’ zei Ted. ‘En na één bijeenkomst wist hij een mentale blokkade te doorbreken. Goed bezig, vind ik.’

Op dat ogenblik voelde Gregory de vreugde van zijn vader: een duizeligmakend gevoel van groeiende belofte, en daarnaast een zachte gedachtecadens: *Ik heb het. Ik heb het. Ik heb het.* Opnieuw zou hij alles gaan veranderen, maar niemand wist het nog.

‘Waar ik mee zit,’ zei hij, ‘is dat ik deze groep misschien heb gesaboteerd.’

‘Als wij onszelf laten saboteren, is het onze eigen schuld,’ zei

Man Met Kapotte Bril. 'Wij worden geacht professionals te zijn.'

'Wij worden geacht professoren te zijn!' zei Man Met Brits Accent met een ironische blik op Rebecca.

'Ik kan weggaan wanneer jullie maar willen, en ik zal het jullie niet kwalijk nemen. Willen jullie de sessie van vanavond zonder mij erbij afronden?'

Er volgde een lange stilte. 'Waarom kijkt iedereen naar mij?' vroeg Fern.

'Blijf maar,' zei Ted. 'Alsjeblieft.'

3

Athena deed haar deur open gehuld in een lange, donkerpaarse kimono. Het verschijnen van Gregory op haar drempel verstoorde haar koele houding maar heel lichtjes, als zacht glasgetinkel. 'Hij loopt,' zei ze. 'Hij beweegt. Hij leeft.'

'Dag, Athena.'

'Hij praat.'

Gregory gaf haar het rode zakje van Dennis en zei: 'Hé, is het goed als ik even ga zitten?' Onder het lopen was het geweest alsof zijn hoofd als een ballon boven zijn lichaam zweefde.

'Schoenen uit, graag,' zei Athena en ging naar binnen.

Hij liet zijn winterschoenen in de naar uien riekende gang achter en liep op zijn sokken het kleine appartement van Athena binnen, dat hoge plafonds had en waar verbleekte abstracte olieverfschilderijen aan de muren hingen, en waar in een hoek een radiator siste. Ze schonk hun beiden een glas whisky in aan een vrijstaand barretje. Een ouderwetse draaitafel speelde Dave Brubeck. Toen Gregory zich in een van de gecapitonneerde stoelen bij het raam liet zakken, onderging hij een flits van verbeelding die als een herinnering voelde: witte mannen die met jarenvijftigcoltruien aan in precies zo'n appartement zaten, nippend aan martini's onder het voeren van ernstige literaire discussies. Het droombeeld zorgde voor een rilling van besef, alsof hij heel even een lichtstraal uit een andere dimensie opving.

Athena kwam met haar whisky en een asbak naast hem zitten, waarbij haar lange benen zichtbaar waren tussen de plooien van de kimono. Rond haar kuiten liepen tattoos van de Zeven Dwergen. Ze zag er nog hetzelfde uit: dik, zwartgeverfd haar, een korte pony, langgerekte, flikkerende ogen. Haar braampaarse lippenstift was zo onveranderlijk dat Gregory vermoedde dat haar lippen getatoeëerd waren. Ze had alleen maar die ene naam, en die had ze zeker niet bij haar geboorte gekregen; ze leek hem iemand zonder afkomst, die zichzelf uit het niets had opgebouwd. Het gerucht over haar geslacht versterkte het adembenemende van Athena's zelfschepping alleen maar.

'Hoe is het op Columbia?' vroeg hij.

'Geweldig. Mijn studenten zijn natuurtalenten.'

'In het schrijven?' Hij kon het niet laten.

Athena's ogen werden smaller. 'Ja, in het schrijven,' zei ze. 'Ik moest een verklaring van gedrag tekenen om die baan te krijgen. En bovendien zit ik in een monogame relatie.'

Gregory toonde zich verrast.

'Hij heet Barney. Hij is tweeënzestig. Ik moest eerst ophouden met uploaden naar het collectief voor hij met me naar bed wilde.'

'Was dat moeilijk?'

'Nou!' zei ze. 'Mijn leven voelde alsof het van uiteenvallende strootjes was gemaakt. Maar nu vind ik het prettig. Incognito. Ik denk dat ik wel klaar ben met het collectief. Sorry, Bix.' Ze wendde haar blik hemelwaarts.

'O, hij zou het wel waarderen,' zei Gregory. 'Zijn Kubus is zo geprogrammeerd dat alles gewist wordt wanneer iemand het met het Collectief Bewustzijn probeert te delen.'

'Maar hij heeft het uitgevonden!'

'Ja, maar alleen maar als middel om bepaalde problemen op te lossen. Ik denk niet dat het ooit bij hem is opgekomen dat mensen ervoor zouden kiezen hun bewustzijn aan de tellers te geven, of om hun ervaringen via snuitkevers te streamen.'

'De leeftijd,' mijmerde Athena.

'Zo oud was hij niet. Zesenzestig.'

'Ik vind het naar van je vader,' zei ze. 'Daar had ik mee moeten beginnen. Het zal wel zwaar zijn. Getver, hulssympathie. Maar ik meen het wel.'

Ze pakte Gregory's hand beet en bekeek die uitvoerig, bestudeerde zijn vingers, knokkels en handpalm alsof ze zijn toekomst ging voorspellen. De handen van Athena waren glad en warm, de nagels paarsrood gelakt en tot scherpe punten gevijld. Telkens als zo'n puntje langs zijn huid scheerde ervoer Gregory een schokje van opwinding dat, op de een of andere manier, verwant was aan die flits van verbeelding, van martini's en coltruien. Begeerte – die was uitgeblust door zijn vermoeidheid. Begeerte naar wat dan ook.

Athena liet zijn hand los en maakte haar rode katoensatijnen zakje open. 'Zullen we?' Het was eigenlijk geen vraag.

Gregory hield niet van stoned worden; zijn geest raakte er te losgeslagen van, hij verloor het contact met de mensen om hem heen, en soms zelfs met zichzelf. Maar die vluchtige begeerte – zijn begeerte om begéérte te voelen – pleitte ervoor.

De joint knetterde en vonkte als nat brandhout toen Athena een eerste, lange hijs nam. 'Jezus,' zei Gregory en sloeg de vonken weg bij zijn ogen.

'Zaadjes,' zei Athena schor, en gaf hem de joint. 'Eureka Gold: gekloond uit de wiet die de Beat Poets in de jaren zestig in Californië verbouwden. Begin jaren twintig is dat hele bos in vlammen opgegaan. Ruimtevaart: we gaan naar een echte plek, die niet bestaat.'

Geïntrigeerd nam Gregory de joint aan en inhaleerde een walm zo verderfelijk dat zijn beledigde longen zich explosief leeg hoestten. 'En hier heb je voor betááld?' zei hij snakkend naar adem terwijl hij de tranen uit zijn ogen wiste.

'Het is heftig,' gaf Athena toe. 'Maar wacht maar op de high. Die is... moeiteloos. Hartelijk. Als een rijpe perzik.'

Rijpe perziken deden hem denken aan Athena's magentakleurige klauwen in het velletje van een perzik, drukkend tot het bijna barstte, tot het sap eruit liep, maar toch net niet. Ze gaf hem de joint weer aan, en Gregory's longen gingen mokkend akkoord met een klein trekje.

'Heeft je vader zichzelf opgenomen? Toen hij doodging?' vroeg Athena.

Niet het onderwerp waarop hij gehoopt had. 'Natuurlijk.'

Duizenden mensen hadden hun dood geüpload (of, sinds kort, gestreamd), in de hoop dat de nabestaanden een glimp zouden opvangen van wat daarna kwam. Maar de 'geslaagde' pogingen waren allemaal nep.

'...En?'

'En niks,' zei hij. 'Het licht ging uit.'

Dat wist hij van zijn moeder, want ten tijde van zijn vaders dood had hijzelf in zijn waterbed liggen slapen. Maar er was toch een soort Hiernamaals geweest – een onverwachte epiloog. Afgelopen maand had Hannah Cooke, sinds lange tijd de advocaat van zijn vader, een onverstoorbaar personage, door zijn vader met bewondering 'De Kluis' genoemd, de familie naar haar kantoor in Manhattan laten komen. Gregory woonde het op afstand bij. Tijdens die bijeenkomst onthulde Hannah het nieuws dat Bix Bouton een enorm geldbedrag had nagelaten aan Mondrian, de non-profitorganisatie van Christopher Salazar. Gregory's broer en zussen sputterden protesterend terwijl Hannah laconiek uitlegde dat hun vader, in zijn laatste levensjaar, toen alleen Lizzie nog wist van zijn ALS, was gegrepen door een verlangen in contact te komen met Miranda Kline, de antropoloog. Sinds ze tien jaar geleden was ontdoken had niemand meer iets van Kline vernomen. Maar Bix had onlangs de bruiloft van Sasha's zoon Lincoln bijgewoond, een hooggeplaatste teller, en Lincoln in vertrouwen om hulp gevraagd bij het vinden van Miranda Kline. Lincoln had haar digitale spoor tot in Brazilië gevolgd, en het bleek dat ze daar een jaar eerder gestorven was, in 2034, vierentachtig jaar oud. Vervolgens speurde Lincoln Lana Kline op, de dochter die tot haar dood een hechte band met Miranda had. Lana regelde een ontmoeting met Christopher Salazar, die haar moeder had helpen ontduiken, toen dat nog iets nieuws was. Bix had Salazar gedurende de laatste maanden van zijn leven een aantal keer gesproken, zonder dat iemand het wist, zelfs Lizzie niet.

Gregory's broer en zussen trompetterden van ongeloof en bestookten De Kluis met vragen (ze beweerde kalm dat ze niets meer wist dan wat ze hun verteld had): een aantal keer waar? Een aantal keer wanneer? Was Salazar in het huis in Chelsea geweest? Wat konden hij en hun vader nou aan gemeenschappelijke belangen hebben gehad? Betekende dit dat Bix zijn eigen belangen – hun belangen, de belangen van Mandala – had ondermijnd? Betekende dit dat hij spijt had van Greep op uw onbewuste? Had hij het Collectief Bewustzijn afgezworen? Waar hadden Salazar en hij het over gehad? Had Salazar hun vader gehersenspoeld, om hem zo te kunnen oplichten? Richard, normaal gesproken de mildste van het viertal, eiste schreeuwend bewijs, zijn gezicht nat van de tranen.

Zijn moeder had al die tijd gezwegen. Plotseling stond ze op, waardoor zelfs Gregory schrok, en die keek via zijn telefoon mee. Ze was eenenzestig en zeer elegant; toen Gregory nog op school zat was ze kleren gaan ontwerpen. 'Beheers je, kinderen,' zei ze. 'Jullie vader was erg op zichzelf. We zijn geen uitleg verschuldigd voor wat hij heeft gedaan.'

'Dat verhaal is lulkoek,' schreeuwde Richard – de eerste keer dat Gregory hem grof hoorde worden. 'Het kan gewoon niet dat pa met Salazar heeft afgesproken zonder het mij te vertellen. Kan. Niet.'

'Blijkbaar kon het toch wel,' zei hun moeder. 'En nu ik zie hoe jij reageert, verbaast het me niets dat hij het voor zichzelf heeft gehouden.'

Gregory was blij dat hij er niet bij zat. Hij had ook moeten huilen terwijl hij luisterde naar De Kluis, maar niet om dezelfde reden als Richard. Wat Gregory pijn deed was de gedachte aan een stervende man die boete wilde doen voor de wereld die hij onbedoeld had geschapen, en die trachtte te repareren. Die man had Gregory nooit gekend, maar hij had hem zo graag willen kennen.

Nu hij zich dit alles herinnerde, binnen in een warme bol van Eureka Gold, merkte Gregory dat hij er opnieuw en diep door geraakt werd. Er hing een dromerige stilte in de kamer, en in de trilling van die stilte ontdekte hij een waarheid: hij en zijn vader bleken uiteindelijk toch hetzelfde.

'Schrijf je nog?' vroeg Athena. Hij schrok ervan.

'Niet veel,' bekende Gregory, want dat klonk beter dan 'Helemaal niet'. 'Ik was te uitgeput.'

'Misschien put dat niet-schrijven je wel uit,' zei ze. 'Misschien heb je je energiebron afgekapt.'

'Ik heb een hoop nagedacht,' zei hij, om het onderwerp af te sluiten.

Athena wendde zich naar hem toe. 'Maak dat kutboek af, Gregory,' zei ze op milde toon. 'Je bent er verdomme al jaren mee bezig.'

'Probeer je me nou pissig te krijgen? Of gaat dat per ongeluk?'

Ze haalde haar schouders op. 'Ik ben je docent schrijven. Wat had je nou verwacht?'

Op die vraag bestonden meerdere antwoorden, geen van alle bepaald vriendelijk. Gregory haalde zich een uitdagende herinnering voor de geest: Athena die hem pijpte achter de stapels schildersdoeken, maar haar plagende, gouden ogen leken, achteraf gezien, precies dezelfde aanvuring uit te stralen: maak dat boek af!

Nu wierp ze een blik op haar telefoon en stond op. 'Barney is er,' zei ze. 'Wegwezen, jij.'

In de hal passeerde hij een zilverharige alfaman met een strak baardje, die sneeuw van een stokbrood veegde. Hij besloot de C-lijn zuidwaarts te nemen en strompelde door de sneeuwvlagen naar Central Park West. Daar aangekomen liep hij het park in. Als bij toverslag viel de wind weg. In die roerloosheid zag

Gregory dat op ieder takje en twijgje een delicaat sneeuwlaagje lag. Sneeuwvlokken zwermden als bijen in het goudkleurige licht van de ouderwetse straatlantaarns, kleefden aan de boomstammen en glinsterden als verpulverde diamanten rond zijn voeten. Hij hoorde een fluisterend geluid en zag twee mensen op langlaufski's tussen de bomen vandaan glijden. Het park was gevuld met een lila maangloed. Het was een wereld uit zijn kindertijd: kastelen, bossen, toverlampen en prinsen die muren vol doorns beklommen. Díe wereld.

Hij zou het aan zijn vader vertellen!

Nee. En met dat bonzende refrein keerde Gregory's slepende uitputting weer terug. Hij zocht om zich heen naar een bank, maar zag alleen maar sneeuwhopen en soms menselijke gestalten, die door de vallende sneeuw tot schaduwen of spoken vervaagd waren. Twee mensen lagen op de grond sneeuwengelen te maken. Goed idee: Gregory liet zich achterover in een sneeuwhoop vallen, die hem opving als een donsbed, zo luchtig en droog dat hij de kou niet voelde.

Hij merkte dat hij omhoog in de grijswitte leegte lag te staren. Het was desoriënterend: keek hij omhoog of omlaag? Pas vlak bij zijn gezicht bleek de inhoud te bestaan uit wentelende pluisjes kou die prikkelden in zijn ogen en tintelden in zijn keel wanneer hij inademde. Ergens kwam het hem bekend voor, allemaal. Hij had dit eerder gedaan: op zijn rug in een sneeuwbui liggen, turend naar de onpeilbaar diepe, lege hemel. Maar wanneer? Het moest een déjà vu zijn. En toen stroomde plots het besef binnen en herkende Gregory de Anti-Visie van zijn vader: dat troosteloze, blanco uitzicht dat kwellend door zijn gedachten was blijven spoken, had hem vijfentwintig jaar geleden in vermomming naar precies deze buurt gedreven. De Anti-Visie was nooit een leegte geweest – integendeel! Hij zat vol rondwervelende deeltjes. Zijn vader was alleen niet dichtbij genoeg gekomen.

Gregory staarde, als aan de grond genageld, terwijl de sneeuw als ruimtepuin op hem neerdwarrelde, als wanordelijk zwermende vogels, alsof het universum zichzelf uitstortte. Hij wist wat dat visioen betekende: mensenlevens van vroeger en van nu, om hem heen, binnen in hem. Hij opende zijn mond, zijn ogen en zijn armen en nodigde ze binnen, met een schok van ontdekking – van verrukking – die hem uit de sneeuw omhoog leek te tillen. Hij wilde lachen, of schreeuwen. Maak dat boek af! Dit was het afscheidsgeschenk van zijn vader: een hele melkweg aan mensenlevens die op zijn nieuwsgierigheid afvlogen. Van een afstand vervaagden ze tot eenvormigheid, maar ze bewogen, ieder voortgestuwd door één enkele kracht, die onuitputtelijk was. Het collectief. Hij voelde het collectief zonder dat er apparatuur aan te pas kwam. En de verhalen daar, oneindig en bijzonder, zou hij mogen vertellen.

Middelste zoon (Detailgebied)

Niets mysterieus aan dit schepsel: een jongetje. Elf jaar oud, lijkt een beetje gekrompen in zijn beige sporttenue, geen blikvanger tenzij het je broertje of je zoon is, maar nu zijn alle ogen op hem gericht want hij houdt de knuppel vast, alle honken bezet, zijn ouders en zijn beide broers op de tribune, zijn moeder wringt met de bol garen in haar handen want het is een kwelling om hem te zien slaan (of proberen te slaan, want hij raakt de bal nooit), haar gevoelens een cliché voor iedereen die ooit een boek heeft gelezen of een film gezien over sportende kinderen en wat hun moeders doormaken, en toch – hoe is het mogelijk? – hevig specifiek: de drang hem daar weg te plukken en ergens heen te brengen waar ze hem kan beschermen; het verlangen hem vast te houden als toen hij pas geboren was en naar melk rook (zijn eerste lachje, een piepklein, sputterend bliksemflitsje op zijn gezicht, dat ze zich vaak herinnert); de hoop dat hij niet voor altijd in de schaduw van zijn oudere broer zal staan, die zich door de wereld begeeft alsof het een welkomstrij is; een smeekbede aan iemand, aan iets, dat iedereen plots zal inzien hoe bijzonder haar zoontje is, in haar verliefde ogen zo overduidelijk: iets unieks dat, als er rechtvaardigheid in de wereld bestond, de werkelijkheid van nu zou herordenen, zodat er precies op zijn hoofd een lichtstraal zou vallen.

Maar geen lichtstraal – geen zon, zelfs. Een bewolkte schemer aan het einde van het voorjaar in een buitenwijk in New York State, verstrengeld met vele andere buitenwijken, rond een stad als vele andere steden. 's Nachts, door een vliegtuigraampje, lijken de lichten op goudaders in zwarte rots. En in die tienduizenden buitenwijken rond meer dan drieduizend Amerikaanse steden staan er, op ieder moment van de dag, zo'n zeven- of achthonderd jongetjes op een thuishonk, en allemaal doen ze de slaghouding na van de held op de poster boven hun bed, en een menigte ouders – sommigen rinkelen met koebellen, sommigen gaan vuil doen –, verhalen over ouders die zich misdragen vormen onderdeel van een plaatje dat geen cliché meer is zodra je er deel van uitmaakt, als in: die jongen met die knuppel is jouw zoon.

Hij heet Ames Hollander. Middelste zoon, geplet tussen de godheid boven en de excentriekeling onder. Men vergeet hoe hij heet. Men vergeet dat hij bestaat – dat hij kan zien en horen en zich dingen kan herinneren, net zoals iedereen. Zijn moeder zit te tobben en te breien aan de bruine trui met v-hals die hij zal weigeren te dragen als ze hem van de winter aan hem geeft ('Niemand draagt wollen truien, mam!'). Hoe kan ze de liefde die ze voelt voor haar middelste zoon, de doodsangsten die ze om hem uitstaat, omzetten in iets tastbaars, iets wat hem kan helpen? Eén van de gruwelen van het moederschap is het moment waarop ze inziet hoe volmaakt haar kind is, en hoe volslagen onverschillig hij anderen laat. Er zijn zoveel jongetjes op de wereld. Uit de verte zien ze er zelfs voor haar allemaal hetzelfde uit, zeker in sporttenue.

Het is 1991, en er staan een hoop dingen te gebeuren die nog niet gebeurd zijn. De schermpjes die iedereen over twintig jaar zal meedragen zijn nog niet uitgevonden, en hun omvangrijke, slome voorgangers zijn nog niet aan de oppervlakte van het dagelijks leven verschenen. Niemand in deze menigte heeft ooit zelfs maar een mobiele telefoon gezíen, en daardoor heeft dit moment de aard van een pauze. Al die ouders samen in de schemeravond, en geen enkel gezicht dat van onder door een blauwe gloed wordt beschenen! Ze zijn allemaal hier, op één plek, hun schroeiende aandacht op het thuishonk gericht, waar Ames Hollander staat en kleiner dan gewoonlijk lijkt, samengeperst door de sombere feiten die zich rond hem hebben opgestapeld: twee uit, alle honken bezet, in de laatste inning, en het gastteam staat met drie punten voor. Een zo goed als verloren partij, maar ze kunnen nog winnen, als de slagman – Ames, dus – een homerun weet te slaan. En al is Ames wel de laatste speler van het thuisteam die tot zoiets in staat is (hij heeft dit hele seizoen geen bal geraakt), toch wordt iedere speler en ouder van dat team gegrepen door een wild, irrationeel geloof dat hij het kan. Na de eerste drie wedstrijden van het seizoen hadden ze hem al afgeschreven, maar nu schreeuwen ze zijn naam en stampen ze met hun voeten op het kille metaal van de tribune, een eendrachtig, overtuigd geloei.

Eén slag. Niet geslagen. Heeft de bal misschien niet eens gezien.

Zoals ieder team heeft ook dit thuisteam een verhaal dat iedereen die er zelf geen belang bij heeft in een coma kan doen raken, maar voor wie dat wel heeft, zijn de bijzonderheden onuitputtelijk voer voor vurige, gedetailleerde discussies met bier erbij (vooral de vaders) of via de telefoons die aan de muren hangen, waarvan de gekrulde rubber koorden met elkaar verstrengeld raken als ze volledig worden uitgerekt, zodat de moeders achter gesloten deuren kunnen praten zonder dat hun zoons het horen. Zij het met bier erbij of via verknoopte koorden, deze gesprekken kennen dezelfde refreintjes:

1. De zoons van het huidige gezelschap krijgen niet genoeg tijd op het veld en/of staan verkeerd opgesteld.
2. De coach trekt zijn eigen zoon veel te veel voor.
3. Ouders maken zich veel te druk over het team en zijn prestaties, het huidige gezelschap uitgezonderd.

Twee slag. Hij sláát tenminste.

Ames is zich onbewust van die ouderlijke fabulaties. Wat hij wel voelt, in vormeloze golven van ongemak, is zijn eigen, hachelijke zweven tussen zijn kindertijd en wat daarop ook moge volgen, en tussen zijn broers die hem van boven en onder verdringen, zodat hij amper lucht krijgt. Mensen laten hun blik over Ames glijden en blijven dan naar Miles staren, die twee jaar ouder is en zo belachelijk duidelijk bevoorrecht (betere sporter, betere leerling, ziet er beter uit) dat hij tegen Ames zelfs áárdig doet, want die vormt geen grotere bedreiging dan een kamerdienaar voor een koning. Of ze kijken naar Alfred, de 'kleinste', die zijn eigenzinnige ongenoegen al tot kunst aan het verheffen is. Er zijn momenten waarop Ames' eigen, geschrokken gezicht in de badkamerspiegel griezelig leeg lijkt, alsof het er niet is. Hoort hij wel te bestaan? Wat kan hij nou waard zijn, als hij voor zichzelf al niets is? Die gedachten hebben iets gevaarlijks, duizeligmakends en gewichtloos, als wanneer hij het touw loslaat waaraan ze allemaal slingeren, vanaf 'de klif' aan het meer in het verlaten zomerkamp – dat werd opgeheven nadat er een jongetje was doodgegaan *toen hij aan precies datzelfde touw slingerde* (die mythe is zoveel leuker dan de waarheid: steeds minder deelnemers en een dubbele boekhouding). Maar ergens diep vanuit zijn binnenste stijgt een reddend antwoord op: hij is bijzonder, en dat bijzondere is geheim. De leegte die hij in de spiegel ziet is een onzichtbaarheidsvermomming die een vulkanische kracht verhult. Zo immens is de twijfel die Ames' innerlijke stem moet bedwingen dat zijn zelfsteun schier titanisch is. Hij is geweldig, in de overdonderende betekenis van dat woord – niet het vage, algemeen positieve dat het in een alledaags gesprek oproept. Hij kan het, wat het dan ook mag zijn! Hij kan het natuurlijk niet altijd, maar wanneer het hem niet lukt (om de bal te raken, bijvoorbeeld) dan ligt dat aan iets wat zijn catastrofale slagkracht hindert; de wind, licht dat in zijn ogen schijnt, jeuk aan zijn hand – er is altijd wel een reden waarom Ames de bal niet raakt wanneer hij hem niet raakt (altijd, dus), waardoor iedere misser een rare uitzondering is op een norm waarvan alleen hijzelf uitgaat.

Wanneer de werper de bal loslaat, ervaart Ames de hyperbewustheid in slow motion die altijd volgt op een worp: de naderende bal, zijn ouders zij aan zij op de tribune en toch altijd ver van elkaar vandaan, de vorsende blik van Miles, die een register bijhoudt van de fouten die Ames maakt, Cecily, zus van een teamgenoot, op wie hij stiekem verliefd is, die bij het eerste honk zeepbellen staat te blazen die de schemerlucht in zweven, waar een maanvlekje hangt dat bijna verpletterd wordt door de pulserende hemelen erachter, de geraamtes van de Onondaga-indianen, ooit heer en meester in het bos waarvan het verschrompelde restant nu wordt ingenomen door dit honkbalveld, opgekruld en neuriënd in de diepte. Ames slaat en maakt contact: hij raakt de bal zoals voorspeld (door hem), *geeft die bal een oplawaai* (de stem van zijn vader in zijn hoofd), een gebeurtenis vol schokkende gewaarwordingen – niet het feit dat hij de bal geraakt heeft, want dat had hij verwacht, maar het gevoel van het raken, dat geheel nieuw is: de heftigheid ervan, de pijn die zich omhoog door zijn armen vertakt, en het geluid, een *krak* als een steen die opensplijt. Even hangt de bal als een witte flits naast de maan (al ziet Ames dat niet, want die is te druk met rennen) en verdwijnt dan achter het veld, een *grand slam* die alle honken vrijmaakt, zodat drie spelers plus Ames zelf het thuishonk bereiken, en de wedstrijd met 5-4 gewonnen wordt. Ames weet dat allemaal nog niet – *Gewoon doorrennen,* oreert hun coach geregeld, *niet blijven staan om van het uitzicht te genieten* – dus blijft Ames maar doorrennen, niet wetend dat het bonzende gedruis, dat hij vaag hoort, gejuich is.

Hij werd legendarisch, die slag, in bepaalde psyches voor de rest van hun leven een lichtend herkenningspunt, dat versmolt met het landschap waar sprookjes plaatsvinden. In de tweede praatten Ames' teamgenoten erover, in de vierde schepte Miles erover op, die zich de triomf had toegeëigend (een gezin is een team!), en Alfred, die niets wist in te brengen tegen die zuivere slag van knuppel tegen bal, mokte erover. Het is verleidelijk het leven van Ames rond het 'keerpunt' van die slag te construeren, bevestiging op een cruciaal moment, etc. (clichéblok 3M*iis*), maar dat zou nep zijn, zoals de negenjarige Alfred het al graag uitdrukt. De greep op de wereld van die slag reikte slechts tot het einde van dat seizoen, nog eens vier weken waarin de teamgenoten van Ames, zonder enig effect, zijn naam scandeerden wanneer hij aan slag was. Het voorjaar daarop kwam er een nieuwe coach die de slag van Ames niet had meegemaakt; hij kon alleen maar zien wat hij zien kon, en dat stelde niet veel voor, dus haalde hij hem uit het team. De slag was een toevalstreffer, een willekeurige oprisping van de macht waarvan enkel Ames wist dat hij die bezat. Die kennis droeg hij met zich mee tijdens de middelbare school, en daarna toen hij in het leger zat (tegen de vurige tegenwerpingen van zijn ouders in), waar hij, tijdens zijn basistraining, de hartjes op de mensenpoppen vaker raakte dan de andere rekruten. Je zou kunnen stellen dat Ames een geweer was, dat al sinds zijn kindertijd lag te wachten tot het werd afgeschoten.

Maar een paar dagen na 9/11 werd hij eenentwintig, en was hij al een scherpschutter in het leger; hij werd gerekruteerd voor Special Ops en ten slotte, begin dertig, de opkomst van de technerds moe, en vol verlangen eens écht geld te verdienen, zwaaide hij af en ging werken voor een particulier militair bedrijf dat bekendstond om zijn 'gerichte eliminaties' – tactisch gezien efficiënt, maar krijgskundig lastiger te rechtvaardigen. Om die doelwitten te bereiken was bovenmenselijk uithoudingsvermogen vereist, alleen of in kleine groepjes, eerst in een duikboot en vervolgens snorkelend naar de kust; hij moest bergen beklimmen en abseilen langs rotswanden, razendsnel afdalen langs ladders uit helikopters die wegscheerden in het duister zodra hij losliet. Hij werkte in woestijnen, bossen en steden, sliep tijdens overzeese vluchten in hangmatten die door het ruim van uitgeholde vrachtvliegtuigen waren gespannen. Zoemend gevaar gevolgd door kortstondige, clandestiene triomfen – geen wereldse sensatie kon aan die cyclus tippen. Ames kon eenmaal, misschien tweemaal vuren voordat een beveiligingsval dichtsloeg; als de geplande aftocht mislukte, zou hij gevangen worden genomen. Of sterven. De mogelijkheid van zijn eigen eliminatie was een schaduwcompagnon die hem tijdens zijn werk steeds vergezelde. Uiteindelijk ontkwam niemand eraan.

Hij stond paf van mensen die op de andere manier leefden: Mark Tucker, met wie hij Nintendo had gespeeld, nu vader van drie kinderen die rubber balletjes aan de kant schopte toen hij Ames in zijn huiskamer verwelkomde. Ames verveelde zich, werd slaperig. Op de door kattennagels verwoeste bank van Mark dronk hij een glas limonade en wist niet wat hij moest zeggen tegen een man die in het weekend ijshockeymeisjes coachte. Ames was niet getrouwd, had geen langdurige relaties; zelfs bij zijn moeder, degene met wie hij het hechtst was, voelde hij een doffe afstand. En zij voelde het ook. Susan, al lang gescheiden, makelaar, met een sociaal leven waarin ook minnaars langskwamen (die soms getrouwd waren), werd geplaagd door de kloof tussen het gevoel van drie jongetjes die haar beklommen als een boom, kleefvingertjes door haar haar haalden, en in haar oren mompelden – en hun volwassen terughoudendheid: *Hoe gaat het, lieverd? Je ziet er een beetje moe uit. Kan ik iets voor je doen? Krijgt je oude moeder een knuffel?* Als ze toen ook maar het minste vermoeden had gehad van de pijn die hun terughoudendheid zou veroorzaken, dan zou ze nooit – nooit! – 'Laat eens los, jongens, ik heb even geen zin' hebben gezegd en ze van zich af hebben geschud. Ze zou stil zijn blijven liggen om kaalgeplukt te worden, want ze zou hebben begrepen dat er niets beters bestond om het voor te bewaren.

Als hij zijn ogen dichtdeed, kon Ames een reeks lichamen zien snorren tijdens hun laatste levensmomenten: een kwabbige rug die werd ingezeept onder de douche, een schil die voorzichtig van een mango werd gehaald, toastkruimels die aan kibbelende mussen werden gevoerd, geworstel met een scheef zonnescherm, een buik die tevoorschijn kwam onder een omhooggekomen overhemd. Indertijd waren die glimpen voor hem niets meer dan gedragingen van het doelwit. Maar zonder dat Ames het wist hoopten die flitsen van menselijkheid zich in hem op. In 2023 kwam er een dag waarop hij urenlang in een boom gehurkt zat, zijn doelwit volgend door ramen en wachtend, met reptielengeduld, tot hij naar buiten kwam. En ten slotte deed de man dat, hij ging in de zon zitten met een dichtbundel en een grijs poesje nestelde zich in zijn schoot. Ames aarzelde. Door het uitgedunde haar van de man kon hij zweet zien glinsteren op zijn hoofdhuid, en zomaar opeens had hij het recht niet meer dit leven af te pakken. Die ontdekking kwam onbetwistbaar, als het vallen van de nacht: het besef, op zijn drieënveertigste, wat zijn werk hem had gedwongen te worden.

En dus keerde hij terug naar het stadje in de staat New York waar hij was opgegroeid. Zijn moeder had hun oude huis net voor de derde keer te koop gezet, sinds zij en zijn vader meer dan twintig jaar geleden waren gescheiden. In een opwelling besloot Ames het open huis te bezoeken: jonge stellen met kinderen, docenten van de universiteit waar zijn vader les had gegeven. Dwalend tussen de vreemden door de kamers uit zijn kindertijd was het alsof hij terugkeerde naar Oz, of de grot van Ali Baba: de waskoker waardoor hij en zijn broers in een mandje aan een touw briefjes heen en weer stuurden, de garage die naar walnootschalen en benzine rook, zijn eigen kamer, met nog altijd, onder vele lagen verf, de 'x' die hij met een zakmes in de binnenkant van de kastdeur had gesneden. Hoe kon iemand anders dan hijzelf hier wonen? Ames besloot, ter plekke, om dit herinneringenpaleis te kopen (hij kende immers de makelaar) en zijn nieuwe leven te beginnen waar ook het eerste begonnen was.

Dus trok Ames weer in zijn ouderlijk huis en hij trouwde en kreeg kinderen – vulde de huiskamer met rubber balletjes die aan de kant moesten worden geschopt door bezoekers die naar het versleten bankstel liepen, en de jaren vlogen voorbij als kalenderblaadjes in de wind in een oude film, en zijn vrouw veegde het zweet van zijn voorhoofd als hij schreeuwend wakker werd. Maar er zit een dubbele bodem onder dit happy end, en de woorden zijn hol. Hoor je het? Hij kreeg geen vrouw (al wist hij Cecily, zijn kinderliefde, online op te sporen: een onherkenbare moeder van vier kinderen die nu in Tucson woonde). Hij kreeg geen kinderen, behalve de kinderen die Ames zich inbeeldde als hij in de vroegere werkkamer van zijn vader zat: gesnuffel en gezucht op de gang, waardoor hij zich afvroeg of een huis, op een of andere manier, de herinnering vasthoudt aan alles wat er binnen de muren is gebeurd – in dat geval slopen er buiten die werkkamerdeur nog altijd drie nieuwsgierige jongetjes rond, die met groezelige vingers langs de verf streken en luisterden, luisterden of ze het hart van hun vader hoorden kloppen. Er was een punt in het leven waarna het moeilijk werd om de gebruikelijke weg te volgen, en Ames was dat punt voorbij. Zijn moeder begreep dat. In de keuken waar ze dertig jaar daarvoor zijn schooltrommel had ingepakt speelden ze Scrabble en kaartspelletjes, in de huiskamer keken ze natuurdocumentaires over papegaaien en panda's, en ze breide truien die hij nog droeg ook. En hoewel Susan rouwde om het leven dat hij wellicht had kunnen hebben, was ze opgelucht dat ze hem terug had, en steeds als ze afscheid namen zoende ze het dunner wordende haar op de kruin van zijn prachtige hoofd. En misschien moeten we hier maar eindigen, bij deze samenloop van liefde en droefenis tussen een moeder en haar middelste zoon (P2l*iv*), maar dat is te gemakkelijk – alweer een dubbele bodem – want er is meer.

Vier jaar na zijn terugkeer, in 2027, besloot Ames de door de staat geïmplanteerde snuitkever uit zijn hersens te laten verwijderen. Hij wist dat het apparaat niet meer werkte – wist, zoals iedere insider in de wereld der inlichtingendiensten, dat surveillance te veel tijd en geld kost om het te verspillen aan mensen die er niet toe doen. En toch wilde hij er vanaf. Een kleine operatie, één nachtje ter observatie, en dan! Verjonging! Een bruisende vernieuwing met psychologische verklaring, als bijproduct van het opengesneden en dichtgenaaid worden. Online fora stonden vol getuigenissen van voormalige militairen en spionnen over de heilzame effecten die verwijdering van defecte snuitkevers had op depressie en posttraumatisch stresssyndroom. Onder burgers heerste in die jaren na de pandemie een grote angst voor snuitkevers, een waanbeeld, onderdeel van de massapsychose waardoor het leven in Amerika in die duistere tijd werd getekend. Ames was maanden bezig met het ontwerpen van een lagefrequentiescanner. Geholpen door Drew, de man van zijn nicht Sasha, bouwde hij een prototype: een apparaat dat de paranoïde vrees kon wegnemen en de geesten tot rust kon brengen van mensen die zich niet meer zichzelf voelden, die vreemde dingen waren gaan dromen, die geloofden dat ze van binnen bekeken werden of werden gebruikt om mensen om hen heen in de gaten te houden, die zich niet meer konden concentreren, en telkens als Ames een beetje troost (en, in een handvol gevallen, een detectie) kon bieden, voelde hij zich een stap dichter bij vergiffenis.

En misschien moeten we hier maar eindigen – een herboren Ames, Ames met een vriendin die hij tijdens het werk heeft leren kennen, Ames die in augustus zijn broers met hun gezinnen in het oude huis verwelkomde, waar ze in de achtertuin een speenvarkentje roosterden. Waarom zouden we hem helemaal volgen tot zijn laatste jaren in een verzorgingstehuis op het platteland, de laatst overlevende van de gebroeders Hollander? Deze feiten kennen we: spinazie á la crème, go-kampioenschappen, een Jamaicaanse verpleegster die Annalise heette en die Ames' ware liefde zou zijn, als ze niet vijftig jaar jonger was geweest (dat zei zij ook, met zijn trillende handen in haar stevige greep), op een keer in het voorjaar een roodborstjesnest voor zijn raam met vier blauwe eitjes erin, 'H-a-p-p-y B-i-r-t-h-d-a-y uitgespeld in letters van glinsterend karton boven de deur van de gemeenschappelijke ruimte toen hij negentig werd. Dankzij het genie Bix Bouton ligt dat alles binnen ons bereik.

Niettemin zijn er gaten: leemtes, achtergelaten door ontdoken separatisten, die hun herinneringen voor zichzelf houden en hun geheimen bewaren. Alleen de machine van Gregory Bouton – deze machine, fictie – laat ons volledig vrij door het menselijk collectief ronddwalen.

Maar alles weten lijkt te veel op niets weten; zonder een verhaal is het allemaal alleen maar *informatie*. Daarom keren we terug naar het verhaal waarmee we begonnen: Ames die de honken afrent onder donderend, schier meteorologisch gejuich. Mensen sprinten het veld op wanneer hij het thuishonk bereikt: een menigte extatische ouders, teamgenoten en broers die hem zo heftig omstuwen dat het angstaanjagend zou zijn als ze niet zo blij keken. Zijn teamgenoten tillen hem de lucht in als mieren een takje en dragen hem nog een keer langs alle honken, zetten hem dan weer neer en gieten een bidon vol Gatorade over zijn hoofd uit.

Miles droogt Ames' naar limoen geurende haar af met een handdoek, want Miles is dol op winnen en een gezin is een team, en de coach oreert tegen de stralende jongetjes en hun stralende familieleden over geduld en hard werk en *geloven in jezelf*, en de opgetogen ouders nemen knuffelend afscheid, maar Miles houdt vol dat hij niet weg kan, niet zonder die bal te vinden – *Toe nou, dat is onze trofee!* Dus blijft het gezin Hollander achter als alle anderen al zijn weggereden. In de stilte lopen ze om het veld heen tot helemaal achteraan, waar ze zich verspreiden tussen de fluisterende dennen in het stukje oerbos. Ieder voor zich speuren ze in het vallende duister, tot hun moeder hem vindt – zij is de expert in het terugvinden van dingen die zoek zijn (ze vindt zelfs twee honkballen, een meter of wat uit elkaar, schopt er haastig eentje onder een struik en roept dan: 'Gevonden!').

Met hun hervonden trofee lopen ze naar hun stationcar, de enige achtergebleven auto op het parkeerterrein, over asfalt dat onder de terreinverlichting glinstert als een sterrenhemel. Miles heeft de geluksbal bemachtigd, gooit hem in de lucht en vangt hem weer op. Ames loopt tussen zijn ouders in, zijn handen in de hunne, Miles en Alfred vlak achter hen, en een bol van geluk omsluit hen als ze zich samen de sonore, waterzwarte nacht in begeven.

Als ze bij de auto aankomen, trekt zijn vader Ames' honkbalpetje af en geeft hem een zoen op zijn zweterige hoofd.

'En nu, kampioen?' vraagt hij. 'Jij mag het zeggen.'

Dankbetuiging

Met ieder boek word ik afhankelijker van de mensen die me helpen bij dit werk – of misschien word ik me alleen maar scherper bewust hoe afhankelijk ik altijd al geweest ben!

Om te beginnen, als altijd, David Herskovits – voor tientallen jaren lezen, gesprekken, en al het andere.

Onze zoons, Manu en Raoul Herskovits, omdat ze mijn aandacht hebben gelokt naar terreinen die essentieel zijn voor dit boek.

Mijn moeder en stiefvader, Kay en Sandy Walker, omdat ze steeds in me blijven geloven.

Mijn literair agent en kompaan, Amanda Urban, en haar teams bij ICM en bij Curtis Brown: Sophie Baker, Ron Bernstein, Felicity Blunt, Daisy Meyrick en Charlie Tooke.

Mijn redacteur, Nan Graham, en alle mensen bij Scribner: Dan Cuddy, Ashley Gilliam, Erich Hobbing, Jaya Miceli, Katherine Monaghan, Sabrina Pyun, Stuart Smith, Kara Watson en Brianna Yamashita.

Alex Busansky, Ken Goldberg, Barbara Mundy en dr. George Carlo voor hun juridische, techno-historische, academische en militaire expertise.

En ten slotte mijn lezers: bij sommigen van hen vertrouw ik al tientallen jaren op hun openhartige observaties. Naast de leden van mijn schrijfgroep, aan wie ik dit boek heb opgedragen, zijn dat Monica Adler, Genevieve Field, James Hannaham, David Herskovits, Don Lee, Gregory Pardlo, Gregory Sargeant, Ilena Silverman, Deborah Treisman, Kay Walker en Stephanie Weeks.